10
18

12, AVENUE D'ITALIE. PARIS XIIIe

Sur l'auteur

Emma Flint a grandi à Newcastle. Après avoir obtenu un diplôme en littérature anglaise à l'université de St. Andrews, elle participe à un cours de *creative writing* à la Faber Academy. Depuis son enfance, elle est fascinée par les histoires de *true crimes* et a acquis un savoir encyclopédique sur les affaires de meurtres. Son premier livre, *La Face cachée de Ruth Malone*, inspiré de l'affaire Alice Crimmins, a été acclamé par la presse et est en cours de traduction dans plusieurs pays. Elle vit aujourd'hui à Londres.

EMMA FLINT

LA FACE CACHÉE DE RUTH MALONE

Traduit de l'anglais
par Hélène Amalric

10/18
FLEUVE ÉDITIONS

Titre original :
Little Deaths

ISBN : 978-2-264-07323-5
Dépôt légal : octobre 2018

À tous ceux qui ont cru en moi
alors que je n'y croyais pas moi-même.

Tout particulièrement Janet et Rebecca,
qui ont tout traversé avec moi.

Et à Alfie,
qui est toujours avec moi,
et qui me manque tous les jours.

1

Les quelques nuits où elle parvient à dormir, elle se retrouve dans la peau de la femme d'avant.

Avant, elle ne s'endormait que rarement les oreillers remontés, le visage luisant de cold-cream, dans une chemise de nuit bien propre. Quelquefois, elle se réveillait dans un lit froissé, une silhouette ronflant à côté d'elle, mais la plupart du temps, elle émergeait du sommeil allongée seule sur le sofa, entourée de bouteilles presque vides et de cendriers presque pleins, le teint brouillé par le tabac froid et le maquillage de la veille, le corps douloureux et la tête vide. Elle s'asseyait alors en grimaçant, consciente de sa nuque raide et du mauvais goût amer dans sa bouche.

Aujourd'hui, elle se réveille sans le poids de la migraine ou le moelleux d'une nuit aux contours flous derrière elle, mais avec une clarté forcée. Ses journées débutent par le son d'une cloche, des voix dures, un fracas métallique, des hurlements. Dans les odeurs de javel et d'urine qui arrachent la gorge. Ces matins-là, il n'y a pas de place pour les souvenirs.

Avant, chaque matin, elle traversait le couloir jusqu'à la cuisine pour mettre le café à chauffer sur la gazinière. Elle allumait sa première cigarette et écoutait la journée prendre vie autour d'elle : la radio de Gina à fond au-dessus de sa tête, le pas lourd de Tony Bonelli dans l'escalier. Les portes qui claquaient, les voitures qui démarraient. Juste à côté, Nina Lombardo en train de crier sur ses enfants.

Elle se rendait dans la salle de bains au bout du couloir et verrouillait la porte derrière elle. Frank avait déménagé depuis plus d'un an, et pourtant, elle ne considérait pas encore son intimité comme acquise. Elle se dépouillait de ses vêtements de la veille et se lavait dans le minuscule lavabo : les mains, le visage, sous les bras, sous les seins, entre les jambes. Quelquefois, elle percevait sa propre odeur – cet effluve âcre et jaune qu'elle considère toujours comme lui appartenant en propre – et qui l'embarrassait terriblement les jours où elle ne se réveillait pas seule.

T'es comme une chienne en chaleur, hein, chérie ?

Elle se frottait l'entrejambe de toutes ses forces avec le gant de toilette bleu et rêche, au point de se faire mal. Elle se séchait en poussant du talon de la main le long de sa cuisse, et l'espace d'une seconde, celle-ci paraissait ferme avant de retomber et de retrouver son aspect familier de peau d'orange. Suspendre la serviette de toilette, s'envelopper de son peignoir, longer le couloir jusqu'à la cuisine où elle servait le café, songeait un instant au sucre dans le pot, sans jamais en verser une cuillerée dans sa tasse.

Ensuite, direction la chambre, elle enfilait un pantalon et un chemisier. Si elle devait travailler plus tard chez *Callaghan's*, elle sortait son uniforme, l'accrochait à l'extérieur du placard, vérifiait qu'il était exempt de tache ou de fil décousu. Un corsage apprêté repassé le dimanche soir. Une jupe, un peu trop ajustée. Une paire de chaussures bien alignées, les pointes serrées, les talons trop hauts guère commodes pour une serveuse de bar debout toute la nuit. Mais tous les regards rivés sur elle la dotaient d'un éclat qui faisait gonfler les pourboires et s'écouler plus vite les heures.

Ensuite, elle allumait une nouvelle cigarette, glissait les pieds dans ses pantoufles et rapportait son café dans la salle de bains. Alors seulement, bien réveillée et alerte, protégée par ses vêtements, elle était capable d'affronter le miroir.

La peau, d'abord – toujours la peau en premier. Les bons jours, celle-ci était pâle et lisse comme une photographie noir et blanc. Les mauvais jours, la surface en était constellée de boutons et de vieilles cicatrices qu'il fallait dissimuler. Elle installait sa tasse sur le rebord du lavabo, tirait une nouvelle bouffée de sa cigarette, qu'elle posait en équilibre sur le cendrier sur l'étagère.

Tous les matins, elle étalait le fond de teint du bout des doigts dont le tremblement dépendait du degré de contrariété né du reflet dans la glace, ou bien de la nuit qu'elle avait passée. Certains jours, ses mains tremblaient et transpiraient tellement que son maquillage était inégal, ou alors elle avait la peau si marquée que même deux couches de fond de teint ne paraissaient rien y changer. Ces jours-là, elle se giflait en l'appliquant. Elle se punissait, fixait en même temps ses yeux dans le miroir. Assez fort pour se faire mal, pas assez pour laisser une trace.

Puis la poudre, pulvérisée en tapotements qui faisaient naître le masque familier. Elle pinçait les lèvres, appliquait le blush dans les creux sous les pommettes, plissait les yeux jusqu'à ce que le visage dans le miroir devienne un ovale flou, et que les bandes de couleur apparaissent régulières. Assez. Elle clignait des paupières, prenait son crayon, se concentrait. D'abord les sourcils : hauts, des courbes étonnées encadrant ses longs yeux. Le fard à paupières, l'eye-liner liquide, trois couches de mascara. Elle procédait comme une artiste : mélangeant les couleurs, les étalant, les approfondissant. De temps en temps, elle tirait sur sa cigarette, avalait une gorgée de café. Un dernier nuage de poudre ; une couche de rouge à lèvres, fixée ; un peigne passé dans la chevelure pour la faire monter ; une spirale argentée de laque. C'était terminé. Pour la première fois de la journée, elle pouvait contempler son visage en entier.

Alors, elle était Ruth.

Aujourd'hui, elle est une des vingt femmes qui frissonnent dans une pièce carrelée, blotties sous les minces filets d'eau tiède. Vingt petits morceaux de savon vert bon marché. Vingt maigres serviettes sur vingt crochets rouillés.

Ici, elle ferme les yeux, refoule l'écho des cris, des chants, des jurons. Elle fait comme si elle était seule et se concentre pour se laver. Elle ne se sent jamais assez propre. La première semaine, elle a demandé une brosse à ongles. Elle plonge les poils dans le savon, s'acharne à recueillir les éclats verts visqueux, à les transformer en une fine couche de mousse entre sa paume et la brosse. Et puis elle frotte, comme quand on lui récurait le visage à l'école des religieuses, jusqu'à ce que la peau lui brûle. Elle ferme les yeux et se revoit telle qu'elle était alors – treize ans, minuscule ; la poitrine plate ; le cheveu terne ; la peau du visage comme un film gras, couverte de boutons rouges et blancs. L'eau lui cingle la peau de la même façon qu'à l'époque, elle respire les mêmes odeurs d'eau de Javel et de vapeur. Elle ne se souvient plus très bien de l'endroit où elle se trouve, et sait que cela n'a guère d'importance.

Et lorsque les gardiennes lui crient de se dépêcher, elle ouvre les yeux, prend sa serviette rêche et se frictionne jusqu'à ce que la peau lui cuise.

Plus tard, elle prendra le minuscule miroir autorisé, elle examinera un fragment de son visage, distinguera la peau luisante et grasse, les boutons, et saura qu'elle est encore une fois punie.

De façon très épisodique, elle portera le miroir à ses yeux – rapidement, de manière à ne pas distinguer le pire – et lissera ses sourcils, se léchera le doigt pour se recourber les cils, atténuera un peu le brillant de son teint et s'efforcera de se voir dans le reflet. Il ne lui reste d'elle-même que ces minuscules vanités.

Elle revêt rapidement les sous-vêtements grisâtres et la robe de coton qu'ils lui ont donnés, et enfile un pull parce qu'elle n'est jamais suffisamment réchauffée. Elle attend l'inspection – de son lit, de sa cellule, de sa personne – et puis, c'est l'heure du petit déjeuner.

À une époque, *petit déjeuner* faisait naître des visions aussi parfaites que celles des magazines : cafetières accompagnées de toasts brûlants et de noix de beurre pimpantes. Un papa et une maman en compagnie d'enfants aux cheveux ébouriffés et à la bouche laiteuse. Des sourires, des baisers, et l'aube d'une journée ordinaire. Elle pensait que ce genre d'images l'aiderait à s'évader d'ici par l'esprit. Et puis, elle avait découvert que les images radieuses lui reviendraient la nuit, et que l'éclat de ces sourires de petit déjeuner la ferait sangloter dans l'obscurité. À présent, elle se concentre sur un moment à la fois. Sur la réverbération des sons dans les cages d'escalier. Les rampes métalliques froides. La sensation du plateau et des couverts en plastique. L'odeur des œufs, du gruau de maïs et de la graisse. Le goût du café amer et le bruit que font trois cent vingt-quatre femmes lorsqu'elles mastiquent.

Semblables aux perles d'un chapelet, il y a une longue succession de ces moments, les uns derrière les autres. Il lui faut se cramponner à un seul à la fois, et puis, c'est fini, elle peut se rendre à la bibliothèque et dire bonjour à Christine. Christine est la bibliothécaire, et détenue à perpétuité, ce qui lui confère certains privilèges. Elle était enseignante à Port Washington, jusqu'au jour où elle a tué son mari avec un pic à glace et un couteau de cuisine.

Christine a presque soixante ans : mince, brune, toujours courtoise et sereine. Son mari voulait la quitter pour sa secrétaire de vingt-deux ans, et elle avait dû se servir du couteau de cuisine pour achever le travail lorsque le pic à glace était resté fiché dans l'épaule de son mari. Elle se passe de petit déjeuner parce qu'elle est toujours en train de surveiller son poids, aussi les piles de livres sont-elles souvent prêtes lorsque Ruth arrive.

La tâche de Ruth consiste à charger les livres sur le chariot, en veillant à ce que les dos soient orientés vers l'extérieur, à réfléchir un peu à son itinéraire et à qui pourrait avoir envie de lire quoi. Puis elle entame ses tournées, récupère les ouvrages qu'elle a distribués les jours précédents et en donne de nouveaux, notant qui a lu quoi, quels sont les livres qui ont été rendus et quels sont ceux qui sont tellement écornés ou en lambeaux qu'ils nécessiteront d'être rafistolés ou bien détruits.

Et chaque jour, tandis qu'elle pousse le chariot le long de chaque étage, jette un coup d'œil à travers chaque porte et dit bonjour aux femmes dont elle sait qu'elles lui répondront, elle pense à ce dernier matin. Elle a appris à ne pas penser au *petit déjeuner*, mais cela, elle ne peut pas s'empêcher de s'en souvenir. Les silhouettes recroquevillées sur les lits, en train de somnoler ou de lire, suivant les lignes de leurs doigts, ne manquent jamais de le lui rappeler.

Ce jour-là, le dernier, elle acheva de se maquiller et referma la porte de la salle de bains derrière elle. Minnie tournicotait dans le couloir en gémissant doucement. Tout en tâtonnant à la recherche de ses chaussures et de ses clés, Ruth lui fit des mamours avec un claquement de langue, et elles sortirent dans l'air radieux qui annonçait une nouvelle chaude journée dans le Queens. Elles se promenèrent un quart d'heure, le long de pelouses soignées, décolorées par le soleil, le long de rangées d'immeubles résidentiels identiques. Minnie tirait sur sa laisse, Ruth souriait aux hommes qu'elles dépassaient et saluait une ou deux femmes de derrière ses lunettes de soleil.

De retour à l'appartement, Ruth but un grand verre d'eau froide, réchauffa le café, se servit une nouvelle tasse, et regarda manger Minnie pendant un moment. Puis elle décida qu'il était temps de réveiller les enfants.

Sauf que, chaque matin, ils étaient déjà debout. Avant même de soulever le crochet de sécurité et d'ouvrir la porte de la chambre, elle savait ce qu'elle allait découvrir. L'hiver, ils étaient tous les deux pelotonnés dans un seul lit sous la couverture bleue. Frankie entourait Cindy de son bras tout en lui faisant la lecture, les yeux fixés sur la page, le livre en équilibre sur ses genoux relevés, son autre main suivant les lettres. Lorsqu'il butait sur la prononciation d'un mot, il passait outre, ou bien regardait les images et inventait quelque chose. Cindy serrait sa poupée contre elle, suçant son pouce, le regard oscillant entre le livre et les traits sérieux de son frère. Quand il lisait quelque chose de drôle, ou quand il adoptait une de ses voix particulières, elle battait des mains et riait.

Et quand il faisait chaud, comme ce matin de juillet, ils étaient toujours debout sur le lit de Cindy, à regarder par la fenêtre du rez-de-chaussée, et à adresser des signes à tous les passants. Même les inconnus répondaient à ces larges sourires pleins de dents, ces joues douces de bébé. Ruth savait qu'elle devait être fière de ses enfants, fière d'elle-même, qui les élevait pratiquement toute seule. Ils avaient des livres et des jouets, leurs vêtements étaient propres et soignés, ils mangeaient tous les soirs des légumes au dîner. Ici, ils étaient en sécurité. C'était un quartier sympathique : au printemps, lorsqu'ils étaient passés par la fenêtre de leur chambre, une vieille dame les avait ramenés à la maison avant même que Ruth ne s'aperçoive de leur disparition. Elle avait dû dissimuler sa surprise. La femme avait l'air un peu folle – chevelure rousse flamboyante et robe à fleurs informe – mais elle avait serré les enfants contre elle en les embrassant pour leur dire au revoir avant qu'ils ne rentrent en courant. Il était clair qu'elle aurait voulu les suivre à l'intérieur, mais Ruth était restée fermement plantée dans l'entrebâillement de la porte.

— C'est dur, madame Malone. Je sais. Moi aussi, je suis seule la plupart du temps. C'est dur.

La femme s'exprimait d'un ton criard, avec un fort accent. Allemand, ou peut-être polonais. Elle avait porté sur Ruth un regard critique.

Un sourire crispé aux lèvres, Ruth avait ouvert la bouche pour lui dire au revoir.

— Je veux dire, si vous avez besoin d'aide, madame Malone, il suffit de demander. On habite juste là, avait précisé la femme en pointant le doigt, numéro 44. Venez n'importe quand.

Ruth avait cessé de sourire et l'avait regardée bien en face.

— Nous n'avons pas besoin d'aide. Nous nous débrouillons très bien.

Puis, elle avait claqué la porte, s'était précipitée dans la cuisine, où elle avait sorti la bouteille qu'elle n'ouvrait jamais avant six heures du soir, et avait avalé une longue lampée. Ensuite, elle était allée dans la chambre des enfants, où ils l'attendaient, et elle leur était tombée dessus à tous les deux de ses mains minuscules. Parce qu'à cause d'eux, elle avait bu. Parce que la vieille femme l'avait regardée de cette façon. Parce qu'elle était tellement fatiguée de tout ça.

Ce jour-là, le dernier, elle perçut de légers gloussements en approchant de la chambre. Elle souleva le crochet, et un bruit sourd résonna tandis que les deux enfants sautaient du lit de Cindy et trottinaient jusqu'à la porte. Lorsqu'elle ouvrit le battant, Frankie fila dans le couloir et tourna à droite pour se rendre à la salle de bains. Il ne voulait plus utiliser le pot de Cindy. Il était maintenant un grand garçon, disait-il, presque six ans. Cindy n'avait que quatre ans – c'était encore son bébé. Ruth se pencha et souleva la petite fille, plongeant son visage dans les cheveux dorés et soyeux, et prit le couloir sur la gauche. Cindy lui encerclait la taille de ses jambes, et avait passé un bras potelé autour de son cou. Elle sentait sur elle les yeux de sa fille, qui caressait ses joues poudrées, ses cils noirs comme de la suie, sa bouche en cœur collante. La caresse de ses petits doigts, qui lui tapotaient la peau, tiraient et tortillaient ses cheveux, lui évoquait des baisers. Cindy lui disait quelquefois : « Tu as l'air d'une dame princesse. » Elle dessinait à ses poupées des lèvres et des joues rondes roses, et de sa peinture à doigts, leur colorait les cheveux en roux.

Princesse Maman.

Ruth atteignit la cuisine et laissa glisser Cindy jusqu'au sol. Frankie apparut, les mains mouillées, s'assit à sa place et grimaça devant ses céréales.

— On peut avoir des œufs ?

Elle soupira intérieurement. Neuf heures du matin, et elle était déjà épuisée.

— Non. Mange tes céréales.

Il fit la moue.

— Je veux des œufs.

— Bon Dieu, Frankie, on n'a pas de fichus œufs ! Mange tes céréales !

En sortant de la pièce, elle vit le visage de Cindy se contracter, perçut les prémices d'un hurlement. Elle ouvrit la porte moustiquaire, qu'elle laissa claquer derrière elle, et inspira profondément.

Elle était consciente des pleurs dans son dos, des aboiements de Minnie, des regards fixés sur elle depuis les fenêtres alentour. Carla Bonelli, là-haut au troisième étage. Cette salope fouineuse, la mère de Sally Burke, dans l'immeuble voisin. Nina Lombardo, qui la regardait de l'appartement d'à côté.

Qu'elles aillent se faire foutre. Elles n'élevaient pas deux gamins à elles toutes seules, tout en essayant de garder un boulot, de gagner leur croûte, de gérer un ex-mari cinglé. Elles ne comprenaient pas ce qu'était sa vie.

Les choses n'auraient pas dû se passer comme ça. Ce qui lui avait fait autrefois battre le cœur – la façon dont Frank prononçait son nom, celle dont il la regardait –, tout cela, au bout de neuf ans et de deux enfants ensemble, ne ressemblait plus aujourd'hui qu'à la pulsation d'une migraine familière.

Les yeux brusquement emplis de larmes, elle descendit deux marches sur lesquelles elle se laissa tomber en clignant des paupières, puis sortit de sa poche ses cigarettes et un briquet.

L'espace d'un instant, elle se retrouva propulsée devant un autre immeuble, un autre été. Elle était assise sur le perron, berçant d'une main son ventre arrondi. La porte s'ouvrait et son mari était là, qui venait s'accroupir à côté d'elle. Elle se retournait, il lui embrassait la joue, posait sa main sur la sienne et sentait le bébé donner des coups de pied.

— Comment vas-tu, chérie ?

— Ça va. Fatiguée.

Elle s'étirait, bâillait. Elle était toujours fatiguée. Comme lorsqu'elle avait été enceinte de Frankie : les deux derniers mois, elle n'avait éprouvé qu'une envie, dormir.

Il plongeait la main dans la poche de sa veste.

— Je t'ai apporté un cadeau.

Elle prenait le petit paquet, tirait sur le papier. Il y avait à l'intérieur quelque chose de mou : pas un bijou, donc. Des bas, peut-être ? Une chemise de nuit ?

C'était un jouet, un petit lapin en peluche tout doux, qui la regardait de ses yeux de verre.

— C'est pour le bébé.

Elle acquiesçait de la tête, se relevait avec difficulté en marmonnant quelque chose à propos du dîner. Elle laissait le lapin sur les marches, et n'avait remarqué que bien plus tard qu'il l'avait rapporté et rangé dans la nursery, en haut sur l'étagère, là où Frankie ne pouvait pas l'attraper.

Elle se demande quelquefois si c'est à ce moment précis qu'elle a commencé à lui en vouloir.

Ce jour-là, le dernier, il lui fallut un moment pour retrouver ses esprits. Elle eut un nouveau battement de paupières, s'aperçut que sa cigarette s'était consumée jusqu'au filtre. Elle se releva et fit demi-tour pour rentrer, adressant un signe de tête à la fenêtre de Maria Burke. Le rideau bougea, et Ruth esquissa un sourire.

À présent, tandis qu'elle pousse le chariot de la bibliothèque de cellule en cellule, voici ce dont elle se souvient. Elle se souvient qu'elle regagna l'appartement, la cuisine, qu'elle se resservit du café, et regarda les enfants par-dessus le rebord de sa tasse.

Cindy, ses yeux bleus rivés sur son frère, mâchonnait ses céréales. Frankie fixait son bol à moitié vide, l'air renfrogné, la lèvre inférieure pendante. Exactement comme son père.

Elle avala une autre gorgée et demanda :

— Vous vous êtes bien amusés avec papa, hier ?

Ils levèrent les yeux sur elle. Elle voyait bien qu'ils ne savaient pas quelle était la bonne réponse à apporter à la question.

— Qu'est-ce que vous avez fait ?

Cindy laissa tomber sa cuillère avec bruit.

— Il nous a emmenés à sa nouvelle maison. C'était bien.

— Ah bon ? Je ne savais pas que papa avait déménagé de chez Mamie.

Elle était surprise que la mère de Frank l'ait laissé repartir. Surprise qu'il ait eu les couilles de le faire.

— Papa vit tout seul, maintenant ? demanda-t-elle.

De nouveau la bouche pleine, Cindy secoua la tête. Ruth attendit, et ce fut Frankie qui répondit :

— Il a une chambre dans une grande vieille maison. Il partage une salle de bains avec trois autres types. Et une cuisine. Ils ont chacun un placard avec leurs affaires. Des placards avec des cadenas !

Elle hocha la tête, et but une nouvelle gorgée de café pour dissimuler son sourire grandissant. Comment diable Frank espérait-il obtenir la garde des enfants alors qu'il n'avait même pas une maison pour les abriter ? Elle reposa sa tasse.

— OK, maman n'est pas obligée d'aller travailler aujourd'hui. Qu'est-ce que vous voulez faire ?

Cindy cessa de mastiquer, la cuillère pendante dans la main. Frankie leva les yeux, sa bouderie évanouie.

— C'est vrai ?

— C'est vrai. Vous voulez aller au parc ?

Cindy se mit à crier de joie, lâcha sa cuillère et se tortilla en dansant sur sa chaise.

— Le parc ! Le parc !

De sous ses longs cils, Frankie coula un regard à Ruth.

— Papa peut venir aussi ?

L'air se figea, comme si quelqu'un retenait sa respiration. Elle tira une dernière bouffée de sa cigarette, leur tourna le dos pour écraser celle-ci dans une soucoupe et déclara :

— Tu as vu papa hier, Frankie.

Elle leur fit face.

— Alors, vous voulez aller au parc, ou pas ?

Frankie hocha la tête et Cindy rayonna de nouveau.

— Maman, je peux mettre ma robe avec les pâquerettes ?

Elle sourit à sa fille. Sa petite fille angélique, si facile.

— Bien sûr. Finis tes céréales, et ensuite, on ira te laver et t'habiller. Frankie, tu veux mettre ta chemise des Giants ?

Il haussa les épaules, tête baissée sur son bol.

— Frankie, je t'ai posé une question.

— Oui, maman, répondit-il sans lever les yeux.

— D'accord. Maman va finir de se préparer. Frankie, quand tu auras terminé, mets la vaisselle dans l'évier, et après, tu pourras aller regarder des dessins animés avec ta sœur.

Il acquiesça. Elle décida de laisser filer, pour cette fois, et emporta son café dans la salle de bains. Vérifia son maquillage. Se remit du rouge à lèvres.

Elle ignorait que c'était la dernière fois qu'elle aurait la liberté de le faire. La dernière fois que son visage n'appartiendrait qu'à elle-même.

2

Il est plus facile d'aborder le reste de la journée à travers le filtre du récit de Ruth.

Elle se souvient d'une pièce sans fenêtres. De chaises en bois.

Puis un clic. Le sifflement des parasites. Un homme qui se racle la gorge, et donne la date et l'heure.

Ensuite, les questions. Ses propres réponses, hésitantes, indécises.

« On est allés pique-niquer à Kissena Park. »

« Je pense… vers deux heures et demie. »

« Euh… des sandwiches sous-marins et des sodas. Du Pepsi. »

« On y est allés en voiture. Les enfants étaient devant avec moi sur la banquette. »

Frankie, dévalant le toboggan à toute vitesse dans sa direction, droit comme un I, le menton levé, les jambes étendues devant lui. Il sautait en arrivant en bas et fonçait en courant pour remonter à l'échelle. Cindy installée sur une des balançoires pour bébé avec les barres de sécurité, en dépit de ses protestations, car elle oubliait toujours de se cramponner.

— Plus haut, maman, plus haut !

Elle poussait plus fort.

— Plus haut, maman !

Son rire semblable à une eau bouillonnante. Battant de ses mains potelées, cheveux blonds au vent.

— Encore ! Encore !

Elle poussa jusqu'à ce que la fatigue se fasse sentir. Puis elles allèrent s'asseoir à l'ombre, un peu à l'écart des autres mères. Ruth étala la couverture bleue qu'elle avait prise sur le lit de Frankie, et elles regardèrent le petit garçon sur le toboggan. Un ballon expédié de toutes ses forces par un des gamins de Norma rebondit tout près du visage de Cindy, qui poussa un cri perçant. Frankie se précipita et se mit en garde devant lui : le garçon avait deux ans et dix centimètres de plus que lui.

— Hé ! T'as pas intérêt à faire mal à ma Cindy ! T'as pas intérêt !

Le gamin eut l'air prêt à éclater de rire, aussi Ruth appela-t-elle Frankie pour lui montrer que Cindy n'avait rien. Ils se partagèrent le reste du soda.

L'incident était oublié en l'espace de cinq minutes, et Frankie rejoignit en courant l'aire de jeux. Ruth s'appuya contre l'écorce rugueuse d'un arbre, serra contre elle Cindy et la berça, prêtant une oreille distraite aux voix autour d'elle.

— Je lui ai dit, bon sang, j'ai dit, Phil, c'est ta mère, tu dois lui dire, et il m'a dit d'accord, d'accord, mais je sais bien qu'il ne dira rien, il est tellement…

— … alors son boss est venu dîner samedi. J'avais fait ce truc, le roulé de dinde, la recette de Joanie, tu vois. Et ma tarte au citron. Il s'est servi trois fois. Trois fois ! J'ai jamais vu…

Elle sentit la tête de Cindy s'affaisser, ses membres s'alourdir. Elle laissa ses propres paupières se fermer.

— Il prétend qu'il travaille tard, mais je sais ce que ça veut dire. J'appelle son bureau, et personne ne répond. Et quand il rentre à la maison, je ne lui envoie pas dire, je lui balance, je sais ce que tu fais, Bob, mais il se contente…

Ruth revint à elle avec un sursaut. Ses bras étaient vides. Elle se redressa, le cœur battant. Voyant sa tête, Angela se mit à rire.

— Ils sont là-bas, avec Norma. Ne t'inquiète pas !

Ruth expira et remercia d'un signe de tête. Elle consulta sa montre et se releva.

— Tu pars déjà ?

Elle épousseta l'arrière de son pantalon, replia la couverture.

— Il faut que j'y aille. J'ai un coup de fil à passer et je dois faire dîner les enfants. À bientôt, Angie. À bientôt, Norma.

Elle gagna l'aire de jeux, appela Cindy et Frankie, et les entoura chacun de son bras. Ils quittèrent le parc ensemble, tous les trois. Pour la dernière fois.

« On est partis à quatre heures. »

« Parce que je tenais à partir à ce moment-là. J'avais un coup de téléphone à donner avant cinq heures. »

« Arnold Green. Mon avocat. »

« Il m'a dit de rappeler. D'habitude, il finit à cinq heures, mais il m'a dit qu'il travaillerait tard. »

« Eh bien, on est rentrés. Oh, j'ai d'abord acheté à manger. Chez *Walsh's Deli*, sur Main Street. Il n'y avait rien pour dîner à l'appartement. »

« Euh… de la viande. Du veau. Et une boîte de haricots verts. Du lait. »

« Non, nous sommes rentrés tout droit à la maison. Les enfants sont sortis jouer dehors, et j'ai rappelé M. Green. Nous avons parlé pendant… je ne sais pas, peut-être quinze, vingt minutes. »

« Eh bien, du dossier de la garde des enfants. Écoutez, pourquoi tout cela est-il nécessaire ? Quel rapport avec le reste ? »

« D'accord, d'accord. Je suis désolée. Je suis simplement inquiète, je suppose. Je comprends. Je suis désolée. »

« Vous avez une autre cigarette ? »

« Il m'a dit que mon ancienne baby-sitter allait témoigner contre moi. »

« Non – *pas* à propos des enfants ! Elle prétend que je lui dois de l'argent. Six cents dollars. Ce sont des conneries. Si je la paie, elle dit qu'elle ne témoignera pas en faveur de Frank. Elle veut que les enfants vivent avec lui et elle menace de l'aider à obtenir la garde. »

« Je viens de vous le dire, c'est faux. Elle essaie de me faire chanter, de me soutirer de l'argent que je ne lui dois pas. »

« Elle peut toujours l'attendre, ce fric. »

Un silence. Le cliquetis d'un briquet.

« C'est juste un autre problème que je dois gérer. Que Frank m'a laissé sur les bras. »

— Bon Dieu, Arnold, elle ment ! Je vous l'ai déjà dit, c'est une salope, et elle m'en veut parce que je l'ai virée.

— D'accord, Ruth, d'accord. Calmez-vous.

— Je suis calme ! Seigneur… qu'est-ce que ça veut dire ? Qu'est-ce que ça implique pour le dossier ?

— Tout dépend. Il faut d'abord que je sache ce qu'elle a à raconter. Je vais lui parler avant l'audience.

— Il ne peut pas gagner, Arnold. Ce n'est pas possible.

— Ne vous inquiétez pas, d'accord ? Elle ne fait pas bonne impression. Elle ne plaira pas au juge. Nous en parlerons demain.

— Ce n'est pas possible qu'il ait les enfants. Je ne le laisserai pas les prendre. Jamais de la vie.

— Il ne gagnera pas, Ruth. Aucun juge ne va retirer deux petits enfants à leur mère, à moins que... eh bien, il n'obtiendra pas la garde. Tout va bien se passer.

— Vous êtes sûr ? Vous n'avez pas l'air aussi sûr de vous que la semaine dernière.

— Ne vous inquiétez pas, Ruth, tout se passera bien, vous verrez.

— Vous avez intérêt à ne pas vous tromper. Il ne peut pas récupérer les enfants, ce n'est pas possible. Je préfère les voir morts plutôt qu'avec Frank.

« Oui, et ensuite j'ai commencé à préparer le dîner. Non, attendez – d'abord, j'ai passé un autre coup de téléphone. »

« Un ami. Il m'a dit qu'il rappellerait. »

« Juste un ami. »

« D'accord, bon Dieu, d'accord ! Il s'appelle Lou Gallagher. »

« Oui, ce Lou Gallagher-là. Celui du bâtiment. »

Un nouveau silence. Un murmure de voix, suffisamment bas pour que la bande d'enregistrement ne le perçoive pas.

« Lou a dit qu'il rappellerait. Alors j'ai préparé le dîner. Les gamins étaient dehors devant avec Sally. Sally Burke. »

« Je leur avais donné à chacun une moitié d'orange, et elle les aidait à les éplucher. Je pouvais l'entendre leur parler, et ils rigolaient. Ils étaient… oh bon sang, j'ai juste… »

Le bruit de l'eau que l'on verse, un verre qu'on pose sur une table.

« Merci… je… Ensuite, je les ai appelés pour les faire rentrer. »

Tout en mettant le couvert, debout devant la cuisinière, elle réfléchit à sa conversation avec Arnold Green. Elle repensa à Frank, le mois dernier, forçant l'entrée de l'appartement pour lui annoncer qu'il allait demander la garde des enfants. Et pourquoi. Ses traits pleins de mépris, tandis qu'il énumérait toutes les nuits où elle était rentrée tard, tous les hommes à qui elle avait parlé. Avec qui elle avait dansé. Avec qui elle avait flirté.

« Tu n'es pas digne d'être mère. »

« Ils ont besoin de quelqu'un de fiable pour s'occuper d'eux. »

« Ta propre mère est d'accord avec moi. »

Elle regarda manger les enfants, sans cesser de broyer du noir et de titiller la douleur que ses mots lui avaient infligée. Puis elle dit :

— Vous voulez aller faire un tour ?

Frankie et Cindy, qui finissaient leur lait, portant tous deux à leurs lèvres leurs tasses en plastique.

— Allons-y, avant que la nuit tombe.

Les enfants installés sur la banquette arrière, recouverts de la couverture bleue, que l'aventure faisait glousser, Ruth toute seule devant. La mâchoire serrée, les mains crispées sur le volant. Ce salopard croit qu'il va pouvoir m'enlever les enfants ? Il se fourre le doigt dans l'œil. Je connais Frank. Je sais qu'il ne peut pas se débrouiller tout seul. Il doit avoir une femme, et je vais la trouver.

— On va jouer à un jeu, d'accord ? On va chercher la voiture de papa !

Si je trouve ta voiture, je trouve l'endroit où tu habites, et qui sait ce que je vais découvrir là-bas, Frank ? Sur ta nouvelle vie et ta nouvelle petite amie. Comment oses-tu me parler des hommes dans ma vie ! Espèce de bon Dieu d'hypocrite, il n'est pas possible que tu vives comme un moine.

Tu me traites de mauvaise mère ? Il va te tomber un sacré truc sur le coin de la figure, et tu es trop bête pour t'en apercevoir.

Une heure au volant de la voiture, les enfants derrière de plus en plus calmes, jusqu'au moment où elle entendit Cindy ronfler doucement et Frankie marmonner quelque chose dans son sommeil. Toujours aucune trace de la voiture de Frank.

Elle bâilla. Se secoua. Prit conscience qu'elle était trop fatiguée pour continuer à conduire. Elle fit demi-tour et reprit le chemin de la maison, s'arrêtant en route pour prendre de l'essence.

« J'ai déshabillé les enfants, je les ai lavés – ils avaient des taches d'herbe sur les genoux après avoir joué dans le parc, et ils s'étaient cochonnés en mangeant. Je leur ai enfilé des sous-vêtements et des T-shirts propres, puis je les ai mis au lit. »

« Neuf heures et demie. »

« Oui, j'en suis sûre. Vous croyez que je laisse mes gamins debout toute la nuit ? Il était neuf heures et demie. »

« Ensuite, je me suis mise à faire le ménage de l'appartement. M. Green m'avait dit que le tribunal viendrait l'inspecter, et qu'il devrait être déclaré comme un bon foyer pour les enfants. Alors, j'étais en plein dans un grand projet de rénovation – repeindre le couloir, vous voyez, ranger les placards, remplacer la moustiquaire cassée de la fenêtre des enfants. »

« Quoi ? Non, j'en avais une en réserve – j'ai un climatiseur dans ma chambre, alors j'avais ma vieille moustiquaire en réserve. »

« Eh bien, je l'avais emportée dans leur chambre plus tôt dans la semaine, mais j'avais remarqué du… de la crotte de chien desséchée dessus. On l'avait utilisée pour enfermer les chiots de Minnie à leur naissance, et je suppose qu'elle n'avait jamais été bien nettoyée. J'avais donc remis la leur, celle qui était cassée, mais je n'avais pas réussi à la verrouiller de l'intérieur. Je vais… j'allais nettoyer la mienne et la remplacer dès que possible. »

« Non, j'ai fermé la fenêtre, pour empêcher les moustiques d'entrer. »

« Ensuite, j'ai ramassé toutes les bouteilles vides dans l'appartement et je les ai mises à la poubelle. J'ai fait une pile de vieux vêtements. Surtout des trucs de Frank, qu'il avait laissés quand il a déménagé. J'ai fait la vaisselle. Puis, comme j'étais fatiguée, je me suis installée sur le canapé pour regarder un peu la télévision. »

« Euh… *Le Fugitif*, sur ABC. »

« Jusque vers onze heures et demie. Ensuite, j'ai rappelé Lou. »

« Non, pas chez lui. Il était chez *Santini's*, sur Williamsbridge Road. »

Le téléphone sonna dix ou douze fois avant qu'une des entraîneuses ne décroche. Ruth demanda M. Gallagher, et la fille lui demanda de la part de qui. Lorsqu'elle comprit qu'il ne s'agissait pas de Mme Gallagher, son ton se fit moins précieux.

— Une minute, je vais voir s'il est par là.

Elle posa le combiné et Ruth perçut le cliquetis de ses talons aiguilles qui s'éloignaient. De la musique, des rires, des verres qui s'entrechoquaient. Elle se demanda ce que faisait Lou. Avec qui il se trouvait, et pourquoi il mettait autant de temps.

Enfin, des pas, un souffle d'air tandis qu'il prenait le combiné.

— Allô ?

— Lou, c'est moi. Tu ne m'as pas rappelée.

— J'étais occupé, chérie.

Elle était installée les jambes repliées sous elle sur le canapé. Elle secoua sa cendre dans une soucoupe débordante de mégots.

— Tu pourrais venir, suggéra-t-elle en détestant la note de supplication dans sa voix.

— Où es-tu ?

— À la maison.

— Je suis fatigué, Ruth. Je prends juste un verre et je vais rentrer chez moi.

Il n'était pas seul. Elle en était certaine, tout autant qu'elle était certaine qu'il ne rentrerait pas chez lui. Il se trouvait encore une fois avec les filles du bowling. Ces femmes qui prétendaient aller au bowling pour échapper à leur mari. Elle avait été l'une d'entre elles, à l'époque où elle avait un mari.

Une fois qu'elle eut raccroché, elle éprouva comme le sentiment d'une envie qu'elle ne pouvait satisfaire. Elle se laissa retomber sur le sofa et réfléchit en fumant.

Le téléphone sonna. Elle répondit avec empressement d'une voix assourdie, mais ce n'était que Johnny.

— Salut, bébé, devine qui est là ?

Il était ivre. Il avait probablement de nouveau passé la journée à boire.

— Meyer est là, et Dick. Tu te souviens de Dick, bébé ? Dick Patmore. Il veut te voir. Bon sang, moi aussi je veux te voir, bébé. Tu me manques. Je ne t'ai pas vue depuis des semaines. Pourquoi est-ce que tu ne viens pas ?

— Je n'ai pas de baby-sitter, Johnny.

— Tu ne peux pas en prendre une ? Je te donnerai l'argent. Tu sais que je suis généreux avec l'argent, bébé.

— Il est tard, et j'ai cette histoire de garde qui approche. Je dois voir mon avocat demain.

Elle écouta son souffle lourd et irrégulier.

— Johnny ? Je vais te laisser…

— À une époque, tu aurais pris une baby-sitter. Tu aurais rappliqué ici en quatrième vitesse.

— Écoute, ce n'est pas vraiment le moment.

— Qu'est-ce qui a changé, bébé ? Moi, je n'ai pas changé. Je t'aime toujours, bébé. Ruthie. Je t'aime, Ruthie.

Puis son ton changea.

— C'est ce type ? Gallagher ? Il est là ?

— Non, bien sûr que non. C'est…

— Tu es avec lui, là ? Tu es toujours avec lui, ces derniers temps.

— Johnny, il n'y a personne ici. Il est tard et je dois y aller. Appelle-moi demain.

Elle raccrocha et ralluma la télévision. Se servit un verre.

« À minuit, je suis allée voir les enfants. Frankie était à moitié endormi, mais avait besoin d'aller aux toilettes. J'ai essayé de réveiller Cindy, mais elle s'est retournée de l'autre côté, et je l'ai laissée dormir. »

« Oui, j'ai remis le crochet sur leur porte après. C'est ce que je fais toujours. »

« Non, je n'en ai pas le souvenir, mais c'est ce que je fais toujours. »

« On l'a installé il y a un an. Frankie s'était levé un matin et avait englouti tout ce qu'il y avait dans le réfrigérateur. Il a été malade pendant des heures. Après ça, j'ai demandé à Frank de mettre un crochet de sécurité à la porte. »

« Ensuite, j'ai sorti Minnie. J'ai vu Tony Bonelli, je lui ai fait un signe de la main. Lui aussi sortait son chien. Je me suis absentée vingt minutes, puis je suis restée un moment assise sur le perron. Il faisait bon dehors. Un peu plus frais. J'entendais des gens au loin. Et de la musique. Je me suis dit que cela devait venir de l'Exposition universelle. »

« Je pense que j'ai fermé le verrou de la porte d'entrée lorsque j'ai regagné l'appartement. »

« Je pense. »

« Je ne me souviens pas. »

« Écoutez, je ne me souviens pas, d'accord ? Je ne me souviens pas ! Si j'avais su que je devrais m'en souvenir… Vous, vous avez verrouillé votre porte hier soir, hein ? Vous vous en souvenez ? »

« Pardon. Je suis désolée. Je suis juste inquiète. »

« Non, ça va. Je peux continuer. »

« J'ai donné de l'eau à Minnie, puis je suis allée dans ma chambre et je me suis allongée. Juste une minute, mais j'ai dû m'endormir. Quelque chose m'a réveillée. Je ne pense pas m'être endormie longtemps. »

« Euh… deux heures et demie… trois heures moins le quart. »

« Non, je ne sais pas. Peut-être un cauchemar. J'ai cru entendre un des enfants pleurer, mais quand j'ai tendu l'oreille… rien. »

« Je suis allée aux toilettes. Et puis le téléphone a sonné de nouveau. C'était Frank. »

« Il voulait parler de Linda, ma baby-sitter. Celle qui prétend que je lui dois de l'argent. »

« Je n'avais qu'une envie, me débarrasser de lui. Je lui ai dit d'aller se faire voir, et je lui ai raccroché au nez. »

« Et comment, que j'étais furax. De temps en temps, il m'appelle au milieu de la nuit en espérant me réveiller. Il veut me foutre en rogne, et ça marche. »

« J'ai ressorti la chienne. Autour du pâté de maisons. Puis je suis restée assise dehors une dizaine de minutes. »

« Non, je ne suis pas allée voir les enfants. J'étais allée vérifier à minuit. »

« Tout allait bien à ce moment-là. Ils étaient… Seigneur ! »

« Non, ça va. »

« Je vous ai dit que ça allait. »

« J'ai pris un bain. Il faisait encore très chaud, et j'ai pris un bain frais. Puis je suis allée me recoucher. »

« Aux environs de quatre heures moins le quart, je pense. Peut-être quatre heures. »

Elle se réveilla lorsque le réveil sonna à huit heures. Poisseuse de sueur, avec le souvenir d'un rêve : un enfant qui pleurait, un ciel noir, un visage blanc.

Elle s'assit avec difficulté, passa ses mains dans ses cheveux, bâilla. Une nouvelle journée de canicule. Gina toussait à l'étage au-dessus, puis Bill Lombardo hurla sur sa femme de l'autre côté de la cloison. Une porte claqua.

Elle mit le café à chauffer sur la cuisinière et prit le chemin de la salle de bains. Elle se déshabilla et se lava, passa sa robe de chambre, puis regagna la cuisine, où elle se servit une tasse de café et alluma sa première cigarette de la journée. Elle était censée rencontrer son avocat plus tard, mais enfila pour l'instant un pantalon corsaire clair et un chemisier rose. Pieds nus, elle emporta sa tasse dans la salle de bains. Entama la routine qui allait faire naître Ruth dans le miroir.

« J'ai quitté la salle de bains, puis suis allée sortir la chienne. »

« Neuf heures moins le quart. Peut-être un peu plus tard – je ne retrouvais pas mes chaussures. »

« Un quart d'heure. Sans doute moins. »

« Euh… quelques-uns. Personne de ma connaissance. »

« Nous sommes rentrées, et j'ai nourri Minnie. Rempli son bol d'eau. Une autre tasse de café. »

« Oui, vers neuf heures dix, pas plus tard. »

« Rien qui sorte de l'ordinaire. J'ai senti une odeur de brûlé. Des toasts, je suppose. Et j'entendais la radio de Gina. Oh, et puis un téléphone a sonné quelque part au loin. »

« Non, rien d'autre. À l'exception… eh bien, du silence. L'appartement était calme. »

« Oui, je me souviens d'avoir noté le silence. De m'être demandé s'ils étaient encore endormis. Et puis… Alors, j'ai ouvert la porte. »

Mais rien de tout cela ne décrit la réalité.

La chienne, agitée, qui gémissait. Le pas pressé et mal assuré de Ruth, qui tirait sur le pan de son chemisier, sentait la chaleur s'infiltrer à travers les couches de maquillage. Elle pensait à son rendez-vous avec Arnold Green cette après-midi-là, à Frank, au loyer dû à la fin de la semaine. De retour à l'appartement : le goût du café tiède. La fissure au plafond qu'elle avait remarquée la semaine précédente, puis oubliée. L'odeur de laque en provenance de la porte de la salle de bains à moitié ouverte. Sa migraine, et elle qui fouillait maladroitement à la recherche d'aspirine.

Et puis le silence. Non pas le fait en lui-même, mais à quel point il résonnait. À quel point l'espace normalement empli de voix, de rires et de trottinements se résumait à cela : de l'espace.

Puis la vision de sa main devant elle, qui soulevait le crochet, poussait la porte. Et de nouveau, encore et encore, à chaque instant depuis : le battant de bois peint de blanc qui s'écartait lentement, l'étendue de lumière qui allait en s'agrandissant, sa main qui retombait à son côté dans le poids de l'air immobile, et sa voix qui se serrait dans sa gorge sèche. Puis la pièce derrière. Vide.

3

C'est donc ainsi que les choses débutèrent. Avec une porte fermée sur une pièce vide. Avec elle qui se ruait dans la rue, un trousseau de clés glissant de sueur serré dans la main, pressé de toutes ses forces au creux de sa paume. Elle qui faisait le tour du pâté de maisons en criant leurs noms.

Tout débuta avec de la colère. *S'ils sont de nouveau passés par cette fichue fenêtre, ils vont écoper de sérieux ennuis !*

Puis la colère céda graduellement la place à la conscience de son souffle haletant, de sa nausée. Lorsqu'elle fut revenue au coin de 72nd Drive, elle s'aperçut que sa peau, ses cheveux étaient trempés.

Elle se tourna de côté et d'autre, incapable de se décider pour une direction.

Le mauvais choix pourrait se révéler lourd de sens.

C'était possible.

Elle se mordit la lèvre pour évacuer cette pensée. Tourna à gauche.

Tellement d'enfants partout. Chaque reflet de cheveux blonds lui faisait bondir le cœur dans la poitrine. Puis elle vit devant elle un petit garçon, avec quelque chose dans la démarche. Elle l'agrippa par le bras pour le retourner.

— Frankie ! Bon Dieu…

Mais c'étaient les traits d'un inconnu dont elle lâcha le bras et contempla les lèvres ouvertes. Elle enregistra à peine sa bouche bouton de rose qui poussait un hurlement. Elle entendit à peine sa mère.

— Hé ! Hé, dites donc, madame ! Qu'est-ce que vous…

Elle poursuivit son chemin, de plus en plus vite, jusqu'à perdre de vue son but. Les yeux rivés sur les visages qui la dépassaient, sur le trottoir devant elle. Elle marchait d'un pas irrégulier, évitant les fissures.

Un pied sur la fissure, tu te rompras le dos.

Un pied sur la fissure, les enfants ne reviendront pas[1].

Elle se bâillonna de la main pour empêcher les paroles de sortir, se mit à courir. Elle courait sans avoir la moindre idée de l'endroit où elle se trouvait, tourna encore une fois et se retrouva sur 72nd Drive. Elle vit une silhouette se précipiter vers elle, réalisa qu'il s'agissait de Carla Bonelli. Elle vit remuer les lèvres de la femme, parvint à articuler :

— Frankie et Cindy sont… ils sont… je ne les trouve pas… aidez-moi à les retrouver…

Carla voulut lui saisir le bras mais Ruth l'écarta avec colère, jeta un regard autour d'elle, les yeux exorbités, avant de répéter :

— Trouvez-les, je vous en prie !

Et elle poursuivit son chemin en trébuchant, les bras serrés autour de son torse. Carla demeura figée sur place à la regarder partir.

---

1. Allusion à la superstition suivant laquelle marcher sur une fissure du trottoir porte malheur : *Step on a crack, break your mother's back. (Toutes les notes sont de la traductrice.)*

De retour chez elle, Ruth décrocha le téléphone de ses doigts tremblants et composa un numéro. Elle pressa le combiné de toutes ses forces contre son oreille, serra le poing, les ongles enfoncés dans sa paume. Elle écouta retentir la sonnerie.

Patienta.

Patienta.

Et puis :

— Frank ? Tu as les enfants ?

« Ne fais pas l'imbécile ! Où sont les enfants ?

« Ils ne sont pas là. Ils sont…

« Bien sûr, que j'ai vérifié dans la chambre ! J'ai fait tout le tour du pâté de maisons.

« Vingt minutes, une demi-heure – je ne sais pas ! J'ai cherché partout et je… je ne les trouve pas.

« Je t'en prie, si tu as les enfants, dis-le-moi. Ne fais pas ça, Frankie. Je t'en prie.

Ce fut la dernière fois qu'elle l'appela Frankie.

Il répondit quelque chose, qu'elle ne comprit pas, n'entendit que les mots « Je viens », et lorsqu'il coupa la communication, elle s'accrocha à cela. Elle se rendit à la fenêtre pour surveiller l'arrivée de sa voiture et porta une cigarette à sa bouche. Elle dut s'y reprendre à trois fois pour l'allumer.

Frank arriva. Elle ouvrit la porte et il la prit dans ses bras. Elle resta un moment rigide, puis lui tapota l'épaule. Il la libéra de ses bras et resta planté là dans le couloir.

— Il faut que tu… fit-elle avec un geste en direction de la cuisine.

Enfin, il prit les choses en main.

Il décrocha le téléphone et elle l'entendit :

— Je veux signaler… Mes enfants ont disparu. Je veux signaler la disparition de mes enfants.

« Il y a une heure.

« Malone.

« Mon adresse, ou bien celle à laquelle résident les enfants ?

« Non, nous sommes… Ils vivent pour l'instant avec leur mère.

Il prépara un nouveau café, la fit asseoir. Il versa dedans une giclée de cognac et la regarda boire. C'était la fin de la bouteille que Gina avait apportée pour le réveillon. L'alcool lui brûla la gorge et elle frissonna, mais la nausée s'évanouit. Elle le regarda, vit ses lèvres se relever sur ses dents serrées en un semblant de sourire.

— OK, chérie. OK. Les flics arrivent. On doit rester calmes. On doit réfléchir.

Trottinant, Minnie vint presser son museau contre le genou de Ruth, jusqu'à ce que celle-ci la repousse. Le toucher lui était insupportable.

Ruth mit un moment à pouvoir se relever. Elle avait besoin de faire pipi, et se regarda ensuite dans la glace de la salle de bains. Un film de transpiration recouvrait ses traits, et le maquillage de ses yeux avait coulé.

Elle répara les dégâts du mieux possible, leva le bras pour se coiffer et sentit la sueur. Elle se regarda de nouveau dans la glace. Sous la couche de maquillage, son visage et ses traits ne convenaient pas. Son allure ne convenait pas. Son odeur ne convenait pas.

Tu sens comme une chienne en chaleur.

Elle se rendit dans la chambre et se changea. Enfila un chemisier propre qui flattait sa silhouette. Elle savait qu'allaient venir des hommes, des inconnus, qui allaient la regarder, poser des questions. Leurs yeux posés partout sur elle, semblables à des mains. Elle devait être prête pour eux, présenter bien.

Lorsqu'elle regagna la cuisine, on frappa à la porte d'entrée.

Ils étaient deux. Deux flics, chez elle. L'un d'eux, le plus jeune, dit :

— J'ai cru comprendre que vous étiez séparés, monsieur et madame Malone ?

Ce furent ses premières paroles, puis il ajouta :

— C'est à propos de la garde ?

Elle n'avait aucune idée de ce qu'il voulait dire, de ce qu'il fallait répondre.

Ils s'installèrent dans la cuisine. Ruth posa sur la table un cendrier propre, et un des hommes alla téléphoner. Il revint, il y eut entre eux un échange de regards, puis il emmena Frank dans le salon. Elle demeura seule avec le plus jeune, qui se présenta, mais elle oublia son nom.

Il resta assis là à poser des questions. Quels étaient les noms complets des enfants ? Leur âge ? Avaient-ils déjà disparu auparavant ? Disposait-elle de photos récentes ?

Puis il demanda :

— Depuis combien de temps êtes-vous séparée de votre mari, madame Malone ?

— Je ne… Quel est le rapport avec les enfants ?

Il ne répondit rien, se contenta de patienter.

— Depuis le printemps précédent. Frank a déménagé en avril l'année dernière.

— Pourquoi vous êtes-vous séparés ?

Elle regarda le jeune homme dans son costume bon marché et ses chaussures éculées, sachant qu'elle ne pourrait pas lui faire comprendre. Aucune de ses raisons n'avait suffi à Frank, à sa mère, à la plupart des autres femmes qu'elle connaissait. Elles ne suffiraient pas à ce flic, ce gamin.

— Nous ne nous entendions pas. Nous nous disputions beaucoup.

— Et à présent, il réclame la garde complète des enfants ? Sur quelle base ?

— Il dit que je… Il prétend que les enfants seraient mieux avec lui.

Il nota ses réponses, puis sa voix se fit sévère :

— S'il s'agit d'une sorte de jeu, madame Malone, si vous faites ça pour vous venger de votre mari, il vaut mieux arrêter avant que tout cela n'aille trop loin.

Elle le regarda. Un jeu ? Elle sentit la chaleur lui envahir le visage, des picotements lui naître à la racine des cheveux, et ne put se contenir plus longtemps :

— Nom de Dieu, qu'est-ce que ça veut dire tout ça ? Pourquoi n'êtes-vous pas dehors en train de chercher mes enfants ? Vous devez retrouver mes enfants !

Il se racla la gorge. L'ignora.

— Les avez-vous cachés quelque part ?

Quelque chose dans le regard de Ruth lui fit lever les mains :

— D'accord, d'accord, s'empressa-t-il, écarlate.

Il aurait eu l'air plus à sa place dans un lycée.

Elle déglutit avec force, puis tira une longue bouffée de sa cigarette. Secoua la tête, alors même qu'il avait déjà quitté la pièce.

La cigarette se consuma jusqu'à atteindre ses doigts, et elle jeta le mégot dans l'évier, fit couler de l'eau froide sur sa main. Les éclaboussures glacées la réveillèrent : elle prit conscience de sa nausée, du goût amer dans sa bouche.

Le temps passa. Frank entra, demanda si elle avait mangé ce matin. Elle eut un geste de l'épaule pour le repousser. Avala encore un café. Elle n'entendait rien d'autre que le souffle rauque de Frank qui fumait, et de temps en temps le chuchotement de l'autre flic au téléphone.

Frank quitta la pièce, et elle perçut le murmure de l'eau dans la salle de bains. Ensuite, on frappa à la porte, et la voix de Carla Bonelli lui parvint. Il y eut un chuchotement, puis : «… pour aider. Je peux la voir ? » Un nouveau bourdonnement, puis la porte se referma. Frank entra et annonça :

— Carla voulait venir. Je lui ai dit qu'il ne valait mieux pas.

Elle ne comprit pas pourquoi, mais acquiesça.

— Je lui ai aussi demandé de prendre la chienne, dit-il. Simplement jusqu'à ce que… pour l'instant.

Elle hocha de nouveau la tête, alluma une autre cigarette et fixa la pendule sur le mur, jusqu'à ce qu'elle se souvienne que celle-ci s'était arrêtée la semaine précédente, ce qui avait provoqué leur retard au rendez-vous de Frankie chez le dentiste.

Un autre coup à la porte, puis des pas dans le couloir. Elle regarda Frank, qui lui rendit son regard. Des voix. Deux hommes se tenaient sur le seuil, dont le jeune flic aux joues roses.

Le deuxième était plus âgé. Il se dégageait de lui un calme qui apaisa un moment l'esprit de Ruth. Il était imposant, les épaules carrées, un costume ample flottant sur sa large carrure. La peau jaunâtre, cireuse, les pores dilatés, les traits flasques au-dessus de son cou épais, de lourdes paupières tombantes et un air renfrogné. Ses narines se contractèrent lorsqu'il la regarda, comme si elle sentait mauvais. Elle lissa sa jupe, tapota sa chevelure.

Il lui rappelait un peu un acteur qu'elle avait vu quelque part. Dans un film, avec Ingrid Bergman, peut-être. Un truc qu'elle avait vu à la télévision une après-midi.

Il continuait de la regarder, et elle réalisa qu'il avait parlé. Elle dut le faire répéter.

— Je suis le sergent Devlin, madame. C'est moi le responsable ici, dit-il avec un accent du Bronx caractéristique.

Jerry, c'était ça, le nom de l'acteur. Jerry quelque chose.

Elle hocha la tête, s'apprêta à se détourner. Puis :

— Nous avons cherché votre nom dans nos dossiers, madame Malone. Il semble que nos agents soient déjà venus ici auparavant. À plusieurs reprises.

Il tira de sa poche un bout de papier.

— Plaintes pour tapage en avril et juin l'année dernière. Et cette année, le 5 mars et le 19 mai.

— Je ne…

— Et une inculpation pour état d'ébriété sur la voie publique. 12 novembre 1964.

Elle lissa ses cheveux, se racla la gorge.

— Quel rapport avec mes enfants ?

Il se contenta de continuer à la fixer. Puis, brusquement :

— Nous devons fouiller l'appartement. On devra peut-être emporter des choses avec nous. Ce n'est pas un problème, madame Malone ?

Elle secoua la tête. Que pouvait-elle faire d'autre ?

Frank et elle demeurèrent assis en silence. Elle se rongea les cuticules, fixa de nouveau la pendule. Le moindre bruit la faisait sursauter. Puis Devlin refit son apparition à la porte.

— Il faudrait que vous veniez avec nous un moment.

Elle scruta son visage :

— Vous les avez trouvés ? Vous avez trouvé Frankie et Cindy ?

Il la regarda droit dans les yeux.

— Venez simplement avec nous, s'il vous plaît.

Elle se leva.

— Tous les deux ?

Il jeta un regard à Frank.

— Oui.

Elle s'attendait à ce qu'il les emmène dans la chambre des enfants, mais au lieu de cela, ils sortirent et firent le tour de l'immeuble, jusqu'aux poubelles. Elle faillit éclater de rire lorsqu'elle vit ce qu'ils avaient fait. Les poubelles étaient vides, le contenu répandu partout sur le sol. Deux autres flics en uniforme fouillaient dans les monceaux d'ordures. Cartons de lait vides, emballages de nourriture, boîtes de pâtée pour chiens, épluchures d'oranges, papiers, grains de café. L'odeur lui retournait l'estomac. Devlin désigna du doigt un sac en plastique à l'ouverture béante.

— C'est à vous, madame ?

Elle le regarda, lui, puis le sac. Elle se rapprocha et examina l'intérieur. Le sac contenait neuf ou dix bouteilles vides. Du gin. Du bourbon. Du vin. Elle releva les yeux sur lui. Il était sérieux ?

— Je ne sais pas. Je ne me souviens pas de ce que j'ai jeté récemment. Peut-être.

Le visage du flic demeura de marbre, semblable à celui d'un acteur sur un cliché. Il adressa un signe de tête à l'un des agents en uniforme, qui se rapprocha, une enveloppe à la main. Il lui fourra celle-ci sous le nez et elle eut un mouvement de recul ; le papier avait été collé sous de la vieille nourriture.

— Il y a votre nom dessus, madame Malone.

Elle vit que l'enveloppe avait contenu une quelconque facture, de quoi, elle avait oublié. Elle se souvenait cependant de l'avoir ouverte, d'avoir jeté l'enveloppe et rangé la facture dans le tiroir, en se demandant quand elle pourrait la payer.

— Ceci se trouvait dans le même sac.

— Oh. Alors… eh bien, je suppose que c'est à moi.

— Et les bouteilles ?

Elle jeta un nouveau coup d'œil.

— Eh bien, oui, je suppose qu'elles sont aussi à moi. Si l'enveloppe était avec dans ce sac.

— Toutes ces bouteilles ? demanda-t-il avec une sorte de rictus.

— Quel rapport avec les enfants ? Pourquoi n'êtes-vous pas à la recherche de Frankie et Cindy ?

— On essaie juste d'établir un contexte, madame.

— Je mettais de l'ordre dans l'appartement. Mon avocat m'a dit… le tribunal va faire une inspection. Il m'a dit de nettoyer. De repeindre, de faire joli, expliqua-t-elle sans regarder Frank.

Devlin la contempla un long moment, puis, sans la quitter des yeux, s'adressa au flic en uniforme qui se tenait derrière lui :

— Notez cela : en lien avec la garde des enfants, articula-t-il comme s'il s'agissait là de gros mots.

Elle se retourna, mais Frank évitait son regard.

— Je nettoyais simplement.

Il acquiesça, mais toujours sans la regarder.

Le temps passa. Ruth déambula dans le couloir, fit les cent pas dans le salon en se rongeant les ongles, noyant la boule dans sa gorge sous la fumée de cigarette. Un homme avec un flacon et une brosse était agenouillé près de la table basse, qu'il pulvérisait de poudre. Il progressait à travers toutes les pièces, abandonnant derrière lui une piste blanche. Il levait les yeux sur elle sans dire un mot.

De retour dans le couloir, elle remarqua que la porte de la chambre des enfants était entrouverte, la moquette usée baignée de lumière. Elle s'avança d'un pas, vit trois hommes penchés sur la commode sous la fenêtre : Devlin, le flic aux joues roses, un type avec un appareil photo.

— Assurez-vous de bien tout prendre, intima Devlin à voix basse, d'un ton intense et concentré qui arrêta le pas de Ruth, qui s'adossa au chambranle.

Les cris de l'équipe de recherches à l'extérieur paraissaient résonner à des centaines de kilomètres de là, distants et déformés dans la chaleur scintillante de l'après-midi.

Il n'y avait rien sur la commode : quelques livres de Frankie, une lampe, un tube de crème pour l'eczéma de Cindy. Ruth avait nettoyé deux jours auparavant, dégagé une pile de linge posée dessus, quelques-uns des jouets des enfants. Elle se souvenait d'avoir essuyé le plateau, frotté les traces de douzaines de tasses. Se souvenait de l'odeur du produit à la cire d'abeille.

Le photographe leva les yeux sur Devlin. L'homme était petit, les cheveux fins avec des lunettes rondes, la cravate de guingois, et des taches de sueur au niveau des aisselles. Elle l'observa tandis qu'il se penchait, préparait son appareil. Le soleil à travers la fenêtre illuminait la danse d'un nuage de grains de poussière blancs.

L'obturateur se déclencha une fois. Deux fois.

Elle avait mal à la tête. Elle se détourna.

D'autres flics firent leur apparition. Le téléphone retentit souvent. Devlin était toujours là. Il entra dans le salon, demanda à parler à Ruth, la conduisit dans sa propre chambre, dans laquelle elle pénétra, toujours agrippée au petit lapin en peluche de Cindy. Il demeura dos à la porte. Ruth s'assit sur le lit et serra les jambes, pour qu'il ne s'aperçoive pas qu'elles tremblaient.

Elle s'efforça de parler, mais redouta que les sanglots qui lui étouffaient la gorge ne se déversent lorsqu'elle ouvrirait la bouche. Quelque chose en elle d'instinctif et d'archaïque l'empêchait de se laisser aller. Au lieu de cela, elle rentra la tête dans les épaules, plaquant contre elle le lapin en peluche, comprimant à l'intérieur la nausée et la peur, voûtée sous l'effort. Sa bouche voulait s'ouvrir, et elle dut serrer les mâchoires pour contrer le mouvement. Elle devait garder cachée cette mauvaise part d'elle-même, cette part difficile.

Devlin sortit un calepin et se mit à poser des questions. Pourtant, elle fut d'abord incapable de l'entendre. Elle ne sentait qu'une chose, la peluche douce et usée sous ses doigts.

— Elle n'a pas son lapin, souffla-t-elle d'une voix inaudible.

— Madame Malone ?

— Cindy n'a pas… Elle n'a pas son lapin. Elle va avoir peur, sans lui.

Elle leva les yeux. Il la regardait en fronçant les sourcils.

— Madame Malone, je dois vous poser des questions. Essayez de vous concentrer.

Elle lui fit signe de continuer, et lorsqu'elle répondit, ce fut d'une voix plate et rauque.

« Minuit. Je suis allée les voir à minuit. J'ai emmené Frankie à la salle de bains. Il était à moitié endormi mais avait besoin d'aller aux toilettes. J'ai essayé de réveiller Cindy, mais elle s'est juste retournée, alors je l'ai laissée dormir. »

« Je vous l'ai dit, j'ai mis le crochet de la porte, après. »

« Non, je ne m'en souviens pas, mais c'est ce que je fais toujours. »

Devlin retourna dans le salon, et demanda à Frank de venir dans la chambre des enfants. Curieuse, Ruth les regarda traverser le couloir depuis le seuil de sa propre chambre.

Elle entendit :

— Qu'en pensez-vous, monsieur Malone ? Que pensez-vous qu'il se soit produit ici ?

Il y eut un silence. Il lui semblait presque entendre Frank réfléchir, le voir examiner la pièce, se demander quoi répondre.

— Je ne sais pas. Comment le saurais-je ?

— Monsieur Malone, j'ai moi-même cinq enfants. Je comprends ce que vous ressentez. Y a-t-il quoi que ce soit que vous puissiez nous dire – quoi que ce soit ? Le plus petit élément peut se révéler important.

Frank de nouveau, qui articulait lentement :

— La fenêtre est ouverte. Ceux qui ont pris les enfants… ils ont dû entrer par là.

— Pourquoi dites-vous ça ? interrogea Devlin d'un ton tranchant.

— Eh bien, Ruth ne la laisserait jamais ouverte comme ça sans la moustiquaire – elle s'inquiétait toujours des insectes. Une fois, Frank junior s'est fait piquer – son bras a enflé et on a dû l'emmener aux urgences. Ceux qui les ont emmenés, ils sont passés par là.

— Monsieur Malone – êtes-vous certain que votre femme n'a pas caché les enfants quelque part ?

Un nouveau silence.

— Je ne crois pas. Je ne sais pas.

Elle se trouvait dans le salon, allongée sur le sofa, recouverte d'une couverture en dépit de la chaleur. Frank ne cessait de lui répéter d'aller se reposer. Elle pressait le lapin de Cindy sur son visage, caressait sans relâche la peluche élimée, inspirait l'odeur de la peau de Cindy, des cheveux de Cindy, du souffle endormi de Cindy. Lorsqu'elle se leva pour aller faire pipi, elle vit que la porte de sa chambre à coucher était entrouverte. Elle poussa le battant, aperçut le jeune flic aux joues roses agenouillé par terre.

— Qu'est-ce que vous fabriquez ?

Il sursauta, se retourna. Il tenait à la main un vanity-case bleu qu'il avait trouvé sous le lit.

— Qu'est-ce que vous faites avec ça ?

Il baissa les yeux sur le bagage et rougit. L'espace d'un instant, elle crut qu'il allait s'excuser. Puis il se souvint de ce qu'il faisait, et le masque retomba sur son visage.

— C'est la routine, madame, rien de plus.

— La routine ? C'est *mon* vanity-case. Il n'a rien à voir avec mes enfants. Pourquoi n'êtes-vous pas en train de chercher mes enfants ?

Il y eut une ombre derrière elle, une odeur de Players. Devlin.

— Quel est le problème, inspecteur Quinn ?

— Mme Malone était juste…

— Je suis certain que Mme Malone tient à coopérer entièrement, n'est-ce pas, madame ?

Ses mains transformées en poings serrés retombèrent, ses épaules s'affaissèrent et elle contempla les décombres de son intimité : la lingerie éparpillée sur le lit, les tiroirs ouverts, les sacs et les chaussures tirés de son placard.

— Nous savons ce que nous faisons.

Quinn ouvrit la fermeture Éclair du vanity-case.

Une cascade de cartes postales, de lettres, de cartes. Il les ramassa une à une et déchiffra les signatures. Des dizaines d'entre elles. Toutes signées par des hommes. Quelques-unes de Frank, avant leur mariage. Une année entière de Johnny Salcito. Quelques-unes de Lou Gallagher, remontant au mois de mars ou avril. Quelques-unes d'autres hommes, des hommes dont elle se souvenait à peine.

— Seigneur, souffla-t-il avant de lever les yeux pour fixer Devlin derrière elle.

Elle redressa le menton et s'autorisa un petit sourire. Puis se retourna : Devlin l'observait.

Elle baissa le regard, laissa tomber le sourire.

4

L'appel arriva au *Herald* un mercredi. Un mercredi matin de la semaine la plus chaude de juillet, où Pete Wonicke était assis à un bureau qui lui paraissait complètement étranger.

Au mois de mai, il avait payé Horowitz vingt dollars pour changer de place, et bien qu'il y soit maintenant installé depuis plus de deux mois, il ne s'y était pas encore habitué. Son nouveau bureau était situé suffisamment près des secrétaires pour avoir la primeur de toutes les infos transmises par le standard et qui nécessitaient de désigner un journaliste responsable. Les autres reporters, ceux qui travaillaient là depuis un moment, disposaient tous de sources au sein de la police locale ou bien d'indics à qui ils graissaient la patte. Ils recevaient donc de temps en temps un coup de fil, disparaissaient plusieurs jours, puis revenaient avec quelque chose. Pete savait qu'il ne devrait qu'à la chance de récolter un tuyau sur une affaire qui en vaille la peine.

La veille, il était allé prendre une bière avec Terry DeWitt, et ils avaient fini la soirée dans un bar obscur en sous-sol dans le Bowery. La foule se pressait sur quatre rangs derrière le bar, et il y avait à hauteur d'homme une couche de fumée bleue qui noyait la salle de brouillard et faisait larmoyer Pete. S'il n'avait tenu qu'à lui, il n'aurait jamais mis les pieds dans ce genre d'endroit. Mais Terry DeWitt travaillait au *Herald* depuis bientôt huit ans, et avant cela, était resté six ans au *Courier*. Il avait gagné le respect de ses pairs. On parlait même de lui attribuer une rubrique régulière. C'était un de ces types que Pete avait besoin de fréquenter.

Terry avait quitté le bar à minuit, et Pete y avait fini la nuit en fichant trois fois de suite une raclée au billard à un dénommé Lucky à qui il manquait un doigt et qui mâchonnait une chique entre sa joue et ses molaires. Lorsqu'il s'était réveillé quelques heures plus tard, tout habillé et en sueur sur ses draps, il était toujours imbibé. Il avait gagné le bureau en se sentant encore remarquablement bien – le premier arrivé de l'équipe de jour, comme d'habitude –, mais l'effet de l'alcool était en train de se dissiper : il était temps de reconnaître la gueule de bois qui lui martelait le crâne, de la supplier de l'achever d'un bon coup et de le laisser ensuite tranquille.

Pete étira ses jambes tout en passant au crible les dépêches de la nuit en quête d'un début d'histoire et en gardant un œil sur ce qui se passait autour de lui. Il luttait contre la migraine lancinante pour se concentrer au-dessus du cliquetis des machines à écrire, des sonneries de téléphone, des éclats de voix, et pardessus tout, du bourdonnement des rampes de néons à la lumière crue. Il repoussa ses cheveux de son front et s'éventa avec un calepin. Comme toujours, l'odeur qui émanait de la salle de rédaction était un mélange de vestiaires et de *diner* bon marché : des relents d'hommes qui ne se lavaient pas trop souvent mêlés à ceux de vieux vêtements, de cigarettes et de graille. Aujourd'hui, ce fumet lui donnait la nausée.

Il se demanda s'il pourrait persuader une des filles du pool des dactylos de descendre chez *Brooke's* lui chercher un soda à la glace. Il fouilla dans sa veste à la recherche de son portefeuille. La dernière lettre de sa mère se froissa sous ses doigts, il eut un haut-le-cœur et la sueur perla sur sa peau.

Janine effectuait des allers-retours incessants entre le bureau du patron et la photocopieuse, et il sentait ses regards sur sa nuque. Pete gardait la tête baissée sur son tas de papiers, fantasmant sur quelque chose de sucré et de froid, bien rafraîchissant, sur le cliquetis d'une longue cuillère dans un verre à sundae démodé, sur l'épaisse mousse jaune qui se formait là où la glace se mêlait au soda.

Il continua de dépouiller les dépêches, prenant de temps en temps des notes. Sans qu'il puisse s'en empêcher, ses pensées dérivaient en direction du carré de papier blanc plié dans sa poche. Le soulagement à l'idée de la distance qui séparait le monde que faisaient renaître les lettres de sa mère et sa propre existence ici à New York avait depuis peu pris le pas sur le sentiment familier d'étouffement.

Chaque semaine, elle lui écrivait sur un papier pelure blanc qu'elle achetait à la papeterie en ville. À chaque fois qu'il éprouvait la mauvaise qualité, la finesse du papier qu'elle utilisait, il songeait qu'il devrait lui acheter un paquet de quelque chose de *joli*. Un papier à lettres épais couleur crème. Ou alors avec un filigrane, un lavis lilas pâle, ou bien des cartes de correspondance bleu claire avec une guirlande de fleurs. Quelque chose provenant d'une boutique de Manhattan : il pourrait leur demander de faire un paquet cadeau et de le lui expédier, et il se récompenserait d'avoir dépensé de l'argent dont il ne disposait pas en imaginant sa tête lorsqu'elle l'ouvrirait.

Et puis, il pensait alors à ce que les lettres de sa mère évoquaient en lui. Et il se détestait à chaque fois parce qu'il pensait savoir, non, il le *savait* au plus profond de lui-même, qu'il ne supporterait pas de déchiffrer les mots de sa mère, tracés de son écriture soigneuse et consciencieuse, sur du papier à lettres destiné à de riches citadines.

Dans les heures qui suivaient l'arrivée d'une lettre, il se précipitait pour rédiger une réponse toute faite, puis la culpabilité l'obligeait à la trimbaler partout pendant des jours, comme un talisman. Il lui avait demandé de lui écrire au journal : il voulait qu'à chaque fois qu'elle rédigerait l'adresse, elle puisse voir, reconnaître qu'il avait réussi. Il avait atteint le but qu'il s'était fixé : il avait un vrai travail, à la grande ville, dans le genre d'endroit où le courrier lui était distribué à son bureau.

Cependant, il avait beau tenter de se concentrer sur ce sentiment, tout autant qu'il tenait à se persuader qu'il avait réussi, il conservait en arrière-pensée une interrogation quant à la durée de ce boulot. Chaque semaine, les chiffres de tirage baissaient, et les rumeurs de compression de personnel couraient toujours. Il ne pouvait pas se permettre de perdre sa situation, et pas simplement parce qu'il parvenait à peine à payer son loyer tous les mois. Il avait rempli ses obligations ici – taper à la machine les bulletins météo, les comptes rendus d'accidents de voiture, des matches de football universitaires – ils lui étaient redevables. Il attendait sa chance depuis longtemps – et lorsque l'appel arriverait, cet *appel*-là, il serait prêt.

Et par cette matinée de juillet torride, l'appel arriva.

Janine décrocha, écouta un moment en mâchant son chewing-gum et en griffonnant, marmonnant de temps en temps « OK, OK ». Il ne la quittait pas des yeux, et remarqua que la monture de ses lunettes papillon était fêlée, que son rouge à lèvres avait commencé à baver dans les rides autour de sa bouche.

— Quel âge ? dit-elle alors, puis : Quelle adresse ?

Rien d'autre qu'un gamin porté disparu, alors. Un adolescent qui avait passé l'heure du couvre-feu, ou un tout-petit qui s'était éloigné dans la rue pendant que sa mère tournait le dos. C'étaient des choses qui arrivaient. Il y aurait quelques heures de panique, puis quelqu'un le remarquerait en train de pleurer sur le trottoir et appellerait les flics, et tout se terminerait bien, avec une jolie photo de l'enfant et de la mère, souriants malgré leurs larmes dans un mélange de choc et de soulagement.

Prévisible. Ennuyeux.

Néanmoins, il y avait là un matériau dont il pourrait éventuellement tirer quelque chose – peut-être un article sur l'augmentation des statistiques de la criminalité, ou bien sur les mères qui travaillaient et étaient absentes lorsque les enfants rentraient de l'école. Un truc avec un angle un peu humain. Pete écarta alors la pile de dépêches, posa les pieds par terre et rectifia sa cravate.

Janine raccrocha, finit de noter quelque chose, déchira une page de son calepin, puis se leva pour se diriger vers le bureau des nouvelles locales. À peine avait-elle fait trois pas que Pete se dressa devant elle.

— Salut, Janine.

Elle rougit. Fit claquer son chewing-gum. Retira ses lunettes et tripota la chaîne au bout de laquelle pendaient celles-ci.

— Salut, Pete.

— Tu es sacrément en beauté aujourd'hui. Je ne te l'ai pas encore dit ?

Sa rougeur s'accentua et elle repoussa une mèche de cheveux derrière son oreille.

— Euh… non…

— Eh bien, c'est le cas. Ton mari a une sacrée chance, j'espère qu'il en a conscience.

Elle gloussa, une main devant la bouche pour couvrir ses dents de travers, et leva les yeux sur lui en se déhanchant.

— Alors, qu'est-ce que c'était ? demanda-t-il avec un signe de tête en direction du papier qu'elle tenait à la main.

— Oh, juste un gamin qui a disparu dans le Queens. À… euh… entre Queens College et Kissena Park.

— Et où t'en vas-tu avec ce gamin ?

Elle pouffa de nouveau.

— Oh… eh bien, M. Friedmann m'a dit de confier le prochain appel à Jack Lamont.

Jack Lamont, qui avait décroché l'affaire de la pute assassinée le mois dernier. Qui s'était débrouillé on ne sait comment pour obtenir une interview du témoin star au procès Mendoza en mars.

Du coin de l'œil, il vit Jack se lever et se diriger vers les toilettes, ou bien la machine à café.

Pete se pencha, respira l'arôme des cigarettes, du parfum et de la poudre qu'elle portait, effleura la manche de son chemisier.

— Cette jolie couleur te va très bien, Janine.

Ses yeux s'agrandirent et elle se remit à rougir. Il coula un regard de côté, constata que Jack avait bien disparu. Il se redressa.

— Je crois que Jack est absent aujourd'hui.

Elle cligna des yeux.

— Il n'est pas là ? Oh, j'aurais juré l'avoir vu plus tôt…

Elle se détourna, et ils contemplèrent tous les deux le bureau vide de Jack. Puis elle regarda de nouveau Pete, un peu désarmée.

— Pas de problème, je vais m'en charger.

— Eh bien, je ne sais pas si… M. Friedmann a dit…

— Allons, Janine ! Je suis prêt à parier que Friedmann préfère qu'un autre s'en charge plutôt que de laisser traîner un message pendant que le *Star* ou le *Courier* couvrent l'affaire.

Il lui retira le papier des mains et le fourra dans sa poche, puis lui fit un clin d'œil.

— Oh, répéta-t-elle. Mais M. Friedmann a dit… Je veux dire…

— Ne t'inquiète pas, je m'en charge.

Pete conduisait lentement, à la recherche d'une place de parking. Il aurait pu penser qu'il s'était trompé de rue – le quartier était calme, pas le genre d'endroit où les enfants s'évanouissaient dans la nature – s'il n'y avait pas eu les femmes. Dix ou quinze, agglutinées par petits groupes sur une pelouse jaunie devant un immeuble résidentiel. Chevelures crêpées, voix étouffées, visages luisants dans la chaleur. Puis il remarqua un type qui travaillait au *Courier* : Anderson, peut-être. Un nom à consonance suédoise. Pete l'avait déjà vu à une conférence de presse : ses cheveux blonds hirsutes et sa veste de velours passée se détachaient au milieu des costumes-cravates. Il était appuyé au capot de sa voiture, en train dc gribouiller dans son carnet.

Pete se dirigea vers lui sans se presser, aussi nonchalamment que possible.

— Pete Wonicke, du *Herald*. Vous êtes Anderson, n'est-ce pas ?

Le type leva à peine les yeux de son dessin.

— Anders.

— Ah oui, pardon.

Pete demeura un moment à côté de lui, puis sortit son calepin de sa poche pour se donner une contenance. Il aperçut un flic qui contournait le bâtiment avec un sac à indices, et un autre qui se tenait près des femmes, les yeux levés sur les fenêtres de l'immeuble, les sourcils froncés.

Ils prenaient donc cette affaire au sérieux.

— Il s'est passé quelque chose ? demanda-t-il.

Anders haussa les épaules.

— Rien de plus qu'un gamin perdu. Rien de bien grave.

Il s'exprimait d'un ton saccadé et las. Il examina Pete des pieds à la tête.

— Pourquoi ? Vous attendiez un truc plus intéressant ?

Pete se sentit rougir et détourna le regard, faisant semblant de tripoter son appareil photo. Il s'écarta, prit deux ou trois clichés de l'immeuble, et se dirigea ensuite vers le groupe de femmes le plus proche. Elles remarquèrent le carnet, puis l'appareil photo, et des mains se levèrent pour rectifier des cheveux, lisser des vêtements, se faire belles.

Il afficha un sourire de façade et s'avança.

— Bonjour, mesdames. Peter Wonicke, du *Herald*. Je suis là parce que mon rédacteur en chef est très inquiet à propos de l'enfant perdu. Je me demandais si l'une d'entre vous pouvait me dire…

— *Les* enfants.

Elle ne le regardait pas, mais il sut que c'était elle qui avait parlé. Hanches larges, jambes trapues, serrée dans une robe imprimée, chaussée de pantoufles. Cheveux blonds teints et tirés en arrière pour tenter de dissimuler les racines. Un visage rond lourdement fardé. Pas d'alliance. Elle fumait tout en observant le flic qui feuilletait son carnet.

— Excusez-moi, mademoiselle… ?

— Eissen. Gina Eissen. Avec deux « s », précisa-t-elle en se tournant vers lui.

Elle souffla entre eux une volute de fumée.

— Vous avez dit « l'enfant ». Ce sont deux enfants qui ont disparu. Frankie et Cindy Malone.

À présent, elle le fixait, et sous son regard, son inexpérience lui pesa comme un manteau de laine épais. La peau lui picotait, et ses aisselles étaient trempées.

Il remarqua une fille qui s'attardait avec nervosité près du groupe. Quatorze ou quinze ans. Puis, une autre femme s'avança. Grande, avec un long nez et une masse de boucles empilées, elle portait un cardigan bleu pâle mollement drapé sur les épaules, un sac blanc au creux du bras. Elle tendit une main manucurée.

— Maria Burke. Comment vous appelez-vous, avez-vous dit ?

— Wonicke. Peter Wonicke, du *Herald*.

— Je vois. C'est très bien que votre journal ait envoyé quelqu'un pour couvrir ceci, monsieur Wonicke, et je suis contente qu'au moins vous portiez une cravate, pas comme cet autre journaliste là-bas – mais j'ai bien peur que vous ne perdiez votre temps.

Elle fixait son visage, mais sans croiser son regard.

— Je vous demande pardon, madame ?

— Les enfants Malone n'ont pas disparu. Mme Malone est quelquefois un peu… distraite, et ils se sont juste débrouillés pour sortir quand elle avait le dos tourné. C'est tout. Il n'y a pas d'affaire ici. Dans ce quartier, les enfants ne disparaissent pas.

Ça, il pouvait gérer.

— Vous avez dit Malone, madame Burke ?

— C'est exact.

— Et quel âge ont les enfants ?

Il obtint les noms complets, les âges des enfants et des parents, depuis quand ceux-ci résidaient dans cette rue, ainsi que les opinions de Mme Burke sur tout et n'importe quoi, depuis les vêtements de Mme Malone jusqu'à la couverture par le *Herald* de la dernière élection présidentielle ainsi que la négligence des fonctionnaires municipaux du Queens. Il prit même une photo des femmes. Pendant tout ce temps, il ne perdit pas de vue la fille qui rôdait autour. Celle-ci finit par s'avancer, et regarda Maria Burke.

— Euh… maman ?

Mme Burke était en plein milieu d'une tirade à propos du ramassage des ordures, et s'interrompit à peine pour reprendre sa respiration.

— Pas maintenant, chérie. Maman est occupée.

— Maman, je dois…

— Sally, je te l'ai déjà dit, c'est impoli d'interrompre les adultes quand ils sont en pleine conversation.

— Mais c'est à propos de Frankie et Cindy.

Voilà qui attira toute leur attention.

— Qu'est-ce que tu veux dire ?

— Eh bien, c'est juste que… fit-elle en se tordant les mains, regardant alternativement Mme Burke, puis Gina Eissen et Pete. Je ne sais pas quoi faire. J'ai essayé de le dire au policier, et lui aussi m'a dit qu'il était occupé.

— Lui dire quoi, ma chérie ?

— La poussette, là-bas ?

Tous les regards se tournèrent. Il s'agissait d'un solide landau avec un carton sur le dessus, abandonné à environ cinquante centimètres d'une fenêtre ouverte à soixante-quinze degrés. Pete leva son appareil et prit quelques photos.

— Qu'est-ce qu'elle a ?

— Hier soir, elle était bien au-delà de l'immeuble de Mme Rossi. Elle a été déplacée.

La jeune fille regarda Pete.

— La fenêtre ouverte ? C'est celle de leur chambre. La chambre de Frankie et Cindy.

— Et ? jeta Mme Burke d'un ton toujours aussi impatient.

— Eh bien, je me suis dit… quelqu'un a peut-être déplacé le landau pour… vous voyez, les faire sortir par là. Ou bien ils s'en sont peut-être servis pour descendre par eux-mêmes.

— Ne sois pas ridicule, Sally. Deux petits enfants seraient incapables de déplacer ce grand truc tout seuls – ils pourraient à peine atteindre la poignée. Cesse d'essayer d'attirer l'attention sur toi, ma chérie, et laisse les policiers faire leur travail.

Pete sentit le regard de Gina Eissen posé sur lui et tourna la tête.

— Qu'en pensez-vous, mademoiselle Eissen ? Que croyez-vous qu'il soit arrivé aux enfants ?

Aucune hésitation dans sa réponse :

— Quelqu'un les a enlevés.

Une petite femme brune demeurée jusqu'à présent silencieuse laissa échapper un hoquet et se retourna pour leur faire face, écarlate sous son teint olive :

— Gina, ne dis pas ça ! Ne dis pas ça !

Gina laissa tomber sa cigarette, qu'elle écrasa délibérément avec lenteur de son orteil.

— Pourquoi pas ? Il m'a demandé ce que j'en pensais, déclara-t-elle en fixant Pete. Ruth Malone ne quitte jamais ses enfants du regard, monsieur Wonicke. Ils sont la prunelle de ses yeux. Elle n'est pas *distraite* – ceci avec un coup d'œil venimeux à la bouche pincée de Mme Burke –, elle est *occupée*. Elle a des horaires très longs, et elle élève ses enfants toute seule. Elle est occupée et fatiguée, mais s'ils s'étaient éloignés, elle le saurait. Quelqu'un les a enlevés. Vous verrez.

Elle se mordit la lèvre. Déglutit.

— Quelqu'un, un cinglé, est venu dans la nuit et les a emportés, et elle, ajouta-t-elle avec un hochement de tête en direction de la fenêtre ouverte, elle doit être en train de devenir dingue là-dedans.

D'un seul coup, Pete sentit l'histoire prendre une consistance qui nourrissait les peurs des femmes autour de lui. L'une d'entre elles au moins, Gina Eissen, était convaincue qu'il était arrivé quelque chose de terrible à ces enfants. Il prit brusquement conscience de son cœur qui battait à se rompre, de sa bouche sèche. Il y avait peut-être là le point de départ d'une grosse affaire.

Ici, durant les longues nuits obscures ou bien des heures lentes et silencieuses écoulées à arpenter la cour, Ruth a essayé d'identifier précisément le moment où tout a changé. Si tant est que ce moment ait existé.

Ce fut peut-être lorsque Devlin trouva les bouteilles dans ses ordures ce premier matin. Ou bien peut-être cette après-midi-là, lorsque le téléphone sonna.

Elle se tenait dans son salon, un verre de soda au gingembre froid à la main, en train de regarder par la fenêtre les flics sur la pelouse et les femmes sur le trottoir. Elle observait les femmes à travers les lames des stores : les regards hâtifs étincelants sous les cheveux crêpés, le mouvement perpétuel des lèvres brillantes. Se poussant du coude sous leurs bras croisés dès qu'un des policiers bougeait.

Et puis le téléphone sonna. Elle se retourna, mais le jeune flic aux joues roses l'atteignit avant elle. Il décrocha et s'écarta, marmonnant quelque chose qu'elle ne put entendre. Elle pensa qu'il s'agissait encore d'un de ces appels entre flics. Rien à voir avec elle.

Puis il posa la paume sur le combiné :

— Sergent Devlin ! Il faut que vous preniez cet appel, monsieur !

Elle ouvrait déjà la bouche pour poser les questions dont elle savait d'une certaine façon qu'il ne pourrait y répondre, lorsque Devlin apparut à la porte, se déplaçant vivement en dépit de sa corpulence. Il s'empara du téléphone et passa une main sur son front, à travers ses cheveux gominés.

— Devlin. Quand ? demanda-t-il après un silence. Vous êtes sûrs ?

Son regard faisait le tour de la pièce tandis qu'il parlait, l'esprit visiblement ailleurs. Puis il s'éclaircit et vint se poser sur Ruth. Elle a imaginé ce qu'il avait dû voir à cet instant : sa silhouette découpée devant la fenêtre brillamment éclairée, sa chevelure formant un halo flamboyant autour de son visage pâle, ses yeux élargis, effrayés et fixés sur les siens.

Ils se regardèrent un long moment à travers la lumière dorée éclatante. Elle s'avança d'un pas.

— Est-ce qu'ils ont… Qu'est-ce que…

Puis la personne à l'autre bout du fil dit quelque chose, et la question mourut sur ses lèvres. Devlin raccrocha, et se retourna de toute sa masse pour lui faire face.

— Vous allez devoir venir avec moi, madame Malone.

— Ils les ont trouvés ? Ils ont trouvé Frankie et Cindy ? Est-ce qu'ils ont… Ils vont bien ?

Il lui semblait presque sentir leurs mains sur elle. Elle imaginait leurs larmes. Leurs vêtements tachés. Les bonbons qu'elle leur achèterait.

Il la dévisagea, et son expression était indéchiffrable.

— Venez avec nous, madame.

— Où ça ? Ils vont bien ?

Il ne répondit pas, et se contenta de lui ouvrir la porte. Elle posa son verre et le précéda dans le couloir. Elle tremblait.

Lorsqu'elle sortit de l'immeuble, Devlin sur ses talons, Ruth revit l'attroupement de femmes sur le trottoir. Des femmes qu'elle connaissait, des femmes dont les enfants jouaient avec les siens. Certaines d'entre elles avaient les larmes aux yeux, ou bien des traits tristes et brouillés. D'autres chuchotaient derrière leurs mains. Elle vit des sourcils froncés, des bouches pincées. Elle vit de la commisération. Des visages blêmes de peur, de curiosité, et de quelque chose d'autre, quelque chose de plus dur qu'elle évita de nommer.

Ruth croisa le regard de Maria Burke avant que celle-ci ne détourne la tête, et comme s'il s'agissait d'une maladie contagieuse, Nina Lombardo baissa également les yeux.

Ruth continua son chemin jusqu'au niveau des flics. Une grappe sombre d'uniformes et de costumes, et là, à la lisière, en train de l'observer : Johnny Salcito. Elle s'arrêta net, surprise, incapable de détacher son regard de son visage. Ce beau visage solide, qui avait commencé de se modifier au cours de l'année qui venait de s'écouler ; les bajoues de plus en plus lourdes, flasques, les veines dilatées des ailes de son nez de plus en plus proéminentes. Ces tristes yeux bruns qui l'avaient contemplée par-dessus d'innombrables tables d'innombrables bars et restaurants, ce regard fixe au-dessus d'elle, brûlant et flou tandis qu'il la pilonnait. Ces yeux-là étaient maintenant vides.

Johnny recula au sein de la foule, croisa les bras et dit quelque chose à l'un des flics pour le faire rire. Il la fixa sans aucune expression, et elle lui rendit son regard jusqu'à ce que les larmes lui montent aux yeux et que la silhouette de Johnny se dissolve parmi le groupe hostile. Tous en train de la scruter.

Les femmes regagnèrent lentement l'intérieur de l'immeuble pour préparer à déjeuner ; certaines d'entre elles réapparurent ensuite. D'autres policiers débarquèrent, grouillant sur la pelouse, discutant à voix basse. Pete en aborda quelques-uns pour glaner un commentaire ; tous lui dirent la même chose : il n'y avait rien de nouveau, et la recherche des enfants Malone se poursuivait.

Pete chercha du regard Anders, mais sa voiture avait disparu. Il prit encore quelques clichés, tenta de saisir le sentiment d'attente. Les chuchotements, les visages tirés, les postures crispées.

La petite femme brune sortit pour offrir des sandwiches, rougit lorsque Pete la remercia et se présenta comme Carla Bonelli. Elle demeura là avec lui tandis qu'il mangeait debout, bavarda à propos du travail de M. Bonelli, lui apporta un verre de lait.

Pete lui demanda si elle disposait de photos des enfants. Elle repartit à l'intérieur, et revint avec un album soigneusement recouvert d'un reste de papier peint à fleurs. Elle feuilleta des pages de portraits d'Italiens aux visages ronds au milieu de mariages et de réceptions – puis s'interrompit, souleva le papier cellophane et sortit deux photographies.

L'une d'entre elles représentait un groupe d'enfants en train de jouer dans la rue – cette même rue ? Elle n'offrait pas suffisamment d'éléments pour en être sûr – une bouche d'incendie ouverte, la gerbe d'eau argentée emplissant l'arrière-plan. Pete remarqua d'abord les jeux de lumière ; l'arc-en-ciel de gouttelettes, une petite fille qui tournoyait, ses cheveux mouillés déployés derrière elle. Il nota les détails de son maillot de bain à fronces se détachant sur ses bras et jambes potelés, et à côté d'elle, la silhouette menue d'un garçon en short d'à peine un ou deux ans de plus qu'elle, mais qui était plus grand d'une tête et demie, tout en dents blanches et longs membres hâlés.

Sur l'autre cliché, les deux mêmes enfants étaient assis sur un canapé de part et d'autre d'une femme. Celle-ci entourait la petite fille de son bras et le petit garçon était serré contre elle. Tous les trois riaient vers l'objectif. Ils avaient les mêmes bouches larges, les mêmes fronts hauts, mais alors que les enfants n'étaient qu'innocence et sourires rayonnants, le sourire sophistiqué de la femme ne remontait pas jusqu'à ses yeux.

Mme Bonelli caressa doucement la photo.

— Les voilà. Frankie et Cindy. Et leur mère. Voilà Ruth.

Puis elle ajouta :

— Je l'ai vue, vous savez. Ce matin. Je ne peux pas croire que c'était juste ce matin.

— Vous avez vu Mme Malone ? Où ça ?

— Là-bas, dit-elle en désignant du doigt le coin de la rue. Elle cherchait les enfants. Elle m'a dit qu'ils avaient disparu.

— Qu'avez-vous fait ?

— Je ne savais pas quoi faire. Je ne savais même pas si ce qu'elle disait était vrai. Dieu me pardonne, mais j'ai pensé… j'ai pensé qu'elle était peut-être ivre, souffla-t-elle alors que les larmes lui montaient aux yeux.

Elle renifla.

— Je ne me le pardonnerai jamais.

Pete chercha quelque chose à dire, sans être capable d'accoucher d'autre chose que :

— Madame Bonelli, je suis sûr… Eh bien, attendons d'avoir des nouvelles.

Elle acquiesça de la tête. S'essuya les yeux sur son tablier. Reprit l'assiette et le verre et retourna dans l'immeuble.

Pete jeta un rapide coup d'œil aux alentours, glissa les photos dans son calepin, referma prestement l'album et le laissa sur le perron. Il remonta dans sa voiture. Il n'y avait plus grand-chose à faire ici : il avait obtenu les noms, les détails du contexte. De ce qu'il avait vu et entendu, les flics ne semblaient pas en savoir davantage que lui.

Il tourna la clé de contact et décida de trouver un téléphone pour appeler le bureau, avant de retourner là-bas et de taper ses notes.

La porte de l'immeuble s'ouvrit à cet instant, et un murmure semblable à la brise dans un champ de maïs parcourut la petite foule.

Un jeune flic apparut sur le seuil. Rougissant sous tous les regards fixés sur lui, il pressa le pas en direction d'une voiture de police garée au bout de l'allée, et s'installa au volant.

Un deuxième type fit son apparition, plissant les yeux dans le soleil de l'après-midi. Grand, large d'épaules, avec un visage carré au teint jaunâtre et des cheveux plaqués en arrière.

À l'évidence, lui aussi était flic. Il marchait comme un flic, et les hommes en uniforme se redressèrent au garde-à-vous lorsqu'il sortit.

Pete leva son appareil photo et enclencha l'obturateur.

Clic.

L'homme tint la porte ouverte, et une femme apparut derrière lui.

Elle ne correspondait pas à ce que Pete avait imaginé. À l'instant où il se fit cette réflexion, il s'interrogea sur l'idée qu'il s'en était faite ; sur ce que les autres l'avaient poussé à imaginer. *Une femme déchaînée*, se dit-il. Les cheveux en bataille, les vêtements en désordre, en pleine crise de nerfs.

Au lieu de cela, la femme sophistiquée de la photo était aisément reconnaissable. Une silhouette aussi impeccable que celle d'une poupée, mince, vêtue d'un pantalon clair qui s'arrêtait à mi-mollet et d'un chemisier ajusté. Et elle était toute petite. En tout cas, elle donnait cette impression, écrasée par les hommes qui l'entouraient : le flic devant elle, un autre type derrière avec une cigarette. Ses cheveux courts, sombres dans l'encadrement de la porte, éclatèrent en un roux flamboyant lorsqu'elle entra dans le soleil.

Clic.

Elle leva la tête et regarda d'abord les femmes, puis les policiers. Ses lèvres s'arrondirent en un « o » de surprise. Mais avant que Pete ait pu identifier ce qu'elle regardait, elle se détourna et suivit le flic en costume jusqu'à la voiture qui attendait.

Pete reporta les yeux sur l'entrée de l'immeuble, d'où émergeait le troisième homme, qui tenait toujours sa cigarette, mais mollement, comme s'il l'avait oubliée. Il était aussi grand que le flic en civil, mais alors que celui-ci était professionnel et concentré, cet homme-là paraissait perdu. Sa chemise était froissée, son menton bleu de barbe. Il fixa Mme Malone qui montait dans la voiture, et son expression changea. L'air hébété d'un homme qui vient de se réveiller se transforma en quelque chose qui évoquait la peur.

Clic.

La voiture démarra et s'éloigna. Pete démarra à son tour, et suivit le véhicule d'aussi près que possible.

Assise à l'arrière, immobile, silencieuse, Ruth retenait son souffle pendant de longues périodes tendues. Devlin était devant, sur le siège passager. Incapable de le regarder, elle sentait néanmoins son regard se poser de temps en temps sur elle dans le rétroviseur, le poids de celui-ci, le soulagement lorsqu'il le détournait.

Elle aurait voulu demander de nouveau où ils allaient, mais savait qu'ils ne répondraient pas. Elle se forçait à demeurer silencieuse. À attendre.

Ils l'emmenaient probablement à la rencontre des enfants. Il fallait qu'elle se concentre là-dessus. Sur Frankie et Cindy.

La banquette de cuir brûlante collait à ses jambes au travers de son pantalon de coton. Elle avait les mains moites. La sirène de la voiture hurlait, et comme ils fonçaient à travers la circulation de l'heure du déjeuner, un mince courant d'air tiède en provenance des vitres avant parvenait jusqu'à Ruth, piégée, étouffée là. Le conducteur marmonna quelque chose à l'adresse d'un vieux break qui ne s'écartait pas assez vite de son chemin.

Elle contempla son impatience comme de très loin. Fixa la peau rose et constellée de taches de rousseur qui émergeait du col raide, les cheveux récemment coupés, rasés trop court sur la nuque. Elle réalisa qu'il s'agissait du flic de l'appartement. Celui qui s'appelait Quinn. Elle sentit s'évanouir la colère qu'elle avait ressentie à sa vue, agenouillé près de son lit, remplacée par un éclair de tendresse inattendu, un désir de le protéger. Il était trop jeune pour tout ça : avoir un patron comme Devlin, et même, avant tout, être flic.

Elle s'adossa à l'appui-tête déchiré et ferma les yeux. Elle aurait voulu se trouver dans un lieu frais. Avec de l'espace et du silence. Le souvenir inattendu d'étés dans la ferme de son oncle, dans le Nebraska, ressurgit, accompagné d'une intense nostalgie, celle des ombres ondulantes des herbes de la prairie dans le soir, celle des larges cieux délavés par le jour tombant. Il lui revenait le grincement irrégulier du rocking-chair de sa Tante Shauna, le craquement des glaçons dans son verre de limonade, ses minces jambes bronzées couvertes d'une poussière de paille de blé, la contemplation des étendues de terres gagnées par l'obscurité, le chuchotement de la brise, les grillons et le silence de la nuit dans une ville située à mille six cents kilomètres de New York au mois de juillet.

La voiture freina soudain, elle fut ramenée à la réalité et projetée en avant. Elle dut poser une main sur le siège devant elle pour retrouver son équilibre. La nuque rose et pleine de taches de rousseur ne se retourna pas.

Ils se trouvaient sur un terrain vague, dans un quartier qu'elle ne connaissait pas. Troublée et brusquement paniquée, Ruth regarda Devlin, mais il était déjà sorti de la voiture et lui ouvrait sa portière. Le geste aurait pu passer pour un signe de politesse aux yeux de quiconque l'aurait observé, mais ces portes ne s'ouvraient que de l'extérieur. Il se pencha, tendit la main, et elle tressaillit d'horreur lorsqu'il glissa sa large paume sous son aisselle. Elle tenta de se reculer, de se dégager de sa prise : il lui était insupportable de penser qu'il pouvait sentir sa moiteur, qu'il pouvait la sentir sur sa main – mais il l'arracha de son siège, elle se retrouva à moitié hors de la voiture, glissa sur le sol accidenté, puis marcha avec lui, la main de l'homme toujours calée à cet endroit honteux.

Ils avancèrent en trébuchant. Le chemisier de Ruth collait à sa peau, et là où les brides de ses chaussures s'incrustaient dans la chair gonflée, ses chevilles lui faisaient mal. Elle sentait que ses joues étaient écarlates : à cause de la chaleur, mais également de l'humiliation devant ce que cette marche – non, *cet homme* – l'obligeait à révéler.

Une mouche bourdonna autour de son visage. Elle l'écarta d'une gifle, puis une autre, et encore une autre. Elle agitait la main, s'éventait, tentant désespérément de se raccrocher à une ombre de dignité. Tant de mouches. Pouvaient-elles la sentir, pouvaient-elles sentir sa puanteur jaune de femelle ? Son entrejambe, ses aisselles, et même la sueur qui dévalait en gouttes écœurantes le long de son cou et de son dos. Qui la souillait.

Elle inspirait profondément par la bouche lorsqu'elle comprit que ce qu'elle sentait et goûtait n'émanait pas de sa personne. C'était une odeur différente. Semblable à celle de la viande restée trop longtemps au soleil. Une odeur douceâtre.

Elle aperçut devant eux un essaim noir de mouches, perçut leur bourdonnement impatient alors qu'ils progressaient en direction de cette odeur.

Devlin la traînait, elle trébuchait sans cesse, mais à présent, ce n'était pas à cause des pierres ou de ses talons : elle le repoussait, se débattait, se mordait la lèvre pour refouler ses larmes, décidée à l'empêcher de la voir pleurer, quoi que puisse dissimuler la pulsation de ce nuage noir.

Il la tira de nouveau, et elle lutta alors réellement car la puanteur était plus forte, et elle ne pouvait plus prétendre ne pas savoir. La vérité se trouvait dans les lèvres fermées de l'homme, dans son visage inébranlable, et même dans la crispation de ses épaules. Elle se tordit, gémit et le supplia à voix basse de s'arrêter. Enfin, il s'arrêta. Il ne retira pas sa main de son bras, et elle ne détourna pas les yeux de son visage. Elle ne regarderait pas. Il ne pouvait pas l'y obliger.

Il essaya de la contraindre. Il lui cria de regarder, ses postillons lui arrosèrent la joue, mais elle avait dépassé le stade du dégoût. Alors, il lui agrippa l'épaule et la fit tournoyer de force. Elle détourna la tête, mais il lui saisit le menton, poussa, et elle ne put alors faire autrement que de regarder.

Il y avait de la terre partout. De la terre et des ordures : des canettes et des bouteilles étincelant au soleil, des sacs-poubelle, certains éventrés par des rats, une bicyclette à laquelle il manquait une roue. Et au milieu de ce tas puant, un doux coton rose. Un imprimé fleuri. Un aperçu de quelque chose de tacheté, comme du marbre blanc et violet. Une chevelure blonde. Elle tendit la main, mais brusquement, Devlin fut là, la tira en arrière. Lui interdisant de toucher. Elle ouvrit la bouche, mais les mouches, la chaleur, l'odeur, et la conscience brutale qu'il s'agissait là des cheveux qu'elle avait shampouinés, peignés et tressés pendant quatre ans, plongèrent un moment toute la scène dans le noir. Devlin la rattrapa, et son contact lui parut presque doux. Il la redressa, puis la détourna, et l'espace d'une seconde, elle lui fut reconnaissante de cette tendresse inattendue.

Alors elle vit la foule de l'autre côté de la rue. La rangée de visages à laquelle il lui fallait faire face, les mains abritant les regards, les lèvres en mouvement. Elle vit les appareils photo, sentit la chaleur de leur curiosité.

Il y eut un flash, puis, de même qu'une simple goutte annonce la pluie, une cascade de flashes.

Et derrière tout cela, l'étreinte douloureuse de l'homme sur son bras, sa voix à son oreille, basse et sifflante :

— C'est elle ? C'est bien votre fille ?

Elle baissa les yeux sur la forme tassée à ses pieds. Le monde se mit à tournoyer autour d'elle de plus en plus vite, et elle retomba dans l'obscurité bienfaisante.

5

Quelle que soit la façon dont elle considère les événements après ce premier jour, la journée en elle-même est demeurée très longue dans son esprit. Des heures d'attente : le matin, chez elle, avant Cindy. Après, au poste de police, dans des pièces anonymes aux chaises en plastique où on l'avait laissée toute seule avec son chagrin et l'horreur de tout cela. Sans personne pour répondre à ses pires inquiétudes à propos de Frankie. Et puis des heures de questions de leur part, et toujours personne pour lui répondre, la rassurer. Ils se contentaient de lui poser les mêmes questions, encore et encore.

Devlin et un autre flic opéraient à tour de rôle. Elle répondait mécaniquement. À quoi servaient maintenant ces questions ? À quoi cela servait-il de toute façon ?

Ils finirent par la relâcher. Frank l'attendait dans l'entrée en faisant les cent pas, la main dans les cheveux.

— Ruthie… oh mon Dieu, Ruth.

Incapable de regarder son visage doux et défait, elle le laissa l'envelopper de ses bras et s'appuya contre lui, épuisée.

Il était onze heures passées lorsqu'ils regagnèrent l'appartement. Il voulut entrer, ressasser toutes les questions qu'on leur avait posées, les réponses qu'ils avaient données. Elle soupira et lui dit qu'elle était fatiguée. Il fronça les sourcils, se contenta d'un hochement de tête, se racla la gorge, puis repartit en voiture.

La porte de l'appartement s'ouvrit avant qu'elle ait eu le temps d'introduire sa clé, et sa mère apparut. Ruth la regarda, regarda son visage dur et ridé, ses yeux vides, et le souvenir de milliers de griefs et de disputes monta en elle comme un jet de bile.

Ruth referma doucement la porte avec soin, puis appuya sa tête contre le battant. Ses épaules s'affaissèrent et elle ferma les yeux. Enfin, elle pouvait pleurer. Même encore aujourd'hui, elle se souvient de ce soulagement à l'idée de pouvoir s'abandonner face à une femme qui avait vu le pire d'elle-même tout au long de son existence. Une sensation semblable à celle de l'eau fraîche après la canicule.

Elle ouvrit la bouche, elle sanglota, les larmes ruisselèrent sur son visage, et les sanglots se transformèrent en gémissements. Elle hurla comme un chien jusqu'à en avoir la gorge à vif. Un filet de salive tomba de sa lèvre, qu'elle essuya rageusement en pensant au spectacle qu'elle devait offrir : maculée, marbrée, bouffie. *En train de baver.* Et pendant un temps, elle s'en ficha.

Sa mère la prit dans ses bras pour la première fois depuis son enfance, lui frotta le dos et la calma comme elle ne l'avait pas fait depuis vingt ans. Et Ruth laissa ses propres bras se glisser autour de ce corps mince et voûté.

Sa mère la guida jusqu'au sofa.

— Chut, chut, Ruthie… tout ira bien… chut. C'est la volonté de Dieu, c'est tout. Cindy est maintenant auprès de Jésus. Chut, Ruthie. Chut… chut.

Les sons que produisait sa mère étaient vides de sens, mais Ruth n'en comprenait pas moins qu'elle était obligée de les articuler, et elle la laissa faire. C'était sa façon à elle de lui prodiguer en retour un peu de réconfort. Elle n'avait rien d'autre.

Au bout d'un moment, sa mère la relâcha. Ruth porta sa main à son propre visage pour essuyer ses larmes, puis tenter de dissiper le début d'une migraine. Elle sentit la peau chaude et grasse de son front et retira son bras avec un soupir de dégoût. Elle s'essuya la paume presque distraitement sur son pantalon, fixa sans le voir un gribouillis au crayon sur le mur, puis Minnie, roulée en boule dans le coin avec une oreille dressée.

Ses yeux perdus dans le vide se fermèrent petit à petit, et son menton plongea sur sa poitrine. Elle s'endormit lovée comme un oiseau, flottant au gré de ses rêves, ses pieds tentant frénétiquement d'atteindre le fond d'un lac froid et sombre.

Il lui sembla qu'il s'était à peine écoulé quelques secondes lorsqu'un fracas de vaisselle la réveilla. Elle perçut le « floc floc » de la serpillière dans la cuisine, et l'espace d'un bref instant reposant, se demanda pourquoi sa mère faisait le ménage à cette heure-ci, et comment il se faisait qu'elle n'ait pas réveillé les enfants. Son cerveau tâtonna à la recherche de lucidité, et le choc des souvenirs l'assomma.

Les enfants.

Ses bébés.

Et elle ouvrit ses yeux gonflés sur l'horreur de cette pièce silencieuse.

Elle frissonnait, fiévreuse, la peau brûlante avec des douleurs dans la poitrine. Elle s'assit, enroula ses bras autour de son torse, s'efforçant de ne pas penser à son corps, parce que cela signifiait penser aux enfants que celui-ci avait portés, dont il avait accouché, qu'il avait nourris, rassurés et soignés et tenus et giflés et caressés et calmés et aimés. Cela signifierait penser à l'endroit où pouvait se trouver Frankie, à autre chose qu'à l'instant présent et à l'effort de respirer, et elle en était incapable.

Puis la porte s'ouvrit, sa mère fut là, et le doux chuchotement évanoui. Cette voix dure et sèche était de retour entre elles, donnait des coups de bec avec insistance, fouaillant la plaie qui était la tête de Ruth et la peau fine de Ruth.

Sa mère caquetait, piquait, plantait son bec sans relâche, et en même temps, voltigeait et s'agitait en tous sens. Coussins retapés et redressés, magazines alignés au rebord de la table, chaussures rangées par paires. Deux par deux, rose bébé et bleu garçon. La tête de sa mère tournait comme une girouette, et rien n'échappait à son regard acéré. Puis, une tape sur ses cheveux gris impeccables, un geste large du tablier, ces bas marrons respectables, un dernier à-plat de Max Factor n° 23 pour dissimuler toute trace honteuse de larmes.

Et ce fut terminé, la pièce était propre, ordonnée, impeccable. Sa mère était propre, ordonnée, impeccable. Et au milieu de tout cela était assise Ruth. Avachie sur le canapé comme un sac de vieux vêtements. Les cheveux de travers, la peau moite, son chemisier froissé.

Sa mère demeurait silencieuse mais ses yeux, ces pierres grises et plates, étaient posés sur elle et en elle, jusqu'au tréfonds de son cerveau où la voix acerbe continuait de cingler, d'insister sur le fait que tout cela était la faute de Ruth. La poussière dans l'appartement était *la sienne*, c'était *sa* transpiration, *son* odeur, *sa* débauche, *son* corps relâché et faible qui l'avait trahie. C'était sa faute si quelqu'un avait pris les enfants, sa faute si Frankie avait disparu, si Cindy était… partie.

La voix suivit Ruth jusqu'à la salle de bains, elle se lava et se remaquilla, jetant à peine un regard à son reflet, s'efforçant de ne pas penser à Frankie, s'efforçant de repousser les vagues de terreur, de se concentrer sur la température de l'eau, sur le savon, sur la mousse sur ses mains, sur la bonne quantité de poudre sur le pinceau.

La voix la suivit dans la cuisine où elle prépara du thé. Où les traces de la serpillière étaient encore visibles sur le sol, là où elle avait repoussé la poussière dans les coins sombres. Sa mère avait aligné à l'arrière du plan de travail les pots et les bocaux, et elle remarqua que le pot de confiture que Cindy avait rempli de coquillages et de paillettes avait disparu – caché ou bien jeté à la poubelle.

La voix la suivit dans la chambre où elle se changea lentement, comme si son corps était meurtri. Elle se coiffa devant le miroir, évitant toujours son propre regard, pulvérisa en spirale autour de sa tête un jet poisseux de laque, regagna la cuisine en passant devant la porte fermée de l'autre chambre, devant Minnie, qui grattait et gémissait pour qu'on la laisse rentrer, inquiète de ne pas trouver les enfants. Ruth lui cria dessus, et la chienne s'aplatit au sol.

Dans la cuisine, elle versa le thé, passa devant sa mère pour aller chercher la serpillière et le seau, puis l'eau de Javel, et emporta le tout dans la salle de bains. Elle lessiva, gratta les taches, et la voix se fit plus calme. Tandis que le ciel pâlissait pour laisser la place à une nouvelle aube bleue brûlante, elle frotta le lavabo, récura la baignoire, astiqua le sol. Elle remplit le seau encore et encore, respira la vapeur et l'eau de Javel, se concentra sur ses mains rougies et à vif, sur la douleur de son dos, sachant que si elle s'arrêtait, la voix s'élèverait de nouveau.

Sa maison était un appartement d'une pièce dans le quartier le plus branché que Pete ait pu se permettre. Il l'avait pris en sachant qu'il préférait les bars et les personnalités bohèmes aux trottoirs bordés d'arbres et aux poussettes. Dans un quartier tel que celui où sa mère était convaincue qu'il vivait, il aurait cru se trouver dans n'importe quelle ville de moyenne importance. Ici, il distinguait la musique et les rires s'élevant de St Mark's Place et les lueurs de la ville, et il savait qu'il avait réussi à monter à New York.

De retour chez lui ce soir-là, il jeta sa veste sur le dossier de la chaise, desserra sa cravate, alluma la lumière, se rinça une tasse qu'il remplit d'eau froide. Il but à grandes goulées, fronçant le nez sous le léger goût de café. Il tentait de se persuader d'aimer le café parce que c'était ce que tous les autres types au journal buvaient. C'était ce que tout le monde buvait.

Il s'assit sur le lit. La journée était enfin terminée. Il délaça ses chaussures, retira son pantalon, ses chaussettes et sa chemise, qu'il plia sur la chaise, avant de s'allonger en se demandant s'il y avait quelque chose dans le réfrigérateur pour le lendemain matin. S'il allait appeler la fille aux yeux verts qu'il avait rencontrée dans un bar sur Union Square. Comment il allait commencer à rédiger l'affaire Malone. Ce qui le fit penser à *elle*, et il se figea, l'esprit s'attardant sur l'image de sa mince silhouette. Sa main levée. Sa bouche ouverte.

Il repensa à la photo et à son regard attentif. Il se demanda de quelle couleur étaient ses yeux, de près. À quoi ressemblait l'écho de sa voix.

Et il se demanda s'il allait rêver d'elle, mais de toute façon il ne se souvenait jamais de ses rêves.

Le lendemain matin, Frank débarqua et proposa de se rendre à l'église. Ruth se contenta d'acquiescer de la tête ; c'était plus facile que de discuter, et elle avait besoin de sortir de l'appartement. Elle pensa aux ombres fraîches à l'intérieur de l'église, aux scènes familières des vitraux, à l'odeur de l'encens.

Quand ils arrivèrent, la messe s'achevait. Ruth se glissa sur un des bancs tandis que Frank se dirigeait d'un pas lourd vers le confessionnal. Elle baissa la tête et ferma les yeux, sans prier, pourtant. Le réconfort que la prière apportait aux autres – elle en avait été témoin –, le soulagement de la confession et de l'absolution, elle aurait voulu les éprouver, mais elle avait perdu la foi à la mort de son père.

Le souvenir lui revint des prières de sa mère au chevet de son père, du souffle tremblant de celui-ci, de sa propre colère. Le souvenir de s'être éclipsée un soir de la maison, d'avoir bu du rhum sur la banquette arrière d'une voiture en direction de North Point, avec le besoin d'échapper aux scènes à la maison, d'avoir ri lorsque Charlie Huston l'avait embrassée dans le cou, ri lorsqu'il avait renversé l'eau-de-vie sur son bras, ri lorsqu'il l'avait léchée, et son cœur qui s'emballait tandis que celui de son père s'arrêtait, et la main de Charlie qui remontait sous sa jupe à l'instant où mourait son père.

Le souvenir du retour à la maison à l'aube pour affronter la rage de sa mère. Elle refusait d'éprouver de la honte. Refusait de sentir quoi que ce soit. Elle se souvenait d'avoir affronté son propre chagrin devant la tombe, blême et silencieuse, elle le savait, alors que sa mère, écarlate de fureur et de larmes, rejetait la faute sur elle de cette voix perçante : « Tu l'as tué ! À courir, à boire, à faire tout ce que tu fais – tu l'as tué ! »

À ce moment-là, il n'y avait pas eu de place pour son chagrin à elle. Personne n'avait voulu voir la folie ou la laideur qu'il recouvrait. Personne n'en avait voulu, tout comme personne n'en voulait maintenant. Elle se souvenait d'avoir planté ses ongles dans ses paumes pour le contenir à l'intérieur d'elle-même, avant de lever les yeux pour distinguer la silhouette crucifiée aux clous plantés dans les Siennes, avoir ri, tremblé et hoqueté, puis de s'être éloignée sans plus savoir si elle était secouée de rires ou de larmes.

C'était la dernière fois qu'elle avait mis les pieds dans une église, à l'exception du jour de son mariage. Cinq mois après la mort de son père. Sa mère rouge et crispée devant la précipitation de tout cela, de ce que pourraient en penser les gens. Une semaine avant le mariage, Ruth avait dit presque distraitement : « Laisse-les penser ce qu'ils veulent. Ils ne tarderont pas à voir la vérité quand il n'y aura pas de bébé. » La gifle de sa mère l'avait stupéfiée, cette voix tranchante qui lui enjoignait de ne pas se montrer aussi vulgaire.

Elle s'était précipitée dans sa chambre en courant, avait plongé le visage dans son oreiller, décidée à ne pas laisser à sa mère la satisfaction de l'entendre pleurer. Et encore plus déterminée à se marier et à partir.

À présent, l'idée de se confesser à un prêtre l'effrayait. La perspective d'enfermer sa vulnérabilité dans cette boîte minuscule, incapable de respirer ou de penser, invisible aux yeux de l'homme en face d'elle – avec sa voix calme, son visage comme éparpillé derrière le grillage, sa maîtrise absolue de lui-même, sa certitude dans son Dieu, sa force – ces images et ces pensées étaient insupportables. Si elle s'épanchait, le barrage qu'elle avait mis des années à construire céderait. Et une fois libéré, elle savait qu'elle ne pourrait pas contenir le flot d'émotions. Il était préférable de le garder sous contrôle, de le garder à l'abri, dissimulé.

Ainsi, lorsque Frank revint du confessionnal, elle se leva simplement et se dirigea vers la lumière du jour au fond de l'église, sachant qu'il la suivrait.

Une fois dans la voiture, elle lissa sa jupe blanche et lui dit :

— Il faut que je m'arrête au magasin.

Il se tourna pour la regarder, puis reposa les yeux sur la route.

— On devrait rentrer, chérie. Le sergent Devlin a dit qu'il passerait plus tard. Il a encore des questions à nous poser.

Les yeux fixés droit devant elle, elle repensa à la banquette arrière de la voiture de police la veille. Au pare-brise sale, à la nuque du conducteur, au profil figé de Devlin alors qu'il l'emmenait voir le corps sans vie de son enfant.

— Je dois faire des courses, Frank. Il faut que je m'achète une nouvelle robe.

6

Pete boucla son premier article sur l'affaire Malone et patienta pendant que Friedmann le lisait, arpentant le bout de moquette entre le bureau de la rubrique criminelle et celui des nouvelles locales, jusqu'à ce que Jack Lamont lui dise d'aller voir ailleurs. Il se versa une tasse de vieux café à la cafetière dans le couloir, avala deux gorgées avant de renoncer et de demander à Janine d'aller lui chercher un Coca au drugstore. Il vérifia sa tenue dans la glace des toilettes des hommes, et esquissa un sourire pour dissimuler son appréhension. Puis Friedmann beugla depuis son bureau :

— WO-NICK-EE ! Ici, et que ça saute !

Le papier se trouvait sous les yeux de Friedmann. Chaque ligne en était soulignée au crayon bleu. Il fit signe à Pete de s'asseoir puis tapota les feuilles sur le bureau.

— Ça – *tap, tap* –, c'est un tas de merde ! On dirait une putain de dissertation de collégien. Je me fous du temps qu'il faisait, de tes sensations sur les lieux, et de qui se trouvait là. Je veux juste cette putain d'histoire, et les lecteurs aussi. *Quoi ?*

Ce dernier mot s'adressait à Jeff White, qui se tenait sur le seuil, des papiers à la main. Il déposa ceux-ci sur le bureau de Friedmann et attendit tandis que l'autre les feuilletait. Pete examina les lieux : les piles de dossiers, les étagères surchargées d'ouvrages de référence, ainsi que l'énorme aquarium installé au mur derrière Friedmann. La rumeur voulait qu'ils aient été obligés de doubler l'épaisseur de la cloison, de la renforcer pour qu'elle puisse supporter l'aquarium. Pete contempla les poissons derrière la vitre, qui lui semblèrent se rapprocher et se réunir pour l'observer. Il fixa leurs yeux ronds et imperturbables, leurs bouches ouvertes, et frissonna.

Friedmann rendit les feuilles à White.

— Obtiens une confirmation. Un commentaire, n'importe quoi – mais quelque chose qu'on puisse imprimer. Ensuite, vas-y.

White une fois congédié, Friedmann s'adossa à son fauteuil, écarta l'article de Pete et joignit les doigts.

— Tu sais ce qui fait vendre les journaux, petit ?

Pete ouvrit la bouche et Friedmann secoua la tête.

— Ne l'ouvre pas quand je parle. Tu sauras quand c'est ton tour.

Il avala une lampée de quelque chose dans un mug sur son bureau.

— Les histoires. Les histoires, ça fait vendre. Les histoires à propos de trucs qui se passent. Pas des trucs que tu décris dans une putain de rédaction. *Des trucs qui se passent*. Tu as pigé ?

Pete hocha la tête.

— Les lecteurs veulent trois choses, Wonicke, déclara-t-il en les énumérant sur ses doigts. Ils veulent voir l'argent, ou l'absence d'argent. Se sentir envieux, ou supérieurs.

Un autre doigt dressé.

— Ils veulent du sexe. Il y a toujours une nana sexy. Ou bien qu'on peut transformer en quelque chose de sexy. Il y a toujours un angle qu'on peut utiliser.

Un troisième doigt.

— Et toutes les histoires ont besoin d'un méchant. Il faut de la peur dans chaque histoire.

Il engloutit une nouvelle lampée.

— Je suppose qu'il n'y a pas d'argent au… euh… 72nd Drive, tu dois donc faire monter la mayonnaise sur le sexe et la peur. Où est le sex-appeal ? C'est la mère ? La baby-sitter ? Je veux une pépée sexy. Les lecteurs veulent une pépée sexy.

Pete hocha la tête.

— Et la peur : de quoi devraient-ils avoir peur ? De quoi ont peur les voisins ? Est-ce qu'il y a dans la nature un cinglé qui s'en prend aux gamins ? Que leur a-t-il fait ? Où est l'autre, le garçon ?

Pete hocha de nouveau la tête et Friedmann se pencha en avant :

— Est-ce qu'il y a vraiment un taré dans la nature ?

— Je… euh…

— Que pensent les flics ?

— Je ne…

— Évidemment que tu n'en sais foutre rien ! Donc, tu cherches. Ton travail consiste à trouver.

— D'accord.

— Comment comptes-tu t'y prendre ?

— J'ai interrogé les flics à l'appartement. Ils ne disaient rien.

Friedmann soupira.

— Qui est l'inspecteur en charge de l'enquête ?

Pete parcourut ses notes.

— Un sergent Devlin.

— OK. Le… Seigneur, *quoi encore* ?

Cette fois-ci, il s'agissait d'une des secrétaires qui avait besoin de lui faire signer un chèque. Pete contempla de nouveau les poissons. Leurs déplacements lents et languides, les couleurs scintillantes. Puis, Friedmann – les cheveux gris rêches, les lunettes à la monture noire carrée. Brusquement, le regard derrière celles-ci croisa celui de Pete.

— Où en étions-nous ? Les flics. D'accord. Donc, ton boulot consiste à coller à ce…

— Devlin.

— Devlin, c'est ça. Tu le trouves et tu lui colles au cul. Tu le colles plus que sa femme jusqu'à ce que cette affaire soit terminée. Où vit ce type ? À quelle heure va-t-il travailler ? Où se gare-t-il ? Où prend-il son putain de café ? M. Devlin ne lève pas le petit doigt sans que tu le saches. Le moindre endroit où il met les pieds, la moindre conversation, tu es à moins d'un mètre derrière et tu notes tout. D'accord ?

Pete hocha la tête, mais Friedmann examinait de nouveau le rapport.

— Et les photos, Seigneur ! Ces putains de photos sont nulles.

Il balança une demi-douzaine de clichés à travers le bureau, que Pete parcourut. Ce n'étaient que des gros plans de Ruth Malone. Il suivit du regard ses longs cils, ses épais cheveux soyeux, ses lèvres boudeuses.

Il leva les yeux, perplexe. Friedmann planta sur les photos un index énorme.

— *Ça*, c'est une mère en deuil ? Où est son putain de chagrin ? Hein ? Où sont les larmes ? Emmène Reilly avec toi. Dis-lui de la prendre en train de pleurer, quelle que soit la façon dont il y arrive.

Il se carra dans son fauteuil, et haussa un sourcil lorsque Pete ne se dressa pas immédiatement pour sortir.

— Tu as quelque chose à me demander ?

— Oui… c'est juste – tout ce que vous dites à propos du sex-appeal, des larmes et de tout ça… vous ne voulez pas que j'écrive simplement la vérité ? C'est ça mon boulot, n'est-ce pas ?

Friedmann aboya un rire.

— Ton boulot est d'écrire ce que je te dis d'écrire ! Et je t'explique comment transformer une gamine morte en un bon papier. Si tu ne veux pas t'en charger, j'ai là dehors cinq excellents reporters à qui je peux filer le sujet.

— Je m'en charge ? Je suis… L'affaire est à moi ?

Friedmann se leva, saisit sur une étagère un flacon de nourriture pour poissons, et en saupoudra une pincée à la surface de l'aquarium.

— Tu aimes les poissons, Wonicke ?

Sans attendre de réponse, regardant les animaux monter à la surface pour manger, il expliqua :

— Je les trouve apaisants. Je les regarde et je me dis : la vie doit être tellement calme là-dedans. L'eau atténue tout. On dirait bien que c'est ton jour de chance, Wonicke, poursuivit-il d'un ton égal. Horowitz est sur le procès pour fraude à Manhattan, et je viens de mettre Lamont sur cette affaire de violeur en série. Quant à O'Connor, il a encore deux semaines de vacances. Tu peux rester sur cette histoire jusqu'à son retour.

Au bout d'un quart d'heure aux archives du journal, Pete avait récolté quelques articles à propos de trois enquêtes menées par Devlin. L'un d'eux était accompagné d'une photo : le sergent était le type costaud avec les bajoues qui avait emmené Mme Malone voir le corps de sa fille. Tout en regagnant la sortie, Pete fixa le portrait, s'interrogea sur ce qui pouvait passer par la tête d'un homme capable d'infliger une chose pareille à une femme, et la raison pour laquelle il avait agi ainsi. Sans le voir, il percuta Horowitz et fit tomber les coupures de presse.

— Merde… désolé, mon vieux, je ne t'avais pas vu…

Ils se penchèrent dans un même mouvement. Horowitz ramassa les papiers le premier, et jeta un coup d'œil à la photo avant de la lui rendre.

— Tu as là quelque chose d'intéressant ? fit-il avec un signe de tête en direction des coupures.

— J'espère bien.

Pete s'apprêtait à poursuivre son chemin, mais Horowitz tapota ses poches et demanda :

— Tu as une clope, petit ?

Horowitz fumait des Camel, des trucs sans filtre épais qui vous faisaient monter les larmes aux yeux. Et le voilà qui voulait une des filtres riquiqui de Pete ?

Celui-ci sortit son paquet, le lui tendit et en prit une à son tour. Étouffa un rire devant la grimace de l'autre.

Puis Horowitz eut un autre hochement de tête désignant les articles.

— Alors, c'est quoi l'histoire ?

Pete sentit un frisson de suspicion lui parcourir la colonne vertébrale. Il avait bossé dur pour attendre ce coup de chance, et maintenant, Horowitz voulait se placer ? Eh bien, dommage pour lui. Le vieux avait son affaire de fraude en col blanc, et Friedmann venait d'emballer ça dans un papier cadeau pour le confier à Pete. Celui-ci fit preuve de toute la brièveté dont il était capable.

— Un meurtre dans le Queens. Hier. Une gamine, et un autre gamin disparu.

Horowitz releva vivement la tête, et pour la première fois depuis qu'ils s'étaient cognés dans le couloir, regarda Pete droit dans les yeux.

— Un meurtre ! Eh bien, alors ça, fit-il avec un sourire. En voilà une affaire. Ta première, hein ?

Pete lui rendit un sourire hésitant, hocha la tête.

Horowitz lui flanqua unc claque sur l'épaule.

— Ta première grosse histoire. Félicitations, petit !

Il baissa rapidement les yeux sur les coupures de presse et remarqua en passant :

— C'est l'inspecteur en charge ?

Pete acquiesça de nouveau, Horowitz se redressa et poursuivit son chemin. Pete avait presque atteint le parking lorsqu'il finit par se demander comment Horowitz savait que le gros plan granuleux d'un type en costume était le portrait d'un flic.

Pete passa deux heures dans le quartier des Malone, à frapper aux portes, à solliciter des commentaires sur les enfants, les parents. Puis il se rendit au poste de police. Grâce à cinq dollars et un paquet de cigarettes au flic de service à l'accueil, il récolta le nom du *diner* où les inspecteurs avaient l'habitude de déjeuner.

Le *Tony's Diner* se révéla un endroit bruyant et brillamment éclairé sur Queens Boulevard. Pete gratifia la serveuse de son plus beau sourire de collégien en lui demandant de l'installer au fond et de l'y laisser un moment tranquille. Elle leva les yeux au ciel, mais lui apporta un lait chocolaté et une part de tarte et lui ficha la paix. D'abord, les photos. La plupart des photos de Ruth Malone étaient restées sur le bureau de Friedmann, et Pete ne disposait plus que d'un cliché d'elle marchant en direction de la voiture, la tête tournée vers la rangée de flics. Il y avait au milieu un type qui écoutait le flic à côté de lui mais observait Ruth. Les lèvres serrées en un trait mince, il affichait un air bizarrement satisfait. Pete nota la chose.

Puis les photos de l'immeuble. Les femmes. Le landau et sa capote dont la fille de Mme Burke avait parlé. Pete passa encore un moment à examiner cela, prit de nouvelles notes, puis étala le reste de ses papiers.

Il n'avait pas grand-chose à se mettre sous la dent : la découverte du corps de la petite fille, ses impressions de la rue où la mère vivait avec ses enfants, et les interviews des voisins – les trois de la veille, et deux de plus ce matin. C'était tout.

Les enfants étaient des anges. Tout le monde avait utilisé ce terme, et il se demanda si c'était celui qu'on utilisait toujours dans des affaires comme celle-ci.

Leur mère, en revanche, n'était pas très populaire, même parmi les autres mères de famille. Elle vivait séparée de son mari : tout le monde s'accordait à dire que c'était elle qui l'avait viré, mais personne ne savait pourquoi. Il avait l'air d'un type gentil – en tout cas, plus apprécié qu'elle. Il avait un bon boulot – il travaillait comme mécanicien à l'aéroport, souvent de nuit. Il ne buvait pas, ne la frappait pas, n'élevait même pas la voix. Cette dernière réflexion émanait d'une femme avec un bleu sur la joue que son maquillage ne dissimulait qu'à grand-peine.

Pete examina la photo qu'il avait prise de Frank Malone alors que celui-ci sortait de l'immeuble derrière sa femme. Il étudia le visage charnu et figé. Y lut de nouveau la frayeur qu'il y avait remarquée la veille.

À ce moment-là, des voix lui firent lever la tête, et il aperçut deux hommes qui approchaient. Il reconnut l'un d'entre eux sur-le-champ et fourra précipitamment les photos dans le dossier à l'instant où les hommes s'installaient dans un box de l'autre côté.

Devlin marchait comme à la parade, puis s'assit bien droit, les mains serrées devant lui. L'autre type était plus jeune, blond, couvert de taches de rousseur, comme s'il était resté trop longtemps au soleil.

Le *diner* était à moitié plein, mais malgré le brouhaha des conversations, Pete se trouvait suffisamment près pour entendre. Les deux hommes passèrent leur commande, puis lorsque la serveuse fut partie, Devlin demeura un moment silencieux, rectifiant les couverts, la salière, le sucrier. Ensuite, il leva les yeux et pointa un gros index sur la chemise pleine de plis de l'autre.

— C'est négligé, ça, Quinn. Demain, je veux voir une amélioration. Que je ne te revoie pas débarquer pour ta tournée dans cet état.

— Oui, monsieur. Désolé, monsieur. L'enquête…

Devlin jeta un regard sur le côté. Pete tenta de se rendre invisible dans son box.

— On ne parle pas de l'enquête, Quinn. Pas ici, ni dans aucun lieu public. Compris ?

— Oui, monsieur.

— Et de toute façon, l'enquête n'est pas une excuse. Le public, le patron, quand ils voient un type avec une chemise froissée ou mal rasé, ils perdent confiance. Sa femme ou sa mère ne prend pas bien soin de lui ? Ça veut dire que c'est un foyer négligé. Un flic même pas capable de faire régner l'ordre chez lui, comment va-t-il pouvoir gérer l'enquête, comment va-t-il résoudre ça ? Voilà ce que pensent les gens. Il faut sans arrêt réfléchir de la façon dont les autres réfléchissent, assena-t-il en se tapotant la tempe du doigt.

La serveuse réapparut avec deux assiettes de spaghettis et de boulettes de viande qui sentaient bon.

Devlin fourra une serviette dans son col, et Quinn l'imita.

Fasciné, Pete regarda le sergent engloutir des fourchetées de nourriture, mâchant la bouche ouverte, brassant la masse brune et rouge brillante sur sa langue avant de l'avaler. Ils mangèrent en silence. Puis Devlin s'essuya la bouche avec une serviette, s'empara d'un cure-dent et se cura les dents.

Il s'adossa à la banquette. La serveuse revint ôter les assiettes, et fit tomber une fourchette. Une rougeur envahit sa nuque tandis qu'elle se penchait pour ramasser celle-ci en murmurant une excuse. Devlin se contenta de la regarder avec réprobation, et elle s'éclipsa précipitamment, tête baissée.

Puis il se concentra de nouveau sur Quinn, la serveuse oubliée comme si elle n'avait jamais existé.

— OK, je dois y aller. J'ai rendez-vous à deux heures et demie avec le chef. Il exige un résultat rapide. Donc, je veux que tu repasses en revue les témoignages. Celui du mari, celui de la femme. Il y a quelque chose là-dessous… quelque chose qui ne va pas.

Il se leva et mit le cap sur la sortie, laissant à Quinn le soin de régler l'addition.

Pete scruta le jeune flic tandis que celui-ci faisait signe à la serveuse de lui apporter du café. Il n'avait pas l'air du genre à apprécier l'après-midi de paperasse au bureau. Tête baissée, avachi sur la banquette, il tripotait les cuticules autour de son pouce. Sa lèvre boudeuse lui donnait l'air d'un adolescent maussade.

Il parut prendre conscience du regard de Pete posé sur lui et leva les yeux. Avant qu'il ait pu ouvrir la bouche, le journaliste lui adressa un signe de tête.

— Votre chef a l'air de ressembler au mien. Un emmerdeur, non ? lança-t-il avec un sourire.

— Quoi ? fit Quinn en plissant les paupières.

— Je n'ai pas pu m'empêcher d'entendre. C'est quoi, son problème ?

Quinn haussa les épaules.

— Qu'est-ce que vous voulez ?

Pete se glissa sur la banquette en face de lui.

— Pete Wonicke. Je travaille au *Herald*. J'aimerais parler de l'affaire Malone.

Avant même qu'il ait achevé sa phrase, Quinn protesta de la tête :

— Oh, non ! Je ne parle pas à la presse. Jamais de la vie.

Son café arriva, et Pete en commanda également un. Une fois la serveuse partie, il demanda :

— Le café est bon, ici ?

Quinn haussa les épaules :

— Chaud et fort, c'est à peu près tout ce que je peux vous dire. Écoutez, ajouta-t-il avec un froncement de sourcils, je ne peux pas discuter de l'affaire avec vous, mon sergent m'arracherait la tête.

— Je comprends, acquiesça Pete. Pas de problème.

La serveuse apporta le café de Pete, dans lequel il versa une bonne quantité de sucre, ajouta de la crème, et remua. Il but à petites gorgées pendant un moment, puis remarqua en passant :

— Il n'a pas l'air facile.

Quinn lui jeta un regard soupçonneux et Pete se défendit d'un geste en s'adossant :

— Rien à propos de l'affaire, OK ? Je faisais juste la conversation. Vous travaillez avec lui depuis combien de temps ?

Il y eut un silence, puis :

— Un peu plus de trois ans. Depuis que je suis passé inspecteur.

— Il me rappelle un type pour qui j'ai bossé, poursuivit Pete. Une fois, il m'a donné un reportage à corriger. Cinq mille mots, à quatre heures et demie un vendredi après-midi, en me disant que ça devait être bouclé pour le lundi matin, alors que j'avais prévu une randonnée ce week-end-là avec un copain.

Il sirota son café. Hocha la tête. Patienta.

Quinn finit par demander :

— Alors, qu'est-ce que vous avez fait ?

— Je suis parti camper. Je suis rentré le dimanche soir avec la pire gueule de bois de ma vie, je me suis pieuté tout de suite, et le lendemain matin, je lui ai dit que le reportage était parfait, qu'il était un génie.

Il récolta en retour un sourire et une approbation muette. Pete posa son mug.

— Écoutez, inspecteur, j'ai besoin d'un service.

— Je vous ai dit que je ne pouvais pas discuter de l'enquête.

— Je sais, je sais, je n'ai besoin que de quelques faits. Des infos que je pourrais obtenir de n'importe qui. J'en connais déjà la majeure partie – il suffit que vous confirmiez ce que j'ai.

— Ma foi, je ne sais pas…

— Je ne citerai pas votre nom.

— Des faits ? Quoi, par exemple ?

— Du genre, depuis combien de temps les enfants ont-ils disparu. Et le boulot du père – où travaille-t-il ?

— Il est mécanicien à l'aéroport.

— Il répare les moteurs, un truc comme ça ?

— Je suppose.

— D'accord – écoutez, ça ne vous ennuie pas si je prends quelques notes ? Juste pour me souvenir. Quelquefois, ma mémoire me trahit.

Quinn haussa les épaules.

— Alors, il travaille souvent la nuit ? Le père ?

— Ouais.

— Il était au boulot quand les enfants ont disparu ?

— Non, mais il ne vit pas avec eux. La mère et lui sont séparés.

— C'est pénible pour lui, de ne pas être avec sa famille.

— Je suppose.

Pete secoua la tête, et poussa un profond soupir. Puis, s'efforçant à la nonchalance :

— Dites donc, vous voulez un autre café ? Une part de tarte ? Je parie que vous avez travaillé comme une brute ces derniers temps.

— Ça fait deux jours d'affilée qu'on fait des interrogatoires au porte-à-porte. On a à peu près trois cents flics à la recherche de ce gamin. Des hélicoptères, aussi.

— Et par cette chaleur… remarqua Pete.

Il commanda de nouveau du café. Et deux parts de tarte à la noix de pécan avec de la glace.

— Et tous ces entretiens ont donné des résultats ?

— Je ne peux pas…

— Oh, non ! Je ne parlais pas de détails. Je voulais juste dire… dans l'ensemble, vous voyez. Ça se passe bien ?

Quinn hocha la tête :

— Rien que du tout-venant. Quelques épouses soupçonneuses, des histoires à propos du type louche de l'immeuble voisin. Il y a toujours beaucoup de trucs de ce genre. Il faut néanmoins tout vérifier, recouper, éliminer.

— Comment les parents tiennent-ils le coup ? Ça doit être sacrément difficile pour eux.

— Le père est effondré. C'est dur de voir un homme dans cet état.

— À quoi ressemble-t-il ?

— C'est un type sympa. Juste… normal, vous voyez ? Pas trop futé. Il voudrait se persuader qu'ils sont simplement passés par la fenêtre et qu'ils ont fugué. Que la petite fille a été… qu'il s'agissait d'un accident. Je ne crois pas qu'il ait compris. Le choc, peut-être, à moins qu'il ne soit un peu lent.

Pete repensa à la photo de la poussette sous la fenêtre des enfants. Même si quelqu'un avait poussé le landau à travers la pelouse avec la capote relevée, deux petits enfants n'auraient pu ouvrir tout seuls la fenêtre et déplacer la moustiquaire.

Les desserts arrivèrent et ils mangèrent en silence un petit moment avant que Quinn ne reprenne la parole :

— Ouais, le père est un type sympa. Mais la mère, ça, c'est autre chose.

— Elle était là ? Cette nuit-là ?

— Oui. Elle dit qu'elle est allée voir les enfants à minuit, puis s'est couchée vers trois heures et demie, quatre heures. A découvert qu'ils avaient disparu le lendemain matin. Et il n'y a personne pour la contredire puisqu'elle est séparée du père.

— Depuis quand ?

— Presque un an et demi. Au printemps de l'année dernière. Et vous pouvez me croire, elle s'en donne à cœur joie. Maquillage, vêtements, tout ça. Une femme dont les enfants ont disparu ne devrait pas ressembler à ça. Elle travaille la nuit. Elle est serveuse dans un foutu bar alors qu'elle a deux gamins !

Avec un nouveau hochement de tête, il se servit une cuillerée de glace qu'il fit rouler dans sa bouche.

— L'appartement était en pagaille – il y avait dans la poubelle une tonne de bouteilles d'alcool vides. À onze heures du matin, elle sentait le cognac. Et en plus, elle a un casier. Des types du poste de police se sont rendus à cette adresse plusieurs fois. Tapage, ivresse, tout ça.

— Mince, fit Pete en exhalant lentement. Ça ne va pas.

— Et c'est pas tout. Dans sa chambre, elle avait une valise avec plein de lettres. Des hommes. Pas que son mari – des tas d'hommes. Et ils ne parlaient pas du temps qu'il fait, si vous voyez ce que je veux dire.

Quinn fixa un point devant lui, tapotant des doigts sur la table.

— Mon chef, fit-il avec un signe de tête en direction de la porte, il l'a emmenée voir le corps de sa fille, hier. Il voulait lui tirer une réaction brute de décoffrage, il a dit. Et il ne s'est rien passé, rien, jusqu'au moment où elle a vu ces foutus journalistes. Et même à ce moment-là – pas une larme. Elle s'est évanouie devant les appareils photo, mais elle n'a jamais pleuré, ni quand elle a vu la gamine, ni après.

Une gorgée de café.

— Le sergent veut qu'on garde un œil sur elle. Qu'on fouille un peu. Il pense qu'il y a là un truc, et si on continue à creuser, on le trouvera.

Pete le détailla, les yeux étrécis, la mâchoire crispée, la main sur la table. Son poing qui se serrait et se desserrait.

Quinn finit par quitter les lieux pour regagner le poste de police et éplucher les témoignages. Pete demeura sur place à tourner son café en pensant à Mme Malone. Aux lettres auxquelles Quinn avait fait allusion, aux bouteilles d'alcool à la poubelle.

Il semblait assez clair qu'il y avait là matière à enquêter. La première grosse histoire dont il héritait, et elle allait peut-être se trouver bouclée avant même d'avoir commencé.

Puis il secoua la tête, récupéra son calepin et se dirigea vers la sortie. Même s'il s'avérait sans l'ombre d'un doute qu'il ne s'agissait que d'une affaire domestique – pas de grand mystère, pas de gros titres en première page – il y avait quand même un boulot à faire. Il pouvait toujours suivre les directives de Friedmann, en apprendre quelque chose. Et peut-être pouvait-il commencer à se tailler une réputation en tant que journaliste à peu près potable.

Dans cette optique, il suivit Quinn au poste de police. Il y avait à l'accueil un autre flic que celui qui lui avait donné le nom du *diner*. Celui-là avait un regard mauvais et une lèvre tordue qui l'affligeait d'un rictus permanent, et lorsque Pete demanda à voir Devlin, il se contenta de hausser un sourcil :

— De la part de qui ?

— Je m'appelle Wonicke. C'est à propos de l'affaire Malone.

Le type bâilla en se grattant l'aisselle, puis tendit la main vers le téléphone.

— Vous avez des informations ?

— Euh… oui. Oui, j'en ai.

La main se figea dans les airs, et l'autre le détailla des pieds à la tête.

— Vous pouvez me les communiquer, et je m'assurerai que ça lui soit transmis.

Incapable d'accoucher rapidement d'un mensonge, Pete rougit.

— C'est… J'ai juste besoin de lui parler.

La main abandonna le téléphone et le flic attira à lui une pile de paperasses.

— Eh bien, le sergent Devlin est plutôt occupé, avec l'enquête, et tout ça. Il n'a pas le temps de voir tous les gens qui se pointent. Monsieur Wonicke, si vous changez d'avis, ou bien si vous vous… *souvenez* de ce que vous vouliez lui raconter, vous pouvez revenir me le dire, conclut-il en se concentrant sur ses papiers.

Pete rendit les armes et ressortit. Il alluma une cigarette et consulta sa montre. Il n'était pas loin de la deadline : il lui faudrait faire avec ce qu'il avait. Devlin attendrait.

ENLÈVEMENT D'UN GARÇON DE 5 ANS
DANS LE QUEENS

DES HÉLICOPTÈRES SE JOIGNENT
AUX RECHERCHES

par Peter Wonicke, correspondant permanent

QUEENS, **16 juillet** – Les recherches effectuées hier par des centaines d'agents de police ont échoué à découvrir le moindre indice sur l'endroit où pourrait se trouver le petit Frank Malone junior, âgé de cinq ans. Le garçon a disparu avec sa petite sœur de quatre ans, Cindy, de leur appartement du Queens tôt mercredi matin.

Mercredi, Cindy a été retrouvée morte sur un terrain vague à environ un kilomètre et demi de chez elle. Des examens sont en cours pour déterminer la cause du décès.

Trois hélicoptères de police se sont joints aux recherches hier, espérant repérer par les airs le T-shirt bleu que portait le petit garçon lors de sa disparition.

Les enfants vivaient avec leur mère, Mme Ruth Malone, une serveuse de bar de vingt-six ans. Son mari, Frank Malone senior, un mécanicien aéronautique au Kennedy International Airport, ne vit plus avec sa famille depuis que le couple s'est séparé l'année dernière.

Un haut gradé de la police a déclaré hier que l'espoir de retrouver le garçon en vie diminuait. « Plus les recherches s'éternisent, plus la chaleur constitue un réel danger de déshydratation. »

Le père a passé la journée d'hier au 107e poste de police de Fresh Meadows, dans l'attente de nouvelles de son fils.

Des enquêteurs ont escorté hier après-midi au poste Mme Malone, mince, rousse et vêtue d'une robe noire à la mode. Elle a été interrogée pendant plus de deux heures, puis est rentrée chez elle.

Les voisins de Mme Malone ont déclaré qu'ils la connaissaient très peu. Ses enfants jouaient avec les autres dans le quartier, mais leur mère « restait sur son quant-à-soi ». Une voisine a spontanément déclaré que Mme Malone avait souvent des horaires très longs, surtout la nuit, avec pour résultat un mode de vie « chaotique ».

« Il est sûr que nous n'avons jamais eu ce genre d'ennuis par ici avant ça », a déclaré une mère de famille de trois enfants en bas âge, qui a désiré conserver l'anonymat.

La veillée funèbre de Cindy se déroula le 19 juillet aux pompes funèbres O'Rourke. Mgr Contri présidait d'un côté de la salle, son visage brun ridé placide sous son halo de cheveux blancs, sa voix un doux murmure. Cindy était maintenant au Ciel, l'âme en paix. De l'autre côté, Ruth se tenait la tête haute, dans sa robe noire neuve avec son demi-voile de deuil, ses escarpins noirs et ses bas à la couture bien droite, une demi-bouteille de vodka dans l'estomac et une cigarette tremblante à la main. À tous ceux qui venaient offrir leurs condoléances, elle tendait l'autre main, ses yeux ambrés brillants et fixes à travers le taffetas noir, la voix rauque d'avoir trop fumé et de l'effort fourni pour refouler ses larmes.

Elle aurait voulu s'effondrer. Tomber à genoux, hurler, supplier, marchander.

Ils sont tout ce que j'ai. Vous ne pouvez pas me les prendre tous les deux – ils sont tout ce que j'ai !

Au lieu de cela, elle levait le menton, déglutissait, et répétait à tout le monde :

— Les enfants sont très pieux, vous savez. Tous les soirs, ils disent leurs prières avant de se coucher. Tous les soirs.

Une image se forma dans son esprit : Frankie et Cindy agenouillés au pied de leur lit, baignés de l'éclat rassurant de la lampe de chevet, le rythme chantant de leurs petites voix butant sur les mots familiers. Puis une image de Frankie tout seul, à genoux sur un sol nu, les yeux fermés de terreur, sa voix réduite à un chuchotement de supplication. Suppliant. Marchandant. *Je serai sage. Je vous en prie, mon Dieu.*

Je vous en prie. Je vous en prie. Je ne répondrai plus à maman. Je vous en prie.

Ruth cligna des yeux. Puis elle tira longuement sur sa cigarette éteinte, afficha une bouche parfaite, et passa à la personne suivante.

Ils durent patienter encore dix jours avant que la police ne leur rende le corps de Cindy. Encore dix jours avant de pouvoir organiser l'enterrement.

Pour Ruth, ce furent dix jours où elle attendit que son bébé lui revienne. Elle attendit des nouvelles de Frankie. Dix jours de questions de Devlin.

Ces journées-là n'étaient plus qu'un brouillard confus. Chacune d'entre elles une chape de chaleur suffocante, chatoyante et indolente jetée sur des rues endormies pleines de poussière jaune et brune, de celle qui vous rentre dans les yeux et la gorge et vous épaissit le cerveau.

Un matin, elle se réveilla par terre dans le salon : la bouche sèche, un martèlement dans la tête. Quelque chose de chaud dans son dos, et l'espace d'un instant, elle se laissa aller contre le poids et la douceur du petit corps contre elle. Son imagination dériva : alors même que les larmes filtraient de ses paupières gonflées, elle laissa l'espoir l'envahir.

Puis la chienne bâilla, s'étira et grogna à côté d'elle. Ruth ne pouvait plus faire semblant, alors elle s'abandonna entièrement aux pleurs. Elle pressa ses poings contre ses yeux irrités et sanglota, roulée en une boule serrée contre la douleur. Un léger reniflement contre son visage, et elle sentit la truffe humide et curieuse de Minnie, sa langue râpeuse qui léchait le sel sur sa peau. Elle perçut son gémissement inquiet, tendit à l'aveuglette la main vers la forme rassurante de la chienne et attira celle-ci contre elle. Elle plongea son visage dans l'odeur chaude et familière, frotta sa peau contre le poil tout doux. Minnie gémit de nouveau, elle la cramponna davantage et tenta de lui offrir tout le réconfort dont elle était capable.

Une après-midi, elle voulut préparer du café, et s'aperçut que la boîte de Folgers était vide. Un coup d'œil dans le garde-manger lui révéla qu'il n'y avait plus rien là-dedans, à l'exception d'un bocal de cornichons et d'une boîte de crackers Graham rassis. À leur vue, elle se souvint qu'elle n'avait rien avalé ce jour-là. Ce qu'elle avait mangé la veille, elle l'avait oublié. Et elle n'imaginait pas vouloir manger – mais une sorte d'intuition qui lui dictait ce qui était bien, normal, lui fit enfiler ses chaussures, ramasser son sac et ses clés.

Et comme s'il était aussi simple que cela d'abandonner un monde derrière elle pour pénétrer dans un nouveau, elle sortit à l'extérieur et referma la porte derrière elle.

La poussière adhérait à sa peau collante, se perdait dans ses cheveux semblables à de la paille et dans les plis de sa robe de coton. Une couleur semblable à du vieux sang tachait ses manchettes blanches. Derrière ses lunettes de soleil, la poussière démangeait ses yeux gonflés, la mettant au bord des larmes.

Elle marchait sans savoir où elle allait, pourquoi elle était sortie. Un pied devant l'autre, ignorant les autres pieds, les voix, les éclairs de lumière, les klaxons.

Et pendant tout ce temps, le rythme de ses pas accompagnait le rythme d'histoires sans fin, d'hypothèses sans fin, dont chacune était la représentation saisissante de ce qui avait pu arriver à Frankie.

Elle leva les yeux, s'aperçut qu'elle se trouvait devant le magasin et se souvint qu'elle avait besoin de café. Elle prit un panier métallique, entra, eut un mouvement de recul sous l'éclairage au néon.

Ses pieds la guidèrent le long des travées et elle déposa des objets dans le panier : un paquet bleu, une boîte de conserve avec une étiquette verte, une brique blanche.

Elle continuait de marcher, continuait de prendre des choses pour les mettre dans le panier, parce que c'était cela que faisaient les gens.

Elle continuait. Elle piétinait les visions du visage ruisselant de larmes de Frankie, sa voix terrifiée, puis attendait que chaque nouvelle vision remonte à la surface. Elle atteignit les caisses et vit les lèvres de la fille articuler des mots qu'elle était incapable d'entendre. Elle hocha la tête et prit un sac. Puis découvrit ce qu'elle avait mis dans le panier. Des biscuits en forme d'animaux. Du lait chocolaté. Les céréales favorites de Cindy.

Tout se figea : sa main, son souffle, les sons alentour.

Elle fut vaguement consciente d'un bras autour d'elle, d'une chaise, et du tic-tac assourdissant d'une pendule. De voix, d'un téléphone sonnant au loin, puis de l'arrivée de Frankie : son odeur familière, la banquette brûlante de sa voiture, le calme de l'appartement. Il lui apporta un verre d'eau. Elle fixa celui-ci, puis regarda Frankie.

— Je voulais du café, dit-elle. Je n'ai plus de café.

Enfin, Cindy leur fut rendue. Et puis, il fut huit heures du matin d'une autre journée étouffante de juillet, et ils se trouvaient dans la chapelle de l'église

St Teresa. Petite, intime, trente-trois degrés à l'intérieur. Ruth se tenait à côté du cercueil : protectrice, les yeux baissés sous la voilette, Frank si proche qu'elle sentait la chaleur qui émanait de lui, chaque souffle inégal qu'il reprenait avant de lever le visage sur un nouveau visiteur. Il remerciait à sa place, pour qu'elle puisse conserver la tête baissée, puisse demeurer immobile et parfaite. Robe noire, teint blanc, lèvres rouges.

Seule Gina, qui se faufila en retard, trouva une faille et laissa pénétrer un peu de lumière du jour dans les pensées de Ruth.

Celle-ci sentit une main sur son bras, une pression, une rude amitié qui interrompit le défilé poli des autres. Elle fixa la main aux ongles rongés et aux bagues bon marché, sans pouvoir lever les yeux parce qu'elle savait que la compréhension qu'elle lirait sur le visage de Gina la briserait. Les larmes menacèrent, elle se mit à paniquer, et dans sa confusion se détourna de Gina vers le cercueil, dont la petitesse la frappa de nouveau. Sa couleur blanche et lisse, sa perfection, à quel point les poignées argentées étaient jolies. Si la maison de poupée de Cindy avait été accompagnée d'accessoires de pompes funèbres, ce cercueil en aurait été le joyau.

Un son s'échappa alors de la gorge de Ruth, et elle étouffa le sanglot, la boule logée là. Gina parut se contenter de cette manifestation, lui serra le bras une dernière fois et passa son chemin. La tête obstinément baissée, Ruth vit ses pieds s'éloigner : des chevilles brunes épaisses ornées d'une chaîne en or que lui avait offerte Mick ; les talons éraflés de ses chaussures bleu foncé ; sa lourde démarche déhanchée familière.

Après la messe, la longue procession régulière des limousines jusqu'au cimetière, semblable à une caravane de fourmis porteuses d'un chargement minuscule. Ruth, installée dans la première voiture, entre Frank et sa mère, sentait ses bas détrempés et la sueur qui perlait sur sa lèvre supérieure.

La fosse était toute fraîche – un petit trou tapissé de quelque chose de vert et lumineux, comme si on allait procéder à l'installation d'un étalage d'oranges dans une épicerie. Un monticule et deux hommes appuyés sur des pelles à quelque distance, à l'ombre d'un arbre, attendant de jeter de la terre sur sa fille. Elle fixa le fond de la fosse pendant que le père O'Brien parlait.

Alors qu'elle se détournait pour partir, elle vit qu'un espace avait été laissé à côté de la tombe, et comprit que si on le retrouvait, Frankie serait enterré à côté de Cindy. Il y avait bientôt deux semaines que sa fille était seule dans la mort. Mais si on le retrouvait, Frankie l'accompagnerait et il pourrait veiller sur elle, comme il l'avait toujours fait.

7

Lorsque Pete arriva le lendemain matin, il y avait deux articles sur son bureau, sans aucun rapport avec l'affaire Malone. Le crayon bleu du secrétaire de rédaction serpentait de ligne en ligne, semblable aux traces d'un escargot. Il se versa une tasse de café, y délaya trois paquets de sucre, et se mit à taper à la machine. Mais, ses pensées ne cessaient de dériver vers Devlin ; vers Quinn en train de parler de Mme Malone. Vers Ruth Malone elle-même.

Il y avait maintenant seize jours que les enfants avaient été enlevés et la petite fille retrouvée morte, sans rien de nouveau – aucune trace du meurtrier, ni du frère disparu. La police avait diffusé un communiqué annonçant que Cindy avait été étranglée, mais sans fournir davantage de détails. Les journaux n'avaient rien d'autre à imprimer que du réchauffé de noms, d'âges, de dates ; là où la petite fille avait été retrouvée ; une description de Frankie et de ce qu'il portait la nuit où il avait disparu ; des hypothèses sur le déroulé des faits.

Friedmann appelait ça des âneries. Ils se contentaient de garder les gamins sous l'œil du public. Ils attendaient tous le prochain événement.

Qui se produisit ce matin-là.

Le téléphone sonna. Pete leva automatiquement les yeux, et s'aperçut que Janine l'observait en répondant. Elle se détourna légèrement, mit sa main en coupe sur le combiné. Il se mit à prêter attention à ce qu'elle disait.

Elle plaça son correspondant en attente, ignora le « Hé, qu'est-ce qui... » de Pete et trottina jusqu'au bureau de Friedmann. Ce devait être un gros truc : elle ne voulait même pas courir le risque que quelqu'un puisse saisir quoi que ce soit en lui passant la communication. Sa jupe serrée l'empêchait de progresser autrement qu'à petits pas, mais elle forçait néanmoins tellement l'allure que Pete mit de côté ses épreuves et ouvrit une nouvelle page de son calepin.

L'autre ligne de Janine retentit. Pete l'ignora, mais le téléphone continua de sonner, jusqu'à ce qu'une des secrétaires couvre son propre combiné de sa main et lui souffle d'aller répondre. Il décrocha, le regard fixé sur la porte de Friedmann.

C'était O'Connor. Au son de sa voix, il lui revint ce qu'avait dit Friedmann : « Quant à O'Connor, il a encore deux semaines de vacances. Tu peux rester sur cette histoire jusqu'à son retour. »

— Salut, fit-il d'un ton léger. Je croyais que tu étais en Floride.

— Wonicke ? Qu'est-ce qui se passe ? Ils t'ont bombardé réceptionniste ? Écoute, je n'ai pas beaucoup de temps. Je suis bien en Floride. Dans un putain d'hôpital.

— Qu'est-ce qui s'est passé ? Tu vas bien ?

— Non, je ne vais pas *bien*. Si c'était le cas, je ne serai pas à l'hôpital, imbécile.

Pete surveillait toujours la porte du bureau de Friedmann, mais ni Janine ni lui n'était encore ressorti.

— Friedmann est dans les parages ?

— Il est occupé.

— Écoute, il faut que tu lui passes un message. Je devais revenir demain. Dis-lui que j'ai besoin d'une autre semaine. Mon crétin de frère a bousillé son pick-up.

— Merde !

— C'est exactement le terme.

— Que s'est-il passé ?

— On était dans un bar, à jouer au billard et boire de la bière. On en a descendu quelques-unes, mais ce connard ne tient pas l'alcool. Il n'a pas voulu me filer les clés du pick-up, a dit que ça allait, qu'il pouvait conduire. Moralité, il est à l'hôpital avec deux côtes cassées et un poumon perforé, et c'est à moi de m'occuper de ces putains de papiers d'assurance.

— Bon Dieu, Connor ! Il va s'en tirer ?

— Cet abruti ? Il va bien. C'est moi qui ai la tête dans une minerve. Ils me disent que je ne peux pas reprendre le volant avant six semaines.

Une voix s'éleva en arrière-plan et Connor brailla :

— Deux minutes ! Bon sang, ils n'ont même pas de cabine téléphonique payante en état de marche, je suis au poste des infirmières. Mon vieux, il faut que je me tire d'ici, c'est un vrai trou. Entre la chaleur et ces satanés moustiques, j'ai les bras comme des pelotes d'épingles. Dès qu'ils me laissent sortir et que la paperasse est remplie, je vais droit à l'agence de location de voitures la plus proche et je prends la route… Ouais, ouais, je vous entends, infirmière. Je termine juste. Enfin, donc, je serai de retour dans à peu près une semaine. Disons lundi. Le 9. OK ? Tu peux le dire à Friedmann ?

— Bien sûr.

— Alors, qu'est-ce qui se passe à New York ? Des trucs intéressants ? Qui vaillent la peine de revenir ventre à terre ?

Qu'est-ce que tu veux que j'en sache, Connor ? Je ne suis qu'un putain de réceptionniste !

Pete jeta un coup d'œil à la rangée de dactylos, toutes occupées à leurs propres appels ou rivées à leurs machines à écrire. Il contempla son bureau, ses notes sur l'affaire Malone. Les transcriptions d'interviews, avec ses gribouillis et ses questions dans la marge.

Il prit une profonde inspiration et s'efforça d'adopter un ton naturel.

— Pas vraiment. Juste quelques accidents de la circulation. La routine, tu vois.

— OK, bien. Tu dis à Friedmann que s'il déboule un gros truc, je suis de retour lundi. Je peux m'en charger à ce moment-là. D'accord ? Tu as compris ?

— Bien sûr. Lundi.

Pete le nota sur son calepin, un œil toujours fixé sur la porte de Friedmann. Celle-ci s'ouvrit, et Janine apparut, Friedmann derrière elle, qui fouillait la salle de rédaction des yeux. Pete se redressa, accrocha son regard.

— Je dois y aller, Connor. Vas-y mollo.

Il raccrocha. Friedmann lui adressa un signe et Pete se précipita.

— Wonicke, j'ai besoin que tu ailles dans le Queens. Au pas de course. 68th Drive. Il y a des développements dans l'affaire Malone, mais je ne sais pas ce qu'ils ont trouvé.

Pete transmit à Janine le message d'O'Connor et se précipita au parking. Il franchit le Williamsburg Bridge aussi vite que le lui permettait sa vieille Chevrolet, épluchant frénétiquement son plan des rues à chaque feu rouge. La route était barrée, et l'asphalte miroitait dans la chaleur étouffante du mois d'août. Il s'agissait d'un cul-de-sac, probablement un endroit fréquenté le week-end par les gamins à bicyclette : il y avait un talus aménagé, un petit bosquet d'arbres dans les broussailles. Le genre d'endroit que personne ne remarquait, comme le quartier où vivaient les Malone.

Mais l'affaire Malone faisait la une, et quel que soit l'événement qui s'était produit ce matin, il avait déjà rameuté la foule. L'endroit grouillait de flics et de reporters, et sur le talus se tenaient deux ou trois rangées de badauds. L'atmosphère n'était pas la même que la première fois : pas de tristesse, ici. Pas de sympathie. Pete examina les visages curieux et comprit qu'il ne s'agissait ni d'amis ni de voisins, mais bien plus probablement d'inconnus pris au milieu du drame. Ils se tenaient en silence, bras croisés, tendant le cou pour observer les allées et venues des flics dans le bosquet d'arbres. Patientant.

Pete sortit de voiture son calepin à la main, transpirant dans son veston. Se rapprocha des journalistes chevronnés nonchalamment appuyés contre un fourgon. Il en reconnut quelques-uns d'après leur portrait en tête d'article.

Voilà tout ce qu'il désirait : faire partie de ces types-là. Afficher leur assurance sur les lieux d'un événement, leur démarche nonchalante, leur façon de transformer en sources d'information les voisins et les commerçants, leur don pour démêler les fils d'une rumeur et en tirer un article.

Voilà deux ans qu'il faisait ce boulot – deux ans à taper des articles de routine, à vivre dans un appartement d'une pièce où les trains grondaient sous terre toute la nuit et où le voisin cinglé hurlait dans son sommeil – et voilà que la chance se présentait. Il le sentait. Cette histoire était *à lui.*

Trente-trois minutes de tension plus tard, un flic se dirigea tranquillement vers le groupe de journalistes. Il prit son temps, remontant son ceinturon sur son ventre, balançant sa matraque, faisant durer encore un peu plus l'attente. Un des plus anciens – Miller ? Mellor ? – s'avança pour le rejoindre à mi-chemin. Le flic s'exprima à voix basse, l'autre pencha la tête, acquiesça, et demeura immobile, les yeux baissés, même lorsque le flic lui flanqua une claque sur l'épaule et rejoignit d'un pas lourd le ruban qui délimitait le périmètre. Puis le journaliste regagna le groupe de vétérans qui à leur tour, firent passer des infos aux types à la périphérie. Cramponné à son calepin, Pete s'appliqua à se glisser furtivement auprès d'eux. Personne ne lui adressa la parole. Il tendit l'oreille pour saisir les bribes de murmures échangés.

Il y a quelque chose là-bas. Au milieu des arbres.

Ce doit être le petit Malone.

J'ai cru comprendre que c'était une sorte d'indice. Des vêtements, quelque chose comme ça.

Les flics ne veulent rien dire.

Nan, ils vont faire une annonce dans une heure.

— C'est cette garce la coupable. Sans aucun doute.

Le type qui venait de parler affichait une trogne d'alcoolique et une paupière tombante qui ressemblait à un éternel clin d'œil.

— Vous avez vu de quoi elle a l'air quand elle entre et sort de chez les flics – toute maquillée, super bien coiffée ? Elle n'a jamais versé une larme sur les gamins. Pas une seule fois.

Les autres opinèrent avec sagacité, allumèrent des cigarettes, burent leur gobelet de café. Pete repensa à cette chevelure flamboyante et à ces grands yeux. Se demanda pourquoi elle n'avait même pas fait semblant de pleurer, n'avait pas joué les mères en deuil. Se demanda ce qu'il y avait là-dessous, sous la surface.

Il fourra son calepin dans sa poche tout en poursuivant sa réflexion, s'écarta en essuyant la sueur qui lui inondait le front, à la recherche d'un peu d'air frais. C'est ainsi qu'il fut le premier à voir le photographe de la police sortir du bosquet d'arbres. Livide, l'homme titubait un peu, et Pete comprit.

Le photographe s'appuya contre une voiture de police garée là et se pencha pour reprendre son souffle, ou alors pour vomir. Pete se précipita et lui posa la main sur l'épaule :

— Vous m'avez l'air d'avoir besoin de ça.

Il lui tendit une cigarette. Le photographe s'en empara en tremblant, et attendit que Pete la lui allume. Il tira une bouffée, et son teint cireux retrouva un peu de couleur.

Ses yeux vitreux et écarquillés regardaient Pete, mais celui-ci comprit qu'il contemplait encore ce qu'il avait laissé derrière lui au sein du bosquet.

— J'ai servi deux fois en Corée, mais ça… ça…

L'homme porta un instant sa main à son visage et se couvrit les yeux. Pete eut un hochement de tête compatissant, sans cesser de l'observer.

— Putain, ce pauvre gamin. Sauf que… le gamin, il n'en reste plus grand-chose. Il n'y a plus de bras, et son cou… (Il déglutit.) Il a été déchiqueté par les animaux. Et la chaleur par là-dessus, a dit le médecin.

Pete sentit ses cheveux se dresser sur sa tête, et le goût métallique de la nausée lui emplit la bouche.

Le photographe inhala une nouvelle longue bouffée de sa cigarette.

— On aurait dit un morceau de bois. C'est ce que j'ai pensé quand je l'ai vu allongé là. Juste une forme noire sur le sol. Son visage… J'ai d'abord pensé que c'était une putain de bûche. Et cette odeur, Seigneur…

Le photographe vomit alors pour de bon et Pete recula, la gorge serrée. Il vit les flics qui sortaient du bosquet d'arbres avec la même pâleur verdâtre que le photographe, la même expression hébétée, les hommes du fourgon du médecin légiste qui conféraient à voix basse, et les ambulanciers qui arrivaient, porteurs de grosses bouteilles d'alcool – pour les asticots, devina-t-il.

Et il se demanda comment diable il allait pouvoir communiquer l'horreur et la pitié de cette mort. Comment il allait faire sentir aux habitants du Queens sa rage et son dégoût du fait qu'un enfant puisse devenir ainsi un objet de répulsion.

L'article de Pete parut dans l'édition du matin, mais avec tellement de modifications qu'il ne reconnut pas son propre style. En dépit du fait que l'événement faisait également la une du *Courier*, du *Star* et du *Times*, cela représentait quelque chose : la première fois qu'il signait en première page. C'était un début.

Il passa les deux jours suivants dans les parages de 72nd Drive, à travailler sur des articles complémentaires. Il se faufilait dans les équipes de flics en uniforme du quartier, gardant un œil sur Devlin. Pour la seconde fois, les flics en uniforme effectuaient du porte-à-porte, à la recherche de témoins. Ce qui avait été horrifiant quelques semaines auparavant s'était déjà transformé en routine.

« Quoi que ce soit de suspect, monsieur, si insignifiant que cela puisse paraître, je vous en prie, appelez-nous… Non, madame, vous ne nous ferez pas perdre notre temps… Oui, monsieur, c'est une affaire terrible. Merci, messieurs dames… »

À chaque fois, il les vit sortir une photo de Frankie et Cindy, les observa alors qu'ils patientaient, les traits tirés, pendant que les gens fixaient ces sourires innocents, claquaient de la langue et caressaient inconsciemment les cheveux de leurs propres enfants qui passaient la tête avec curiosité à travers les portes ou les jambes pour regarder ces vrais policiers. Puis les gens rendaient les photos. Secouaient la tête et prenaient les cartes de visite avec l'adresse du poste de police et le numéro de téléphone destiné au public. Ils ne savaient rien. N'avaient rien vu. Rien entendu.

Pete émergeait d'un appartement situé à quelques minutes à pied de 72nd Drive lorsqu'il aperçut de l'autre côté du couloir deux agents qui frappaient à une porte. La femme qui leur ouvrit semblait un peu agitée : elle tapotait de ses doigts potelés ses cheveux teints en roux, tirait sur sa robe d'intérieur rose vif, s'éventait le visage de la main. Elle se présenta comme Mme Gobek, et ne les regarda jamais franchement tout le temps que Pete demeura là ; secouant la tête avant même qu'ils lui aient montré la photo. *Non, on n'a jamais rien vu. Jamais rien entendu. Mon mari et moi menons une vie très calme, nous nous couchons très tôt.*

La porte se referma, les deux flics échangèrent un regard et un signe de tête. Ils poursuivirent leur chemin et Pete, quant à lui, retourna s'asseoir dans sa voiture, où il alluma une cigarette et relut ses notes.

Les voisins étaient tout disposés à parler de la famille, de la séparation des parents.

« Il y a dix ans, il n'y avait pas de gens comme les Malone dans le quartier. Des divorcés, des trucs comme ça. J'ai déménagé ici depuis le centre à la recherche de calme et de tranquillité. Et maintenant, regardez ce qui se passe ! »

« Franchement, je ne peux pas lui en vouloir, à lui, d'être parti comme ça. Vous avez vu Mme Malone ? Comment elle s'habille ? Aucune chance qu'elle soit fidèle à Frank. »

« Frank Malone ? Oh, c'est un amour. L'hiver dernier, un matin en sortant de l'immeuble, la voiture ne voulait pas démarrer. J'étais là en train de me demander ce que j'allais faire, qui j'allais appeler. Il est arrivé, il a proposé de m'aider. Il m'a réparé ça en un quart d'heure. Et n'a pas voulu que je lui donne le moindre dollar. Un vrai gentleman. »

« Je crois qu'elle est un peu dingue, de la façon dont elle se conduit. La boisson, et tout ça. Même avec ses enfants dont elle devait s'occuper. Quatre ou cinq nuits par semaine, elle rentre terriblement tard chez elle – et quelquefois, elle jure de façon effroyable. Pas de fumée sans feu, ce n'est pas ce qu'on dit ? Une femme comme ça – eh bien, qui sait vraiment ce dont elle peut être capable ? »

Son animosité envers Mme Malone nourrissait la curiosité de Pete à son égard. Sur ce qui était arrivé aux enfants. Sur la raison pour laquelle elle n'adoptait pas le comportement supposé d'une mère en deuil. Il était temps pour lui de constater de ses propres yeux ce qu'il y avait à la source de tout cela. Il voulait entendre ce qu'elle avait à dire. Se former son propre jugement.

Il se redressa donc, jeta sa cigarette et se dirigea vers l'immeuble de Ruth Malone, qui faisait partie d'une rangée de résidences de brique identiques à deux étages, minables, avec des rebords de fenêtre à la peinture écaillée. De la musique s'échappait d'une fenêtre ouverte au premier étage.

Il pressa la sonnette de l'appartement des Malone. Pas de réponse. Il patienta, fit une nouvelle tentative. Toujours rien.

Il griffonna quelques mots, qu'il glissa dans la boîte aux lettres de Ruth avec sa carte de visite. Il voulait entendre sa version de l'histoire, expliquait-il, avoir son sentiment sur ce qui était arrivé à ses enfants.

Il resta à fumer un moment près de sa voiture en se demandant si elle allait apparaître. Rien.

Le lundi matin, Pete arriva encore plus tôt que d'habitude. Prit le dernier paquet d'épreuves du journal, ouvrit un Coca et se mit à lire. Lorsqu'il aperçut Friedmann qui traversait la salle de rédaction, il se précipita à sa rencontre.

— Vous avez une minute, monsieur Friedmann ?

Celui-ci consulta sa montre.

— Littéralement une minute.

Pete le suivit dans son bureau. Friedmann se laissa tomber dans son fauteuil et attendit.

— Merci, monsieur. Alors, Con… O'Connor n'est pas rentré. J'ai dit à Janine…

— Oui, oui, je suis au courant. L'accident. Le frère, bla, bla, bla… Et alors ?

— Je veux rester sur ce papier.

Friedmann se redressa en haussant un sourcil.

— Je connais l'affaire. Même si Connor revient… Eh bien, on ne sait pas quand il va rentrer. Je connais le quartier, l'atmosphère. Je voudrais vraiment creuser, voir ce que je peux dégotter.

Il pensa à Ruth Malone : le maquillage, les cheveux crêpés, l'absence de chagrin.

— Je crois qu'il y a davantage derrière les apparences.

Friedmann se leva et ramassa le flacon de nourriture à poisson.

— Tu es là depuis combien de temps ? Un an ?

— Deux.

— Deux. Voyez-vous ça.

Il éparpilla quelques flocons sur l'eau, regarda les poissons monter à la surface, gober en rythme.

Il se retourna vers Pete.

— OK.

— OK ?

— Le papier est à toi. Tu signes. Tu es en charge.

— Merde ! Merci. Merci, monsieur Friedmann. Vraiment.

— Si tu déconnes, je te retire l'histoire. Pas de discussion.

— Vous ne le regretterez pas, monsieur Friedmann.

— Si. Si, sûrement. Mais si le Seigneur juge bon d'expédier mon meilleur chroniqueur judiciaire à l'hôpital et de t'envoyer à sa place, qui suis-je pour m'y opposer ? Le Seigneur donne, et le Seigneur reprend. Maintenant, sors d'ici. Va pondre un truc que je puisse publier.

Trois jours plus tard. Vingt-deux jours au total depuis la disparition des enfants. Trois semaines depuis que Quinn lui avait confié que Devlin était persuadé de la nécessité d'enquêter sur Ruth Malone. Et pourtant, en dépit des détails que lui avait fournis Quinn, en dépit de la détermination apparente des flics à déterrer des indices en sa défaveur, ils n'avaient toujours pas procédé à une arrestation. Pete se posait des questions. Sur ce qu'ils avaient découvert – ou ce qu'ils n'avaient pas découvert.

Il se tenait à l'entrée du cimetière, dans l'attente du cortège. Il avait laissé une bouteille de Coca dans la voiture, se disant que ce serait faire preuve de manque de respect que de la boire ouvertement – mais à cet instant, il ne pensait qu'au goût du Coca ruisselant dans le verre, au sursaut sucré de la caféine.

Puis il perçut l'écho d'une voiture approchant à une allure très lente, et se retourna pour découvrir le corbillard qui progressait dans sa direction dans l'après-midi brûlante. Lorsque le véhicule passa devant lui, il entrevit à l'intérieur une vieille femme raide comme un piquet, lèvres pincées, le regard fixé droit devant elle. Et un prêtre, affichant l'expression déterminée d'un homme en route pour une dure journée de travail.

C'était tout. Les parents étaient encore interrogés au poste de police. Peut-être éprouvaient-ils un soupçon de soulagement à ne pas être obligés d'assister à la mise en terre d'un deuxième petit cercueil au même endroit.

Puis un taxi s'arrêta, et une des voisines des Malone en sortit – la femme qui lui avait dit le premier jour que quelqu'un avait enlevé les enfants. Greta quelque chose. Non – Gina. Gina Eissen. Rouge, en sueur, serrant un mouchoir et un bouquet de marguerites blanches qui commençaient à se faner. Après un regard circulaire, elle s'apprêtait à passer devant lui lorsque son talon glissa sur le gravier, et elle trébucha. Pete la saisit par le coude pour la retenir.

— Merde ! Merde et merde pour ces putains de godasses. Et ces putains…

Elle fondit en larmes – des larmes bruyantes imbibées de whisky qui coulaient de son nez, accompagnées de paroles étouffées et furieuses.

— Putain… je ne devrais même pas être là… c'est complètement insensé… je ne devrais pas être là à enterrer des gamins…

Elle se mit à gémir, et il lui tapota maladroitement le bras. Il sortit son mouchoir et le lui offrit. Fixa la route poussiéreuse en se demandant ce qu'il pourrait bien dire.

Elle se moucha, se redressa, passa un doigt sous ses yeux pour réparer le plus gros des dégâts. Soupira.

— Seigneur Jésus ! Merci pour… Enfin, merci.

— Rude journée.

— Ouais.

Elle sortit une bouteille à moitié vide de son sac et but au goulot.

— Il y a quelqu'un d'autre ici ?

— Une seule voiture jusqu'à présent. Avec une femme à l'intérieur.

— Sans doute la maman de Ruth, fit-elle en lampant une nouvelle goulée. Est-ce qu'elle avait l'air d'avoir avalé un parapluie ?

Elle gloussa, puis s'interrompit aussi brusquement qu'elle avait commencé.

— Putain, Gina, tu ne devrais pas dire des trucs pareils.

— Mademoiselle Eissen… vous êtes sûre que vous allez tenir le coup ?

Elle avala une gorgée, puis une autre.

— Je dois y aller. J'ai promis à Ruth que j'irais. Il a besoin de quelqu'un qui le connaissait. Pas juste quelqu'un comme *elle* – un signe de tête méprisant en direction de l'église – avec ses cartes de Noël, mais quelqu'un qui connaissait ses jouets favoris et savait qu'il détestait les carottes. Quelqu'un qui le connaissait, répéta-t-elle en reniflant.

Elle se détourna pour mettre le cap sur l'église, boitant un peu à cause de son talon cassé, ses jambes comme des poteaux sous son ourlet élimé, et fourra la bouteille dans son sac.

Pete la rattrapa et la prit par le bras.

— Laissez-moi vous accompagner.

— Ça va. Je suis juste…

— Je vous assure, vraiment, laissez-moi vous aider.

Et avant qu'elle ait pu ajouter autre chose, ils avaient atteint l'entrée de l'église, et il lui tenait la porte.

Le service fut court : Pete et Gina étaient seuls sur un banc, en compagnie de la vieille femme de l'autre côté de la travée. Avec un signe de tête, Gina marmonna :

— C'est elle. Mémé Kelly.

Pete observa la femme pendant l'office : ses yeux secs, ses lèvres serrées. Elle les ignora tous les deux. À l'issue de la cérémonie, le prêtre s'approcha d'elle, s'assit lourdement à ses côtés en lui tapotant la main. Ils se mirent à parler à voix basse.

Alors que Pete les scrutait, elle se retourna, presque comme si elle avait senti son regard. Il distingua son visage sillonné de rides, ses cheveux gris tirés, les cernes noirs sous ses yeux.

Il baissa la tête, heureux qu'ils ne puissent le voir rougir, puis il suivit Gina dehors, reconnaissant pour la chaleur brûlante après la fraîcheur obscure de l'intérieur de l'église.

— Je peux vous raccompagner chez vous, mademoiselle Eissen ?

Elle ressortit la bouteille, but avec un haussement d'épaules. Et le suivit en chancelant vers la voiture.

Avant même qu'ils n'aient atteint la route principale, Gina s'était endormie. Il jeta un coup d'œil à la femme affalée sur le côté, qui ronflait, la trace des larmes encore visibles à travers les couches de maquillage, et se demanda comment diable il allait la sortir de la voiture.

Mais elle se réveilla lorsqu'il s'engagea dans 72nd Drive et coupa le moteur. Elle examina les alentours d'un regard vitreux, se frotta les yeux, se tourna vers lui. Puis elle soupira en fixant un point à travers le pare-brise. Un petit groupe de journalistes se trouvait toujours sur les lieux, bourdonnant autour de l'immeuble comme des mouches sur une viande avariée. Il était presque cinq heures. Il faisait encore très chaud.

— Merci de m'avoir ramenée à la maison, dit-elle sans le regarder. Et pour m'avoir accompagnée à l'église.

— Je vous en prie. Écoutez, je peux vous poser quelques questions ? À propos de Mme Malone.

— Non.

Elle sortit ses cigarettes, en alluma une.

— Je veux juste avoir…

— J'ai dit non. Merci de m'avoir accompagnée, mais Ruth n'a pas besoin d'un foutu reporter qui fourre son nez dans sa vie. Comme si les flics ne suffisaient pas.

Elle s'exprimait d'une voix pâteuse, mais sa colère était évidente.

Elle exhala une bouffée, plissa les yeux en le fixant à travers le nuage de fumée.

— Elle s'est fait virer, vous saviez ça ? Même pas trois semaines après. Elle ne peut pas aller travailler, donc elle a perdu son boulot. Alors, *vous*, fit-elle en pointant sa cigarette sur lui, vous devez lui foutre la paix. La laisser tranquille.

Elle ouvrit la portière, bascula les jambes à l'extérieur, puis s'affaissa en avant, la tête ployant presque gracieusement jusqu'à ses genoux. Sa cigarette tomba par terre.

Pete patienta un instant, puis un autre. Elle demeurait immobile, et il finit par se pencher et tapoter légèrement son dos massif.

Gina dodelina de la tête. Marmonna quelque chose. Agita la main sans lever les yeux.

— Juste un petit moment. Juste un petit… un moment.

Elle retomba immobile, assez longtemps pour qu'il se demande si elle ne s'était pas évanouie. Puis elle poussa un long soupir, releva la tête et se redressa d'un seul mouvement souple.

Elle marqua un temps d'arrêt pour s'étirer, allumer une autre cigarette, puis reprit sa marche lente et hésitante sur le trottoir, traversa le groupe de journalistes, la pelouse. Lorsqu'elle atteignit les marches qui menaient à l'entrée de l'immeuble, elle leva la main sans se retourner et adressa un petit signe à Pete en frétillant des doigts.

Il resta assis là, dans l'odeur du tabac et du whisky de Gina. Il fit glisser une cigarette du paquet sorti de sa poche, la tapota sur le tableau de bord avant de l'allumer. Il fuma tranquillement, observant la lumière changer et l'après-midi mourir autour de lui. Il entendait au loin l'écho de l'Exposition universelle : la musique, une voix qui s'élevait pour rameuter les clients.

Des gens passèrent devant lui : en majorité des femmes, par groupes de deux ou trois, porteuses de sacs, poussant des landaus, ou bien bras dessus bras dessous.

Des ribambelles d'enfants couraient sur le trottoir en se lançant des menaces et des insultes, les visages indiscernables au-dessus de T-shirts aux couleurs éclatantes. Aucun d'entre eux ne s'aperçut de sa présence. Depuis l'enlèvement des enfants Malone, on les avait sans doute mis en garde contre les inconnus, mais les habitudes de l'enfance étaient plus fortes que les discours des parents. Il ne s'agissait pour eux que d'une idée abstraite, encore une histoire destinée à faire peur.

Les femmes, elles, le remarquèrent. Elles le regardaient franchement et fronçaient les sourcils, les yeux rivés sur lui, baissaient le menton et rentraient les épaules en échangeant à voix basse à propos de cet inconnu dans la voiture. Deux d'entre elles prirent note du numéro de sa plaque d'immatriculation, avec ostentation, dans l'espoir que cela suffirait à le faire partir. Ce ne fut pas le cas, alors, elles repassèrent sur les lettres en grossissant le trait : une précaution, un moyen de se garantir contre la survenue d'un autre événement.

Peter songea au réfrigérateur vide dans son appartement, plongea la main dans la poche de sa veste à la recherche de son portefeuille, et sentit sous ses doigts le froissement de la dernière lettre de sa mère.

En règle générale, elle lui parlait du temps, qui était « très chaud », ou « terriblement humide », ou bien « affreusement froid ». Elle lui racontait ses quelques sorties en ville, le prix du voyage en bus et les queues dans les magasins. Elle lui parlait de son arthrose, qui était toujours « pas pire, loué soit le Seigneur », et il éprouvait à la lecture cette vieille sensation graduelle d'ennui et de suffocation.

Mais cette lettre-là était différente. Il la tira de sa poche. Un chèque était plié à l'intérieur.

En la relisant, il l'imaginait installée à la table de la cuisine sous la lumière ambrée de la lampe, avec ses tempes blanches, les taches de vieillesse de ses mains. L'odeur familière de l'encaustique et des légumes cuits lui revenait.

Il entendait sous ses mots sa voix grêle et pleine d'espoir.

« Il n'y a pas grand-chose, tu sais que nous n'avons jamais eu beaucoup d'argent. Mais nous avons poursuivi les paiements, et après la mort de ton père, la police d'assurance a été versée. L'argent est à la banque, il t'attend. Tu en auras certainement besoin un jour. Quand il sera temps pour toi de t'installer. »

Aussi sûrement que si elle les avait écrites, il devina les paroles en suspens, l'espérance.

Il replia la lettre et la glissa dans son enveloppe. Une envie soudaine de s'allonger et de dormir très longtemps s'empara de lui. Puis quelque chose lui fit lever les yeux, et il distingua Ruth Malone à la fenêtre de son appartement. Vêtue d'une robe moulante coupée dans une étoffe pâle, les mains et le front pressés contre la vitre, elle regardait la rue inondée de soleil. Le monde qui continuait de vivre sans elle.

Il l'observa en train d'observer les femmes et les enfants, et pensa aux voisins à qui il avait parlé. À ce que ceux-ci lui avaient raconté d'elle. Peut-être se sentait-elle en sécurité, là, derrière la vitre. Peut-être pensait-elle que si elle ne pouvait pas entendre ce qu'ils disaient, leurs paroles ne pourraient pas l'atteindre.

Alors qu'il levait les yeux, elle s'étira sur le côté de façon à s'appuyer de l'épaule et de la hanche contre la fenêtre. La tête penchée en arrière, l'épaisse gerbe de ses cheveux flamboyants semblait pencher de tout son poids sur son cou.

Et puis elle se tourna encore, pivotant pour que ses épaules demeurent en contact avec la vitre. Elle se retourna comme si elle se trouvait au lit à paresser un dimanche matin, et que tout était normal. Elle se tourna de nouveau et s'arrêta, les mains pressées contre la vitre, les yeux levés vers le ciel brûlant. Presque comme si elle priait.

Brusquement, Ruth Malone ne donna plus l'impression d'être en sûreté. Elle ressembla à un papillon de nuit blafard voletant derrière la vitre. Emprisonné.

Il éprouva le désir singulier de la toucher, et à l'instant où cette idée qui lui traversait l'esprit le faisait rougir de honte, elle le regarda fixement. Ses yeux s'agrandirent, et aucun des deux ne bougea pendant un long moment. Puis les lèvres de Ruth s'entrouvrirent.

Pete baissa la tête, laissa tomber sa lettre sur le sol de la voiture. Il chercha les clés à tâtons, mit le contact. Il ne posa plus les yeux sur elle, mais sentit son regard rivé sur lui, jusqu'à ce qu'il ait regagné l'avenue. Il se sentait nu, comme si elle avait vu jusqu'aux tréfonds de son être, et cela l'effrayait.

Il rentra chez lui, s'allongea sur son lit en s'efforçant de ne pas penser à elle. Mais son esprit ne cessait de retourner à ses lèvres entrouvertes. À la façon dont elle l'avait regardé.

Il réalisa alors que sa main avait trouvé sa queue, qu'il frottait à travers ses sous-vêtements, et qu'il pensait à cette bouche sur lui. À ce « o » ourlé de rouge à lèvres autour de son pénis durci, sa main à lui dans ces cheveux blond vénitien. Il repoussa le coton sur ses cuisses, jouit avec un gémissement, s'essuya la main sur le ventre, et sombra dans le sommeil avant même que la substance poisseuse n'ait séché dans la nuit chaude.

8

C'était donc cela, le chagrin. Il vint comme un poids. Comme une pierre dans sa gorge qui l'empêchait de déglutir ; comme une pression derrière ses yeux, qui obligeait les larmes à sortir ; comme un poids sur l'estomac. Le chagrin signifiait qu'elle ne pouvait plus respirer. Qu'il n'existait plus un seul instant où elle pourrait ne pas se souvenir.

Le chagrin l'accompagnait à chaque seconde, il se nourrissait de sa souffrance, sans jamais pouvoir se satisfaire. Quelquefois, elle se relevait la nuit avec, elle le berçait, tentait de l'apaiser, mais il s'y refusait. Il était sombre, affamé, et aussi large qu'une bouche hurlante. Et plus elle se concentrait dessus, plus il grossissait, devenait insondable, jusqu'à lui emplir complètement l'esprit. Il n'y avait alors plus de place nulle part pour les pensées, pour les mots, pour la nourriture ou les visages, pour la soif, ou la fatigue, ou le besoin de prendre une douche : il n'y avait plus que ces vastes ténèbres en expansion constante.

Dedans, il y avait la solitude, la perte. Elle ne disposait d'aucun moyen de s'orienter. Elle ne savait plus qu'une chose, que cela n'aurait jamais de fin.

Tout lui parvenait à travers le brouillard gris du chagrin. Lorsque ses mains se tendaient à la recherche d'un rouge à lèvres ou d'un crayon, elles lui paraissaient maladroites et détachées d'elle-même, car la douleur l'empêchait de les voir distinctement. Le café qu'elle avalait, les choses qu'elle grignotait, tout était amer, à cause du goût du chagrin qui chargeait sa langue. Les voix assourdies se frayaient un chemin à travers son poids, et sa gorge s'étouffait dessus. Lorsque les voix s'interrompaient ou s'élevaient, porteuses de questions, elle avait appris à simplement hocher la tête. Non, elle ne voulait pas manger. Elle ne voulait pas s'allonger. Elle ne voulait pas prier. Ni qu'on la touche. Elle était incapable d'autre chose que de se cramponner au lapin en peluche de Cindy, berçant son corps recroquevillé autour de sa douleur. Il n'existait pas de mots pour la consoler. Ceci était sa souffrance, et ses os et son souffle s'étaient transformés en chagrin.

Et dans cet endroit qui n'était que deuil, venait Devlin. Avec sa voix égale, dénuée de toute émotion. Avec son regard égal, perçant et aussi observateur que celui d'un oiseau. Toujours scrutateur.

10 août. Vingt-sept jours après l'enlèvement.

Pete travaillait sur d'autres reportages, mais l'affaire Malone était toujours là, comme une migraine entêtante, toujours au fond de son esprit. Tous les matins, il épluchait les dépêches, discutait avec les types de la rubrique criminelle, traînait autour du poste de police après le boulot. Une ou deux fois, il avait coincé Quinn au *diner*. Mais tout se résumait à : aucune nouvelle piste.

Il se préparait à sortir du bureau, avec dans l'idée d'aller prendre un verre dans un bar pour voir un match de base-ball à la télé en buvant quelques bières fraîches, quand une silhouette se matérialisa devant lui.

— Connor ?

— J'ai à te parler, espèce de petit merdeux. Tu m'as pris mon histoire. Les gamins assassinés – ça aurait dû me revenir.

— Tu n'étais pas là.

— Je ne me suis absenté qu'une semaine de plus !

— La décision appartenait à Friedmann.

Connor avanca vers lui, les poings serrés.

— C'est ça, bien sûr. Et tu n'en voulais pas, n'est-ce pas ? Tu n'as pas insisté pour l'avoir ?

— Qu'est-ce que tu veux que je te dise ? Écoute, Connor, c'est trop tard, maintenant. Je l'ai, un point c'est tout. Quelque chose d'autre va se présenter, et tu t'en chargeras.

— Va te faire foutre.

— Tu aurais fait exactement la même chose.

La réplique prit Connor de court.

— Oui. Oui, c'est ce que j'aurais fait. Et tu sais pourquoi ? Parce que je suis bon. Parce que j'ai l'expérience, les contacts, et que je sais pondre un putain de papier. Toi, tu n'es qu'un gamin sorti de la fac, absolument pas de taille. Tu es un nul et un connard.

Pete le regarda s'éloigner, et sentit les paroles de l'autre s'incruster sous sa peau. Alors, au lieu de prendre la direction du bar, il rentra chez lui réfléchir. Il lui fallait quelque chose pour justifier que Friedmann lui ait confié le sujet : un nouvel angle, une nouvelle accroche. À l'instant où il s'endormait, une idée lui vint.

Le lendemain matin, il débarqua au bureau à sept heures et demie, tapa des articles, passa des coups de téléphone, vérifia des faits. Il attendait. Et juste avant midi, Horowitz se pointa, les traits tirés, la veste jetée sur l'épaule. Pete ne l'avait pas vu depuis des semaines : il était au tribunal à suivre l'évolution du procès pour fraude. Pete se leva et lui barra le chemin avant qu'il ait pu atteindre son bureau.

— Tu es occupé ?

Horowitz eut un haussement d'épaules.

— Tu veux déjeuner ?

— D'accord.

Ils mirent le cap sur la sortie. Au milieu du parking, Pete se retourna pour lui faire face.

— Tu sais que je travaille sur cette histoire des gamins assassinés ? Frankie et Cindy Malone ?

Horowitz sortit ses cigarettes.

— Je suis au courant, oui. J'ai lu quelques-uns de tes papiers.

Pete se laissa distraire :

— C'est vrai ? Qu'est-ce que tu en as pensé ?

— Pas mal. Ton écriture laisse un peu à désirer, tu te répètes, mais pas mal du tout.

Pete s'efforça de couper court au sourire qui s'étalait sur son visage. Se concentra sur la question qu'il voulait poser à Horowitz.

— Le type qui dirige l'enquête – Devlin – tu le connais, n'est-ce pas ?

— Oui, un peu.

Pete demeura silencieux, et Horowitz demanda :

— Comment le sais-tu ?

— Quand on s'est cognés à la sortie des archives, le premier jour de l'enquête, j'ai laissé tomber une photo de lui. Ça aurait pu être n'importe qui, mais tu savais qu'il était flic.

Horowitz acquiesça avec un nouvel haussement d'épaules.

— Oui, je le connais. Et alors ? J'ai été chroniqueur judiciaire pendant trente ans. Il est flic. New York n'est pas si grand que ça.

— Tu peux m'organiser une rencontre ?

Horowitz leva un sourcil et Pete s'empressa de préciser :

— Je veux juste le rencontrer, me faire une idée de ce type.

Horowitz pouvait se montrer aussi dur à décoincer qu'un embouteillage.

— C'est un truc qui n'arrivera jamais, petit. Il ne parle pas aux journalistes.

— Il t'a parlé, à toi.

— Oui, mais on est…

— Vous êtes quoi ?

Horowitz laissa tomber sa cigarette, qu'il écrasa soigneusement. Puis il ressortit son paquet de Camel, tâtonna à la recherche d'un briquet, tira une profonde bouffée. En évitant soigneusement le regard de Pete.

Celui-ci décida d'insister.

— Vous êtes quoi ? Amis ? Voisins ? Copains de golf ?

— On se connaît depuis très longtemps.

— D'accord, alors tu…

— Écoute. Je sais que tu débutes tout juste, Wonicke. Je comprends ça. Tu essaies de te faire un nom. Mais Charlie Devlin et moi, ça remonte loin. Je lui suis redevable. Alors, il est hors de question que tu élèves ne serait-ce qu'un fichu point d'interrogation sur la façon dont il mène cette enquête.

Sans le quitter des yeux, et d'une voix égale, tout en s'interrogeant sur ce qui lui paraissait une réaction sacrément disproportionnée, Pete répondit :

— Je veux simplement rencontrer ce type. Voir un peu qui il est. Satisfaire ma curiosité. Tu n'as qu'un mot à dire, et je ne mentionnerai même pas son nom par écrit, à moins qu'il ne me donne une déclaration officielle qu'il m'autorise à utiliser.

Un silence.

Puis :

— Attends ici.

Horowitz regagna l'intérieur du journal, et Pete s'appuya contre le capot d'une Ford. Pour un type d'un certain âge, Horowitz avait une démarche fluide, déhanchée.

Dix minutes plus tard, il était de retour. En approchant, il eut un signe de tête, et guida Pete jusqu'à une berline grise poussiéreuse garée au fond du parking.

— Où va-t-on ?

— Tu voulais le rencontrer.

— Maintenant ?

— Pourquoi pas ?

— Tu as appelé ?

— Ouais.

L'intérieur de la voiture de Horowitz était dégueulasse : gobelets de café en carton, emballages de sandwiches, cartons de bouffe chinoise. On aurait dit le cimetière de centaines de planques.

Pete retira du siège passager une pile de papiers qu'il balança à l'arrière.

— Merci, mon vieux. Vraiment, je…

— Je ne fais pas ça pour toi.

Horowitz fit marche arrière, la tête tournée, les yeux fixés sur la chaussée.

— Alors…

— Devlin est un bon flic, mais sur cette affaire, on lui met une sacrée pression. Il a cinq gamins, et besoin de ce boulot. Il va prendre sa retraite dans quelques années, et il doit boucler ses trente ans avec un dossier nickel.

Il s'engagea sur la nationale, vérifia son rétroviseur.

— Il a eu quelques... ennuis par le passé – mais il fait bien son boulot. Il est concentré. Il lui faut un résultat : il y arrivera, mais il n'a pas besoin d'avoir mauvaise presse.

Pete fouilla à la recherche d'une cigarette.

— Donc, qu'cst-ce que... Tu es en train de me dire... Qu'est-ce que tu es en train de me dire ?

Horowitz soupira.

— Charlie Devlin est un méchant fils de pute, qui peut se comporter comme un sacré salaud. C'est un type difficile à apprécier – mais je lui suis redevable.

Il prit brusquement à gauche, et Pete se trouva projeté contre la portière.

— Écoute, Wonicke. Tu voulais lui parler – mais ça marche dans les deux sens. Je ne te demande pas d'écrire quoi que ce soit de faux. Simplement, de lui ficher la paix. Les ennuis dont je t'ai parlé ? Il a besoin de tirer un trait là-dessus. Je ne peux pas l'aider, je suis coincé sur cette foutue histoire de fraude. Et de toute façon, je ne serai pas là éternellement.

— Mais je ne lui dois rien.

— Non, c'est vrai. Pas encore. Mais ce qui est sûr, c'est que tu as besoin de lui. C'est bien pour ça que tu as demandé à le rencontrer, n'est-ce pas ? C'est l'enquêteur responsable de la plus grosse affaire que j'ai vue depuis des années.

— Mais ça n'est que...

— Pour l'instant, ce n'est pas un gros truc. Mais ça va le devenir. Deux gamins assassinés, pas de témoins, et une nana sexy qui a couché avec la moitié de New York. Si jamais il y a un procès, ce sera de la dynamite.

Pete réfléchit.

— Toi, tu as besoin de mettre le pied dans la porte, et Devlin a besoin de toi. Ou de quelqu'un comme toi. Si tu ne veux pas marcher comme ça, tu n'as qu'à dire, et j'en trouverai un autre.

Pete regarda par la vitre, et se tint coi.

Horowitz pénétra sur le parking de *Tony's*, et ils descendirent de voiture. Alors qu'ils s'avançaient vers l'entrée, un véhicule ralentit derrière eux. Le conducteur klaxonna. Horowitz lui fit un signe de main puis se tourna vers Pete, lançant entre ses dents :

— Laisse-moi parler. Fais comme si tu étais d'accord avec moi. Et pas de putains de jurons !

Devlin traversa le parking avec des airs de grand seigneur. Arrivé à leur hauteur, il serra lentement la main tendue de Horowitz.

— Arthur. Ça fait un bail.

Il se tourna vers Pete en fronçant les sourcils.

Horowitz esquissa un pas en avant.

— Voici Pete Wonicke. Le journaliste en charge de l'affaire Malone.

Devlin l'examina des pieds à la tête, tendit la main et agrippa celle de Pete.

— Wonicke ? C'est un nom polack, ça ?

— Mon grand-père était polonais. J'ai grandi en Iowa.

— Tiens donc, répliqua-t-il en levant un sourcil à l'adresse de Horowitz, qui haussa les épaules en écartant les bras.

— Allons manger, messieurs.

Ils commandèrent et Horowitz demanda :

— Comment va Kate ? Et les enfants ?

— Bien, bien, répondit Devlin avec un hochement de tête. John et Mike sont étudiants. Mikey passe son diplôme l'année prochaine, et Tom joue toujours au football. Il espère obtenir une bourse.

L'espace d'un instant, il ressembla à n'importe quel père fier de ses enfants.

— Bon sang, fit Horowitz en riant. Le temps passe vite, pas vrai ? La dernière fois que je les ai vus, ajouta-t-il en se tournant vers Pete, John et Mike étaient à l'école primaire et Tom – Tom devait encore être en couche-culotte !

Devlin sortit deux photos de son portefeuille.

— Voilà les garçons. Ç'a été pris l'année dernière. Et voilà Kate avec les filles au pique-nique de l'église.

Pete tendit le cou, entrevit une femme en robe chemise défraîchie, deux filles vêtues de façon identique de rose avec des nattes soignées et des chaussettes blanches bien tirées.

Devlin sourit aux clichés, puis les rangea soigneusement. Horowitz s'adossa à son siège, sirota sa bière et regarda Devlin par-dessus son verre.

— Alors, comment avance l'affaire ?

Devlin aboya un rire.

— Comment avance l'affaire ? Tu me sors ça comme ça, en face de ce gamin que je ne connais ni d'Ève ni d'Adam ?

— Charlie, Charlie, je t'ai dit, fais-moi confiance… Il faut que tu lui parles.

— Ouais, tu me l'as dit.

Un long silence inconfortable s'éternisa, puis Devlin pointa sur Pete un doigt épais.

— D'accord. Voilà comment on va faire. Je te dis ce qui se passe officiellement. Tout le reste, tu présupposes que ce n'est pas destiné à la publication, compris ?

Pete acquiesça.

Devlin l'observa encore un moment. Puis il se laissa aller contre le dossier, prit une gorgée de thé glacé. S'adressa à Horowitz :

— C'est n'importe quoi. Les rapports d'autopsie n'ont rien donné. La mère ne parle pas, le père ne parle pas. Elle est allée voir les enfants à minuit, s'est endormie à quatre heures. Lui est rentré à minuit, et ne s'est réveillé que lorsqu'elle a appelé le lendemain matin. C'est tout. Voilà tout ce qu'ils disent.

Horowitz attendit que leur repas arrive et que la serveuse soit repartie.

— Tu penses qu'ils mentent ?

Devlin grommela à travers une bouchée de frites :

— *Quelqu'un* ment. Tu connais le quartier ?

Il poursuivit sans attendre de réponse :

— Quand on m'a chargé de l'affaire, j'ai bien examiné le plan. Avec deux enfants disparus sur les bras, j'ai réfléchi à l'organisation des recherches. J'ai vu comment le quartier était proche de l'Exposition universelle, et je me suis préparé à un sacré long boulot. J'ai pensé qu'on allait interviewer des témoins, des suspects et des touristes jusqu'à plus soif, le temps qu'on débarque un type sur la Lune ! Je suis allé là-bas en voiture.

Il mordit dans son hamburger.

— Ces immeubles résidentiels sont tellement collés les uns aux autres que personne ne peut faire un geste là-dedans sans que tout le monde le sache. Si une voiture était venue se garer devant l'immeuble, ou si un inconnu était passé par là la nuit, quelqu'un l'aurait vu. Aurait entendu quelque chose. Il n'y a aucun doute là-dessus.

Horowitz patienta. Il fit du pied à Pete, le pressant de demeurer silencieux, et effectivement, Devlin poursuivit :

— Il y a un truc qui cloche avec la mère.

— Qui cloche chez elle ? laissa échapper Pete sans réfléchir.

Horowitz grimaça, mais Devlin ne parut pas remarquer l'intervention de Pete. Il mastiquait lentement en hochant la tête.

— L'appartement était en foutoir. Plein de bouteilles d'alcool vides, de lettres d'hommes. Des tas d'hommes.

Il secoua la tête.

— À l'instant où je l'ai vue, j'ai su qu'il y avait un truc qui clochait. Une couche de maquillage d'un bon centimètre, les cheveux impeccables, des vêtements qui dévoilaient tout ce que le bon Dieu lui avait donné. Ça, ça n'est pas une mère en deuil. C'est une femme qui voulait se débarrasser de ses enfants parce qu'ils l'empêchaient de faire la bringue et de boire. De voir ses amis masculins.

« Et il n'y a pas que ça. Sa déposition ne va pas non plus. Il y a des trucs qui ne concordent pas dans son emploi du temps. On a deux témoins qui la contredisent. Elle prétend qu'elle est restée chez elle toute la nuit, à l'exception de vingt minutes pour sortir le chien, juste après minuit. J'ai un témoin qui l'a appelée à minuit, puis de nouveau à deux heures du matin – la deuxième fois, il n'y avait personne à la maison.

Devlin avait les joues en feu.

— Il m'a suffi d'un regard sur elle pour savoir qu'on avait un problème, et tout ce que j'ai découvert depuis n'a fait que le confirmer.

Il secoua encore la tête, but une nouvelle gorgée de thé glacé.

— Vous savez, quelquefois, ce boulot me rend malade. Les saletés qu'on déterre donnent envie de rentrer et de prendre un bain chaud avant de s'asseoir à table avec ses propres enfants.

La pression sur le pied de Pete avait cessé, et il en conclut qu'il pouvait poser des questions – mais aucune réflexion ne lui traversa l'esprit.

Horowitz le surprit alors :

— Tu es sûr de ça ? À propos de cette femme ?

— Arthur, je fais ce boulot depuis plus de vingt-cinq ans. On finit par avoir un sixième sens. Demande à n'importe quel flic. Tu finis par savoir flairer la culpabilité. Et je la sens sur elle comme un parfum bon marché.

Pete se pencha :

— Vous allez l'inculper ?

Pour la première fois depuis qu'ils s'étaient assis, Devlin le regarda droit dans les yeux.

— Je le voudrais bien. Croyez-moi, il n'y a rien dont j'ai autant envie que de voir cette garce derrière les barreaux. J'ai une pression énorme sur ce coup. Mais on n'a pas encore assez. J'ai besoin d'un témoin.

— Des meurtres ?

Devlin eut un grognement :

— C'est ça ! Ce serait trop beau. Non – plutôt un truc du genre de quelqu'un qui l'aurait vue avec les gamins après minuit. Après qu'elle prétende les avoir mis au lit.

Il finit ses frites et poursuivit :

— J'ai besoin de preuves pour démolir son histoire. On les aura. On fait un appel à informations auprès du public. J'ai des gars qui passent en revue tous les témoignages qui arrivent. On dénichera quelque chose.

Il engloutit la fin de son thé glacé et se leva, sa silhouette massive se détachant devant les vitres lumineuses. Il regarda fixement Pete.

— Officiellement, *monsieur* Wonicke, nous disposons de plusieurs pistes prometteuses, et tu seras le premier avisé quand on procédera à une arrestation.

Il remonta son pantalon, rectifia sa cravate.

— À présent, je vais aller faire la peau à cette pute, lança-t-il en partant, et ce dernier mot ricocha autour du box comme une gifle.

Le lendemain matin, Pete se réveilla de bonne heure. Il resta au lit, à penser à Ruth Malone. À la façon dont elle lui était apparue prisonnière derrière la fenêtre. À la façon dont elle l'avait regardé. Le souvenir de son visage ne lui quittait pas l'esprit : ses paupières baissées, ses lèvres rouges. En pensant à elle, sa poitrine se serrait et il se sentait brûlant.

Puis il songea à Devlin, déterminé à trouver un témoin, l'air tellement sûr de son opinion sur Ruth Malone. Tellement convaincu. À l'inverse de Pete.

Il finit par se lever, s'habilla et but un verre de lait. Puis il retourna à 72nd Drive, frappa encore une fois à la porte de Mme Malone, sans obtenir davantage de réponse. Il griffonna un autre mot à son attention, qu'il glissa dans sa boîte aux lettres avec sa carte de visite, puis s'assit dans sa voiture et surveilla l'immeuble pendant une bonne heure. Personne n'entra ni ne sortit, et il n'y avait aucun mouvement derrière les fenêtres du rez-de-chaussée. Il examina la distance entre les fenêtres et le sol, réfléchit à ce qu'avait dit

Quinn : Frank pensait que les enfants étaient passés tout seuls par la fenêtre.

Frank. S'il ne pouvait pas interviewer Mme Malone, peut-être pouvait-il parler à son mari.

Il se rendit au bureau et appela l'aéroport. Après s'être fait balader entre plusieurs chefs de service, il apprit que Frank Malone terminait son travail à quatre heures. À quinze heures quarante, il se trouvait sur le parking, attendant que les portes s'ouvrent. Il finit par voir émerger Frank et se précipita pour l'intercepter avant que celui-ci ne reparte.

— Monsieur Malone ?

— Oui ? fit-il en levant la main pour se protéger les yeux du soleil.

— Pete Wonicke, du *Herald*. Pouvez-vous me consacrer quelques instants ?

Frank laissa retomber sa main, jeta un coup d'œil aux alentours.

— Ici ?

— J'aimerais vous offrir une tasse de café. Si on retournait vers Kew Gardens Hills et qu'on s'arrêtait quelque part en chemin ?

— Eh bien… d'accord. Je suppose que c'est OK, fit-il d'un air un peu ahuri.

— Super. J'apprécie vraiment, monsieur Malone. Votre voiture est là-bas ? Je vais vous suivre. Dès que vous verrez un *diner*, garez-vous. Je serai juste derrière vous.

Frank cligna des yeux, se racla la gorge.

— Il y a… euh… *Marty's*, à la sortie de l'autoroute. Ça vous va ?

— Parfait. Je vous suis, lança Pete qui courait déjà vers sa voiture.

L'endroit était grand, avec des chromes partout et un comptoir qui s'étalait tout le long de la salle. Pete les mena à une table d'angle, éloignée de la sonnerie de la cuisine et de l'agitation du comptoir.

Une serveuse apporta deux menus et Frank lui sourit.

— Salut, Lisa. Je vais prendre un cheeseburger et des frites. Et un Coca.

— D'accord, trésor. Et pour vous ?

— Juste un Coca, merci.

— Et deux Coca, ça marche.

Elle lança un clin d'œil à Frank et se dirigea vers la cuisine, roulant des hanches, sa chevelure se balançant dans son sillage. Frank ne parut rien remarquer ; il fixait le plateau de la table en tripotant une envie.

— Vous êtes un habitué ?

— Hein ?

— Vous n'avez pas regardé le menu. J'en ai conclu que vous deviez venir souvent.

— Oh. Oui, je suppose. C'est sur le chemin de la maison. Et je ne… Je n'ai jamais aimé manger seul.

Il rougit et se racla à nouveau la gorge.

— Alors, de quoi vouliez-vous me parler ?

Pete se pencha sans le lâcher du regard.

— Monsieur Malone, au *Herald*, nous sommes vraiment désolés de votre malheur. Ce qui est arrivé à vos enfants est une tragédie.

Frank hocha la tête.

— Je vous remercie, monsieur…

— Wonicke. Pete Wonicke. Vraiment une effroyable tragédie. Et nous tenons à faire tout ce qui est en notre pouvoir pour aider à mettre la main sur la personne qui a pris vos enfants.

Frank humecta ses lèvres sèches.

— Merci. Vous voulez parler… Euh… Votre journal offre une espèce de récompense ?

— C'est une très bonne idée, monsieur Malone, et j'en ferai assurément part à mon rédacteur. Mais je pensais plutôt à une façon de vous aider aujourd'hui. Y a-t-il un message que vous voudriez faire passer à nos lecteurs ? Quelque chose que vous voudriez leur dire ?

Frank afficha un air perplexe :

— Du genre ?

— Eh bien, vous pourriez leur demander leur aide. En appeler au public par l'intermédiaire du journal.

Frank plissait le front, et Pete comprit que Quinn avait raison : il n'était pas très malin.

Il poursuivit d'un ton doux :

— On peut demander si quelqu'un sait quelque chose, a vu quoi que ce soit ce jour-là. Je peux vous aider à l'écrire.

Frank hocha lentement la tête.

— Bien sûr. Ça serait vraiment gentil de votre part, monsieur Wonicke. Merci. Merci beaucoup.

De retour au bureau, Pete s'installa pour travailler sur le papier qu'il savait devoir rédiger. Celui qui ferait part de la conviction de Devlin qu'il y avait quelque chose qui ne tournait pas rond avec Ruth Malone. Celui qui donnerait à Friedmann la nana sexy dont il était persuadé qu'elle ferait vendre du papier.

Une fois sa tâche achevée, il tira les feuilles de sa machine à écrire et les apporta à Friedmann. Celui-ci lut l'article, effectua quelques corrections puis donna son aval.

Lorsque Pete quitta le bureau pour se diriger vers les dactylos, Horowitz lui lança un clin d'œil.

Quels que soient les doutes qu'il pouvait entretenir sur la culpabilité de Ruth, Pete avait besoin d'un angle solide sur lequel s'appuyer pour écrire. Il avait besoin des certitudes de Devlin. Besoin de croire à quelque chose.

DERNIÈRES NOUVELLES SUR L'AFFAIRE MALONE : NOUVELLES PISTES

par Pete Wonicke, correspondant permanent

QUEENS, **12 août** – La police dispose de plusieurs pistes prometteuses dans l'affaire des deux enfants Malone assassinés, nous a confié une source hier soir.

Les petits Frank junior, cinq ans, et Cindy Marie, quatre ans, se sont évanouis de leur domicile du 72nd Drive aux premières heures de la journée du 14 juillet. Ils ont été portés disparus de l'appartement qu'ils partageaient avec leur mère, une serveuse de bar séparée du père.

À 13 h 30 ce jour-là, le corps de la petite fille a été découvert sur un terrain vague de 162nd Street, près de 71th Street, à environ huit cents mètres de chez elle. Elle avait été étranglée.

Le 25 juillet, le corps en décomposition de son frère a été retrouvé sur un talus près du site de l'Exposition universelle de New York. Compte tenu de la détérioration du corps, l'autopsie n'a donné aucun résultat concluant.

Frank Malone senior, un mécanicien aéronautique qui travaille souvent de nuit au Kennedy International Airport, a lancé hier un nouvel appel à témoins.

> Il paraissait de toute évidence bouleversé lorsqu'il s'est entretenu avec nous.
>
> « Inutile de vous dire ce que nous ressentons, a-t-il confié. Si qui que ce soit en ville ou ailleurs a une quelconque idée de ce qui est arrivé à Frankie et Cindy, je vous en prie, contactez la police. »
>
> Pendant que l'époux séparé parlait au journal, Mme Malone, une petite femme aux cheveux blond vénitien, était convoquée pour un nouvel interrogatoire au poste de police de Fresh Meadows. Impeccablement maquillée, avec rouge à lèvres et eye-liner, elle était vêtue d'une jupe bleue à la mode, de talons aiguilles assortis et d'un chemisier décolleté couleur crème. Mme Malone a quitté le poste de police à 16 h 50, accompagnée en voiture par un ami.

Pete repensa à Horowitz, à son expression lorsque celui-ci avait esquivé sa question à propos de Devlin et de la raison pour laquelle il le connaissait. La façon dont il avait évité son regard.

Aussi, un matin, Pete se rendit-il à la bibliothèque municipale, où il passa un moment à dépouiller les piles de journaux. Cela lui prit du temps – il dut remonter huit ans auparavant –, mais il dénicha l'histoire que ne lui avait pas racontée Horowitz.

Il effectua des copies des articles sur le vieux photocopieur de la bibliothèque, puis quitta les lieux avec les pages soigneusement pliées dans son calepin et les faits bien clairs dans son esprit.

L'importance de ces éléments ne lui apparaissait pas très bien. Mais il décida de les garder, juste au cas où.

9

Les déclarations de Friedmann sur la nécessité d'un méchant dans toutes les histoires trottaient dans la tête de Pete. Il lui semblait que la police ne recherchait pas d'autres suspects. Avaient-ils même demandé à Ruth Malone son avis sur l'identité du coupable ?

Il devait impérativement parler à celle-ci.

Il informa Friedmann qu'il disposait d'une piste, et passa deux jours assis devant l'immeuble à patienter.

Elle finit par faire son apparition.

Tête baissée, elle se dirigea vers sa voiture sans le remarquer.

— Madame Malone ?

Ses traits étaient tirés et fatigués sous le maquillage. Ses lèvres sèches, gercées. Elle ne lui sourit pas, ne lui demanda pas ce qu'il voulait. Elle attendit simplement qu'il ouvre la bouche.

— Madame Malone, je suis Pete Wonicke, du *Herald*. Vous pouvez me consacrer quelques instants ?

— Qu'est-ce que…

Sa voix se brisa, et elle se racla la gorge.

— Qu'est-ce que vous voulez ?

— Eh bien, je voudrais entendre votre version de l'histoire. Je me demandais si vous aviez…

Elle n'éleva pas le ton, ne fulmina pas, n'évita pas son regard. Elle se contenta de rester là sur le trottoir et de répondre :

— Non.

— Il est important…

— Cela ne m'intéresse pas. Je ne veux pas, ajouta-t-elle comme une enfant.

— Madame Malone, c'est peut-être votre unique chance de donner votre version des événements.

Elle esquissa alors un sourire, totalement dénué de chaleur ou d'humour.

— J'en doute sincèrement. Les gens de votre sorte (elle articula le mot avec un rictus), les gens de votre sorte ne cessent de m'importuner.

Elle sortit de son sac une paire de lunettes de soleil qu'elle chaussa.

— Je veux simplement qu'on me laisse tranquille, monsieur je-ne-sais-qui. Simplement qu'on me laisse tranquille.

Sa voix vacilla légèrement et elle pressa une main sur ses lèvres. Puis elle monta dans sa voiture et s'éloigna.

Il poursuivit sa surveillance, guettant une nouvelle opportunité. Elle ne sortait pas beaucoup dans la journée. Elle achetait à manger. Contemplait les vitrines des magasins d'un air absent. Une fois, elle se rendit au salon de beauté pour se faire coiffer.

Le soir, c'était autre chose. Elle sortait toutes les nuits : chez *Callaghan's*, chez *Santini's*. Presque toujours avec le même type : petit, trapu, le teint jaunâtre et les cheveux noirs gominés, en costume de prix, fumant le cigare. Quelquefois, elle sortit avec des amies, et une ou deux fois avec d'autres hommes. Elle buvait trop, riait trop fort, se plaignait qu'il était trop tôt lorsque les autres voulaient mettre un terme à la soirée.

Les flics aussi la filaient. Ils étaient quatre à se relayer. Sans se presser, Pete allait les saluer dans leurs voitures, offrait des cigarettes, des chewing-gums. Puis il restait là à fumer, orientant la conversation sur l'objet de leur présence à tous. Il se renseignait sur l'avancée de l'enquête, demandait s'ils avaient quoi que ce soit qu'il puisse publier. Ils discutaient beaucoup de Ruth Malone, surtout pour faire des plaisanteries graveleuses, mais leur réponse à propos de l'investigation était toujours identique :

« On ne va pas tarder à avoir assez pour l'inculper. »

« Quand ce sera le cas, tu seras le premier à le savoir, Wonicke. »

« On la fait revenir pour un interrogatoire demain. À un moment ou à un autre, elle va craquer. Ils craquent toujours. »

Plus d'une fois, quelqu'un mentionna l'obsession de Devlin pour cette enquête. Pour Ruth. Pete apprit que Devlin avait des photos d'elle punaisées au mur au-dessus de son bureau : des dizaines de clichés.

— On dirait ma petite sœur avec ses photos des Beatles, remarqua un jour un flic irlandais maigrichon du nom de O'Shea. Il veut peut-être juste la sauter.

Ils rigolèrent tous, mais un des autres, plus âgé, secoua la tête :

— Nan, c'est pas son genre. Il veut la foutre au trou. J'ai entendu dire que le chef l'avait convoqué à propos de la facture des heures supplémentaires. Il a dit qu'il les ferait sans être payé.

Il haussa les épaules en regardant les autres :

— En tout cas, c'est ce qu'on m'a raconté. Vous avez vu comment il est : on dirait un chien cramponné à un os. Il ne renoncera pas tant qu'elle ne sera pas derrière les barreaux.

Où qu'elle aille, Ruth se retrouvait au centre de l'attention. Il crut tout d'abord que c'était dû à son identité, à ce qui lui était arrivé. Puis il comprit que non, c'était à cause de ce qu'elle avait toujours été. De son physique. De son comportement. Dans ces bars, à côté des mères de famille de banlieue et des divorcées fatiguées à l'approche de la quarantaine, elle rayonnait. Quelque chose en elle empêchait de détacher son regard de sa personne.

Lorsqu'elle dansait, elle se mouvait, s'étirait, ondulait d'une façon qui mettait son corps en valeur, les yeux fixés sur les hommes dans l'assistance, s'assurant que leurs regards restaient rivés sur elle.

Friedmann ne cessait de lui répéter : ajoutez juste assez de couleurs pour rendre le sujet inoubliable. Mais à elle seule, Ruth rayonnait de plus de couleurs que toutes les décorations de Noël, que des néons scintillants ou un vitrail illuminé. Pete n'avait pas besoin d'en rajouter, il lui suffisait de la suivre, de prendre un cliché avec son stylo, son calepin et sa mémoire, et de la projeter sur la page comme un Kodachrome.

Lorsqu'elle avait suffisamment dansé pour dissiper les effets de l'alcool, lorsque les projecteurs révélaient son visage tiré et ses yeux morts, elle se frayait un chemin jusqu'au bar, ou bien faisait signe à une serveuse qui passait et commandait un autre verre, et puis un autre. Comme s'il lui était insupportable d'être sobre, même l'espace d'un instant.

Et, une fois la soirée bien avancée, elle jetait son dévolu sur un type, et fixait toute son attention sur lui de façon à ne pas rentrer seule chez elle.

Même chose le lendemain. Elle n'était jamais seule.

L'entraîneuse chez *Callaghan's* raconta à Pete qu'elle connaissait Ruth depuis des années, alors que c'était encore le *Four Seasons*, que Kennedy était encore vivant. Petite, lourde, avec des boucles platine et des rides de désenchantement au coin de la bouche, ses yeux oscillaient en permanence de la porte au bar et à la caisse.

— Oh oui, bien sûr, je l'aimais bien. C'était une bonne bosseuse. Et il y avait un truc chez elle. Elle pouvait s'asseoir avec n'importe qui, un groupe de types en costard, n'importe qui, et dans les cinq minutes, elle les avait fait rire, commander des cocktails. Elle était lumineuse. Une vraie pile électrique.

Elle secoua la tête.

— Quand j'ai appris cette histoire, au début, je ne croyais pas qu'elle ait quoi que ce soit à voir avec ça. Je veux dire, je ne l'ai jamais vraiment vue comme une mère, de la façon dont elle se comportait, à quoi elle ressemblait.

Elle haussa les épaules.

— Et pourtant.

Elle écrasa son mégot et alluma une nouvelle cigarette. Puis :

— Mais après… eh bien, elle est revenue ici quatre jours après avoir enterré le gamin. Tellement ivre qu'elle ne tenait pas debout et flirtait avec le moindre type. Sans aucune larme. Rien.

Elle exhala un long panache de fumée, ses lèvres roses collantes en forme de « o ».

— Après ça, j'ai changé d'avis. Le lendemain, je l'ai appelée deux, trois fois, pour lui demander quand elle revenait travailler. Je me disais – si elle peut sortir et s'amuser, elle peut venir travailler, non ? Elle ne m'a jamais rappelée.

Un nouveau haussement d'épaules.

— Alors, le patron m'a demandé de lui expédier un chèque de deux semaines de paie, et de lui dire qu'elle était virée. Et regardez-la, maintenant.

Elle désigna d'un signe de tête Ruth qui évoluait lentement sur la piste, les bras levés, yeux fermés.

— Je veux dire, quelle sorte de mère se conduit comme ça ?

La voiture de Ruth dut partir au garage durant une semaine, ce qui rendit la filature plus difficile. Pete prit l'habitude de se garer au coin de la rue vers sept heures tous les matins, avant d'aller travailler, pour attendre de la voir sortir. Si elle tournait dans Main Street, elle se rendait à l'épicerie. Si elle poursuivait son chemin en direction de l'autoroute, cela signifiait qu'elle allait prendre le bus.

Un matin, elle sortit vêtue d'un tailleur bleu sobre et chaussée de talons plats. Pas de courses, alors.

On était le 20 août. Cinq semaines après la disparition des enfants.

Le bus arriva et elle s'installa au milieu, près de la fenêtre. Pete s'assit deux rangs en arrière, de l'autre côté de l'allée.

Elle ne parut pas le remarquer. Ne semblait remarquer personne. Elle tenait simplement son sac sur ses genoux, une cigarette entre ses doigts inertes, la tête tournée vers la vitre sale.

Une odeur de vieille sueur, de laque, du collant moite de la femme assise à côté de lui, et qui avait retiré ses chaussures, montait aux narines de Pete.

Le bus s'arrêta dans un soupir, la porte s'ouvrit.

Et la fille apparut.

Elle descendit l'allée et s'installa en face de Ruth. Jeune, petite, mince, avec des seins minuscules, des hanches, des bras et des mollets potelés. Elle portait un chemisier bleu très simple, les cheveux longs et brillants, l'air de ne pouvoir embaumer que le savon ou bien quelque chose de sucré : du soda mousse ou du talc.

Ruth avait les yeux rivés sur elle. Pete l'observa en train d'observer la jeune fille, qui tourna la tête pour regarder par la fenêtre, sa peau pâle un peu rougie, le menton levé. Sur le point de se transformer en femme, il lui manquait néanmoins encore tous les ornements féminins : rouge à lèvres, poudre, cigarette.

À voir l'adolescente et le visage pâle de Ruth, Pete comprit qu'elle devait penser à sa petite fille. Cette gamine était exactement comme Cindy, mais une Cindy plus âgée.

Sans paraître s'apercevoir de ce qu'elle faisait, de façon totalement inconsciente, Ruth tendit le bras et caressa le coton, l'effleurant aussi doucement qu'une pluie de pétales de fleurs. La peau de l'adolescente se devinait à travers la fine étoffe. Ruth caressa une mèche de cheveux échappée comme un filet d'eau sur cette épaule, tâta sa douceur fraîche sur toute sa longueur, contempla les variations de couleurs et de nuances tandis que la lumière dansait dessus, lorsque les cheveux valsèrent en arrière, hors de portée.

— Hé ! cria la fille toute rouge. Hé !

Les mains blanches de Ruth voltigèrent, aussi craintives que des oiseaux.

— Pardon, pardon ! J'ai cru… Je vous ai prise pour quelqu'un d'autre.

Elle s'enfuit en trébuchant dans l'allée, tira la sonnette encore et encore, jusqu'à ce que le conducteur braille dans son rétroviseur, arrête le bus et secoue la tête à son adresse.

La porte se referma derrière elle avec un sifflement et le bus poursuivit sa route. Pete se retourna pour apercevoir sa silhouette solitaire de plus en plus petite à travers la lunette arrière, et la longue chaussée grise qui s'étirait entre eux.

Pete rentrait de déjeuner lorsque Friedmann apparut sur le seuil de son bureau et lui fit signe d'approcher.

— Assieds-toi. Sur quoi travailles-tu en ce moment, Wonicke ?

— Eh bien, l'affaire Malone.

— C'est tout ? répliqua Friedmann en secouant la tête. Je ne peux pas me permettre de te laisser là-dessus. On a beaucoup trop d'autres sujets auxquels se consacrer.

— Monsieur, c'est toujours à la une. Deux meurtres non résolus.

— *Non résolus*, c'est exactement ça le problème. Tant que les flics n'arrêtent personne, on n'a rien à dire à nos lecteurs qu'ils aient envie d'entendre. La police s'apprête à arrêter quelqu'un ?

— Je ne crois pas. Mais…

— Mais, rien du tout. Tu reviens avec un nouvel angle, de nouvelles infos, on en reparle. Écoute, ces derniers temps, tu as fait du bon boulot. Le papier à propos de l'appel du père – le contraste avec la mère, c'était bien. Mais maintenant, je veux que tu ailles couvrir l'affaire du Voleur de pantys à Jamaica[1].

— Le *quoi* ?

— Je sais. Le *Star* a collé ce nom au type, c'est resté. Une série de cambriolages qui remontent à quelques semaines. Le type ne vole que de la lingerie féminine.

Friedmann retira ses lunettes, qu'il essuya avec sa cravate.

— Il faut de tout pour faire un monde, n'est-ce pas ?

— Seigneur…

Pete réfléchit, les yeux baissés sur le bureau du rédacteur. Ainsi que l'avait dit Horowitz, cette affaire pouvait faire sensation – et il tenait à être là lorsqu'elle éclaterait. Il voulait couvrir l'arrestation, ou bien la condamnation. Peut-être même – à cette perspective, il sentit l'adrénaline se déverser dans ses veines –, peut-être même être celui qui dénicherait les preuves de l'identité du meurtrier.

— Et si j'allais reparler aux flics ? Voir s'ils ont quelque chose…

— Tu fais une fixette là-dessus ? Je te l'ai dit, nous n'avons pas le temps. Va parler à Gluckstein de cette histoire de cambriolages. Il a discuté ce matin avec une des victimes, il te filera ce dont tu as besoin.

Pete se leva. Mais, la main sur la poignée de la porte, il jeta avec précipitation :

— Et si j'obtiens une interview des parents ? M. et Mme Malone. Une exclusivité ?

Friedmann fronça les sourcils.

— Tu veux vraiment ça ? D'accord, si tu m'obtiens une exclusivité, on en parle. Mais tu as intérêt

---

1. Quartier du Queens.

à ce que ce soit bon. Je te donne vingt-quatre heures, ensuite j'ai besoin de toi ici pour le reste.

Pete appela l'aéroport, et apprit que Frank terminait son travail à sept heures. À six heures et demie, il se trouvait sur le parking, surveilla la sortie de Frank et suivit celui-ci jusque chez *Marty's*.

— Bonjour, monsieur Malone. Comment allez-vous ? Je peux vous offrir quelque chose ?

— Oh, bonjour, monsieur Wonicke. Euh… je vais prendre un cheeseburger au bacon et des *onion rings*.

Pete commanda pour eux deux, puis jeta un coup d'œil à Frank. Celui-ci avait l'air d'avoir maigri au cours de la semaine écoulée, et en se rasant, il avait oublié une bande de poils près de l'oreille.

— Comment tenez-vous le coup, monsieur Malone ?

— Ça va, je suppose. C'est dur, vous savez.

Pete acquiesça.

— Bien sûr. Je comprends. Écoutez, j'ai réfléchi. J'aimerais faire une interview de Mme Malone et vous ensemble. Ce genre de chose suscite toujours l'intérêt, et comme ça, tout le monde continuera d'avoir présents à l'esprit Cindy et Frank junior. Ça pourra peut-être réveiller quelques souvenirs – faire sortir quelques témoins de plus. C'est un truc que j'ai déjà vu fonctionner.

— Vraiment ?

— Oh oui, bien sûr. Très souvent, les gens ne réalisent pas qu'ils ont vu quelque chose d'important. Ils ne comprennent pas que même le fait de n'avoir rien vu peut constituer une information utile.

Pete poursuivit, devant l'air perplexe de Frank :

— Vous pourriez demander à votre… Vous pourriez demander à Mme Malone de me parler ?

— Ben, je peux essayer. Mais elle peut se montrer drôlement obstinée.

Pete sortit une pièce de monnaie.

— Appelez-la. Si jamais elle peut nous rejoindre tout de suite ?

Frank hésita.

— Si le journal sort un papier avec vous deux, cela pourra peut-être faire la différence. On ne sait jamais.

Quelques minutes plus tard, Frank était de retour du téléphone.

— Elle n'est pas là.

— D'accord. On marche sans elle pour l'instant. On pourrait commencer par discuter des journées qui ont précédé le… la disparition des enfants – le 12 et le 13 –, qu'avez-vous fait ces jours-là ?

Frank soupira.

— J'ai déjà raconté tout ça. Aux flics.

— Je sais, monsieur Malone. Mais c'est du contexte pour nos lecteurs. Cela peut servir.

— D'accord. Eh bien, lundi et mardi, je ne travaillais pas. Lundi, j'ai emmené les enfants au parc. C'était le 12.

— S'est-il produit quelque chose d'inhabituel là bas ?

— Frankie est tombé de l'aire de jeux, il s'est égratigné le genou. Un truc comme ça ?

— Avez-vous discuté avec qui que ce soit pendant votre visite ? Avez-vous vu qui que ce soit se comporter de façon bizarre ? Quelqu'un qui traînait près des enfants ?

— Non. Rien de ce genre. J'ai vu Nina Lombardo avec ses enfants. On s'est salués. Et j'ai parlé au marchand de glaces. J'ai acheté deux glaces à l'eau à Frankie et Cindy.

— Et vous avez ensuite ramené les enfants à l'appartement de Mme Malone ?

— Ben, on est d'abord allés chez moi. Je venais de déménager, je voulais leur montrer l'endroit. Je leur ai donné du lait, et les ai laissés regarder les dessins animés pendant que je rangeais. Ensuite, je les ai ramenés chez Ruth, vers six heures, six heures et demie.

— Elle avait l'air comment ?

— Qu'est-ce que vous voulez dire ?

— Eh bien, est-ce qu'elle était de bonne humeur ? Vous lui avez parlé ?

— Pas vraiment.

Il but une gorgée de soda, écrasa les glaçons sous ses dents. Jeta un coup d'œil dans le *diner*, puis par la fenêtre.

Pete se pencha.

— Je parie qu'elle était furieuse parce que les enfants s'étaient salis en jouant, n'est-ce pas ? Moi, je rentrais toujours à la maison avec les vêtements et les chaussures boueux, et ça mettait ma mère dans tous ses états.

Frank lui lança un petit sourire triste.

— Ruth détestait que les enfants se salissent. Je lui disais, ce ne sont que des enfants, mais ça la rendait vraiment dingue.

Il soupira.

— Elle a dit à Frankie d'aller faire couler un bain. Qu'elle allait être obligée de laver les cheveux de Cindy et de nettoyer le genou de Frankie. Elle avait l'air en rogne, comme si c'étaient des corvées supplémentaires.

— Elle se met souvent en colère ?

— Vous voulez dire, contre les enfants ?

— Oui – est-ce qu'elle leur criait dessus ? Les frappait ?

— Bien sûr, quand ils dépassaient les bornes. Elle s'emporte très vite, mais ça retombe tout aussi vite.

Frank plissa le front.

— Mais je ne crois pas qu'elle… elle ne leur ferait pas de mal, monsieur Wonicke. Je suis bien sûr que non.

Un soupçon de doute flottait néanmoins dans sa voix. La serveuse leur apporta le repas et tandis que Frank lui lançait un sourire, Pete le scrutait en songeant à ses dernières paroles. Il n'était pas certain de ce dont Ruth était capable.

— Ensuite, après avoir laissé vos enfants chez votre femme, qu'est-ce que vous avez fait ?

— Je me suis un peu promené en voiture, en pensant à eux, au dossier de garde. Je suis allé jusqu'à un bar, mais finalement, j'ai rebroussé chemin et suis rentré à la maison.

— Pourquoi avez-vous changé d'avis ?

— Je sais pas. J'étais fatigué, je suppose. Quelquefois, les enfants m'épuisent. Je suis rentré, j'ai bu deux bières, j'ai regardé le match des Mets à la télé. Je me suis endormi vers onze heures.

— Et le lendemain ? Le 13. Qu'est-ce que vous avez fait ?

— Le matin, j'ai joué au golf. J'avais un parcours à sept heures. Alors je me suis levé vers six heures, j'ai pris une douche, et je suis sorti. C'était très calme, je me souviens. Pas beaucoup de circulation.

Il s'exprimait maintenant beaucoup plus librement. Peut-être lui était-il plus facile de parler de lui plutôt que des enfants.

— Comment se fait-il que vous soyez allé jouer aussi tôt ? Vous auriez pu profiter de votre jour de congé.

— J'aime me lever tôt, démarrer sur les chapeaux de roue. Mon père disait toujours que le matin tôt, c'était la meilleure partie de la journée. Et puis, plus tard, il fait trop chaud. Je n'aime pas rester au soleil l'après-midi.

— Vous avez donc joué votre parcours – c'était comment ?

— C'était agréable d'être dehors. Mais le type avec qui j'ai joué, Ed, il m'a dit deux fois que je jouais comme un manche. Je suppose qu'il avait raison.

— Et pourquoi ça ?

— Eh bien – cette histoire de garde des enfants, ça me trottait dans la tête. Et voir les enfants, ça m'a fait réfléchir. Je suppose que j'étais pas dans mon assiette.

— Je peux comprendre. Ça a dû être dur pour vous – ça, et la séparation.

Frank acquiesça. Il jouait avec sa nourriture, évitait le regard de Pete.

Celui-ci se pencha de nouveau.

— La séparation, c'était l'idée de Mme Malone ?

— Ouais, je suppose, répondit-il toujours sans lever les yeux.

Pete baissa la voix.

— Ça, c'est vraiment dur. Est-ce qu'elle vous a jamais expliqué pourquoi ?

Frank haussa les épaules.

— Il y avait peut-être une autre femme dans l'histoire ?

Frank leva brutalement la tête :

— Vous croyez que je la trompais ? Jamais. Jamais ! Ce n'était pas ça !

Pete s'excusa d'un geste.

— Qu'est-ce que c'était, alors ?

— Elle était… Je l'ai surprise. Avec quelqu'un.

Une décharge d'adrénaline secoua Pete. Aucun des autres journaux n'avait parlé de ça.

— Vous l'avez trouvée avec un type ?

Les yeux humides, Frank chuchotait presque :

— Un jour, je suis rentré tôt. J'avais mal à l'estomac, et le chef m'avait dit de rentrer chez moi. J'ai entendu des bruits. Dans la chambre. Ils étaient… Ils…

— Je suis désolé, monsieur Malone.

— Le type a ramassé ses vêtements en vitesse et s'est cassé. J'ai voulu lui mettre la main dessus. Je voulais le démolir, qu'il ne puisse plus jamais approcher ma femme ou la femme de qui que ce soit. Mais j'étais tellement… J'ai juste…

Sa voix mourut et il se passa une main sur le visage. Il semblait avoir oublié la présence de Pete.

— Elle pleurait. J'ai cru qu'elle regrettait. Je me suis approché d'elle – et elle m'a hurlé de la laisser tranquille.

Il releva les yeux.

— Vous savez, je lui aurais pardonné. Je n'ai jamais voulu qu'on se sépare. Mais elle…

Ses yeux s'emplirent de larmes qu'il repoussa d'un clignement de paupières, et il déglutit.

Pete lui laissa un moment pour se ressaisir, puis demanda :

— C'est pour cela que vous vouliez la garde des enfants ? Parce qu'elle fréquentait d'autres hommes ?

Il acquiesça.

— Je pensais… Le type avec qui je l'avais surprise, je pensais que c'était juste une fois. Mais Frankie m'a raconté… il m'a raconté que quand il se levait le matin, il y avait des types dans l'appartement. Des types différents.

Il secoua la tête.

— Ça, je ne pouvais pas le tolérer. Dieu seul sait ce que ça ferait aux enfants, de grandir comme ça.

Pete écarta les assiettes, sortit son paquet de cigarettes et en offrit une à Frank, le regarda inhaler d'une main un peu tremblante.

— Que s'est-il donc passé ensuite, le 13 ? Le matin, vous avez joué au golf. Et après ?

— Euh… j'ai pris un verre au club-house avec Ed. Il est parti vers midi. J'ai bu encore quelques bières, mangé un sandwich, regardé le match à la télé.

— Tout le match ?

— Non. Je suis parti vers deux heures.

— Vous êtes rentré chez vous ?

Frank soupira.

— Je me sens bête à avouer ça. Je ne l'ai pas dit aux flics. Mais je suppose que ça sera obligé de sortir.

Pete s'efforça de garder un ton calme :

— Quoi donc ? Qu'avez-vous fait ?

— Je suis allé jusqu'à Huntington en voiture.

— Huntington ?

— Oui. À Redwood Drive.

— Pourquoi ? Qu'y a-t-il là-bas ?

Frank vida son soda, attendit que la serveuse reprenne son verre.

— Il y a un type qui habite là. Salcito. Un ami de Ruth.

Il soupira.

— Je pensais qu'ils étaient… Vous comprenez. Je pensais qu'ils avaient un truc ensemble. Que c'était encore un… avec qui elle avait une liaison.

— Qu'aviez-vous donc en tête ?

Frank se pencha, cramoisi.

— C'est *ma femme*. Je voulais… Je suppose que je voulais lui donner une leçon, lui apprendre à fricoter avec la femme des autres.

— Et alors, que s'est-il passé ?

Un brusque rire dur.

— Ce salopard n'était pas chez lui ! Je me suis garé dans la rue, je me suis mis en condition. J'ai remonté l'allée et j'ai sonné. Deux fois. Et il n'y avait personne ! J'entendais un chien aboyer derrière, mais personne n'a répondu.

— Qu'est-ce que vous avez fait, alors ?

— Simplement demi-tour, et je suis reparti.

— Dans quel état d'esprit étiez-vous ?

— Je ne sais pas. D'abord, j'étais fumasse. Puis, je me suis dit que c'était peut-être une bonne chose qu'il ait été absent. Il n'aurait peut-être pas été seul. Il aurait peut-être été armé. N'importe quoi. Il aurait pu arriver n'importe quoi.

— Ensuite, où êtes-vous allé ?

— J'ai roulé dans le quartier un moment.

— Vous étiez à sa recherche ?

— Au début, je pense que je cherchais la voiture de Ruth. Je voulais être sûre qu'elle n'était pas là. Je ne l'ai pas vue. Il y avait des voitures partout, mais surtout des neuves. Des breaks, des Chrysler. Vous voyez, des trucs de mère de famille. Mais rutilantes, comme si elles étaient bien entretenues. J'aurais remarqué celle de Ruth au milieu.

« Un peu plus tard, j'ai compris que je me contentais de rouler. Le quartier était agréable : tranquille, avec des pelouses bien vertes. Le genre d'endroit où on a envie d'élever des enfants.

« Enfin, poursuivit-il en se raclant la gorge. Enfin, elle n'était pas là. Alors je suis rentré chez moi faire un somme. Puis j'ai regardé la télévision. Vers huit heures, j'avais faim, j'ai donc fait un tour vers Union Street. Il y a un type là-bas, avec un stand, qui fait des bonnes pizzas. J'ai acheté une grande pepperoni. Et je suis retourné manger chez moi.

— Vous êtes resté là toute la soirée ?

— …

— Monsieur Malone ?

— Je suis retourné à Union Street. Dans un bar – le *Lakeside*. J'ai bu quelques verres.

— À quelle heure êtes-vous parti ?

— Vers onze heures. Peut-être un peu avant.

— Vous avez parlé à quelqu'un ?

— Le barman, Al. Il me connaît, j'y suis déjà allé plusieurs fois. Il se souviendra de moi. Je buvais du gin, et on a parlé du match des Mets. Il se souviendra.

— Vous buvez toujours du gin ?

— J'avais envie de changer.

— D'accord, et ensuite ? Qu'avez-vous fait après avoir quitté le *Lakeside* ?

— J'ai encore roulé pas mal.

— Où ça ?

Un silence, puis :

— Je suis allé chez Ruth. J'ai roulé jusque là-bas et je me suis garé.

— Combien de temps êtes-vous resté ?

— Je ne sais pas. Quinze, vingt minutes. La chambre et le salon étaient allumés.

— Vous êtes sorti de la voiture ? Vous lui avez parlé ?

— Non.

— Vous avez vu quelqu'un ?

— Non.

— Si vous n'étiez pas là-bas pour voir Ruth ou les enfants, quelle était la raison de votre présence ?

— Eh bien, récolter des preuves. Pour la garde des enfants. Je me suis dit qu'elle pouvait avoir un autre type sur place. Je voulais être sûre que les enfants allaient bien. Et…

— Et quoi ?

Un nouveau soupir.

— De temps en temps, j'allais là-bas, c'est tout. Je me garais et je restais dans la voiture. Sans doute pour être près d'elle. Près de Ruth. Près de mes enfants. C'est ma femme. C'est… C'était ma famille, conclut-il avec un geste en ouvrant les mains et en regardant Pete. Je vis dans une pension merdique avec trois autres types. La salle de bains pue et la cuisine est dégueulasse. Voilà pourquoi je ne mange pas chez moi. Personne ne fait le ménage. Rien n'est jamais réparé. L'ampoule du couloir a claqué il y a dix-neuf jours, et personne ne l'a encore remplacée. Dix-neuf jours. Je les compte, tous les matins.

« C'est là que je vis maintenant, et mon foyer me manque. Ma femme me manque. Ma famille me manque. Quelquefois, j'allais jusqu'à l'immeuble pour être proche d'eux. Et alors ? Ce n'est pas un crime.

Un nouveau silence tomba, et Pete demanda :

— À quelle heure êtes-vous parti ?

— Onze heures et demie, peut-être minuit moins le quart.

— Et ensuite, qu'est-ce que vous avez fait ?

— Comme j'ai dit aux flics – je suis retourné à la maison. Je me suis couché. Et je ne me suis réveillé que quand Ruth a appelé le lendemain matin.

Le soir suivant, Pete était de retour devant l'immeuble de Ruth. Il la vit monter dans un taxi, et la suivit jusque chez *Gloria's*. Le bar était un peu chic, lorsqu'il avait ouvert : des videurs jeunes et costauds, des cordons pour maintenir la file d'attente. Une fois passé l'attrait de la nouveauté, les queues avaient disparu, les videurs avaient été remplacés par un type plus âgé au nez cassé et au regard vitreux, et puis même lui avait fini par disparaître.

Le soir où Pete pénétra dans le bar, le trottoir devant était vide. Il n'y avait personne à la porte, personne qui attendait dehors. Même pas de sans-abri pour faire la manche – la circulation n'était pas assez dense pour que cela puisse rapporter.

Il aperçut Ruth tout de suite. Elle lui lança un regard perplexe, comme si elle le reconnaissait vaguement, puis se détourna. Elle était assise seule au bar, mais il y avait deux flics à l'autre extrémité. Elle leur lançait des regards hargneux en permanence, vérifiait ses ongles, levait les yeux sous ses longs cils à chaque fois que quelqu'un venait se tenir à côté d'elle. Pete la connaissait maintenant assez pour deviner qu'elle en était à son troisième Scotch Mist[1]. Presque assez ivre.

Elle se pencha à travers le comptoir, fit signe au barman.

— Un autre, Hud.

Hud et Pete la regardèrent tous les deux, et Pete crut un instant que l'autre homme allait dire quelque chose. Mais le moment passa, comme tous les moments, Hud se contenta de hausser les épaules et lui servit

1. Cocktail composé de whisky avec de la glace pilée et un zeste de citron.

son verre en silence. Elle le leva à l'adresse des flics à l'extrémité du bar, but cul sec, et se retourna pour faire face à la salle.

Elle s'accouda de tout son poids sur le bar, le dos arqué. La chevelure relevée et laquée, le teint mat et parfait, les yeux immenses : ce que la grand-mère irlandaise de Pete avait l'habitude de décrire comme « dessinés par un doigt plein de suie[1] ».

Tandis qu'il l'observait, Ruth baissa le regard. Humecta sa lèvre de la pointe de sa langue rose. Croisa les jambes. Elle lui évoquait le chat dans l'immeuble en face de chez lui : un écaille de tortue qui passait des heures à fixer les oiseaux posés sur le petit platane dans la cour. Tous deux cernaient de leur regard ambré le territoire qui les entourait : celui-ci leur appartenait.

Et puis, la proie de Ruth apparut.

Un fanfaron en costume aux cheveux gominés, une fossette au menton et le rire de ses amis qui le poussaient en avant. Elle sortit une cigarette, il brandit un briquet. Ils entamèrent la danse rituelle : elle se pencha sur la flamme, les yeux de l'homme se perdirent dans son décolleté en V, dans la façon dont celui-ci s'échancrait alors qu'elle bombait la poitrine en avant.

Il lui sourit, se rapprocha du comptoir et leva le menton ; le barman apparut, lisse comme un miroir.

— Ce que boit la dame ? fit l'homme sans la quitter des yeux. Mettez-nous en deux.

Un billet fit son apparition entre ses doigts, disparut tandis que les verres étaient soigneusement posés entre eux deux. L'homme leva son verre pour

1. Yeux dont l'iris est cerclé d'une nuance de gris cendré.

trinquer, et le regard de Ruth coula en direction du visage solennel de Hud. Peut-être esquissa-t-elle un clin d'œil complice.

Ils burent. Il lui donna un nom, elle lui en donna un autre en retour. Elle chercha par-dessus l'épaule de l'homme les visages congestionnés de ses amis, qui aboyaient comme des chiens en tapant sur la table, et elle se retourna, sourit, battit des cils.

Ensuite, ce fut Ruth qui attira l'attention du barman, qui demanda :

— Qu'est-ce que ce sera, pour vous ?

Elle déclara à l'adresse de son compagnon :

— À vous de choisir. La première fois, on a pris ce que je buvais. Maintenant, je voudrais savoir ce que vous aimez.

Il soutint son regard, mais n'était pas tout à fait assez ivre pour une repartie, ou un mensonge. Pas encore. Ruth se contenta d'une petite gorgée et attendit.

Il était évident aux yeux de Pete que la tournée suivante importait peu ; elle n'était destinée qu'à leur occuper les mains. Ruth leva les yeux sur le barman et commanda deux autres verres sans un mot, mais cette fois-ci, il n'y eut ni sourire ni complicité avec Hud, parce qu'à présent, leurs têtes étaient toutes proches, celles de Ruth et de son compagnon, et le reste du bar n'était plus qu'un décor de bruit, de lumière et de silhouettes.

Maintenant, elle savait probablement que sa femme ne le comprenait pas, elle lui avait probablement dit que son mari était un abruti, et ils savaient tous les deux ce qui allait suivre, mais le moment n'était pas tout à fait venu. Pas encore. C'était le moment de l'attente intense, du flirt délicieux, de la bouffée d'assurance, de la pulsation du sang dans les veines, de la certitude que là résidait le but de la jeunesse, de la beauté et de la vie.

L'homme s'excusa pour se rendre aux toilettes et elle se détourna légèrement pour ne pas le voir faire halte à la table de ses amis, ne pas voir les sourires et les tapes dans le dos, et Pete la vit se cramponner au bar, enfoncer les ongles dans le bois.

Lorsque l'homme revint, il s'assit encore peu plus près et commanda deux whiskys, cul sec, un dernier pour la route, à la tienne, Étienne, ce qui la fit beaucoup rire, mais alors, il l'enlaça de son bras, elle cessa de rire et leva les yeux sur lui.

Ils se dressèrent, quittèrent le bar, et Pete leur emboîta le pas. Il lui fallait savoir à quoi elle ressemblait lorsqu'elle était convaincue de ne pas être observée.

Alors, il les suivit, les flics dans son sillage. Une main légèrement posée sur le volant, le bras à la portière, coude plié, la paume posée sur le toit. Il ouvrit la main, et laissa l'air tiède de la nuit filer entre ses doigts.

Lorsqu'ils s'arrêtèrent au feu rouge, il distingua leurs silhouettes découpées en contre-jour sur les néons, vit le bras de l'homme entourer Ruth, qui se pencha contre lui. Il vit les deux masses sombres se confondre et l'espace entre eux se réduire.

Lorsqu'ils atteignirent 72nd Drive, Pete se rapprocha et se gara non loin. Ils gagnèrent l'intérieur de l'immeuble, Ruth nichée au creux du bras de l'homme et son visage tourné vers le sien. Pete alluma une cigarette, une douce lumière signala l'éclairage d'une lampe, il distingua la forme mince de Ruth devant la fenêtre tandis qu'elle fermait les stores.

Il imagina la chaleur sombre de la pièce, l'éclat doré de la lampe. Peut-être avait-elle mis un album de Sinatra sur le tourne-disque – c'était sûrement le genre de type qui appréciait cette voix rauque et coulante, qui percevait le désir derrière les paroles.

Elle s'excuserait pour aller se rafraîchir, puis préparerait deux verres, s'assiérait tout près et patienterait, parce qu'elle savait que les hommes aimaient faire le premier pas, mais de son regard, de sa bouche, et de son mince doigt virevoltant faisant le tour de son verre, elle lui indiquerait qu'elle attendait qu'il agisse.

Pete descendit de voiture et se dirigea vers l'immeuble, sentant sur lui les regards des flics, sans s'en soucier. Il marcha droit jusqu'aux fenêtres du rez-de-chaussée, sans rien entendre en provenance de l'intérieur. Il poursuivit donc son chemin, contourna l'immeuble, sur le côté, puis derrière. Inconscient de ses mouvements, éprouvant simplement le besoin d'être proche. Rien n'était éclairé, et il devait faire très attention où il mettait les pieds. C'est ainsi que les yeux baissés, il vit.

Une fenêtre du sous-sol était entrouverte. D'à peine quelques centimètres, mais assez pour y introduire ses doigts et pousser le battant. Il se glissa à l'intérieur et referma le soupirail derrière lui. Le sous-sol sentait la lessive, les Marlboro et la poussière. Il tâtonna jusqu'au mur, à la recherche d'un interrupteur. Il alluma une seconde pour s'orienter, remarqua un vieux canapé poussé contre un mur, une pile de cartons, des tas de magazines, une rangée de bouteilles de bière vides sur le sol.

Il éteignit, trouva son chemin à l'aveuglette jusqu'au canapé, et s'allongea. Laissa son regard s'habituer à la pénombre. Aucun son ne lui parvenait de l'appartement au-dessus de sa tête, rien que la vague débandade d'un insecte et les légers craquements de l'immeuble qui s'endormait pour la nuit.

Puis il surprit un craquement plus fort, quelque chose qui aurait pu ressembler à un gémissement. Il les vit ensemble : Ruth enroulant ses doigts dans les cheveux de l'homme, se pressant contre lui tandis qu'il la poussait et la couchait sur le canapé, tandis que ses gémissements se transformaient en plaintes incohérentes, *s'il te plaît*, qu'il la regardait fixement avec des yeux fous et commençait de défaire sa ceinture.

Pete perçut un bruit sourd lorsqu'elle laissa tomber ses chaussures, puis des pas tandis qu'elle le guidait dans la chambre plongée dans l'obscurité. Un autre gémissement, sorti de sa bouche à lui, cette fois-ci, et il la vit sourire dans le noir parce qu'elle savait qu'il était maintenant à sa merci. Le silence, de nouveau : peut-être était-elle en train de le déshabiller lentement. De l'allumer.

Pete imagina sa voix douce, son rire tandis qu'elle chuchotait. *C'est mieux comme ça, dans le noir, tu ne crois pas, bébé ? Comme ça* – une caresse – *tu ne sais jamais d'où viendra* – un coup de langue – *la prochaine caresse, tu comprends ?* Et alors qu'il était incapable de parler, elle avait un rire bas et rauque, retirait sa robe et son panty, mais gardait ses bas, car il n'y avait rien de comparable au frottement métallique de la soie contre la peau, et si cette nuit devait s'avérer la plus mémorable de sa vie à lui, elle devait se consacrer à tous ses sens.

Pete entendit l'homme haleter, l'entendit supplier, gémir, et sa douce voix à elle posait une question, indistincte. Et puis, au-dessus, un hurlement à demi étranglé, *oui oui oui putain oui vas-y bébé vas-y* et il y eut un craquement lorsqu'ils jouirent ensemble, et il dit *oh Seigneur*, il dit *bon Dieu oui putain* et elle se releva de nouveau, et cette fois-ci, il fut prévenu, cette fois-ci il lui dit avant qu'elle ait à demander *tu es la meilleure, bébé, le meilleur meilleur putain de coup que j'aie jamais eu* et elle se laissa retomber sur lui, il cria dans sa nuque et ses cheveux et elle le serra contre elle tandis qu'il frissonnait, gémissait en jouissant puis demeurait immobile.

Ruth se réveilla et resta sans bouger alors qu'il sommeillait, le bras passé sur son corps. Elle griffa doucement les poils de son bras, profita de sa chaleur, tout en songeant à ce qu'elle allait raconter plus tard à Gina. La pauvre Gina, qui était probablement sortie hier soir avec Mick, ce qui impliquait un misérable steak à deux dollars chez *Arnie's*, puis un Mick haletant et écarlate en train de la pilonner pendant que Gina soupirait et gémissait sous lui. Elle dirait *je me suis réveillée avec lui mais je pensais à toi !* Et elles glousseraient comme deux gamines. *Il était beau ?* demanderait Gina, et Ruth dirait *oui, bien sûr, brun comme Elvis, avec des yeux comme Paul Newman ou un autre dans ce genre-là*, tout en pensant, *quelle importance ?*

Elle s'étira et sourit à présent, parce qu'il lui avait dit qu'elle était le meilleur coup qu'il ait jamais eu.

Elle s'était tellement appliquée – à le toucher, à guider ses doigts sur les parties de son corps qu'il voulait caresser, à le laisser sentir ses cheveux tout juste lavés, ses poignets parfumés, à le laisser goûter le bain de bouche sur sa langue – rien d'inconvenant, rien de *mal* – jusqu'à ce qu'il dise qu'il la voulait.

Elle ne supportait pas d'être seule. Ne devait pas être seule. Et il avait tellement envie d'elle, comment pouvait-il ne pas vouloir rester ?

Alors elle ferma les yeux, rêva qu'il lui disait qu'il l'aimait, qu'il prendrait soin d'elle, et se réveilla lorsqu'il rejeta les couvertures, enfila ses vêtements et lui chuchota comme s'il était à l'église qu'il devait rentrer, que les enfants n'allaient pas tarder à se lever, qu'elle savait bien qu'il était marié, n'est-ce pas, alors pourquoi le regardait-elle comme ça – ils s'étaient juste bien amusés ensemble, et il l'appellerait, d'accord ?

Il partit sans prendre son numéro de téléphone, une porte claqua et une voiture démarra, et elle resta dans la pénombre née de la lumière en provenance du salon, rigide, immobile, comme si le fait de ne pas bouger pouvait préserver cette chaleur. Puis elle s'arma de courage et baissa les yeux.

Un ventre nu et pendant, des vergetures, des cuisses à la peau d'orange révélatrice, une rougeur sur le mollet, une touffe de poils oubliés sur la cheville, des seins affaissés sur les côtés, et cette odeur âcre et jaune.

Comme une chienne en chaleur.

Comme une pute.

Elle était répugnante.

Elle était un monstre.

Elle remonta les genoux et se laissa rouler sur le côté. Elle avait maintenant deviné que les flics avaient placé son téléphone sur écoute, ainsi que l'appartement, peut-être, se disait-elle. Aussi demeura-t-elle silencieuse, parce qu'elle ne voulait pas donner à ceux qui l'écoutaient la satisfaction de l'entendre pleurer.

Elle ne pouvait rien faire d'autre que se cramponner, se cacher, espérer qu'un jour, être le meilleur coup suffirait à en faire rester un. Parce qu'elle ne pouvait pas être seule. Parce qu'elle n'avait rien d'autre à offrir.

10

Pete appela Devlin pour l'inviter à déjeuner. Ils se donnèrent rendez-vous chez *Tony's*, comme la première fois. Et Devlin se comporta comme la première fois, sans s'excuser de son retard, puis en se montrant plus arrogant que quiconque Pete ait jamais rencontré lorsqu'ils se mirent à discuter. Le journaliste fit allusion au fait qu'il s'était entretenu avec Frank Malone : Devlin se contenta de grommeler en mastiquant sa côtelette de porc.

— Il a l'air d'un type bien. Bouleversé à cause de sa famille, et tout ça. On a parlé de ses mouvements les jours qui ont précédé la disparition des enfants…

Devlin aboya de rire.

— Ses *mouvements* ? Tu te crois dans une rediffusion de *Dragnet*[1], petit ?

Il engloutit une lampée de soda.

— Tu crois qu'on n'a pas déjà épluché ses allées et venues ? Tu perds ton temps, Wonicke. Laisse-nous les alibis et les *mouvements*, fit-il avec un geste imitant des guillemets, et retourne à ton boulot.

---

1. Un classique de la série policière, créée par Jack Webb en 1951, qui se voulait très réaliste, diffusée en France sous le titre *Badge 714*.

Il détailla Pete, l'air de ne pas le trouver à la hauteur, et poursuivit :

— Frank Malone est juste un type qui a perdu sa femme et ses enfants. Il était père. Crois-en un autre père – il n'aurait pas fait de mal à ses enfants. Il n'a pas les tripes pour ça.

Il écarta son assiette, s'essuya la bouche.

— De toute façon, il entamait une procédure pour en obtenir la garde. Il voulait que les enfants viennent vivre avec lui. Et il l'aurait probablement obtenue – il avait un boulot stable, une vie tranquille. Tout le contraire de la mère. Pourquoi aurait-il voulu les tuer ? Non, c'est elle. Je le sais.

Pete changea de sujet.

— Quand nous nous sommes rencontrés la première fois, vous avez dit que vous disposiez d'un témoin qui avait appelé Mme Malone à deux heures du matin le jour où les enfants ont disparu – et que personne n'avait répondu.

Devlin s'adossa à la banquette, s'empara d'un cure-dent.

— C'est exact.

— Ça vous ennuie si je prends son nom ?

— Ouais, ça m'ennuie. Ça, ça ne se retrouve pas dans le journal. On le garde pour le procès.

— Je ne le citerai pas. Je suis juste curieux.

Devlin le dévisagea un long moment.

— Il s'appelle Salcito, mais il ne te parlera pas. J'ai d'autres informations pour toi, poursuivit-il avant que Pete ait pu intervenir.

Celui-ci déboucha son stylo. Patienta.

— Mme Malone est à la recherche d'un nouveau boulot.

Devlin ôta l'emballage du cure-dent, qu'il planta dans ses molaires, la voix déformée par ses lèvres étirées.

— Qu'est-ce que tu penses de ça ? À peine six semaines après l'assassinat de ses enfants.

Il laissa tomber le cure-dent sur la table. Pete s'efforça de ne pas regarder l'objet.

— Et ce ne sont même pas des boulots de serveuse, qu'elle cherche. Elle veut être secrétaire. Réceptionniste. Un boulot chic dans ce genre-là. Elle croit qu'elle va grimper dans l'échelle sociale, maintenant qu'elle n'a plus de gamins pour la retenir.

Il afficha un large sourire.

— Mais elle n'ira nulle part.

Pete le regarda, contempla sa satisfaction, la conviction de sa propre vertu.

— Qu'est-ce que vous voulez dire ?

Le sourire de Devlin s'élargit encore.

— À chaque fois qu'elle aura une offre – d'entretien, ou de boulot –, son nouvel employeur recevra un appel, ou peut-être une visite. Pour être sûr qu'il sache la vérité à propos de la racaille qu'ils embauchent.

À la fin du mois d'août, Ruth posa sa candidature pour un poste de secrétaire de direction dans une agence publicitaire de Long Island City. Pete la suivit jusque là-bas un matin, remarquant la façon dont elle baissait la tête en s'éloignant de sa voiture. Assis dans le parking, il la regarda entrer. Elle ressortit un peu plus tard, alluma une cigarette puis repartit.

Pete pénétra dans l'immeuble, simplement pour jeter un coup d'œil.

Les locaux étaient agréables : de la lumière, des fleurs à l'accueil. Il prétendit être perdu, demanda son chemin. Examina les lieux, joua les touristes, s'enquit de l'activité de la maison. Un type apparut pour donner des papiers à taper à la fille de l'accueil :

— Voici M. Beckman, posez-lui vous-même la question, répondit-elle, et ils échangèrent un sourire amical.

L'homme serra la main de Pete et se présenta comme Paul Beckman. Il renseigna Pete sur certains des produits sur lesquels ils travaillaient, plaisanta d'un slogan qu'il était en train d'écrire pour une nouvelle marque de dentifrice, puis lui indiqua la direction de l'autoroute. Il avait l'air sympathique.

Lorsque Pete remonta dans sa voiture, il vit arriver les flics. Quinn au volant, Devlin à ses côtés, coude à la portière, la mâchoire serrée.

Quand Pete débarqua chez *McGuire's* ce soir-là, la rencontre entre Devlin et Beckman était déjà sur toutes les lèvres. Quinn tenait salon dans un box, racontant l'histoire à un rouquin maigrichon, un certain Henriksen, et à un flic blond plein d'acné dont Pete ignorait le nom. Ils saluèrent le journaliste de la tête lorsque celui-ci s'installa.

— Alors on a débarqué comme ça, comme d'habitude. Le type était très poli, il nous a offert un café. Et le sergent lui a balancé son discours habituel : « Vous avez reçu une fille pour un entretien aujourd'hui, n'est-ce pas ? »

« Le type répond, oui, bien sûr, mais il commence à avoir l'air intrigué. Devlin dit : "Vous aviez l'intention de lui donner le boulot ?" Le type fronce les sourcils. Se verse une nouvelle tasse de café. Prend son temps. Puis il répond : "Puis-je vous demander en quoi cela vous concerne ?" Vous vous rendez compte ? Je veux dire, sérieusement ?

Henriksen éclata de rire, un rire aigu de fille.

— Qu'est-ce que le boss a répondu à ça ?

— Qu'est-ce qu'il a répondu ? Eh bien, il ne savait pas quoi dire. Je parie qu'il y a longtemps que personne ne lui avait parlé comme ça. Il a laissé une minute au type, pour voir s'il allait répondre. Rien du tout. Alors, il a dit : « Elle vous a probablement raconté qu'elle s'appelait Ruth Kelly. Ça, c'était son nom de jeune fille. Son nom de femme mariée, son *vrai* nom, c'est Ruth Malone. »

« Le type reste absolument silencieux. Alors, on attend encore une minute, et puis j'interviens : "Le nom vous paraît familier ? Vous avez peut-être entendu parler d'elle." Toujours rien. Le type restait là à boire son café. Comme s'il attendait qu'on en arrive au vif du sujet.

« Alors, le boss pousse comme une espèce de soupir et se redresse – du genre, "D'accord, je vais vous expliquer". Il regarde le type droit dans les yeux et il lui dit : "Monsieur, la femme que vous avez rencontrée ce matin est soupçonnée d'avoir assassiné ses enfants." Et le type reste assis là, putain ! Comme si on venait de lui apprendre qu'il pleuvait.

« Finalement, *finalement*, il ouvre la bouche. Et vous savez ce qu'il dit ? Il dit : "Pourquoi me racontez-vous ça ?"

Les yeux larges comme des soucoupes, faisant le tour du box, Henriksen jeta :

— Putain, vous pouvez y croire ?

Le flic blond secoua la tête.

— C'est le problème avec les gens – ils ne se conduisent jamais comme quelqu'un de normal devrait se conduire. Comme cette nana cinglée à Forest Hills le mois dernier, tu te souviens ? fit-il en se tournant vers Henriksen.

Celui-ci acquiesça avec un sourire :

— Celle-là, je ne suis pas près de l'oublier ! On reçoit un appel pour tapage nocturne, expliqua-t-il à Pete. Un voisin entendait des hurlements de femme, des meubles balancés contre le mur, ce genre de chose. On y va, on cogne à la porte – personne là-dedans ne nous entend, alors on défonce le battant. L'endroit est en pagaille – il y a du sang partout, du verre brisé, des sièges démolis. Il s'avère que le type est rentré du Viêtnam, qu'il a entendu dire que sa femme s'envoyait en l'air pendant son absence, et qu'il a décidé de lui donner une leçon. Il lui a cassé deux dents, et le bras, je crois bien – j'ai dû la lui arracher des mains, et ce salopard me balance un coup de poing !

Le blond prit la relève :

— Alors, on lui passe les menottes, et la femme me braille : « Qu'est-ce que vous faites, qu'est-ce que vous faites, ne l'arrêtez pas ! » Je lui dis qu'on ne va pas l'embarquer pour ce qu'il lui a fait – ce sont juste des violences domestiques, aucun témoin – on va l'embarquer à cause de ce qu'il a fait à Henriksen. Cette foutue garce me saute dessus et quand j'essaie de la repousser, elle me mord !

Des rugissements de rire. Le blond remonta sa manche, Pete tendit le cou et aperçut sur l'avant-bras une marque circulaire violette.

— J'ai dû me faire faire un foutu vaccin contre la rage – le médecin m'a dit que les morsures humaines étaient pires que celles des animaux. Résultat, le type écope d'une amende pour avoir expédié un coup de poing, et elle se retrouve en taule pour six mois. Et j'espère bien qu'il s'en trouvera une autre à tringler avant qu'elle ressorte. Ça lui servira de leçon pour ce qu'elle m'a fait – et à lui aussi !

De nouveaux rires. Puis, lorsque ceux-ci se furent calmés, Quinn reprit la parole :

— Pour en revenir au type de ce matin ? « Pourquoi me racontez-vous ça ? » dit-il donc. J'ai bien vu que le patron ne savait pas quoi répondre. Moi non plus. À ce moment-là, le type demande si on veut autre chose. Comme si l'informer de ce qu'il avait une tueuse d'enfants dans son bureau ne suffisait pas !

— Bon Dieu ! Qu'est-ce que le chef a dit, alors ?

— Il a dit : « On pensait que vous deviez être averti, monsieur. »

Le flic blond se mit à rire :

— Ça, j'aime bien, le *monsieur* !

— Super, hein ? Puis le type dit : « Et qu'attendez-vous de moi ? » Comme si on venait de lui raconter qu'il y avait un rat dans sa poubelle. Comme si ça n'avait aucun rapport avec lui.

« Alors, le chef s'est penché tout près. “Vous ne comprenez peut-être pas de quel genre de personne il s'agit. Nous n'avons peut-être pas été assez clairs.”

« Le type finit son café, se lève et déclare : “Vous avez été extrêmement clairs. Merci d'être venus. Et maintenant, je vous prie de m'excuser, messieurs, mais j'ai une réunion.”

— Nom de Dieu !

Henrikson opina de la tête.

— Incroyable, putain !

— Et voilà. Avant qu'on ait pu ajouter un mot, on s'est retrouvés sur le trottoir comme deux clowns à se regarder. Vous savez ce qu'a dit le chef ? « Ce type pense qu'il a fait sa B.A. de l'année. Qu'il a fait preuve de grandeur morale. Mais tout le monde a un point de rupture, et je vais trouver le sien. Et une fois que ce sera fait, Quinn, ils s'en mordront les doigts tous les deux, lui et cette pute. »

Pete scruta leurs yeux étrécis, leurs traits durs. Leur façon de bomber le torse contre elle.

Le lendemain, il demanda à Janine d'appeler la boîte de Beckman, sous prétexte que le journal projetait une série de portraits de cadres travaillant pour des entreprises dans des quartiers en développement. Elle leva les yeux au ciel, mais Pete lui sourit en promettant de l'inviter à déjeuner.

Lorsqu'elle raccrocha, elle lui déchiffra ce qu'elle avait pris en sténo. Beckman était âgé d'une petite quarantaine, et travaillait là-bas depuis neuf ans. Il avait laissé sa femme et ses enfants dans le Delaware quand il avait été transféré à New York six mois auparavant.

Pete retourna plusieurs fois à Long Island City dans les semaines qui suivirent. Beckman emmenait déjeuner Ruth une ou deux fois par semaine, paraissait l'apprécier. Ils fréquentaient toujours le même restaurant, mangeaient toujours à midi et quart. Un jour, Pete entra à leur suite et demanda à être placé derrière eux. Ruth ne pouvait pas le voir, mais le journaliste était suffisamment proche pour percevoir son comportement vis-à-vis de Beckman. Ils discutaient essentiellement de travail, parlèrent une fois d'un film qu'ils avaient vu tous les deux. Il semblait compter sur elle, lui faire confiance.

Pete les regarda partir ensemble, suivit des yeux la façon dont les hanches de Ruth ondulaient sous sa jupe. Comment sa chevelure tombant dans le soleil prit des reflets dorés lorsqu'elle se retourna. Et comment son expression changea complètement quand elle leva les yeux sur Beckman. D'une manière ou d'une autre, elle paraissait plus légère, les yeux étincelants, les rides et les ombres de son visage atténuées.

En dépit de ses autres obligations, Pete faisait le nécessaire pour se retrouver presque tous les jours au restaurant à midi, à portée de voix de leur table mais hors de leur vue. Il s'était persuadé qu'il ne faisait que suivre les développements de l'enquête, mais au bout d'une ou deux semaines, il fut obligé de s'avouer qu'il n'y avait pas que cela. Les jours où il ne pouvait pas venir, elle lui manquait.

Mi-septembre, Beckman apprit à Ruth que son contrat venait d'être confirmé pour deux ans, et qu'il allait déménager de l'appartement que l'entreprise lui avait temporairement trouvé. Il lui fallait un endroit plus grand, lui confia-t-il.

Quelques jours plus tard, elle lui déclara qu'elle avait quelque chose pour lui. Pete l'entendit fouiller dans son sac, et par curiosité, prit le risque de passer devant eux sur le chemin des toilettes. Elle tendait à Beckman un catalogue de meubles. Lorsque Pete regagna sa table, celui-ci feuilletait le catalogue.

— Je ne sais pas par où commencer, remarqua-t-il. D'habitude, c'est Helen qui s'occupe de tout ça. Quoi que je choisisse, le résultat ne conviendra pas, et je me retrouverai avec des rideaux et un canapé que je déteste.

Un silence tomba, et Pete songea au regard fatigué de Beckman, à la façon dont il plissait le front en parlant. Il ne sut jamais ce que Ruth voyait, ce qui passa entre eux dans ce silence, mais il perçut la chaleur de sa voix lorsqu'elle répondit :

— Je peux vous aider, si vous le souhaitez.

Pete crut qu'il s'agissait simplement d'un moyen d'occuper une autre journée. Mais les choses évoluèrent. La semaine suivante, ils allèrent ensemble faire des courses. Puis Beckman l'invita à dîner pour la remercier, et à prendre ensuite un verre chez lui. Pete se gara derrière la voiture des flics et surveilla l'appartement de Beckman pendant une heure, s'efforçant de ne pas imaginer ce qui se passait là-haut. Incapable de s'arracher aux lieux, jusqu'à ce que la lumière s'éteigne, et qu'il soit clair qu'elle ne repartirait pas cette nuit-là.

Bien sûr, il avait entendu toutes les rumeurs au poste de police, toutes les plaisanteries – et il se souvenait de ses lèvres entrouvertes, de ses grands yeux lorsqu'elle l'avait regardé le jour de l'enterrement de son fils – mais là, c'était différent. On parlait d'une mère en deuil et d'un homme marié. Devlin ne se trompait pas sur elle. Il y avait quelque chose de pourri derrière la douceur.

Que firent les flics après cela, il l'ignorait, mais lui rentra chez lui, ouvrit une bière, puis une autre, et écrivit jusqu'à en avoir la migraine.

AFFAIRE MALONE :
LA MÈRE GARDE LE SILENCE

par Peter Wonicke, correspondant permanent

QUEEN'S, **20 septembre** – La blonde vénitienne au centre d'une double affaire criminelle dans le Queens a refusé aujourd'hui de commenter les rumeurs selon lesquelles elle entretient une liaison avec un homme marié.

Mme Malone, qui est séparée de son mari, a déclaré la disparition de ses enfants le 14 juillet. Quelques heures plus tard, le corps de la petite Cindy, âgée de quatre ans, a été retrouvé dans un terrain vague non loin de l'appartement où Mme Malone a choisi de rester.

Deux semaines plus tard, le corps du frère de Cindy, Frank junior, âgé de cinq ans, a été retrouvé dans des broussailles sur un talus surplombant le Van Wyck Expressway, non loin de l'Exposition universelle.

Mme Malone, tirée à quatre épingles dans une veste blanche sur une robe en tricot de couleur pâle, la chevelure bouffante étirée de façon à allonger sa silhouette d'un mètre soixante-deux, a été vue pénétrant dans l'appartement de Paul Beckman, un cadre supérieur de l'entreprise de publicité Schiller & Klein, juste avant minuit.

Une source a déclaré que Mme Malone avait plusieurs amis masculins très proches. La police a découvert que c'était une « noceuse », qui fréquente un certain nombre de night-clubs à Flushing et Corona.

Les enfants Malone ont disparu d'une chambre à coucher dont on a découvert plus tard qu'elle était fermée, pendant que leur mère se trouvait dans sa propre chambre juste à côté. Aucun inconnu n'a été aperçu près de l'immeuble, et les voisins de Mme Malone n'ont rapporté aucun incident inhabituel cette nuit-là.

Aucune arrestation n'a eu lieu pour l'instant dans cette affaire.

Le lendemain, il donna son article et se dirigea vers Long Island City. La serveuse le guidait à sa table habituelle lorsqu'il l'arrêta pour choisir une autre place. Aujourd'hui, il voulait les voir ensemble.

À leur arrivée seulement, Pete prit conscience qu'ils pourraient le remarquer, le reconnaître.

En l'occurrence, ils n'avaient d'yeux que l'un pour l'autre. Beckman affichait une certaine douceur, une légère timidité. Il voyait Ruth se délecter de la gratitude de Beckman, comme un chat se prélassant dans une flaque de soleil, les cheveux et le teint aussi brillants que du satin.

— Tu es si jolie. Belle. Tu pourrais choisir n'importe quel homme. Il faudrait être fou pour ne pas te désirer.

Après qu'ils furent rentrés au bureau, Pete resta un moment dans sa voiture, contemplant l'East River, les jeux de lumière sur l'eau. Il eut la vision de Beckman posant la tête sur les seins de Ruth, qui l'enlaçait jusqu'à ce qu'il s'endorme. Pete la vit allongée là, à l'écoute du léger ronflement de Beckman, sentant contre elle le poids de son corps, sa solidité entre ses bras, le besoin qu'il avait d'elle comme un baume.

La rédaction du papier avait libéré quelque chose en lui. La colère s'était évanouie, et pour la première fois, il ne voyait plus Ruth comme une suspecte, ni comme la femme de Frank ou la mère de Frankie et Cindy, mais comme une amante.

Il posa la tête contre la banquette, ferma les yeux et pensa à elle. À ce qui la rendait différente. Il avait rencontré d'autres femmes à New York : les sœurs et les cousines de types qu'il connaissait, ou bien leurs amies, leurs colocataires. Par comparaison avec la petite ville dont il venait, il éprouvait parfois le sentiment qu'il y avait des jolies filles partout : dans chaque magasin, sur chaque trottoir, dans chaque *diner*, chaque cinéma.

Chez lui, les filles étaient pour la plupart toutes mariées, à présent, et la maternité les avait abîmées, rendues négligées. Quelques-unes glissaient dans des habitudes de vieilles filles avec une résignation désespérée. Les filles ici étaient différentes. Elles étaient venues à New York pour échapper à l'étroitesse de ces options. Elles avaient pris la décision d'être différentes. De parier sur la vie.

Et pourtant, même si le glamour fragile des employées de bureau de Manhattan ou la nonchalance étudiée des beatniks tout de noir vêtues de l'East Village l'électrisait, Pete avait toujours pensé, quand il y réfléchissait, qu'il finirait par épouser une femme comme lui. Une femme originaire d'une petite ville, avec le même vernis d'études décentes, mais avec des valeurs et des ambitions qu'il pouvait comprendre. Quelqu'un de rafraîchissant, au teint de rose, qui porterait peut-être des jupes un peu plus courtes que là d'où il venait, mais qui aurait par ailleurs pu fréquenter le même lycée que lui. C'était le genre de fille qu'il comprenait.

Et il y avait maintenant Ruth Malone, qui ne ressemblait à rien de tout cela. Qui ne ressemblait à aucune femme qu'il ait jamais rencontrée auparavant.

Il ne pouvait s'empêcher de penser à elle. Il ne s'agissait pas seulement de l'enquête : elle le poursuivait comme une rage de dents, ce qui l'effrayait et l'excitait à la fois.

Son esprit dériva sur son sourire lent, l'écho de son rire.

Il articula son nom à voix haute, et eut l'impression de goûter du chocolat. Du chocolat à l'arrière-goût âpre et brûlant, tel un dessert avec une bonne lampée de cognac.

Il imagina son propre nom sur ses lèvres à elle. Il vit l'éclat de ses jolies dents blanches s'attardant sur le long son du « ee » de son prénom, saisit le claquement de sa langue contre son palais. Semblable au plus petit et au plus léger des baisers.

Friedmann convoqua de nouveau Pete. L'article à propos de Ruth et Paul Beckman reposait sur son bureau. Il pointa dessus un doigt boudiné.

— Qu'est-ce que c'est que cette merde ?

— Euh, c'est…

— Je sais ce que c'est : un putain de papier de Cholly Knickerbocker[1] ! Depuis quand est-ce qu'on a une rubrique de potins, Wonicke ?

— Je n'ai pas…

— Et comment ! Qu'est-ce qui t'est passé par la tête, nom de Dieu ?

— Elle fait toujours parler d'elle, monsieur Friedmann. Mme Malone. Elle est…

— Évidemment… et si les flics l'arrêtaient, elle ou ce… Paul Beckman, pour meurtre, si tu avais des aveux enregistrés, je serais le premier à te serrer la main. Mais ça… ça n'est pas de l'info. C'est du Eugenia Sheppard croisé avec ce putain de *National Enquirer*[2] ! lança-t-il d'un air dégoûté. Est-ce que

1. Pseudonyme utilisé par une série de journalistes pour les rubriques mondaines et de potins.

2. Une des plus célèbres journalistes de mode américaines et un tabloïd fondé en 1926.

tu as même une preuve du fait qu'elle baise avec ce type ?

— Je les ai vus ensemble.

— En train de faire quoi ?

— De dîner, et je l'ai vue monter à son appartement à lui.

— C'est à ça que je te paie, maintenant, à regarder Mme Malone dîner ?

— C'était sur mon temps libre.

— Donc, tu es resté devant l'appartement de Beckman pendant qu'ils baisaient, *sur ton temps libre*. Et tu crois que ça arrange les choses ?

— J'ai juste…

Friedmann leva la main.

— Ferme-la, Wonicke.

Il retira ses lunettes pour se masser l'arête du nez, puis les remit et lança à Pete un regard dur.

— Tu n'es pas foutu de renoncer à cette affaire. Eh bien, je te le dis maintenant, tu laisses tomber jusqu'à ce que je t'intime le contraire. C'est compris ?

— Je…

— Compris ?

— Oui, monsieur.

— Tu marches sur la corde raide, petit. Ne tente pas trop ta chance. Tu viens au boulot, tu fais ce qu'on te dit, et tu ne merdes pas. Et c'est tout. Tu ne prends pas ton pied avec la vie sexuelle de Mme Malone. Tu ne joues pas au détective. Et plus jamais de ces conneries, conclut-il en froissant le papier en boule avant de l'expédier dans la poubelle. Maintenant, tire-toi de mon bureau.

Mais Pete était incapable de renoncer. Il tenta de se concentrer sur d'autres histoires, d'autres papiers, sur ses deadlines, mais chaque après-midi, il se retrouvait sur l'autoroute, en route pour Long Island City, pour être sûr d'arriver au bureau de Beckman à cinq heures. Il les regardait partir ensemble, les suivait au restaurant où ils allaient dîner. Demeurait assis sur des parkings plongés dans l'obscurité à surveiller leurs silhouettes à travers des vitres illuminées, à se laisser aller à la sensation, aux émotions que lui inspirait Ruth. Elle était entrée dans sa vie, qu'elle avait mise sens dessus dessous, l'obligeant à remettre en question tout ce qu'il avait toujours pris pour acquis sur lui-même.

Une semaine plus tard, Ruth déménagea quelques-unes de ses affaires dans l'appartement de Beckman. Pete vit celui-ci lui porter sa valise à l'intérieur tandis que les flics de l'après-midi en prenaient note. Ce soir-là, chez *McGuire's*, il observa la réaction de Devlin.

— Si c'était ma femme, je la tuerais. Je la tuerais de mes propres mains.

Des jours durant, Devlin ne cessa de parler du point de rupture de Beckman. De ce qui le ferait craquer et rejeter Ruth de sa vie. Cela devenait une obsession.

Et puis un soir, il débarqua au bar avec un large sourire. Il avait trouvé le point faible de Beckman.

— Ce type l'a embauchée, il a couché avec elle, mais je parie qu'il ne la laissera pas menacer son mariage, foutre en l'air sa famille. Alors, j'ai passé quelques coups de fil, déniché son adresse dans le Delaware. Et j'ai envoyé une lettre à sa femme, en express. Je parierais un bon paquet de blé que Mme Beckman va rappliquer à New York ce soir. Voyons comment ces deux-là vont gérer ça !

Il était d'humeur festive. Leva son verre de soda à la santé de Pete :

— J'ai quelque chose pour toi, petit, fit-il avec un signe de tête à Quinn, qui lui passa une épaisse enveloppe de papier kraft.

Pete souleva du doigt le rabat et jeta un coup d'œil à l'intérieur. Une feuille de papier, une enveloppe plus petite et une cassette audio.

Devlin se pencha :

— Tu as là-dedans quelques photos de l'appartement des Malone. Plus le rapport d'autopsie de la gamine. Et quelque chose en plus pour aller avec, ajouta-t-il avec un clin d'œil. Quelque chose pour expliquer la signification de ce que le médecin légiste a découvert.

Le lendemain, Pete observa Beckman et Ruth au restaurant. Fut témoin de ce que l'homme évitait son regard.

Helen avait débarqué tard la veille au soir, lui apprit-il. Elle avait fait une crise de nerfs, découpé les vêtements de Ruth, jeté son maquillage à la poubelle.

— Nous nous sommes battus, dit-il d'un air ahuri. On aurait dit une folle. Je ne l'ai jamais vue comme ça auparavant. On ne se dispute jamais.

Il frotta de ses mains ses traits tirés, et expliqua à Ruth qu'il avait demandé une mutation. Qu'il retournait dans le Delaware. Qu'il était désolé.

— C'est pour le mieux. Pour les enfants, tu comprends.

Il la quitta, la laissant assise dans le box, et Pete la vit comprendre la perte de son boulot, de son amant, de quelque réconfort qu'il lui avait apporté. Il la vit commander une bière, puis une autre, il la vit déglutir et refuser de pleurer.

Et pour la première fois, témoin de cette vulnérabilité qu'elle ne montrait à personne, il éprouva le désir de prendre soin d'elle. Elle se mit à mordiller les cuticules de ses ongles, puis à mâchouiller la peau déchiquetée. Du sang macula sa lèvre et elle s'essuya avec dégoût, d'un revers de main dur et impatient, le regard désespéré et farouche.

C'était là l'image d'elle qu'il avait portée avec lui pendant un moment. Le sang. De la répulsion pour sa propre personne. Une absence totale de tendresse.

Ce soir-là, il la vit retourner chez *Callaghan's* dans une robe dont la longueur était un défi, chaussée de hauts talons, buvant les Scotch Mists l'un après l'autre et flirtant avec une sorte de sauvagerie fiévreuse qu'il n'avait encore jamais vue.

Elle devina avant Pete que les deux types près de la porte étaient des flics. Elle fonça sur leur table, et se planta devant eux, les mains sur les hanches, épaules rejetées en arrière.

— Vous vous amusez bien, les gars ? Ça vous plaît, ce que vous voyez ?

Leurs regards grouillaient sur elle comme des fourmis.

— Vous en avez, un de ces boulots. Vous faites un putain de boulot.

Ils se contentèrent de rire.

— Je sais que vous avez mis mon appartement sur écoute. Vous prenez votre pied à m'écouter, moi et mes amis ? Vous êtes une bande de tarés. Tous autant que vous êtes.

Ils continuèrent de rire.

Deux taches rouges apparurent sur ses joues et elle cracha :

— Vous ne découvrirez *jamais* qui a tué mes enfants. Vous ne découvrirez jamais la vérité.

Elle tourna le dos à leurs têtes stupéfaites et se fraya un chemin d'un pas chancelant vers la piste de danse, agrippant au passage un bras, tirant derrière elle un homme, s'accrochant à lui.

La pluie crépitait sur les vitres et Pete était chez lui, allongé sur le tapis avec une bière à ses côtés. Il se leva, s'entoura les épaules d'une couverture, et entreprit de lire le rapport que Devlin lui avait donné.

Le corps est celui d'un individu de race blanche, de sexe féminin, âgé d'à peu près quatre ans. Bien nourri, d'environ 16 kg et mesurant 99 cm. Cheveux blonds, yeux bleus.

Ce n'étaient que des mots. Des chiffres.

Il ferma les yeux, déglutit. Imagina des murs carrelés de blanc, une rangée de chariots en acier luisant. Une odeur de produits chimiques surmontant un soupçon de décomposition.

Lividité.

Congestion.

Abrasions.

Ecchymoses.

Pétéchies.

Hémorragies.

Ce n'étaient que des mots. La réalité était une petite fille allongée, aussi blanche que le carrelage environnant ; ses pieds et ses mains violacées, sa joue égratignée et son cou cerclé de contusions.

Des œdèmes congestionnent les deux poumons. La surface en est rouge sombre avec des marbrures.

L'arbre trachéo-bronchite ne contient ni sang ni substance aspirée. De multiples sections des poumons montrent une congestion et du fluide œdémateux le long de la surface incisée. Aucune suppuration notée. La muqueuse du larynx est gris-blanc.

Les dernières photos de Cindy la représentaient pour l'éternité avec une poitrine plate, une peau lisse, vêtue d'un maillot de corps rose, d'une culotte jaune et d'un haut de pyjama à motifs. Pete s'efforça de ne pas penser qu'elle n'aurait jamais le loisir de se choisir une robe pour le bal de l'école, ne se ferait jamais les ongles, n'irait jamais chez le coiffeur.

L'œsophage est vide, tapissé d'une muqueuse gris-blanc. L'estomac contient des fragments de particules de nourriture non digérée (identifiés comme des légumes verts et des pâtes). La portion proximale de l'intestin grêle contient une substance apparemment identifiable à un légume ou un fruit allant du jaune au brun. Pas d'hémorragie identifiée. Rien de notable sur le reste de l'intestin grêle. Le gros intestin contient des substances fécales molles. L'appendice est présent.

En dépit de tous ces découpages, explorations et mesures dénués de toute dignité, l'autopsie ne révélait guère de secret. Aucune trace d'agression sexuelle. Aucun fragment de peau retrouvé sous les ongles, aucune fibre inconnue, pas de contusions autres que celles qui indiquaient qu'elle avait été étranglée. Elle ne s'était pas débattue. Elle était morte sans se défendre.

D'après le communiqué officiel de la police, Pete savait que l'autopsie de Frankie recélait encore moins d'informations. Il était resté exposé aux éléments plus d'une semaine, et les animaux avaient accompli leur ouvrage.

Il n'y avait pas de réponses, aucun véritable indice. Cindy était morte entre six et dix-huit heures avant la découverte de son corps à treize heures et demie. La police partait de l'hypothèse que Frankie avait été tué de la même façon et à peu près au même moment.

Le rapport d'autopsie ne disait rien, sinon qu'il n'y avait rien de définitif à dire. Il n'existait aucun moyen de prouver avec exactitude à quel instant ils avaient été tués. Et Pete ne voyait aucun moyen de démontrer que Ruth Malone mentait à propos de l'heure à laquelle elle avait nourri les enfants, l'heure à laquelle elle avait dit qu'elle était allée les voir, la dernière fois qu'elle les avait vus, affirmait-elle. Il ne distinguait là-dedans aucune piste quant à l'identité du meurtrier, ou la raison pour laquelle les enfants avaient été tués.

Il s'allongea sur le dos, les mains croisées derrière la tête. S'efforça d'y mettre de l'ordre. Mais son cerveau n'était qu'un fatras de bière, de fatigue et de jargon médical. Il s'endormit et se réveilla quelques heures plus tard, en sueur dans ses vêtements, un mauvais goût dans la bouche.

Il se leva, alla boire un verre d'eau et contempla son reflet dans la fenêtre obscurcie. Il éprouvait le sentiment qu'il ne dormirait pas encore cette nuit.

Il s'assit sur son lit, rangea le rapport d'autopsie dans l'enveloppe, et en sortit les photos de l'appartement de Ruth Malone. Elles ne montraient pas grand-chose : un appartement banal, où vivaient une mère et ses deux enfants. Dans la cuisine, il y avait des assiettes empilées dans l'égouttoir, des jouets par terre. Des piles de linge plié sur deux chaises.

Puis il tomba en arrêt sur une photo de la chambre de Ruth. La pièce était plus soigneusement rangée que les autres : les surfaces étaient sobres, brillantes. Le grand lit parsemé de coussins à motifs dominait la pièce. Un édredon de satin ourlé de ruban était jeté à l'extrémité.

Pourquoi Devlin lui avait-il donné ces photos ? Il n'y avait rien de très utile là-dedans.

Il les rangea dans l'enveloppe, glissa ensuite la cassette dans son magnétophone. Il s'allongea, écouta le cliquètement de la bande, puis la voix basse et posée de Devlin emplit l'espace. On percevait là chez lui quelque chose de différent. La voix rauque, ses voyelles grasses, étaient identiques – mais il semblait pressé d'atteindre son but.

« Reprise de l'interrogatoire… 17 septembre 1965, 11 h 22. OK. Euh… madame Malone. Qu'avez-vous donné à manger à vos enfants le soir du 13 juillet ? »

« Je vous l'ai déjà dit. Deux fois. »

« Répétez-le-nous. »

« J'ai fait sauter du veau, j'ai ouvert une boîte de haricots. Ils ont bu du lait et moi du thé glacé. »

« Vous en êtes sûre ? »

« Bien sûr, que je suis sûre. Vous m'avez posé la question la première fois juste le lendemain. C'est le dernier repas que j'ai… »

Il y eut un silence. Une toux.

« Leur avez-vous donné des pâtes ? Des macaronis ? Quoi que ce soit de ce genre ? »

« Je vous l'ai déjà dit. Nous avons mangé de la viande. Des haricots verts. Ils ont bu du lait. C'est tout », répondit-elle d'un ton mesuré et catégorique.

« Donc, pas de pâtes. »

« Seigneur… combien de fois faut-il que je le répète ? On n'a pas mangé de foutues pâtes ! »

Un autre silence.

« Alors, qui a mis l'emballage vide de macaronis dans votre poubelle ? »

« *Quoi ?* »

« Nous avons trouvé une boîte de macaronis dans votre poubelle. »

Elle eut un petit rire âpre.

« Et alors ? Un voisin a peut-être utilisé notre poubelle si la sienne était pleine. C'était peut-être moi, je ne sais pas. Elle était peut-être là depuis des jours ! Je ne me souviens pas de tout ce que je leur ai donné à manger cette semaine-là. »

« Vous ne vous souvenez pas ? » répéta-t-il comme s'il s'agissait d'un crime.

Un froissement de papier.

« Non, je ne m'en souviens pas », répondit-elle d'un ton au bord de l'insolence.

Le claquement d'un briquet. Une inhalation.

« Et l'assiette de restes de macaronis dans votre réfrigérateur ? C'est un voisin qui l'a mise là aussi ? »

« Quoi ? Qu'est-ce que c'est que toutes ces histoires ? Je viens de vous dire que je ne me souviens pas de ce que je leur ai préparé à manger cette semaine-là. Il restait peut-être des pâtes de la veille, ou bien du week-end. *Je. Ne. Me. Souviens. Pas.* Qu'est-ce que tout ça a d'important ? Pourquoi n'êtes-vous pas à la recherche de celui qui a tué mes enfants ? Il y a un type qui se balade en assassinant des gamins, et vous m'interrogez sur des foutus macaronis ! »

« Parce qu'à cet instant, madame Malone, c'est à vous que je parle. »

Un silence.

« Vous avez dit… »

Un nouveau froissement de papier : Devlin qui feuilletait ses notes, même si Pete avait le sentiment que le sergent se souvenait parfaitement ce qu'elle avait dit.

« Ah… nous y voilà… Vous avez dit lors de votre première déposition que vous vous étiez arrêtés chez *Walsh's Deli* sur le chemin du retour le 13 parce que – et je vous cite – “il n'y avait rien à manger à la maison”. Pourquoi auriez-vous fait cela, madame Malone, s'il y avait un plat de macaronis dans le réfrigérateur ? »

Elle demeura silencieuse.

« Pourquoi, madame Malone ? »

« Je ne sais pas, d'accord ? Je ne sais pas ce que vous voulez que je vous dise. J'ai dû oublier qu'il y avait des macaronis. »

Devlin inspira tout doucement, presque imperceptiblement. Il y eut un petit bruit sec – peut-être posait-il son stylo avant de parler.

Pete pouvait presque le voir, voûté au-dessus de la table, penché vers elle. Se rapprocher. La cerner, renifler sa peur.

Lorsqu'il reprit la parole, ce fut d'un ton bas et mesuré :

« Vous avez acheté du veau, une boîte de haricots verts, du lait, le jour où vos enfants ont disparu. Au *Walsh's Deli* sur Main Street. Et vous avez servi ces aliments à vos enfants ce soir-là pour leur dernier repas. »

« Je vous ai *dit*, je… »

« Que diriez-vous alors, madame Malone, si moi, *je vous disais* que l'autopsie de votre fille a découvert des pâtes non digérées dans son estomac ? »

Pete sentait Devlin savourer la panique et la confusion que son attaque n'avait pas manqué de provoquer sur les traits de Ruth.

« Quoi ? Je ne comprends pas. Je… »

« Des pâtes non digérées, que vous avez données à vos enfants le soir de leur mort. Très peu de temps avant qu'ils n'aient été tués. L'autopsie montre que votre fille est morte moins de deux heures après avoir mangé. Cette histoire, de leur avoir servi du veau, d'être allée les voir à minuit – rien de tout cela n'est vrai, n'est-ce pas, madame Malone ? »

Ses paroles résonnaient d'autosatisfaction.

« C'était un mensonge tellement stupide. Vous ignoriez que nous pouvions prouver ce qu'elle avait mangé, et quand ? »

Pete la vit telle qu'il l'avait vue ce soir-là chez *Callaghan's* faire face aux deux flics du bar. Livide, les yeux agrandis, deux taches rouges brûlantes de colère sur les pommettes.

Il y eut un silence : il imagina son regard voleter sur le bureau, éperdu, à la recherche d'une issue.

Puis brusquement, elle parut se reprendre, et sa voix était ferme :

« Le soir du 13 juillet, j'ai donné à manger du veau à mes enfants. Du veau, des haricots verts en boîte, et du lait. Je suis allée les voir à minuit, et ils dormaient. C'est la dernière fois que je les ai vus et ils étaient en vie. Ils allaient bien. Exactement comme je l'ai déjà raconté, *inspecteur*. »

11

La bande s'interrompit et Pete alluma la lumière. Devlin avait raison : le mensonge à propos du dîner était stupide. Et de tout ce qu'il avait vu et entendu, Ruth Malone n'était pas une femme stupide.

Il entendait presque résonner dans son esprit la voix de Friedmann, qui le guidait. *Et alors ? Où cela te mène-t-il ? Elle n'est pas idiote. Elle ne raconterait pas un mensonge idiot.*

De tous les mensonges à proférer, pourquoi avait-elle choisi celui-là ? Le rapport d'autopsie affirmait que Cindy avait mangé des pâtes pour son dernier repas. Devlin avait trouvé une boîte de macaronis dans la poubelle et une assiette de pâtes dans le réfrigérateur. Confrontée à ces preuves, pourquoi persistait-elle dans l'affirmation qu'elle leur avait donné autre chose ?

De même que pour son visage maquillé et son absence de chagrin, le mensonge donnait à Pete l'impression qu'il y avait sous la surface quelque chose qu'il ne comprenait pas. Quelque chose dont Devlin n'avait pas conscience.

Au petit matin, Pete sombra dans un sommeil agité, puis se réveilla de nouveau à huit heures. Il s'habilla rapidement et se rendit à pas de loup à la salle de bains qu'il partageait avec le type de l'appartement 5A. Quentin – Peter n'avait jamais réussi à déterminer s'il s'agissait de son prénom ou de son nom de famille – était un professeur de théologie anglais à la retraite. Il parlait comme James Mason, écoutait sur un gramophone de quatre sous des enregistrements grésillants des discours de guerre de Churchill et hurlait quelquefois la nuit. Le matin, Pete devait contourner les bouteilles de gin vides alignées sur le seuil de sa porte.

Il se lava, se rasa, réunit ses notes et ses photos, monta dans sa voiture et conduisit au hasard un moment, pour s'efforcer de s'éclaircir les idées. Ses réflexions le ramenaient toujours aux mêmes questions : *Et si elle disait la vérité ?* Et puis : *Et si Devlin se trompait à son sujet ?*

Il roula jusqu'à l'appartement de Ruth, et se gara derrière une unique voiture de patrouille dans 72nd Drive. Il n'y avait plus de badauds depuis longtemps, mais quelques reporters fouinaient encore de temps en temps dans les parages. Il s'était écoulé plus de deux mois depuis les meurtres, mais ceux-ci demeuraient d'actualité. *Elle* demeurait d'actualité. Il se laissa aller contre la banquette et fuma deux cigarettes tout en s'efforçant de réfléchir à la suite.

À cet instant, sans qu'il le sache, se produisit ce qu'il attendait.

Un taxi s'arrêta, et Gina Eissen en descendit. Les yeux cernés, elle portait une robe froissée trop petite d'une taille. Pete sortit de sa voiture pendant qu'elle cherchait son manteau à l'intérieur et fouillait dans son sac pour payer. Le claquement de sa portière fit tressaillir Gina, mais elle ne leva pas les yeux. Il se pencha en passant devant elle et tendit au chauffeur un billet de cinq dollars.

— Ça suffira ?

Le chauffeur acquiesça, salua en portant un doigt à son front, puis repartit.

Lorsque Pete se retourna vers Gina, elle fourrageait toujours dans son sac. Tira une cigarette et un briquet qu'elle actionna en vain. Pete lui donna du feu, et elle finit par lever les yeux sur lui. Elle avait les lèvres gercées et la peau sèche.

— Qu'est-ce que vous voulez ?

— Je dois vous parler.

Elle secoua la tête, recula.

— Oh, non. J'ai vu les trucs que vous écrivez. La façon dont vous parlez d'elle. Je n'ai rien à vous dire.

— Attendez. Écoutez-moi.

Elle poursuivit son chemin.

— Je vous en prie. Je suis désolé.

Elle s'arrêta.

— Je suis désolé.

Elle se retourna et le fixa :

— De quoi ?

Il avança d'un pas. Puis de deux. Elle ne bougea pas.

— J'ai beaucoup réfléchi, et…

Il ne savait pas comment continuer.

Elle se contenta de rester là appuyée sur une hanche en lui soufflant sa fumée dans la figure.

— Peut-être que je me suis trompé.

— À quel propos ?

— À propos de Mme Malone. De tout.

Ce fut tout juste si elle ne lui cracha pas sa réponse :

— Pour ça, vous avez raison. Vous vous êtes trompé. Vous vous trompez. Sur tout.

— J'ai besoin de votre aide pour réparer ça.

Elle se renfrogna.

— Pourquoi voulez-vous que je vous aide ?

— Eh bien… je suis tout ce qui vous reste. Tout ce qui peut encore servir à Mme Malone.

Elle haussa un sourcil :

— C'est tout ?

Il hocha la tête en direction de l'immeuble le plus proche :

— Ça ne vous ennuie pas si on s'assied un peu ?

Elle haussa les épaules et ils allèrent s'installer sur le perron. Les faibles rayons du soleil sur sa peau étaient agréables, comme le fait de s'attarder un moment. Un des journalistes s'approcha de la voiture de patrouille et engagea la conversation avec les flics. Pete devina qu'il cherchait une nouvelle approche, de quoi remplir une colonne en page 5. Deux femmes les dépassèrent, ralentirent devant l'immeuble des Malone. Comme si le temps venait brusquement de se rafraîchir, elles se serrèrent l'une contre l'autre. Puis elles sortirent de l'ombre de l'immeuble, et tout redevint lumineux.

Une femme apparut, qui se déplaçait avec raideur, comme si ses articulations la faisaient souffrir. Rondelette, des cheveux roux teints flamboyants et un rouge à lèvres mal appliqué sur le pourtour de sa bouche. Elle portait une robe à fleurs informe et ses pieds débordaient de ses chaussures à talons plats. Elle lui sembla familière.

Pete interrogea Gina d'un signe :

— Qui est-ce ?

— Hein ? Oh, c'est Mme Gobek. Une drôle de bonne femme.

— Drôle, dans quel sens ?

— Oh… juste une vieille solitaire, qui invente des histoires. Elle aime attirer l'attention sur elle, il faut croire.

Puis un homme approcha, qui marchait la tête basse, le regard fuyant. Il y avait chez lui quelque chose de bizarre : grand, il se déplaçait d'une démarche traînante, comme s'il n'était pas habitué à ses longues jambes.

— Lui aussi, c'est un autre siphonné ?

— Il s'appelle Gus Frederickson. Il habite là-bas, fit-elle avec un mouvement de tête pour indiquer l'immeuble voisin.

Pete l'observait, et Gina poussa un soupir :

— Seigneur… Vous êtes exactement comme les flics. Ils l'ont traîné au poste pendant deux jours, avant qu'on retrouve Frankie. Ils l'ont interrogé jusqu'à ce qu'il manque de s'écrouler. C'est sûr qu'il est bizarre, mais ce n'est pas un assassin.

— Comment le savez-vous ?

— Il est… un peu fêlé. Il a eu un accident quand il était petit. Après ça, il y a un truc qui a déraillé dans sa tête. Il a vécu avec sa mère jusqu'à la mort de celle-ci. Mais il est doux comme un chaton. Il aime les gamins… *pas de cette façon-là* ! Il aime jouer avec eux, les petits, parce qu'il est comme un enfant, lui aussi. Je le connais depuis des années et il n'est pas… il ne ferait pas de mal à une mouche.

Frederickson disparut de leur vue. Gina tira une dernière bouffée de sa cigarette, qu'elle expédia d'une chiquenaude sur le trottoir en contrebas, puis resserra son manteau contre elle et plongea les mains au plus profond de ses poches.

Elle regardait la voiture de police, les types de la presse, et il lui souffla doucement :

— Ils sont persuadés qu'elle est coupable.

— Vous croyez que je ne le sais pas ? Vous croyez qu'*elle* ne le sait pas ?

Il acquiesça en l'observant :

— Je ne sais pas ce qui s'est passé cette nuit-là. Mais si elle n'est pas coupable…

— Elle ne l'est pas.

— Alors, elle doit se construire une défense. Les flics ont besoin d'un autre suspect. Il faut qu'ils se remettent à poser des questions au lieu de se concentrer uniquement sur elle.

Elle réfléchit à ses paroles, il le voyait bien, et il insista :

— Il faut qu'elle commence à se défendre.

Gina baissa les yeux, frotta son visage de ses mains comme si elle le lavait. Lorsqu'elle releva la tête, elle avait le teint et les yeux rougis. Elle soupira. Puis leva le menton d'un air de défi.

— Je veux vous montrer quelque chose. Venez.

À leur approche, les flics et les types près de la voiture se turent, et quatre paires d'yeux les suivirent tandis qu'ils montaient les marches. Des yeux rivés sur Gina qui maniait maladroitement sa clé, sur Pete qui la lui prenait des mains et ouvrait la porte, qui la poussait doucement dans le couloir et tournait le dos à leurs regards hostiles.

Elle passa une main dans ses cheveux.

— Bon Dieu, je déteste ça ! Je déteste. Ça fait des mois que ça dure. Quand vont-ils cesser ?

— Ils sont toujours affamés. Il leur faudrait un coup de chance dans l'enquête.

Elle lui lança un regard presque craintif, et l'espace d'un instant, il crut qu'elle allait changer d'avis. Puis elle lui indiqua de la tête une porte blanche de l'autre côté du couloir. Pete se retrouva devant un numéro de porte en cuivre poli, des éraflures sur la peinture faites par de petits pieds.

— C'est… ?

— Oui. Vous devez voir ça.

Elle frappa, et la porte s'ouvrit devant la vieille femme qui avait assisté à l'enterrement de Frankie. Pete eut droit à un regard vide et indifférent, mais à voir Gina, un rictus de mépris se peignit une seconde sur ses traits : puis, elle cria le nom de sa fille tout en se retournant. Une seconde plus tard, Ruth Malone apparaissait.

Elle était toute petite. Elle lui parut avoir encore rapetissé depuis la dernière fois qu'il l'avait vue. Même sous son maquillage, il distinguait sa pâleur, sa peur et sa fragilité. Ce n'était pas la femme rayonnante et royale qu'il avait observée dans ces bars. Ses yeux étaient immenses, sombres et perdus. Elle battit des paupières et dut déglutir avant de pouvoir s'exprimer :

— Gina, souffla-t-elle en tendant la main.

L'autre femme s'avança pour la prendre dans ses bras. L'espace d'un instant, il se dit que tout irait bien. Que Gina l'étreindrait et la bercerait jusqu'à ce que la douleur disparaisse et qu'elle puisse se tenir droite. Comme s'il ne lui manquait qu'un peu de bonté pour la métamorphoser de nouveau en cette jeune femme à la chevelure luisante, aux yeux pétillants et aux lèvres brillantes.

Mais elle retira son bras, avala de nouveau sa salive, et Pete vit naître de la dureté dans ses yeux. Elle le regarda alors, avec une lueur de reconnaissance puis de colère. Ses joues s'empourprèrent.

Gina intervint avant qu'il ait pu prononcer un mot :

— Ruth, chérie, voici M. Wonicke. Il est journaliste. Il est… enfin, il est OK. Je me suis dit que tant qu'à faire qu'ils ne te lâchent pas, autant leur donner quelque chose.

Ruth la fixa un bon moment, puis Pete, de nouveau. Ensuite, elle s'adressa à Gina d'une drôle de voix aiguë :

— Voulez-vous entrer tous les deux ? Ma mère est de passage. Allez dans la cuisine. Je ne serai pas longue.

Il suivit ses talons qui cliquetaient dans le couloir, jusqu'à ce qu'elle disparaisse au coin. Il entendit une porte se refermer, et il rejoignit Gina dans la cuisine.

Les deux femmes avaient été installées autour de la table de la cuisine, une cafetière au milieu. Quelqu'un avait récuré la table – un vieux formica décoloré, éraflé, portant les traces de coloriages et de rayures de fourchette – posé un dessous-de-plat pour la cafetière et un set de table pour deux mugs assortis. Le sol reluisait et la pièce sentait l'eau de Javel et le citron artificiel. Le carrelage au-dessus de la cuisinière, jaune avec un motif de cerises passé, avait récemment été nettoyé, les traces encore visibles dans la lumière trop éclatante. Des assiettes séchaient sur un torchon sur le plan de travail, attendant d'être rangées.

Pete mit un moment à comprendre ce qui le troublait. Les photos que Devlin lui avait données montraient la cuisine mal tenue et encombrée : des jouets jonchaient le sol, du linge était empilé sur les chaises, des bols de céréales posés près de l'évier, des dessins d'enfants punaisés au mur. Ici, tout ce qu'il y avait de personnel avait disparu. Toute trace des enfants, du fait que l'endroit avait abrité une famille et non une femme célibataire : il n'y avait plus rien.

La mère de Ruth, assise toute droite à la table, ne dit pas un mot, même pour les inviter à s'asseoir. Gina s'installa néanmoins, et fit signe à Pete de faire de même.

Lorsqu'il leva les yeux, la mère le fixait d'un regard froid, les lèvres minces. Il lui rendit son regard, se racla la gorge.

— Madame ? Je suis…

Des pas s'élevèrent derrière lui, et la mère lança par-dessus son épaule :

— Va chercher deux autres tasses, Ruth. Tu ne vois pas qu'on a de la compagnie ?

Sa voix était aussi dure que tout le reste. Il songea brusquement à sa propre mère, à la façon dont les yeux inquiets de celle-ci cherchaient les siens pour qu'il la rassure, à son sourire timide et doux, et un regret égoïste lui serra la gorge.

Ruth pénétra dans la cuisine, déposa deux tasses supplémentaires. Elle s'était remis de la poudre et une nouvelle couche de rouge à lèvres, et elle s'était coiffée.

La mère versa le café et ils burent en silence, jusqu'à ce que Gina finisse par se racler la gorge. Tous les regards se tournèrent vers elle, et elle tendit la main pour la poser sur celle de Ruth.

— Je me suis dit… Je me suis demandé si cela ne te ferait pas du bien de parler. Une fois que tu leur auras accordé une interview, peut-être qu'ils te laisseront tranquille.

Ils ne la laisseraient pas tranquille, pas avant qu'il y ait un procès et une condamnation, ou qu'il n'advienne quelque chose de pire, qui ferait passer le meurtre de deux enfants à l'arrière-plan, mais Pete préféra ne pas les détromper. Il posa sa tasse et sortit son stylo, formula les questions qu'il savait nécessaires.

— Parlez-moi des enfants, madame Malone. Retracez-moi le dernier jour que vous ayez passé ensemble.

— Nous sommes allés pique-niquer à Kissena Park, expliqua-t-elle d'une voix rauque. Nous sommes repartis à quatre heures. Je devais discuter un peu plus tard avec mon avocat, à propos du dossier de garde.

Tandis qu'elle relatait ce qu'elle avait déjà relaté une douzaine de fois, qu'elle avalait de fréquentes gorgées de café brûlant pour dissiper la boule dans sa gorge, il s'efforça de se montrer professionnel. Compatissant.

— J'ai préparé le dîner. Du veau et des haricots verts.

Mais les pensées de Pete étaient imprégnées de Ruth, et pas de l'histoire. Dénaturées par la conscience aiguë qu'il avait d'elle en permanence. Du moindre de ses mouvements. De la forme de sa bouche.

— Que croyez-vous qu'il se soit passé, madame Malone ? lui demanda-t-il, et il la vit refouler ses larmes en clignant des yeux.

Elle alluma une nouvelle cigarette et tenta d'empêcher sa voix de trembler.

— Je crois qu'il doit s'agir d'un fou. Un homme qui cherchait une occasion de faire du mal à des enfants. Une sorte de… *une brute.*

— Et que pense la police ? Ils vous l'ont dit ?

— Ils… Ils ne savent pas. Ils n'ont pas l'air d'avoir de véritable piste.

Il contempla les cernes sous ses yeux, que le maquillage ne dissimulait pas tout à fait. Ses joues creuses, ses ongles rongés, la façon dont elle était incapable de le regarder lorsqu'elle parlait des enfants.

Il lui semblait la voir aujourd'hui sous un angle différent. Quoi qu'il puisse se passer maintenant – que Devlin procède ou pas à une arrestation, qu'ils obtiennent ou pas une condamnation –, comment tout cela pourrait-il jamais prendre fin pour elle ? Elle ne serait certainement plus jamais la même femme. Elle ne pourrait plus jamais s'asseoir au soleil pour le simple plaisir de se réchauffer, entrer dans un magasin et choisir une robe simplement parce qu'elle était jolie. Personne ne pourrait jamais la regarder sans se souvenir.

Jamais elle n'échapperait à tout ceci.

Une demi-heure plus tard, ils avaient regagné le couloir, la porte fermement close derrière eux.

Pete inspira profondément, puis découvrit Gina qui le regardait, bras croisés.

— Dur, n'est-ce pas ? De la voir comme ça. De voir ce que le chagrin lui a fait. C'est ce que vous ne voyez pas, vous et les autres qui vous ressemblent, les hommes qui ne la connaissent pas. Je voulais que vous soyez témoin. Je voulais que vous le ressentiez par vous-même.

Il inspira de nouveau.

— Je suis désolé.

Elle acquiesça, impassible.

— Je sais. Si je ne vous croyais pas, je ne vous aurais pas emmené là-bas. Mais il ne suffisait pas de vous excuser. Vous deviez le ressentir. Et maintenant, c'est fait.

Elle lui indiqua l'escalier en lançant :

— Venez.

Et elle se mit à monter les marches.

Lorsqu'elle ouvrit la porte de son appartement, elle surprit de nouveau Pete. À quoi s'était-il attendu : des couleurs criardes, peut-être ? Du désordre ? Des bouteilles partout ? Mais c'était très différent. Un peu dépouillé, et le canapé défoncé, mais chaleureux. Tout était propre, briqué, il y avait des plantes sur les étagères, quelques tableaux. Deux minuscules figurines en porcelaine.

Il s'aperçut qu'elle l'observait, toujours bras croisés.

— Vous êtes surpris ?

— Je suis juste… Pardon. Je ne vous connais même pas, et je me suis fait des idées…

Elle pencha la tête sur le côté en attendant qu'il achève sa phrase. Il se sentit encore plus bête.

— Je n'avais pas le droit de présumer de quoi que ce soit. Pardonnez-moi.

Quelque chose changea alors chez elle : son air renfrogné se dissipa et elle esquissa un sourire. Avec un hochement de tête, elle se dirigea vers la cuisine.

Elle prépara du café, apporta une bouteille de whisky et deux verres jusqu'au canapé. Pete mourait d'envie d'un verre d'alcool, mais il secoua la tête lorsqu'elle le lui offrit, puis haussa les épaules lorsqu'elle tendit la bouteille au-dessus de sa tasse de café. Il pressentait qu'il aurait besoin d'autre chose qu'un peu plus de caféine quand il écouterait ce qu'elle avait à lui dire.

Elle versa une giclée d'alcool dans sa tasse, se servit un grand verre, et s'écroula sur le canapé.

— Bon Dieu ! Quelle saleté de merdier.

Il contempla la tasse qu'il tenait entre ses mains, regrettant de ne trouver aucun commentaire à faire.

— Vous étiez amie avec Ruth depuis longtemps ?

— Je *suis*.

Il la regarda.

— Elle est toujours mon amie.

Il acquiesça.

— Alors ? Vous la connaissez depuis longtemps ?

Elle fixa le fond de son verre.

— J'ai fait sa connaissance – à elle et à eux tous – la semaine où ils ont emménagé ici. Il y a deux ans.

Et brusquement, sa curiosité fut éveillée, telle qu'elle aurait dû l'être depuis le début. Il voulait savoir à quoi elle ressemblait, à quelle sorte de femme cette chose effroyable pouvait arriver. Il était bien conscient que Ruth Malone demeurait logiquement la même que trois mois auparavant, avec simplement une couche de chagrin et d'horreur par-dessus – mais lorsque la tragédie frappe quelqu'un, on a toujours tendance à imaginer que c'est parce qu'il est différent. Spécial. Qu'il y a quelque chose en lui qui en fait le genre d'individu à qui arrivent des choses terribles. Parce que l'alternative – que des choses terribles arrivent à n'importe qui, n'importe quand – est impensable.

Il voulait savoir ce qui faisait de Ruth Malone le genre de personne dont les enfants pouvaient être assassinés.

Il demanda donc à Gina :

— Comment était-elle – Mme Malone – avant ces événements ? À quoi ressemblait-elle ?

Elle soupira.

— Pourquoi ? Vous voulez enfin écrire quelque chose de réel à son propos ? Cette fois-ci, vous allez écrire la vérité ?

Il se vit alors clairement à travers les yeux de Gina, et il eut honte de s'être laissé manipuler par Friedmann et par Devlin, de s'être laissé convaincre d'écrire l'histoire qu'ils voulaient, *eux*.

Il leva le menton et affronta son regard.

— Je suis là pour ça. Pour écrire la vérité.

12

Gina remplit leurs tasses une seconde fois, alluma une cigarette et entama son récit. Au fur et à mesure qu'elle parlait, elle se détendait, son débit ralentit et son ton s'adoucit. On aurait presque dit qu'elle se parlait à elle-même.

C'était à peu près une semaine après la fête du Travail. J'étais ici, assise sur le rebord de la fenêtre en train de fumer une cigarette en contemplant la rue. Je passais le temps avant d'aller travailler.

L'atmosphère était calme, je m'en souviens. Le temps chaud. Et j'ai vu la voiture tourner dans la rue. Il y avait derrière une remorque de déménagement.

La voiture s'est garée, et ils sont tous descendus. Frank et un autre type – je crois qu'il s'appelle Ed, ou Eddie, peut-être – Ruth, les enfants.

Ils sont tous sortis et les hommes sont allés à l'arrière pour commencer à déballer. Ruth est restée là debout une minute. Je me souviens que les enfants la tiraient, criaient, mais elle se contentait de les ignorer. Elle était… quelquefois, elle part je ne sais où, là où personne ne peut la suivre. On dirait qu'elle ne vous entend plus, qu'elle ne vous voit plus. Elle est seule.

Enfin, Frank et son copain ont commencé à emporter des trucs à l'intérieur : des cartons, deux tables. Le petit Frankie ressemblait exactement à son père – cheveux bruns, longues jambes, cet air sérieux. On voyait qu'il serait bien charpenté. Qu'il deviendrait peut-être joueur de football.

Mon Dieu.

Cindy le suivait, comme à son habitude. À ce moment-là, elle faisait vraiment ses premiers pas. Une main sur la rampe, pour s'aider à grimper les marches. Je me souviens que Frankie a crié un truc du haut des marches – « Lambine ! » – quelque chose dans ce genre, elle l'a regardé et a fait une grimace. Je me souviens que j'ai pensé, « Oh, oh, il va y avoir des pleurs », mais non, Frankie n'allait pas laisser les choses se passer comme ça. Il est descendu en courant, il lui a pris la main et l'a aidée à monter. Cinq secondes plus tard, elle riait aux éclats.

Ils ne ressemblaient à aucun des gamins que je connaissais. La plupart des garçons de cet âge ne veulent pas s'embarrasser des filles, surtout les petites. Mais Frankie se comportait vraiment très bien avec sa petite sœur.

Puis je les ai entendus courir dans le couloir, jusque dans l'appartement. Je les ai entendus s'époumoner quand leur papa leur a montré leur chambre. Frankie criait qu'il voulait dormir près de la fenêtre.

C'étaient des gamins adorables, mais ce premier jour, ils étaient surexcités. Le bruit a commencé à me taper sur les nerfs, alors j'ai décidé de sortir faire un tour. Je me souviens que je ne trouvais plus mes clés, je suis revenue les chercher dans le salon – et c'est à ce moment-là que j'ai entendu les voix.

J'ai regardé dehors et Ruth – évidemment, je ne savais pas que c'était Ruth, à ce moment-là – était assise sur les marches de l'immeuble voisin. Une cigarette à la main, elle était penchée en arrière, s'abritant les yeux, et juste en face d'elle, il y avait Maria Burke et Carla. Carla Bonelli.

Carla souriait en désignant du doigt sa propre fenêtre. Puis Ruth a parlé. Elle avait une voix de gorge, rauque. J'ai d'abord pensé qu'elle la forçait, mais non. C'était comme ça qu'elle s'exprimait. Ça rend les hommes dingues.

Elle s'est présentée :

— Ruth Malone. Nous sommes au rez-de-chaussée. Mon mari et les enfants sont à l'intérieur.

Maria Burke est la saleté la plus fouineuse du Queens. Elle n'a pas hésité à se retourner pour examiner la voiture, puis a fait un pas de côté pour voir si elle apercevait Frank. Je regardais Ruth, et je l'ai vue observer Maria – elle affichait une espèce de petit sourire, comme si elle avait bien deviné son jeu – et je me suis dit, je m'en souviens : « Ah, celle-ci, elle ne va pas lui rendre la tâche facile… » Moi aussi, ça m'a fait sourire.

Puis Maria a paru comprendre de quoi elle pouvait avoir l'air, elle s'est avancée d'un pas et a tendu la main comme si elle était Jackie Kennedy dans une réception à la Maison-Blanche.

— Je suis Maria Burke, elle s'est présentée. Je vis au numéro 38 avec mon mari et ma fille.

Je ne sais pas comment elle fait, mais elle se débrouille toujours pour faire passer un tas de trucs dans la façon dont elle parle. Elle peut vous débiter le bulletin météo, mais ce qu'on entend, c'est *Je suis Maria Burke, et mon mari gagne plus que le tien.*

Ou bien *On a une voiture plus luxueuse que la tienne*, ou bien *Ma fille est dans une école meilleure que la tienne*. Pauvre gamine. Sally Burke est un amour – elle ne mérite pas d'avoir Maria pour mère. Celle-ci passe son temps, soit à lui beugler de finir ses devoirs, soit à se vanter de ses notes et de ses foutues leçons de piano.

Bref, Ruth s'est contentée de la regarder en tirant une bouffée de sa cigarette. Il était évident que Maria ne savait pas comment réagir à ça. Elle a regardé Carla, Carla la regardait, et aucune des deux n'avait l'air de savoir quel comportement adopter.

On aurait dit que Ruth avait été assise là sur ce perron toute sa vie, à fumer. Elle portait un pantalon corsaire et un chemisier, je crois. Des talons hauts. Elle était bien coiffée, et depuis ma fenêtre, je voyais qu'elle était maquillée. Et Maria et Carla étaient juste dans leurs vieilles robes d'intérieur. Vous avez rencontré Maria ? La nuit, elle met ses bigoudis, puis elle remonte ses cheveux en épingles de la façon dont elle les portait probablement au lycée. Un jour, elle m'a dit que trop de maquillage donnait aux femmes l'air facile. Ça m'a fait rigoler. Au lycée, elle a été reine du bal – elle nous l'a raconté suffisamment souvent – et elle croit que ça en fait une experte en matière de conseils de beauté. Je meurs d'envie de lui dire : « Maria, ma chérie, ça remonte à quinze ans ! », mais j'en entendrais parler jusqu'à la fin de mes jours.

Carla faisait ce qu'elle fait toujours – suivre Maria. Le même genre de robe, le même dessin sur son tablier, et probablement le même foutu rouge à lèvres. Elle ne ressemble en rien à Maria : elle est petite, peut-être un peu trop ronde, avec de magnifiques cheveux bruns épais impossibles à boucler, les sourcils touffus et un grain de beauté qu'elle déteste – mais elle ne prête pas tant que ça attention à son apparence. Tout ce qu'elle veut, c'est que les gens l'aiment. Quand Ruth a jeté son mégot, Carla s'est précipitée avec son paquet, pour lui en offrir une nouvelle.

Maria a alors sorti un Kleenex de sa poche, avec lequel elle a ramassé ce foutu mégot. Je ne l'aurais pas cru si je ne l'avais pas vu de mes propres yeux. Elle a toisé Ruth comme si elle était la reine d'Angleterre et Ruth une domestique ignare, et elle a remarqué : « Nous tenons à garder le quartier propre. À en être fiers. »

Ruth a rougi, mais toujours sans rien dire. J'ai vu sa main glisser pour ajuster son pantalon, mais elle s'est refrénée, et j'aurais voulu l'encourager. Elle n'a pas prononcé un mot, s'est contentée de fumer la cigarette de Carla en les regardant toutes les deux. Maria Burke a probablement pensé qu'elle était impolie et ignorante, et connaissant maintenant Ruth comme je la connais, la chose l'aurait blessée. Mais elle est restée là comme si elle s'en fichait royalement.

Finalement, Carla a dit : « Eh bien, on voulait juste vous saluer. Vous connaissez cette partie du Queens ? » Et quand Ruth a secoué la tête, Carla s'est mise à babiller à propos de l'épicerie et de la bibliothèque ambulante pour enfants. Elle a fait allusion à l'église, puis s'est arrêtée parce qu'elle ne savait pas où cela la menait. Un nouveau petit sourire s'est dessiné sur les traits de Ruth, comme si elle se demandait si elle allait venir ou non à son secours.

Elle s'est un peu adoucie : « Nous sommes catholiques. » Le soulagement s'est peint sur le visage de Carla, qui a alors offert : « Oh, alors l'église est juste à cinq pâtés de maisons d'ici. St Teresa est très... »

Peut-être Ruth a-t-elle pensé qu'elle en avait trop révélé. Elle l'a interrompue : « Nous ne fréquentons pas beaucoup l'église. »

Ça non plus, elles ne savaient pas trop comment y réagir. Elles ont de nouveau échangé un regard, puis Maria lui a lancé un grand sourire faux : « Eh bien, de toute façon, bienvenue ! Le quartier est très agréable. Très calme. Très sûr. Je suis certaine que vous et votre famille y serez très heureux. »

Ruth lui a rendu son sourire : « J'en suis certaine. À présent, je dois rentrer voir la pagaille que Frank a dû flanquer. Merci pour la cigarette », a-t-elle conclu à l'adresse de Carla.

Quand elle s'est levée, j'ai quitté mon appartement, nous nous sommes croisées dans l'entrée et nous avons échangé un signe de tête.

Voilà quelle a été ma première impression de Ruth : elle savait se débrouiller seule. Elle se fichait de l'opinion des autres. Je me trompais sur ces deux points.

Quelques jours plus tard, lorsque je suis rentrée, elle était de nouveau assise sur le perron. Frank allait travailler de nuit, ils avaient donc mangé tôt, et il était en train de lire une histoire aux enfants avant de se coucher.

Je me suis assise à côté d'elle et j'ai sorti une cigarette. Elle m'a donné du feu, je l'ai remerciée, mais nous n'avons pas vraiment parlé pendant un bon moment. Nous écoutions leurs voix – le rythme de celle de Frank qui lisait, les rires des enfants aux passages drôles. Il flottait une odeur de cuisine : de l'ail, des épices, et l'écho d'une radio quelque part. J'entendais Nina Lombardo au téléphone. Il faisait encore chaud, même si le soir commençait à tomber.

C'est drôle que le souvenir m'en revienne maintenant, mais ce jour-là, j'ai pensé à mon père, à qui je n'avais pas pensé depuis des années, parce qu'il m'avait un jour déclaré qu'on allait avoir un été indien, et que je lui avais demandé pourquoi les Indiens avaient deux étés.

Au bout d'un moment, j'ai dit à Ruth : « Vous venez d'emménager ? » Histoire de briser la glace, vous voyez.

« Oui, au rez-de-chaussée », a-t-elle répondu.

Était-ce parce que son mari travaillait dans le coin ? Non, il travaillait à l'aéroport, mais elle était serveuse chez *Callaghan's*, sur Union et 164th. Elle m'a expliqué que leur ancien propriétaire vendait, et qu'ils étaient obligés de déménager, je crois bien. Juste des banalités, pour en savoir un peu plus.

Je lui ai donné mon nom, elle m'a donné le sien, et elle a voulu savoir si je vivais seule, si j'avais des enfants. D'habitude, quand les gens me posent des questions trop personnelles, ça me rend nerveuse, mais avec elle… cela ne me gênait pas, en fait. C'était le genre qui vous fait sentir qu'elle pose des questions parce que ça l'intéresse, pas uniquement pour être indiscrète.

Ensuite, elle m'a demandé si j'habitais ici depuis longtemps, et je lui ai répondu « presque cinq ans ». Je lui ai raconté que quelques-unes des voisines pouvaient… qu'elles papotaient beaucoup. Elle a eu un hochement de tête – je crois qu'elle a compris que je parlais de Maria et Carla. Quand je l'ai un peu mieux connue, j'ai compris qu'elle aussi détestait que les gens fourrent leur nez dans sa vie. Elle détestait ces questions « amicales » sur la façon dont elle élevait ses enfants, sur ce que gagnait son mari.

Ce n'était pas… ce n'est pas une femme ordinaire. Elle se moquait des femmes, par ici. Elle ne s'intéressait pas à ce qui les différenciait : qui entretenait une liaison avec qui, qui était la mère d'un gamin avec des problèmes à l'école. Elle discutait au contraire de tout ce qui les rendait similaires. Comment elles se coiffaient presque toutes de façon identique, portaient leurs vêtements comme un uniforme. Elle les appelait les poupées Barbie. Elle se moquait des grands événements de leurs existences – les séjours au salon de beauté le vendredi après-midi, vous voyez, les samedis soir toujours dans le même restaurant, semaine après semaine, avec les maris et les beaux-parents. Elle ne comprenait pas comment elles pouvaient… se *satisfaire* de ça, je suppose. Elle déteste les habitudes. La médiocrité, la petitesse.

Un jour, elle m'a raconté que Carla, qui avait redécoré son appartement, avait dû choisir entre faire retapisser le canapé ou bien acheter des rideaux neufs. Je revois l'expression de Ruth quand elle a remarqué : « Elle pourrait avoir les deux, si elle savait y faire. » Et elle a ri. Je suppose qu'elle voulait parler des hommes. Les clients lui donnaient de l'argent – dix dollars pour deux verres et prendre un taxi, ou bien cinq pour les toilettes – et elle gardait la monnaie.

Une fois, elle m'a déclaré : « La plupart des gens ont peur de prendre des risques. » Je la revois étendue sur le canapé, les bras étirés au-dessus de la tête, qui ajoutait : « Ils ont peur de mordre dans la vie pour voir quel goût ça a. »

En fait, elle avait deux existences : la journée – les gamins, la lessive, les sandwiches au thon, les albums et tout le reste – et son propre monde de la nuit. Les bars. Les cocktails. Les hommes qui payaient pour ça.

Il y avait toujours beaucoup d'hommes. Mais depuis qu'elle était séparée de Frank, c'était surtout Lou – Lou Gallagher. Et Johnny Salcito.

Johnny, je le connais de vue. Il avait l'habitude d'aller boire chez *Callaghan's*. Il est flic. C'est bizarre, n'est-ce pas ? Petit, frimeur. Je crois qu'au début, quand ils sont sortis ensemble, il y a à peu près un an, elle était impressionnée. Elle s'était séparée de Frank quelques mois auparavant, et Johnny gagnait alors pas mal d'argent. Il pouvait se permettre de la sortir et de la traiter royalement. Mais tout ça, c'était que du flan. La situation a commencé de se dégrader il y a six ou sept mois. Il s'est endetté, il devait de l'argent à des gens. Le genre à qui vous n'avez pas intérêt à devoir de l'argent. Il s'est mis à boire beaucoup trop. Il était plutôt beau garçon, mais ces derniers temps, ce n'est plus ça. Il n'a plus l'air de prendre soin de lui, il a grossi, pris du ventre. Et il est jaloux. Des autres types qu'elle fréquentait, ses amis. De Frank, alors même qu'ils sont séparés.

Et il est violent. Les quelques dernières fois où je l'ai aperçu, il était tellement furieux. Il délirait – à propos de gens qui le surveillaient, qui le suivaient. Il racontait n'importe quoi, il avait l'air cinglé. C'était peut-être à force de picoler.

Lou est tout le contraire de Johnny. Tout baigne, pour lui. Son business marche bien, et on dirait que tout va de mieux en mieux. Il avait l'air de gagner toujours de plus en plus d'argent, il emmenait Ruth dans des endroits de plus en plus chics. Quand la situation a commencé à se détériorer pour Johnny, elle l'a moins fréquenté, et c'est devenu plus sérieux avec Lou. Il s'est acheté un bateau et il l'a emmenée en week-end deux ou trois fois. Mais elle ne pouvait y aller que si elle prenait une baby-sitter. Je lui ai suggéré de laisser les enfants à Frank, qu'il s'en occupe, mais elle m'a répliqué qu'il lui pourrirait la vie s'il savait qu'elle partait avec un autre type.

Vous avez vu Lou ? Ce n'est pas une beauté, mais il a un truc. Sûr de lui, un charmeur. Il respire le fric. Et il sait s'habiller : beaux costumes, belles chaussures.

C'est un taiseux : on pourrait penser qu'avec tout son argent, il serait tapageur, prétentieux – mais non, il n'est pas comme ça. Et même quand Ruth rentrait à quatre ou cinq heures du matin, elle me racontait qu'il était toujours à son bureau à huit heures. Toujours.

Mais il y a un truc chez lui… quand on le connaît un peu mieux, on sent que tout au fond, en dessous, il y a quelque chose qui ne cadre pas avec les belles chemises et les coupes de cheveux à vingt dollars. Et quand on s'en aperçoit… c'est comme quand on trouve un asticot dans une belle pomme bien rouge.

Un soir, j'étais dans un bar à Williamsburg avec Ruth, Lou, et toute une bande. Au printemps. C'était l'anniversaire de Lou, et elle avait fait un gros effort. Elle avait économisé un bon moment pour lui offrir quelque chose de chic. Des boutons de manchettes, peut-être, je ne me souviens pas. Et elle s'était payé une nouvelle robe, s'était fait faire les ongles et coiffer. Tout le tintouin.

La robe était un peu plus courte que ce qu'elle portait d'habitude. Elle n'arrêtait pas de me demander si c'était OK, si elle avait l'air OK, si ce n'était pas trop ajusté. Elle tirait dessus, vous voyez ? Je lui ai dit qu'elle était parfaite. Un putain de canon ! Toute la nuit, les types n'ont pas cessé de la mater. Mais personne ne l'a touchée, personne ne l'a même invitée à danser, parce que c'était la nana de Lou, vous comprenez ? Elle lui appartenait.

Et puis, il s'est passé ce truc. Je parlais à une des filles, Lou n'était pas dans les parages. Peut-être était-il aux toilettes. Ruth est donc restée seule une minute. Ensuite, j'ai entendu quelque chose, et quand je me suis retournée, Lou était de retour. Il se tenait sur le côté avec un autre type, un maigrichon soûl. Tout rouge, les mains levées. Un crétin, qui disait : « Je savais pas, mon vieux. Je savais pas que c'était ta nana. » Et puis Lou lui a dit un truc, tout bas, je n'ai pas pu entendre. Le type a essayé de s'en aller, mais à ce moment-là, Lou lui a balancé un coup de poing dans l'estomac. J'ai entendu le claquement du coup et j'ai vu le crétin se plier en deux. *Seigneur*, je me suis dit, *ça, c'était de trop*. Le type s'était excusé – que voulait-il de plus ? Mais Lou continuait de le fixer, sans le lâcher des yeux, comme si on avait tous disparu autour de lui, vous voyez ? Deux de ses hommes ont ramassé le pauvre type par terre, qui gémissait, incapable de se tenir debout. L'un des deux lui a tiré la tête par les cheveux, Lou s'est avancé et lui a flanqué une raclée.

J'ai grandi dans un quartier difficile, j'ai assisté à pas mal de bagarres, mais jamais rien de ce genre. Le type ne pouvait pas bouger, et encore moins se défendre. J'entends toujours l'impact du poing de Lou. Os contre os. Il lui a cassé la mâchoire, la pommette. Il ne s'est probablement écoulé que quelques minutes, mais ça a paru durer une éternité. Le type crachait du sang, ses dents, l'œil tuméfié. Lou s'est arrêté, ils l'ont laissé tomber, il a vomi et il est resté là par terre, immobile. Lou s'est détourné, a fourré son poing dans le seau à glace, a dit quelque chose et tous ses hommes ont rigolé, comme des putains de brutes. Le type est resté là, et pour finir les serveurs ont dû l'emporter. Lou s'est contenté de laisser cinquante dollars sur la table.

« Pour le dérangement », il a dit.

Il voulait dire pour le nettoyage, pour ne pas avoir appelé les flics.

Dès que j'ai pu lui parler seule à seule, j'ai interrogé Ruth. Bon Dieu, qu'est-ce qui s'était passé, là ? Elle a d'abord refusé de discuter, mais j'ai insisté, elle a fini par vaguement hausser les épaules en disant que oui, peut-être qu'il avait réagi de façon disproportionnée, mais il était jaloux. C'était tout. Je lui ai dit que ça n'allait pas. Que ce n'était pas un type bien. Elle a refusé de m'écouter.

Vous savez quoi ? Je crois que ça lui plaisait. Elle m'a dit une fois que Lou était son prince charmant, et je crois que ça lui plaisait qu'il soit jaloux à ce point. Il était le seul qui lui donnait l'impression d'être vraiment désirée, disait-elle. Le seul dont elle avait l'impression qu'il pouvait vraiment prendre soin d'elle.

Plus d'une heure avait passé, et Pete avait à peine prononcé un mot. Gina se tut et le regarda :

— Je ne sais pas pourquoi je parle autant, monsieur Wonicke.

Il s'efforça de se montrer rassurant.

— Appelez-moi Pete, je vous en prie. Cela m'intéresse. Je veux en apprendre davantage sur elle.

Elle eut un rire nerveux, tâtonna à la recherche du paquet de cigarettes sur la table.

— Je suppose… Personne ne m'a interrogée. Pas vraiment. Pas à propos de Ruth. Uniquement pour savoir si j'avais entendu quelque chose ce soir-là ? Si j'avais une idée sur qui avait pu faire ça ? Personne ne voulait la connaître, savoir à quoi elle ressemblait. À quoi elle ressemble.

Elle se pencha pour allumer une cigarette, rejeta la tête en arrière puis exhala la fumée.

— Vous allez vous servir de ça ? Vous allez l'écrire ?

— Je ne sais pas. J'ignore ce qui pourrait être utile.

Il soupira, contempla sa tasse vide.

— Je ne sais même pas quoi vous demander. Je veux que vous continuiez à parler, parce que j'espère que vous direz quelque chose et que ce sera cela, l'indice que je recherche.

Il releva les yeux :

— Seulement, ça ne se passe pas comme ça, n'est-ce pas ? Il n'y a que dans les films... Alors... pour répondre à votre question, non. Je ne me servirai pas de ce que vous dites, à moins que vous ne me donniez le feu vert.

Elle hocha la tête, se pencha et lui tapota la main. Puis elle se leva, alla refaire du café et sortit une boîte de gâteaux.

— Ils sont probablement rassis, déclara-t-elle.

Il se servit néanmoins pour lui montrer que cela n'avait pas d'importance.

Le nom de Johnny Salcito tracassait Pete, qui ne parvenait pas à se souvenir pourquoi celui-ci lui paraissait familier.

Puis une idée lui traversa l'esprit. Il sortit le paquet de photos, qu'il feuilleta jusqu'à trouver le cliché qu'il avait pris le premier jour, celui de Ruth marchant en direction de la voiture de Devlin, la tête tournée vers la rangée de flics.

Il le lui tendit :

— Vous reconnaissez quelqu'un dans cette brochette ?

Elle le détailla, puis désigna un type au milieu, celui que Ruth semblait regarder.

— Oui, c'est lui. Johnny. Vous avez pris ça le premier jour, n'est-ce pas ? Pauvre Ruth. Cet enfoiré l'emmène voir sa petite fille morte et brusquement, elle voit un type qu'elle connaît, un type qui prétend l'aimer. Seulement, au lieu de prendre soin d'elle, il se révèle qu'il travaille pour ce salopard.

Elle secoua la tête et lui rendit la photo comme si celle-ci était sale.

Pete la rangea dans la liasse, sans cesser de réfléchir. Il y avait un autre détail à propos de Johnny Salcito, un détail important. Ce que lui avait dit Devlin lui revint : Salcito était le type qui avait appelé Ruth à deux heures du matin le jour où les enfants avaient disparu.

De la musique éclata brusquement dehors. Gina se leva et tira les rideaux, étouffant le bruit. Elle alluma la radio.

— L'Exposition universelle, expliqua-t-elle à Pete sans le regarder. C'est le manège. Il est là depuis le début de l'été. Ce jour-là, le jour où les enfants… j'étais installée ici, et la musique jouait en permanence. Je ne peux plus l'écouter.

Elle reprit une cigarette entre ses doigts tremblants, et Pete lui donna du feu.

— Vous comprenez, les enfants n'arrêtaient pas de parler de l'Exposition universelle. Ils voulaient y aller, et Ruth avait promis de les emmener à l'automne. Il ferait plus frais pour rester dehors toute la journée, se promener, et puis ce serait… Leurs anniversaires sont… étaient tous les deux en octobre. Ce devait être leur cadeau d'anniversaire. Et ils n'ont jamais pu y aller. Jamais…

Les larmes lui montèrent aux yeux, et elle demeura là, le regard dans le vide, plongée dans ses souvenirs.

— Mon Dieu. Ruth est obligée d'entendre ça tous les jours. Et Noël… je m'inquiète en permanence pour ce foutu Noël. Les magasins, les décorations, les illuminations. Les gamins dans la rue et dans les magasins, en train de parler du Père Noël et des cadeaux. Seigneur. Vous imaginez ? Je n'arrête pas d'y penser – tous ces rappels de l'approche de Noël, en permanence, et jamais… jamais plus ils ne connaîtront de Noël.

Elle renifla en secouant la tête et le regarda. Pete laissa échapper la première question qui lui venait à l'esprit.

— Comment êtes-vous devenue amie avec Ruth ?

Gina se leva pour aller chercher un mouchoir en papier et se moucha bruyamment.

— En définitive, cela date du premier soir. Le premier soir où nous avons parlé. Elle m'a demandé si je voulais entrer prendre un verre. Je crois que nous avons été aussi surprises l'une que l'autre par cette invitation, elle qui paraissait tellement discrète. Mais je me suis dit : *Elle me l'a demandé, je devrais y aller*, vous voyez.

« Les enfants étaient déjà couchés – ce n'est pas ce jour-là que j'ai fait leur connaissance. Mais Frank est resté un petit moment. Il ne m'aimait pas.

— Comment vous en êtes-vous aperçue ?

— Il est resté assis dans la cuisine jusqu'à l'heure de partir travailler, et il a monté le son du match à la radio pendant qu'on riait. J'ai demandé à Ruth si je devais m'en aller, si on le gênait. Elle m'a répondu de ne pas prêter attention à lui, que c'était un connard grossier, sans manières. Qu'il n'aimait que les femmes qui ressemblaient à sa mère.

— La mère de Frank ?

— Oui. La femme idéale de Frank, c'est sa foutue mère, m'a-t-elle dit. Des tailleurs pastel, toujours en train de surveiller son poids, et qui passe toutes ses après-midi à Saint-Joseph, à faire reluire les cierges et à s'occuper du père Michael. Ruth la détestait. Elle détestait qu'elle passe du temps avec les enfants, détestait que Frank lui rende visite.

— Pourquoi ?

— La compétition. La compétition pour Frank, pour les enfants. Elle savait que sa mère passerait toujours en premier pour lui. Ça la rendait dingue.

— Elle vous faisait vraiment confiance, n'est-ce pas ? Elle vous disait tout.

Gina eut un haussement d'épaules, mais son sourire laissait entendre qu'elle était ravie. Pete sut qu'il pouvait poser des questions qu'il n'aurait pas osé aborder auparavant.

— C'était une femme jalouse ?

— Non. Pas vraiment. Elle avait simplement un problème avec la mère de Frank. Je veux dire, Johnny est marié, et Lou aussi. Elle s'en fichait, pourvu qu'ils la traitent bien. Mais elle n'avait pas beaucoup d'amies féminines. Aucune dont elle soit vraiment proche. Je pense qu'elle trouvait les hommes plus francs.

— Elle vous aimait bien, pourtant ?

— Oui. Oui, tout à fait. On a passé de bons moments ensemble. Elle disait qu'en ma compagnie elle se sentait comme elle ne s'était pas sentie depuis des années. Comme avant les enfants, avant Frank.

Elle se tut, et Pete but son café refroidi. Il imagina Ruth à l'adolescence : rentrant à l'aube, grimpant par la fenêtre de sa chambre. Il la voyait se pencher dans l'air bleu de la nuit, le cœur battant encore au rythme d'une mélodie distante. Dans l'attente que sa vie commence.

Et puis il se revit à l'âge de quinze ou seize ans, assis à son bureau près de la fenêtre. Ses devoirs terminés, il contemplait des soirées d'été interminables et des pelouses impeccables blanchies par le soleil, s'interrogeant sur d'autres petites villes, des grandes villes, des endroits où il n'irait jamais, des gens qu'il ne rencontrerait jamais. Il se souvenait de ce besoin irrésistible de s'évader. De la peur de ne pas s'en sortir, de se réveiller à quarante ans pour se retrouver avec un boulot à l'usine et une femme à qui il n'avait rien à dire.

Il avait entretenu la flamme de cette peur jusqu'à ce qu'elle se transforme en un brasier qui l'avait conduit à prendre des cours supplémentaires, à essuyer des dizaines de lettres de refus, à une scène avec ses parents : les larmes de sa mère, la déception de son père, dont la colère dissimulait la douleur. En définitive, elle l'avait conduit à monter dans un Greyhound pour quitter l'Iowa.

Ruth et lui n'étaient peut-être pas si différents que cela.

Une voix à la radio annonça les informations de treize heures. Gina se leva, éteignit le poste et mit un disque. Une mélodie douce avec des guitares. Elle baissa le son, puis revint s'asseoir et alluma une cigarette. Se versa un autre verre, tout en accompagnant le rythme de la musique de la tête.

— Un jour, reprit-elle, alors que nous nous connaissions depuis un moment, Ruth m'a demandé : « Que voulais-tu faire quand tu serais grande ? »

Elle eut un sourire.

— Personne ne m'avait posé cette question depuis bien longtemps. Bien avant que quiconque ait pu se dire que j'avais le choix. Enfin, je lui ai répondu : « Je voulais simplement me marier et avoir des enfants. Comme tout le monde. Comme toi. » Elle m'a regardée, et j'ai bien vu ce qu'elle pensait. Moi, avec mes vêtements bon marché, ma mauvaise teinture et mon gros cul. C'est ce que tout le monde voit.

Pete ouvrit la bouche, mais elle l'interrompit d'un geste :

— Ne vous en faites pas. Vous n'avez pas à être poli, Pete. Je sais qui je suis. Je fais semblant de m'en fiche, et la plupart du temps, c'est vrai. Mais il fut un temps où je désirais tout ce que désirent les petites filles. Le prince charmant, le mariage de conte de fées, la fin heureuse.

Elle vida son verre, le reposa, et s'en servit un autre.

— Aujourd'hui, j'ai davantage de jugeote. Les hommes ne veulent pas m'épouser, ni me faire des enfants. Ils veulent bien boire avec moi, s'amuser un peu avec moi. Mais je ne suis pas le genre de femmes que les hommes épousent. Ils prennent du bon temps, puis retournent à leurs femmes. Ou bien ils me laissent tomber pour quelqu'un d'un peu plus jeune, d'un peu plus mince.

« Si vous voulez mon avis, moi je dis que l'amour, c'est pour les imbéciles. Que je ne crois pas au "happy end". Cela dit – et je vous raconte ça parce que vous êtes là, parce que je suis bien partie pour être plus soûle que je ne l'ai jamais été depuis des années, et parce que je ne suis pas d'humeur à mentir, pas aujourd'hui –, j'ai sous mon lit un carton plein de romans sentimentaux. Et à peu près une fois par mois, je vais voir un film au *Dominion* – un de ces trucs avec Bette Davis, où le vilain petit canard se transforme en cygne, trouve l'homme de sa vie, et ils vivent heureux jusqu'à la fin de leurs jours. Tout au fond de moi-même, c'est ce que j'ai toujours voulu.

Elle cligna des yeux.

— Je n'ai pas vraiment obtenu ce que je voulais, n'est-ce pas ?

Sa franchise le rendit téméraire :

— Cela vous ennuie ?

Elle haussa les épaules.

— À dire la vérité… oui. Quelquefois. Quelquefois, ça m'ennuie. La nuit, quand je suis seule. Quand je sais que Mick sort avec une autre, quand Paulie ne me retourne pas mes appels.

— Je vais vous dire quelque chose que je n'ai jamais dit à personne. Même pas à Ruth. Au printemps de l'année dernière, je suis passée devant sa fenêtre. Frank vivait toujours là. Il devait être à peu près six heures. Ruth était en train de servir le dîner, et j'allais retrouver un type dans un bar. Cette semaine-là, j'étais fauchée. Je me souviens d'avoir espéré qu'il me donnerait au moins de quoi payer le taxi pour rentrer. Je me suis arrêtée pour allumer une cigarette, et j'ai entendu Ruth parler de quelque chose de normal – les nouvelles chaussures de Frankie, ou bien les soldes de linge chez Gertz – un truc *normal*, vous voyez ? Frank la regardait – et il y avait quelque chose dans la façon dont il la regardait. Comme s'il ne pouvait pas s'en rassasier.

« Puis elle a donné leurs assiettes aux enfants, elle a embrassé le sommet de la tête de Cindy, je l'ai vue fourrer son nez dans ses cheveux, l'espace d'un instant, et elle a inspiré son parfum.

Cette fois-ci, elle ne refoula pas ses larmes.

— Ruth n'a jamais su à quel point elle avait de la chance. Pour elle, ce n'était qu'un mardi comme les autres. Pour moi, c'était tout ce qu'elle avait et pas moi : un type qui la vénérait, deux enfants magnifiques. Une famille.

Gina souffla et reprit la bouteille.

— Mince… Vous êtes sûr que vous ne voulez pas un verre ?

Cette fois-ci, il haussa les épaules, prit l'autre verre, attendit qu'elle l'ait rempli, puis trinqua avec elle.

— Avez-vous jamais posé à Ruth la même question ?

— Hein ?

— Lui avez-vous jamais demandé ce qu'elle voulait devenir en grandissant ?

Gina sourit.

— Oh, oui ! Vous savez ce qu'elle a répondu ? « Je n'ai jamais voulu la même chose que toi – le mariage, les enfants et tout ça. Je voulais simplement être spéciale. »

Elle vida son verre, passa son doigt sur le pourtour.

— On peut dire que maintenant, elle a eu ce qu'elle voulait, non ? Tout le monde la connaît dans le Queens.

Le temps s'écoula. Ils parlèrent des enfants, puis Pete demanda :

— Pourquoi Ruth et Frank se sont-ils séparés ?

Un autre haussement d'épaules. Gina alluma une nouvelle cigarette.

— Aux yeux de Ruth, Frank, c'était le passé. À l'école, il représentait le meilleur de ce qu'elle pouvait espérer. Et puis, je suppose que se marier aussi jeune impliquait qu'elle pouvait partir de chez elle. Quitter sa mère. Son père est mort quand elle avait seize ans – vous saviez ça ? Elle l'adorait. De ce qu'elle m'en a dit, c'était un vrai papa à sa fifille. Mais après ça… eh bien, sa mère et elle ne se sont jamais entendues. Elle voulait se tirer, et Frank était son billet de sortie. Mais lorsque je l'ai rencontrée, tout ça était loin derrière elle.

« Le problème, Pete, c'est que Ruth est différente. Elle est jolie, évidemment, mais elle a autre chose. Les hommes la désirent. Certains sont prêts à faire n'importe quoi pour elle. Elle aurait pu avoir n'importe quel type, mais elle ne l'a su que lorsqu'il était trop tard, alors qu'elle était déjà mariée à un mécanicien avec deux gamins, et un boulot merdique dans un bar merdique.

Elle se frotta les yeux.

— Je ne suis pas sûre que Frank ait jamais compris tout ça. Ou bien, si. Il a toujours été jaloux des autres types.

Elle poursuivit :

— Un soir, je lui ai demandé : « Tu n'as jamais tout bonnement pensé à lui laisser les enfants ? À abandonner toute cette histoire de garde ? »

Pete reposa son verre avec précaution.

— Qu'a-t-elle répondu ?

— Elle m'est tombée dessus comme la misère sur le pauvre monde. Comment est-ce que je pouvais même lui poser la question ? Furax ! « Hé, je ne fais que demander, j'ai protesté. Je ne dis pas que tu devrais le faire. Je te demande juste si tu y as jamais pensé. » À ce moment-là, elle s'est un petit peu calmée, et m'a répondu : « Ce sont mes enfants. Je suis leur mère. » Point final. Le sujet était clos.

« Je crois qu'elle ne supportait pas l'idée de laisser Frank l'emporter. Elle s'était tellement battue de toutes ses forces pour la moindre petite chose, elle se sentait un peu… Elle n'allait pas le laisser gagner la guerre. Elle disait que de toute façon Frank était un père minable. Qu'il arrivait à peine à s'occuper de sa propre personne. À plusieurs reprises, elle m'a dit que, s'il avait les gamins pour quelques semaines, il leur filerait de la pizza trois jours d'affilée quand il toucherait sa paie, puis de la crème de maïs pleine de flotte en attendant la prochaine.

« Et puis, il y a autre chose. Elle ne l'a jamais formulé comme ça, directement, mais je crois qu'elle s'inquiétait de ce que diraient les gens si elle laissait Frank obtenir la garde des enfants. Si elle se contentait de prendre ses cliques et ses claques. Elle savait que toutes les femmes du Queens la jugeraient sévèrement. La détesteraient pour ça. Et tout au fond, ce que les gens pensent d'elle lui importe. Je lui disais souvent qu'elle y prêtait trop d'attention.

Pete patienta. Il devait y avoir une raison pour qu'elle lui raconte tout ça.

— Enfin, quand même, je pense qu'elle y avait réfléchi. Les enfants étaient tout ce qui se dressait entre elle et la vie qu'elle désirait. Elle n'aurait jamais renoncé aux enfants, mais il est sûr et certain qu'elle y pensait. Elle se mettait à discuter avec un type au boulot, un client qui lui prêtait particulièrement attention – ou bien elle revenait d'un de ces week-ends avec Lou, et elle parlait de ce que ce serait d'avoir un mari riche. Un type avec des briquets en or et des boutons de manchettes, une grosse voiture rutilante, qui pouvait vous emmener en Californie d'un coup d'avion quand l'envie lui en prenait. Une fois, elle m'a raconté – Cindy avait une gastro, Frank n'avait pas envoyé de chèque ce mois-là, elle était vraiment au trente-sixième dessous –, elle m'a raconté qu'elle rêvait de se réveiller avec un placard regorgeant de nouveaux vêtements et de se mettre les pieds sous la table tous les soirs pour se faire servir à dîner. Elle ne se serait jamais remise avec Frank, pas une fois qu'elle avait goûté à ce qui se trouvait là- dehors.

« Je crois qu'elle mourait vraiment d'envie d'avoir ces choses. J'espère qu'un jour elle les aura. Je l'espère vraiment.

Quelle force pouvait exercer l'attraction de cette nouvelle vie ? se demanda Pete. *Quelle était l'ampleur de la tentation ?*

Lorsque les enfants dormaient et que Gina venait la rejoindre avec une bouteille, elle pouvait en avoir un aperçu. Ou bien lorsqu'elle avait récolté assez de pourboires en une semaine pour les laisser avec une baby-sitter et aller au cinéma l'après-midi, demeurer assise dans le noir à regarder des femmes exactement comme elle provoquer l'amour des hommes.

Mais ensuite, elle devait rentrer à la maison, flanquer les enfants devant la télévision, trouver quelque chose à manger.

Il repensa aux photos de l'appartement que lui avait données Devlin. Les assiettes sales dans la cuisine, les gribouillages au crayon de couleur sur les murs. Les vêtements des enfants sur le canapé, les jouets par terre, la tentative de ranger le salon en empilant les choses dans les coins : les dessins des enfants, leurs livres, les chaussettes dépareillées.

Et puis, il revit les photos de la chambre de Ruth. Le placard ouvert où étaient suspendus ses vêtements, en une rangée de couleurs pastel bien repassées. Les tiroirs où sa lingerie et ses chemises de nuit étaient soigneusement pliées. Les meubles bien cirés, la moquette bien aspirée. Tout méticuleusement rangé.

13

Ruth était allongée sur le canapé, biberonnant une bouteille de whisky. Un disque de Gene Pitney sur le tourne-disque, en mode répétition. Elle ne supportait plus le silence. Elle fredonnait doucement en même temps tout en remplissant son verre, levait la tête et vidait celui-ci avant de le remplir de nouveau.

Elle buvait pour se soûler. Le mois d'octobre touchait à sa fin, et les anniversaires des enfants étaient passés. Elle avait projeté de prétendre que le 17 et le 24 étaient des jours comme les autres, de les remplir de bars, de bourbon et d'hommes, sans penser une seule seconde aux dates. Mais sa mère avait appelé et insisté pour qu'elles les observent ensemble. C'était le mot qu'elle avait employé : *observer*. Comme s'il s'agissait de fêtes religieuses destinées à la dévotion.

Ruth avait cédé, mais plus jamais elle ne voulait passer une semaine comme celle-là. Rien d'autre que les deux femmes et le tic-tac de la pendule. Des visites quotidiennes à l'église, des repas trop cuits que personne ne voulait manger, et tous les non-dits pesants comme du plomb dans une pièce surchauffée.

Plus jamais ça.

La sonnerie du téléphone retentit. Elle leva son verre plein devant elle tout en tendant la main derrière la tête pour répondre. Elle flanqua l'appareil par terre, roula du canapé et renversa son verre sur son chemisier.

La voix de Frank s'éleva légèrement du sol :

— Ruth ? Tu es là, chérie ?

Elle sonnait bizarrement, comme s'il se trouvait à des kilomètres de là. Ruth tâtonna à la recherche du combiné. Mais dès qu'elle perçut distinctement sa voix, son ton un peu nerveux, elle comprit la raison de son appel et elle dessoûla très vite.

Elle y avait déjà pensé, bien évidemment. Pas tant ce côté-là des choses – Frank n'avait rien d'extraordinaire au lit, mais il était prévenant et… Eh bien, elle était à l'aise avec lui, ce qui avait de l'importance – mais plutôt tout le reste. Dîner ensemble tous les soirs avant que Frank ne parte travailler ou sorte prendre quelques bières avec ses copains. Les samedis soir sur le canapé, à fumer, regarder la télévision. Ou bien une séance de cinéma au *Trylon*, et un hot-dog chacun si c'était jour de paie.

À une époque, rien que l'idée de ces routines, les habitudes de Frank – sa façon de plier son pantalon avant d'empiler soigneusement ses pièces de monnaie sur la commode, sa façon de se tourner vers elle la nuit en lui soufflant : « Salut, bébé » –, tout cela l'avait petit à petit acculée contre le mur, jusqu'à se sentir piégée.

Maintenant que les enfants n'étaient plus là, pourtant, la situation était différente. Tout avait changé. Y compris elle. Peut-être avait-elle besoin d'un peu de routine, d'un peu de bonté.

Aussi accepta-t-elle lorsque Frank proposa de dîner ensemble le lendemain soir. Et lorsqu'en rentrant il arrêta la voiture devant l'immeuble et se retourna vers elle, le visage à contre-jour sous la lueur dorée du réverbère, elle sentit l'effet exaltant du vin et du cognac qu'elle avait bu durant le repas, effleura doucement son visage et l'invita à la rejoindre. Elle alla même jusqu'à lui jouer le fantasme de la femme pudique, dont il lui avait clairement démontré que c'était celle qu'il voulait : elle demeura assise jambes croisées, le dos droit, les yeux élargis plutôt que les paupières tombantes, lèvres entrouvertes en un doux sourire plutôt qu'en une moue séduisante.

Elle connaissait Frank : elle était toujours sa femme, pour l'essentiel. Elle serait toujours sa femme, et elle n'avait pas besoin de le séduire.

Aussi se contenta-t-elle de le regarder dans les yeux une demi-seconde de trop, et il se pencha. Elle sentit la texture familière de sa bouche, l'odeur de ses cigarettes et du savon qu'il utilisait, la force familière de ses bras autour d'elle, et éprouva quelque chose qui ressemblait à un soulagement lorsqu'il la souleva et l'emporta au lit.

Il se montra aussi doux qu'il l'avait toujours été, elle l'étreignit contre elle, émit les gémissements bruyants qui lui faisaient plaisir, et ensuite, ils s'endormirent.

Après le départ de Frank le lendemain matin, elle sommeilla encore un peu, puis alla s'allonger sur le canapé. Voilà ce qu'il voulait. Voilà ce que voulait sa mère. Voilà ce que Frankie et Cindy auraient voulu. Papa et maman de nouveau ensemble. Elle s'efforça de penser à ce qu'elle voulait, elle, ce qui lui fit monter les larmes aux yeux et venir la migraine. Alors, elle alluma une autre cigarette, ramassa un magazine et cessa de penser.

Plus tard, à la nuit tombante, des cris d'enfants retentirent dans la rue. Elle ouvrit une bouteille, ingurgita quatre verres les uns après les autres jusqu'à ne plus entendre le bruit dehors, puis mit la radio. Deux verres de plus, elle monta encore la musique et commença à danser.

La tête rejetée en arrière, elle contempla son reflet dans la fenêtre obscurcie : épaules élancées, bras blancs, longs doigts semblables à des herbes ondulantes, sa chevelure un tourbillon d'or et de roux. Elle s'étirait, se déhanchait, tournoyait, ignorait les coups frappés à la porte, la sonnerie du téléphone. But davantage et dansa jusqu'à ce que le monde se réduise à une tache de couleur floue qui dansait avec elle. Les couleurs, la lumière, l'étroit ruban de ciel au-dessus des immeubles tout noirs tourbillonnaient plus vite, de plus en plus vite, jusqu'à ce que Ruth, épuisée, s'effondre sur le dossier du canapé et reste là à rire, les jambes en l'air, tandis que le rythme résonnait dans son corps tout entier.

Étendue, la tête tournée pour regarder le soleil plonger derrière les toits de l'autre côté de la rue et les premières étoiles faire leur apparition, elle remarqua alors seulement les lumières, les voitures et les ombres dehors. Et pendant qu'elle regardait, une autre voiture arriva, longue, élancée, brillante. La portière s'ouvrit et Devlin en descendit, le profil illuminé par un lampadaire.

Haletante, Ruth resta là, la jupe remontée sur les hanches et les cheveux dans la figure. Elle était probablement invisible, dans le secret de cette obscurité, mais il lui sembla néanmoins que leurs regards se croisaient dans cette zone crépusculaire. L'espace d'un instant, ce fut comme s'ils étaient aussi proches que des amants.

Sa conversation avec Gina occupa l'esprit de Pete pendant des jours. Puis un matin, il se réveilla de bonne heure, sachant ce qu'il devait faire. Il s'aspergea le visage d'eau, évitant ses yeux dans la glace. Il avait appris que s'il ne regardait pas à l'intérieur de lui-même, la peur ne pouvait pas s'y insinuer. S'il ne regardait pas, il ne pouvait pas voir ce qu'il redoutait plus que tout : ne pas être à sa place à New York, ne pas être à la hauteur, devoir un jour admettre sa défaite et rentrer en Iowa la queue entre les jambes, prendre un boulot au journal local, et faire semblant tous les jours pour sa mère d'être heureux de son retour à la maison.

En temps normal, quand cette sensation menaçait, il attrapait sa veste, dégringolait l'escalier, refermait la porte derrière lui et s'éloignait d'un pas pressé dans le petit matin. Le temps d'atteindre le *diner* à l'angle de 2nd Avenue et de commander comme d'habitude des pancakes et du sirop d'érable, la sensation se tassait, remplacée par la stupéfaction. Il n'en revenait toujours pas, ne serait-ce que d'être là. De ce que New York ressemblait réellement à tous les films et toutes les publicités qu'il avait vus : des Italiens furieux au volant de taxis jaunes qui changeaient de file sans prévenir ; au coin des rues, des vieillards aux cheveux blancs qui buvaient au goulot de bouteilles enveloppées dans des sacs en papier brun. L'Empire State Building brillait la nuit comme un ange dans les airs et les néons des bars s'étalaient en dessous comme des paillettes.

Aujourd'hui, pourtant, il sentait que les pancakes et la ligne d'horizon de la ville ne suffiraient pas.

Il leva le rasoir vers sa joue, et s'aperçut que ses mains tremblaient. Il reposa le rasoir, respira profondément, se força à croiser son regard dans le miroir. C'était la chose à faire. La chose morale.

Il finit de se raser, s'habilla et se rendit au bureau, la peur au ventre pendant tout ce temps.

Mais il avait dans la bouche le goût acéré de la conviction, qui le porta jusqu'à son bureau. Il s'assit et se mit à taper à la machine.

... Mme Malone était de toute évidence bouleversée lorsque notre journaliste lui a rendu visite. Elle a affirmé à plusieurs reprises qu'elle n'avait aucune idée de la personne qui aurait pu en vouloir à ses enfants ou à elle. Ainsi qu'elle l'a soutenu depuis le début, elle les a couchés à l'heure habituelle, est allée les voir à minuit, et a découvert qu'ils avaient disparu le lendemain matin. Elle n'a rien entendu entre-temps. Ils lui manquent terriblement, comme à n'importe quelle mère aimante. L'appartement est impeccable mais étrangement silencieux, et elle éprouve des difficultés à dormir. Et elle redoute que la personne qui a enlevé ses enfants ne soit toujours en liberté, et que d'autres enfants ne puissent être en danger.

Lorsqu'il eut terminé, il tira les pages de sa machine à écrire, les parcourut en diagonale, puis les porta au bureau de Friedmann. Au téléphone, celui-ci leva un doigt pour lui faire signe de patienter, mais Pete se contenta de poser l'article sur son bureau et descendit au drugstore. Il commanda un soda à la glace et s'assit au comptoir. Et tout en regardant la serveuse faire couler le Coca et laisser tomber la glace dans le verre, il réalisa qu'il se sentait plus serein qu'il ne l'avait été depuis des semaines. Quoi qu'il puisse se passer maintenant, son action lui permettait de se regarder en face.

Le lendemain matin, Pete débarqua dans la salle de rédaction à sept heures. Il prit dans la corbeille les dépêches de la nuit, qu'il entreprit de feuilleter. Du coin de l'œil, il aperçut Friedmann. Il ne l'avait jamais vu arriver aussi tôt.

Le rédacteur lui lança un regard et un signe de tête.

Pete redressa sa cravate et se leva. Inspira et marcha jusqu'au bureau de Friedmann, la tête haute.

Son article se trouvait sur le bureau, barré de rouge. Friedmann le désigna d'un geste.

— Qu'est-ce que c'est que ce bordel ? Je t'ai dit de laisser tomber ça.

Il retira ses lunettes, se pinça l'arête du nez. Lorsqu'il reprit la parole, ce fut d'un ton presque attristé :

— Que t'est-il arrivé, Wonicke ? Tu avais le feu aux tripes. Le potentiel pour devenir un sacré bon journaliste. Et tu me ponds cette merde !

Il s'assit lourdement.

— Cette bonne femme est soupçonnée du meurtre de ses propres enfants. Et tout ce que tu trouves à écrire, c'est qu'elle est triste ?

— Je ne crois pas qu'elle les ait tués.

— Et où sont tes preuves ?

— C'est… compliqué.

— C'est toujours compliqué. Ton boulot consiste… consistait… à rendre les choses simples pour les lecteurs.

— Vous me virez, monsieur Friedmann ?

— Je n'ai pas le choix. Tu es le seul responsable.

Il fixa Pete dans les yeux.

— Tu n'as rien à dire ?

— Simplement que j'ai fait ce qu'il y avait à faire, répliqua Pete en lui rendant son regard. C'est tout, monsieur Friedmann.

Il tourna les talons et sortit. Prit sa veste et quitta le bureau au moment où l'équipe de jour faisait son apparition.

Le lendemain matin, Pete était installé dans un *diner* avec une assiette de pancakes et un verre de lait, le journal ouvert devant lui à la rubrique des offres d'emploi. Sans aucune idée de ce qu'il allait devenir. Il n'avait jamais eu qu'un désir, devenir journaliste à New York.

Cependant, même alors qu'il entourait des annonces de postes de vendeurs ou d'employés au classement, son esprit s'attardait sur Ruth Malone. Il éprouvait le sentiment d'en être arrivé à la moitié d'un livre dont il voulait connaître la fin. Il demanda à la serveuse un annuaire et de la monnaie pour le téléphone, puis chercha les noms que Gina avait mentionnés, et passa quelques coups de fil. Aucun des deux ne voulait parler : Johnny Salcito lui raccrocha au nez, et il ne franchit même pas le barrage de la secrétaire de Lou Gallagher.

Il décida d'adopter une autre tactique. Installé dans sa voiture devant le poste de police, il patienta jusqu'à voir sortir le type que Gina avait identifié comme Salcito. Il le suivit sur neufs ou dix pâtés de maisons, jusqu'à une gargote infâme dont la clientèle ne se composait pas de flics. Il s'installa à l'extrémité du bar, et l'observa.

Salcito buvait comme un homme décidé à se soûler : il ne jetait jamais un regard à la télévision, ne levait jamais la tête quand quelqu'un plaisantait ou élevait la voix. Il buvait du *blend* sans interruption, sans glace ni soda, ni aucun plaisir apparent. Il fixait d'un air morne le bar ou les dessous de verre, de temps en temps un journal oublié par quelqu'un. Il desserrait sa cravate, passait un doigt dans son col, s'épongeait le front avec un mouchoir sale. Puis il poussait le verre d'un demi-centimètre, et attendait que le barman le resserve.

Pete scruta les veines violettes de son nez, ses poignets élimés. Les mains de Salcito tremblaient, et ce que Gina lui avait raconté lui revint : c'était là un homme qui devait de l'argent à des gens peu recommandables.

Deux soirs de suite, Pete vit Salcito venir tout droit de son boulot et repartir vers onze heures. Le troisième soir, Pete garda un œil sur la pendule, régla son addition et sortit sur le parking avant le flic. Il vit celui-ci tituber jusqu'à sa voiture, expédiant dans l'air de la nuit des nuages d'haleine blanche. Le vit tâtonner à la recherche de ses clés, les faire tomber sur le sol gelé, se pencher et mettre un moment à se redresser et retrouver son équilibre.

Ils finirent par échouer sur l'autoroute, Salcito se déportant par moments au-delà de la ligne blanche. Pete repensa à Frank, qui était allé chercher Salcito à Huntington. Il semblait bien qu'ils se dirigeaient à présent par là.

Pete s'efforça d'abord de conserver entre eux un écart de deux ou trois voitures, mais l'obscurité ne lui facilitait pas la tâche. Salcito était bien trop bourré pour le remarquer, conclut-il, et il se rapprocha, prenant la sortie en même temps que Salcito et roulant derrière lui à travers les rues de banlieue plongées dans le noir.

Ce trajet en voiture avait quelque chose d'étrangement intime, qui hanta Pete par la suite. Quelque chose dans le silence et les rues vides, la familiarité des pelouses argentées de givre, des palissades illuminées par la lune, des fenêtres obscures. C'était le paysage nocturne de n'importe quelle petite ville d'Amérique. La sensation d'un retour au foyer que Pete et Johnny Salcito étaient les deux seules créatures en vie à percevoir cette nuit-là.

Pete laissa la voiture traverser nonchalamment un carrefour vide, et vit Salcito s'engager dans une allée privée. Une main sur le volant et les yeux sur la route, il le dépassa, tel un type ordinaire rentrant chez lui retrouver sa femme et ses enfants après son boulot. Il nota le numéro de la boîte aux lettres, la forme de l'arbre à l'extrémité de l'allée, et le nom de la rue au coin.

Bonne nuit, mon vieux. Bonne nuit.

Il s'arrêta au carrefour suivant, inscrivit les détails. Ses doigts le démangeaient de décrire la démarche lourde de Salcito, son expression perdue. Mais il se dit qu'il ne le ferait pas parce que ce n'était pas nécessaire. Pas professionnel. Au fond, il se refusait à rendre cet homme humain. Il n'était pas le personnage d'une histoire auquel il fallait s'identifier, mais un témoin ou un complice éventuel, peut-être un assassin.

Donc, les faits, rien que les faits. L'adresse. L'arbre. La boîte aux lettres de travers. Le panneau de l'agence immobilière sur la pelouse voisine.

Une fois Salcito parti travailler le lendemain matin, Pete retourna là-bas muni de ces faits pour identifier la maison. Mais lorsqu'il aborda la rue, il comprit qu'il n'aurait de toute façon eu aucun mal à la retrouver. La pelouse envahie de mauvaises herbes, la boîte aux lettres cassée, les traînées sur les fenêtres et les planches brisées des palissades – tout ceci révélait le type d'homme qui vivait là, et le nom de la rue lui aurait suffi.

Frank lui avait confié que Huntington était le genre d'endroit où on avait envie d'élever une famille, se souvint Pete. Il appela l'agence immobilière du panneau de la maison voisine, et découvrit que les maisons étaient grandes. Quatre ou cinq chambres, destinées à des familles. Des bicyclettes, des balançoires aux arbres et des paniers de basket au-dessus des portes de garage agrémentaient les autres maisons de la rue, mais pas celle-ci. Gina avait mentionné que Salcito était marié, mais Pete était bien certain que, s'il avait pénétré à l'intérieur, il aurait trouvé le dressing de la chambre principale à moitié vide, la moquette portant encore les empreintes de meubles disparus, et les murs les taches pâlies de tableaux évanouis.

Ce soir-là, Pete s'installa sur le tabouret voisin de Salcito, commanda une bière, et se tourna vers lui.

— Hé.

Une nouvelle fois :

— *Hé*.

Salcito leva la tête. Il croisa le regard de Pete dans le miroir au-dessus du bar. Il paraissait épuisé. Vaincu.

— C'est à moi que vous parlez ?

— Et à qui d'autre je pourrais bien parler ?

— Qu'ess-ce… Qu'essce vous voulez ?

— Discuter.

Salcito plissa le front, secoua la tête. Prit son verre.

— Je ne vous connais pas.

— Vous êtes Salcito, n'est-ce pas ?

Le verre retomba lentement sur le bar. Salcito posa les mains sur le rebord du comptoir. Se retourna pour faire face à Pete.

— Et qui le demande ?

— Je m'appelle Wonicke.

— Je vous ai déjà dit, je ne vous connais pas.

Un silence.

— Qui vous envoie ?

— Personne.

— Qui c'est ? Johanssen ? Qui ?

— Personne ne m'a envoyé.

— Cassez-vous et foutez-moi la paix.

Pete regarda ses yeux rougis, ses poings serrés. Déglutit.

— Je suis journaliste, monsieur Salcito.

Les épaules du flic retombèrent légèrement, ses mains se décrispèrent.

— Et ? Je ne fais pas vraiment l'info.

— Je travaille sur l'affaire Malone. Je voudrais parler de Ruth Malone.

— Ah ouais ? Vous n'êtes pas le seul, petit. Je ne cause pas aux journalistes.

Il se détourna, reprit son verre.

— Écoutez, je sais que vous êtes flic. Et je sais que vous aviez une liaison avec Mme Malone.

Cette fois-ci, l'homme fut plus vif. Le verre claqua sur le bar, et Salcito colla son visage à celui de Pete.

— C'est une menace ?

Pete leva les mains, se laissa glisser du tabouret et recula.

— *Non !* Seigneur… est-ce que j'ai l'air menaçant ?

Salcito secoua la tête, marmonna quelque chose. Puis se rassit et reprit son verre.

Pete expira, puis dit :

— Monsieur Salcito, vous voulez peut-être parler à quelqu'un. Donner votre version des choses.

Pas de réponse.

— D'accord. Et si je me contente de vous raconter ce que je sais, et vous me dites où je me trompe ?

Un silence tomba, puis Salcito répondit calmement :

— Pas ici.

Pete le regarda, patienta.

— Je ne veux pas qu'on soit au courant de mes affaires ici. Vous connaissez *Ricky's*, sur 57th Street ?

— Pas de problème.

Il se débrouillerait pour trouver.

— Je vous y retrouve dans une heure. Il y a une salle au fond – le patron me connaît. Dites-lui que vous avez rendez-vous avec Sal.

Lorsque Pete arriva, Salcito se trouvait déjà là, à une table branlante avec une bouteille et deux verres.

Il fit signe à Pete de s'asseoir, grimaça lorsque celui-ci écarta les verres pour poser son magnétophone et ses calepins.

— Vous ne buvez pas avec moi ?

— Je travaille.

Salcito ouvrit la bouche, puis haussa les épaules.

— D'accord. Commençons par le commencement. Je sais que vous aviez une liaison avec Ruth depuis plusieurs mois, peut-être même davantage.

— Rusty. On l'appelait Rusty[1], à cause de ses cheveux.

— Je suppose que vous l'avez rencontrée par votre boulot.

1. De *rust*, « rouille ».

Salcito eut un rire.

— Qu'est-ce qu'il y a de drôle ?

— Vous avez raison, et tort. Surtout tort. (Il poussa un soupir.) J'ai reçu un coup de fil. Il y a deux ans, peut-être un peu moins. Un type que je connais se trouvait un soir dans un bar avec quelques filles. Je travaillais de nuit. Il a appelé au poste vers onze heures, en me disant de venir les rejoindre.

Le regard perdu sur la table, son esprit vagabondait ailleurs.

— J'étais dans la salle de la brigade. À faire de la paperasse en buvant un café. C'est l'essentiel de mon boulot. De la putain de paperasse et du café.

Son élocution devenait pâteuse.

— Donc, le téléphone a sonné, c'était Meyer. Il a quitté la police à l'hiver 62, quand son père est mort et… Enfin, je suppose que ça ne vous intéresse pas. Mais il continuait de sortir avec nous une fois de temps en temps, à boire dans les bars de flics.

Il se tut.

— Et il a appelé ce soir-là ? interrogea Pete.

Salcito acquiesça.

— Je viens de penser que ce n'était même pas moi qu'il appelait. Il voulait savoir qui se trouvait dans les parages, et cherchait quelqu'un pour boire un verre. Il se fichait qui, il voulait juste montrer à l'un d'entre nous le genre de fille qu'il pouvait se payer. Meyer, il a hérité d'un peu de fric quand son père est mort. Ça l'a changé. Il aimait bien l'exhiber devant les autres, vous en flanquer plein la vue. Il appelait n'importe qui, pas spécialement moi. Seigneur, si je n'avais pas… Enfin, j'y suis allé, conclut-il après une longue lampée de whisky.

Il s'interrompit, eut un haussement d'épaules et but une nouvelle gorgée.

— Il était ivre. Il m'a dit qu'il faisait la bringue chez *McGuire's*. Il voulait que je vienne. Je lui ai dit que je travaillais – il était tellement bourré qu'il ne savait pas qui il avait appelé. J'ai dû lui expliquer qu'il m'avait appelé au boulot. Il m'a dit de venir quand j'aurais fini mon service, et qu'il ne voulait pas entendre parler d'un refus.

« Quand je suis arrivé, Meyer se trouvait sur un des grands canapés incurvés près de la porte. Une fille de chaque côté, et quand il m'a vu apparaître, il les a enlacées toutes les deux en s'appuyant au dossier avec un clin d'œil. Il y avait du champagne dans un seau à glace, deux bouteilles vides sur la table, un bifton de dix pour le pourboire, juste à côté des clés de sa Cadillac. Comme s'il les avait négligemment posées là.

« Il se sape toujours chic, Meyer. Costume de prix, cravate assortie, chemise amidonnée. Mais je me souviens de m'être fait la réflexion qu'il y avait ce soir-là un truc minable chez lui. Son costume était froissé et sa chemise trop tendue sur son estomac, comme s'il avait grossi.

« Il m'a serré la main et m'a présenté à la blonde à côté de lui. Donna. Ou bien Dana, je ne me souviens pas vraiment. Mais c'était l'autre fille, l'amie de Donna, celle qui m'intéressait.

« Elle, c'était quelque chose. Vraiment quelque chose. Meyer et la blonde se vautraient l'un sur l'autre, la fille gloussait et couinait pendant qu'il la tripotait sous la table. Mais Rusty était… différente. Tranquille. Cette nuit-là, nous avons juste parlé. Nous avons discuté, bu le champagne de Meyer, et dansé.

Il vida de nouveau son verre.

— Rusty… même pour danser, elle ne ressemblait pas aux autres femmes – ses mains menaient la danse, puis ses épaules et ses hanches. On aurait dit des rubans blancs dans la nuit.

Le silence retomba, sans que Pete sache comment le briser. Enfin, Salcito soupira et conclut :

— Ce premier soir, c'était plié. J'étais… je ne sais pas, comme ensorcelé. (Il eut un rire.) Bon Dieu, écoutez-moi ça. Évidemment, que je voulais la baiser, mais quelque part… Je voulais juste la voir évoluer. La voir agir. Il m'a fallu quatre jours pour trouver le courage de l'appeler. Je me rappelle avoir pensé qu'elle ne se souvenait peut-être même pas de moi.

« Mais si. Elle a eu l'air contente que je l'appelle. Je l'ai emmenée dîner – dans un endroit bien. Chic.

Il se versa un autre verre et but. Son regard et son imagination dérivaient ailleurs.

— Nous avons flirté. Elle se penchait, m'effleurait le bras en parlant. Je me souviens… son parfum me montait aux narines. Je percevais le bruissement de la soie de ses bas à chacun de ses mouvements. Ce léger bruit soyeux. Ça me rendait dingue. Et elle en avait conscience.

Pete imagina l'odeur de sa peau. Ce subtil chuchotement lorsqu'elle croisait les jambes. La cambrure de son pied minuscule.

— Nous sommes retournés chez elle pour un dernier verre, et j'ai été… eh bien, respectueux. J'ai pris mon temps. J'étais sorti avec des femmes mariées avant, et je suppose que j'ai pensé… Même si elle flirtait, je me suis dit qu'elle était peut-être un peu timide, en définitive.

Il secoua la tête.

— Mais elle n'était pas du tout comme ça. Elle était incroyable, sa façon de réagir… la façon dont elle bougeait, les mots qu'elle utilisait. On aurait dit un animal. Et la différence entre son comportement en public, totalement maîtrisé, et comment elle était au lit… on aurait dit une autre femme. Incroyable.

La bouteille était maintenant aux trois quarts vide.

— Mais il y avait des choses qui me tracassaient.

Pete patienta.

— Elle ne voulait baiser que dans le noir. Même après qu'on eut été ensemble pendant un moment. Elle refusait toujours que je la voie. Dès qu'on avait terminé, elle se faufilait dans la salle de bains avant que j'aie pu allumer la lumière. Et elle ressortait habillée de pied en cap, parfaitement maquillée, pour nous verser un autre verre.

« Et quand on sortait pour dîner ou bien aller dans un bar, on marchait ensuite dans la rue, je lui prenais la main, mais elle ne me laissait jamais l'embrasser devant chez elle. Elle dansait avec moi, m'allumait, me touchait – mais ne m'embrassait jamais en public. Je n'ai jamais compris ça.

Il se resservit un verre et but, les yeux humectés de larmes.

— Il y avait tant de choses chez elle que je n'ai jamais comprises.

Pete se pencha.

— Et les enfants ?

Salcito leva les yeux.

— Vous croyez que c'est elle ? Vous croyez qu'elle les a tués ?

Pete retint sa respiration, attendant une réponse.

Salcito secoua la tête.

— Je ne sais pas. Elle y faisait à peine allusion. Ils n'étaient pas… Je les ai vus quelquefois – en allant la chercher, ils étaient là. Une fois de temps en temps, je leur ai lu une histoire pendant que j'attendais qu'elle ait fini de se préparer. Elle leur criait dessus quand ils renversaient quelque chose, qu'ils n'allaient pas se coucher assez vite. Mais c'étaient des trucs de mère parfaitement normaux.

Il secoua de nouveau la tête :

— Merde, je ne sais pas. Comme j'ai déjà dit, il y avait chez elle des trucs que je n'ai jamais compris.

— Vous avez appelé ce soir-là, n'est-ce pas ? La nuit où les enfants ont disparu. Vous l'avez appelée aux environs de minuit, puis encore à deux heures du matin ? C'est ça ?

Salcito émit un petit rire avec un nouveau signe de tête.

— Bon Dieu, j'étais bourré cette nuit-là ! Je croyais que Ruth voulait en finir avec moi, et je me suis encore plus soûlé que d'habitude.

— Mais vous l'avez appelée ? Vous avez dit à la police que vous l'aviez appelée, que vous lui aviez parlé une première fois, et que la seconde fois, il n'y a pas eu de réponse.

Il hocha la tête :

— Cette nuit-là, j'aurais pu causer au pape et à saint François sans m'en souvenir. Merde, qui sait ce que j'ai fabriqué ?

Pete s'adossa à sa chaise. Ruth aurait donc parfaitement pu se trouver chez elle ce soir-là. Ils ne pouvaient pas prouver qu'elle était absente.

Et Johnny Salcito non plus n'avait pas d'alibi. Il ne pouvait pas davantage qu'elle prouver ce qu'il faisait à deux heures du matin.

Pete patienta un moment, puis questionna :

— Vous avez dit tout ça à Devlin ? Comment vous l'avez rencontrée, depuis combien de temps vous la connaissiez ?

Salcito le contempla de ses yeux injectés de sang, puis se mit à rire.

— Si j'ai dit ça à Devlin ? Ça, c'est marrant.

Il se versa un autre verre. Avala une gorgée.

— Le jour où les enfants ont disparu – le jour même – je suis allé le voir. Je lui ai dit que je la connaissais, que je la connaissais vraiment bien.

Une nouvelle goulée.

— Vous savez ce qu'il a fait ? Il m'a emmené dans les toilettes des hommes, et il m'a sorti quelques-uns des mots que j'avais écrits à Ruth. Il les avait trouvés dans l'appartement, je suppose. D'abord, j'étais fumasse. Gêné qu'il les ait lus, vous comprenez. C'étaient des trucs privés, entre elle et moi. Mais ensuite, il a déchiré la page de son carnet d'adresses où il y avait mon nom. Il me l'a montrée. Puis il l'a réduite en confettis qu'il a balancés dans la cuvette des toilettes. Et il m'a dit : « Voilà. C'est fait. Tu l'oublies. »

Il toussa, but de nouveau.

— Je lui ai proposé de lui parler, de tout lui raconter à propos de Ruth. Il n'a rien voulu savoir. Il s'est contenté de prendre note du fait que je lui avais téléphoné. Il m'a demandé si j'avais pu la rappeler plus tard, et je lui ai dit, bien sûr. Je lui ai dit, Dieu seul sait ce que j'ai fait plus tard. Alors, il a écrit que j'avais rappelé Ruth cette nuit-là, et que la seconde fois, il n'y avait pas eu de réponse. Ç'a été tout. Il a refusé d'en entendre davantage, et la semaine suivante, j'ai reçu un coup de fil me disant que j'étais transféré à la brigade de la circulation. Il m'a prévenu que si j'ouvrais encore la bouche une seule fois à propos de Ruth, même mon boulot à la circulation, je pouvais lui dire adieu.

« Il ne voulait tout simplement pas en entendre parler. Mais moi, je voulais raconter à quelqu'un. J'avais besoin de raconter à quelqu'un à quoi elle ressemblait. À quoi elle ressemblait vraiment. Et lui, il ne voulait pas en entendre parler.

Il était minuit dans le Queens, et en dépit du bourbon qu'elle avait ingurgité, Ruth ne trouvait pas le sommeil. Frank était revenu depuis deux semaines, et l'écho de son souffle régulier lui était insupportable. Ses ronflements occasionnels. Le ronflement de Bill Lombardo à travers la cloison. Au-dessus de leurs têtes, le grincement du lit de Gina lorsqu'elle se retournait en dormant.

Alors même qu'elle s'efforçait de garder les yeux fermés, Ruth sentait la tension dans ses paupières. La *réalité* même de ces gens lui était insupportable. Elle ne supportait pas qu'ils puissent dormir. Ne supportait pas le poids de leurs rêves paisibles.

Dents serrées, elle se glissa hors du lit. Enfila son gros manteau et ses bottes. Tâtonna le long du couloir en retenant sa respiration. Se concentra sur l'idée de son évasion.

Puis elle ouvrit la porte d'entrée et se retrouva dans la lumière argentée. La gelée et le givre cristallins.

Dans la nuit de novembre, elle inspira l'air froid et pur, expira lentement une nuée de brouillard, dans la tranquillité bienvenue.

Debout dans l'herbe couverte de neige devant l'immeuble, la paix s'insinua à travers ses vêtements, à travers sa peau, jusqu'à l'enivrer. Elle éprouvait l'envie de courir, de sauter et de danser devant cette blancheur, jusqu'à devenir vif-argent dans le froid et le silence.

Elle tournoya, virevolta, les bras étendus dans l'espace, soutenus par des tourbillons d'air riches et clairs. Et lorsque la tête lui tourna, elle se laissa tomber, et reposa calme et tranquille dans une épaisse couverture de neige. Elle sentait son souffle haletant et le sang qui pulsait dans ses veines.

Puis elle ouvrit les yeux, les leva sur les rangées de briques, les rangées de fenêtres semblables à des yeux morts. Les dizaines de jugements enfermés derrière ces murs.

Pendant des mois, piégée dans l'appartement par les badauds, les journalistes, et le poids de tous ces regards, elle avait contemplé l'extérieur par les fenêtres, imaginé le moment où elle aurait la possibilité de s'asseoir dehors comme n'importe qui d'autre. Seule, inaperçue. Elle en avait tellement eu envie qu'elle avait presque senti l'herbe jaune et rugueuse lui égratigner bras et jambes.

Elle avait imaginé de longues soirées d'été ici avec Frank et Gina, les conversations alanguies sur de vieilles chaises longues, une bouteille de bière à la main. Les après-midi à genoux sur des couvertures passées avec Frankie et Cindy qui transformaient une motte de terre en une ville ou une île. Ici, à cet instant, bien que seule dans le silence, elle éprouvait néanmoins la sensation d'être observée. Enveloppée dans la laine humide et chaude, transpirant sous la vieille casquette de chasse de Frank, elle était allongée, étalée sous le ciel nocturne plutôt que sous le soleil, sous des ténèbres parsemées de diamants et non sous des cieux bleus brûlants.

Bras et jambes écartés, la neige tombait doucement sur sa peau rougie. Elle ouvrit la bouche, laissa venir les doux flocons, les goûtant tour à tour tandis qu'ils fondaient en un baiser glacé.

Elle retenait sa respiration, sentait son ventre se serrer, expirait et regardait tomber la courbe emmitouflée de ses seins. Elle leva les yeux, vit le miroitement argenté de chacune des fenêtres, sentit leur regard posé sur elle. Elle savait qu'ici tout se remarquait, que rien n'échappait au regard.

Mais elle ferma les paupières, les ignora tandis qu'autour d'elle et en elle la nuit s'éternisait, et que, étendue tel un ange, elle avalait l'air noir raréfié. Et elle pensa que si jamais quelqu'un demandait ce qu'elle faisait là, elle lui répondrait : *Je respire.*

Pete prit un boulot dans une librairie de Greenwich Village. Le salaire était minable, mais lui permettrait de survivre un moment.

Lors de son entretien, il avait prévenu qu'il ne pouvait travailler qu'à temps partiel. Quand on lui avait demandé pourquoi, il avait répondu qu'il avait des responsabilités familiales. Un parent malade. Peut-être n'avait-il dû d'être embauché qu'à la pitié qu'il inspirait. Il s'en fichait.

Les deux premiers jours, il fut incapable de se sortir de la tête sa rencontre avec Johnny Salcito. Cette première bouffée de colère. Sa tristesse lorsqu'il parlait de Ruth.

Il appela Gina, l'invita à prendre un verre et lui raconta ce qui s'était passé. Elle but deux cognacs, en commanda un troisième. Elle écouta, fuma, haussa les épaules.

— De toute façon, pourquoi est-ce que ça vous perturbe à ce point ? Vous ne croyez quand même pas que ce soit Johnny ? Jamais de la vie. Cette pauvre andouille. Pourquoi aurait-il voulu faire du mal aux enfants de Ruth ?

Peter soupira.

— Mais personne n'aurait de raison !

Gina détourna les yeux.

— Évidemment… pourtant, il y a des gens plus plausibles que d'autres.

— Qui ça, par exemple ?

Elle croisa son regard et pencha la tête sur le côté.

— Vous ne vous souvenez pas de ce que je vous ai raconté ?

— À propos de Ruth ?

— À propos de Ruth et Lou.

— Vous croyez que Lou Gallagher a un rapport avec ça ? Avec les enfants ?

Elle le regarda fixement un bon moment. Puis détourna de nouveau les yeux.

— Vous m'avez dit qu'il avait tabassé un type dans un bar parce qu'il était jaloux. Il y a une sacrée différence entre assommer quelqu'un et tuer deux enfants.

— Ce type était incapable de se défendre. Il était aussi désarmé qu'un bébé. Et vous n'étiez pas là. Vous n'avez pas vu. Il était… On aurait dit qu'il était possédé. C'était brutal. Sanglant.

— Vous êtes vraiment convaincue que c'est lui, n'est-ce pas ?

Elle acquiesça lentement de la tête.

— Vous en avez parlé à Ruth ?

— Bon Dieu, non ! Vous l'avez vue, vous avez vu comment elle est. Imaginez sa réaction si je lui disais que je pense que son petit ami a assassiné ses enfants. Ça l'achèverait.

Elle tira une nouvelle bouffée de sa cigarette.

— Et elle lui en parlerait. Je ne me fais aucune illusion – elle courrait tout de suite lui en parler. Pour qu'il en rie, qu'il la rassure, lui dise que ce sont des conneries. Ou bien, elle voudrait le prévenir. Sans y croire elle-même, elle pourrait penser que les flics y croiraient.

— Vous avez bien retourné ça dans tous les sens.

— Oui, tout à fait.

— Que pensez-vous que ferait Lou si elle le prévenait ?

— Je ne sais pas, fit-elle en secouant la tête.

Pete patienta. Constata comment elle battait des paupières, comment elle humectait ses lèvres desséchées.

— Vous avez peur de lui.

Un nouveau hochement de tête.

— Le contraire serait idiot.

— Pourquoi me racontez-vous ça ?

— Vous m'avez dit qu'il fallait un autre suspect aux flics.

— Tout à fait. J'ai cru que vous soupçonniez Salcito.

— Mais non, bon sang ! Pas Johnny. C'est un ivrogne, et il est un peu cinglé, mais il vénère Ruth.

— Alors, vous voulez que je donne Lou comme suspect à la police ? Pourquoi n'êtes-vous pas allée vous-même voir Devlin ? Lui raconter ce que vous craignez ?

— Vous croyez que je n'ai pas essayé ? J'irais pieds nus jusqu'au New Jersey si j'étais convaincue que ça puisse permettre d'arrêter le type qui a tué Frankie et Cindy. Deux jours après que Cindy… Après leur disparition, je suis allée au poste de police. Il n'a rien voulu savoir.

— Qu'est-ce qu'il a dit ?

— Que j'allais trop au cinéma. De retourner voir Ruth, et de lui dire d'envoyer quelqu'un de plus... *crédible* la prochaine fois qu'elle voulait orienter la police sur un autre suspect. Il m'a dit que je n'étais pas bête au point de faire le sale boulot de Ruth. J'ai essayé de lui expliquer, et il m'a dit de me tirer sinon il m'arrêterait pour faire perdre son temps à la police.

Elle finit son verre.

— Le quelqu'un de crédible, c'est vous, Pete.

14

Pete appela le bureau de Gallagher, et de nouveau, la secrétaire polie à la voix neutre l'informa que M. Gallagher n'était pas disponible, et qu'elle ne pouvait lui dire quand il le serait. Il tenta donc sa chance en se rendant chez *Santini's*. Ses efforts et ses dollars furent couronnés de succès au bout de quatre jours, lorsqu'un des serveurs lui apprit que oui, ce soir, M. Gallagher se trouvait dans un box au fond. Pete le dénicha en compagnie de deux filles et deux bouteilles, prit une profonde inspiration et avant de perdre courage, se glissa sur la banquette en face d'eux.

Gallagher le regarda d'un air interrogateur, dénué de l'irritation ou de l'hostilité ouverte à laquelle Pete s'était attendu. Il ne constituait pas une menace, simplement une curiosité. Et s'il s'avérait un problème, il y avait probablement tout près quelqu'un qui trouverait une solution.

— Bonsoir, monsieur Gallagher. Je m'appelle Pete Wonicke. Je suis journaliste.

La chevelure brune et lisse de Gallagher brillait sur son crâne. L'odeur de son huile capillaire et de son eau de Cologne parvenait à Pete. Gina avait raison – il avait vraiment l'air riche. Bien nourri. Satisfait de l'existence.

Pete sentait son inexpérience sourdre du moindre de ses pores, lui inondant les aisselles, perlant sur son front.

Gallagher avait une voix grave et chaude :

— Si vous souhaitez me parler de mes affaires, monsieur Wonicke, vous pouvez prendre rendez-vous avec la secrétaire. Nous sommes dans l'annuaire.

Détendu sur son siège, il lança à Pete un large sourire aux dents blanches.

Il lui évoquait un peu un canard colvert qu'il avait vu un jour qu'il pêchait avec son père. Tapi dans l'eau boueuse qui glissait de ses plumes lisses étincelantes, couleur émeraude et saphir, le volatile aux lignes pures avait passé des heures à évoluer entre les rives du petit étang, sûr de lui.

— Ce n'est pas à propos de vos affaires, monsieur Gallagher.

Le grand sourire refit son apparition.

— Que puis-je pour vous, alors ?

— Je travaille sur l'affaire Malone.

Gallagher haussa un sourcil.

— Je ne crois pas que vous ayez mentionné pour quel journal vous travailliez.

Un instant s'écoula, puis il poursuivit :

— Je ne suis pas certain de la raison pour laquelle vous pensez que je puisse être mêlé de près ou de loin à cette… tragédie. Qui remonte maintenant à quelque temps.

— Quatre mois. Et votre nom est apparu dans cette affaire, monsieur Gallagher.

Le sourcil se haussa encore un peu plus.

— Comme c'est intéressant. Alors, je pense que je vais vous adresser à mon avocat. Martin Sherman, du cabinet Kasen, Sherman et Bower. Ils sont également dans l'annuaire.

Les filles qui l'entouraient lui donnèrent la réplique en gloussant.

Gallagher se leva et tendit la main. Il avait la peau douce et souple, les jointures potelées comme celle d'un bébé.

— Merci d'être venu, monsieur Wonicke. Prenez un verre avant de partir. Je vous l'offre. James prendra soin de vous.

Avant qu'il ait pu répliquer, un bras solide entoura les épaules de Pete, et on l'entraîna vers le bar. Il comprit qu'il avait été sur le point de devenir un problème.

Tout en sirotant un double whisky – un bon single malt, puisque c'était Gallagher qui payait –, réfléchissant à l'étape suivante, Pete prit conscience d'un brouhaha à l'entrée. Le portier luttait avec une femme qui tentait d'entrer. Il observa la scène un moment, puis la femme prononça le nom de Gallagher.

Pete expédia la fin de son verre, gagna l'entrée et prit la femme par le bras. Avec un signe de tête à l'adresse du portier, il entraîna celle-ci. Elle était ivre, ou en passe de le devenir, titubait en s'efforçant de retourner à l'intérieur.

Pete la traîna à moitié jusqu'à un coin de rue, l'adossa contre un mur. Il recula d'un pas, tandis qu'elle le fixait, tentant de se concentrer. Ridée, le cheveu terne, elle devait avoir entre quarante et soixante ans. Brusquement, elle se pencha et vomit. Pete fit un bond en arrière et la contempla, dégoûté. Elle cracha à plusieurs reprises, s'essuya la bouche d'un revers de la main, puis se redressa.

— Bon Dieu ! Ça va mieux.

Elle leva sur Pete des yeux rougis.

— Qu'est-ce que vous regardez, bordel ?

Elle fut prise d'une quinte de toux, cracha de nouveau.

— Vous voulez vous amuser, mon vieux ? C'est ça ?

— Vous avez bien dit que vous vouliez parler à Lou Gallagher ?

Elle le dévisagea :

— Bon Dieu ! répéta-t-elle. Ce fils de pute vous a envoyé vous occuper de moi ? Lou ne peut plus se payer de gros bras convenables, maintenant ?

— Je ne travaille pas pour Lou Gallagher. Je m'appelle Pete Wonicke. Je suis journaliste.

Il sortit son paquet de cigarettes, qu'il lui tendit. Elle en prit deux, en glissa une derrière son oreille et l'autre entre ses lèvres, et attendit avec impatience qu'il lui donne du feu.

Elle inspira profondément, souffla une longue bouffée de fumée, puis fut secouée d'une nouvelle quinte de toux.

— Alors, pourquoi vous me parlez ?

— J'ai besoin d'informations sur Gallagher.

Elle s'interrompit pour retirer de sa langue un fragment de tabac.

— Quel genre d'informations ?

— À propos de Ruth Malone. De ses enfants. Vous la connaissez ?

La femme haussa les épaules et tira une nouvelle bouffée.

— Jamais entendu parler d'elle. Mais *lui*, je le connais.

— Que pouvez-vous m'en dire ?

Soudain, son expression se fit calculatrice. Elle hocha la tête en agitant le doigt avec coquetterie.

— Oh, non, monsieur le journaliste ! Si vous voulez apprendre des trucs sur Lou, il faut payer.

Il hésita.

— Vous voulez savoir des trucs sur Louie ? Vous voulez que je vous dise à quoi il ressemble ? Je connais des histoires, sur les choses qu'il a faites.

Elle avait le regard humide et désespéré, mais la colère dans sa voix était bien réelle, à fleur de peau. Il mordit à l'hameçon.

— Vingt dollars.

— Cinquante. Et je veux le fric avant.

— Trente. Après que j'ai entendu ce que vous aviez à dire.

— Trente dollars ? Vous rigolez, mon vieux. J'ai des factures à payer ! Des dettes…

Il songea à ses fonds en baisse, et secoua la tête.

— OK, OK ! Bon Dieu, vous êtes tous les mêmes, les mecs, prêts à tout. Trente, vous pouvez me payer un verre et je vous raconte tout.

Il la regarda, soupira et remarqua :

— Vous croyez que vous n'avez pas encore assez bu ?

Elle se redressa :

— Ça, ce sont mes oignons, petit.

Elle l'emmena dans un rade à quelques pâtés de maisons de là. À leur entrée, le type derrière le bar fit non de la tête et ouvrit la bouche. Elle l'interrompit d'un geste.

— C'est bon, Sam ! Je ne ferai pas de grabuge. Et j'ai de l'argent – mon ami ici va payer.

Sam secoua de nouveau la tête et pointa vers elle un doigt gras :

— Encore une soirée comme samedi dernier et j'appelle les flics, Bee. Dernier avertissement.

— Ouais, ouais… vas-y, sers-nous, d'accord ? (Elle se tourna vers Pete.) Et montrez-lui vos biftons, pour l'amour de Dieu !

Il apporta les verres dans un coin sombre où elle était en train de retirer ses chaussures et de masser ses pieds enflés. Elle lampa la moitié du sien d'un seul coup et soupira :

— Alors, qu'est-ce que vous voulez savoir, monsieur le journaliste ?

— Tout ce que vous pouvez me raconter sur Lou Gallagher.

— Filez-moi une cigarette et laissez-moi voir vos trente dollars, et vous aurez ce que vous voulez.

Il fit glisser le paquet de cigarettes dans sa direction, ouvrit son portefeuille et lui montra son argent. Puis il sortit son calepin, et attendit.

Elle lui apprit qu'elle s'appelait Bette.

— C'était Betty avec un « y », mais quand je suis montée à New York, j'ai décidé de changer. J'ai mis un « e » au bout. Vous savez, comme Bette Davis, c'était plus glamour.

L'expression de Pete lui fit hausser les épaules.

— OK, d'accord, c'était il y a longtemps.

Elle lui lança alors un petit sourire qui dévoila des dents brunies et irrégulières.

— Vous savez, j'étais vraiment canon. La peau douce, les boucles, tout le tintouin. Je voulais être mannequin. Louie est tombé raide dingue de moi au premier regard.

L'incrédulité de Pete accentua encore son sourire.

— Oh, oui ! Il s'est fait avoir jusqu'au trognon.

— Comment l'avez-vous rencontré ?

— Je travaillais comme serveuse. J'attendais que la chance se présente. Un soir, Lou est entré, et bingo. Il n'arrêtait pas de me parler, de me demander de venir m'asseoir, prendre un verre avec lui. Je lui ai répondu que je travaillais. Il a appelé mon boss, lui a dit qu'il lui donnerait cinquante dollars si l'autre me filait ma soirée.

Elle soupira.

— J'étais convaincue que c'était le truc le plus romantique que j'avais jamais entendu. J'ai besoin d'un autre verre avant de continuer, poursuivit-elle. La suite est nettement moins romantique.

— Qu'est-ce que vous prenez ?

— Demandez-lui un Orange Blossom, répondit-elle en désignant le barman. Je bois ça parce que c'est un joli nom, fit-elle avec un sourire.

Il rapporta le cocktail et elle se remit à parler. Elle était tombée amoureuse de Lou. Très.

— Au début, il a été vraiment gentil avec moi. Il me sortait, me faisait des cadeaux. Me disait qu'il m'aimait, qu'il voulait qu'on se fiance. Mais d'abord, il voulait réussir. Il voulait gagner assez d'argent pour m'entretenir, nous acheter une belle maison.

Elle expédia son second verre, et Pete fit signe au barman de continuer à les servir.

— Ce n'étaient que des conneries. J'ai découvert plus tard qu'il était déjà marié. Mais je n'étais qu'une gamine. Jeune, amoureuse, et je ne demandais qu'à le croire.

« Le bon temps n'a duré qu'une année. Un an de chouettes dîners, d'après-midi sur le lac, de bouquets et de cadeaux de prix. On allait dans son appartement du Bronx, celui dont sa femme n'avait pas connaissance. Et puis… eh bien, il est arrivé ce qui arrive toujours. J'ai découvert que j'étais enceinte.

Elle porta une cigarette à sa bouche d'une main tremblante.

— Je l'ai annoncé à Louie. Je pensais qu'il serait heureux. On était en train de dîner dans son grill favori, je lui tenais la main, et je lui ai dit : « Tout va bien, ça veut simplement dire qu'il va falloir se marier plus tôt. Je me fiche de la maison et de tout le reste. Je veux juste qu'on soit une famille. » Son visage s'est fermé, il s'est levé et il est parti. Il m'a laissée assise là dans ce restaurant comme une imbécile. En train de pleurer, et de me demander ce que j'avais fait de mal.

Pete ne tenait pas à entendre les détails, mais quelque chose dans son histoire le fascinait. Il la laissa parler.

— J'ai appelé, appelé, pendant des semaines. Je suis allée à son bureau, il a refusé de me voir. Un jour, je suis arrivée, désespérée, je hurlais sur cette pauvre secrétaire. Louie est sorti et m'a fait entrer dans son bureau. Je pleurais, je le suppliais de m'aider. Il m'a écoutée, puis m'a balancé une gifle. Ensuite, il m'a pris dans ses bras pendant que je pleurais, en me disant qu'un enfant flanquerait tout par terre. Je devais m'en débarrasser, et alors, tout irait bien de nouveau entre nous.

« Je suis restée là à le regarder, une main sur la bouche. Je l'aimais et je le détestais – vous avez déjà connu ça ? C'était le premier homme que j'aimais, et il était en train de me dire de tuer notre bébé.

Bette regarda Pete.

— Vous savez quoi ? C'est la première fois que je parle de tout ça. Personne n'a jamais voulu m'écouter avant. Même les filles que je connais – enfin, tout le monde a ses propres histoires. Personne n'a le temps pour les malheurs des autres.

Un nouveau verre fit son apparition devant elle, et elle prit une longue gorgée.

— Bref, après ça, je suis rentrée et je lui ai écrit. À ce moment-là, j'avais compris qu'il était marié, et je lui ai dit que j'allais tout révéler à sa femme. S'il a jamais lu ma lettre, il l'a ignorée. Il savait bien que je ne savais pas où trouver sa femme. Que je n'aurais pas le courage de faire ça. Peut-être qu'il savait aussi que j'étais incapable de faire autant de mal qu'il m'en avait fait.

Elle s'essuya les yeux, d'un geste presque sauvage.

— Pour finir, il a envoyé un de ses hommes – il dit ses « associés » – pour régler le problème. Le type m'a emmené dans une maison du Bronx. Je n'ai jamais su son vrai nom, mais tout le monde l'appelait Hop, parce qu'il boitait. Il était plus âgé, marié. Il m'a conduit là-bas, et il n'arrêtait pas de me glisser des regards de côté dans la voiture, comme s'il voulait parler. J'ai fermé les yeux, fait semblant de dormir. Je ne voulais pas qu'on me juge.

« L'endroit était OK, je suppose. Propre. Mais la femme qui dirigeait ça… elle n'avait pas une once de bonté. Elle ne m'a pas regardée dans les yeux. Pas une seule fois. Elle m'a juste dit de me déshabiller et de m'allonger.

Un nouveau soupir.

— Seulement… je n'ai pas pu le faire. Elle avait un masque, un truc en caoutchouc noir avec un tuyau. Elle l'a approché de mon visage, j'ai eu l'impression qu'elle allait m'étouffer avec. Je l'ai repoussée, j'ai sauté du lit, attrapé mes sous-vêtements et mes chaussures, et je suis partie en courant. La salle où j'avais laissé Hop était vide – il était peut-être parti attendre un peu plus loin, ou bien parti tout court, je ne sais pas. J'ai couru jusqu'à une artère principale et fait signe au premier taxi qui passait. Je me souviens d'avoir passé tout le trajet à surveiller la lunette arrière. J'avais l'impression d'être poursuivie, chassée. Je savais que Lou serait en colère parce que je n'avais pas fait ce qu'il voulait. J'avais tellement peur.

Elle s'empara maladroitement d'une autre cigarette, mais ses mains tremblaient tant que Pete dut la lui allumer.

— Je suis retournée à l'endroit où je vivais, et j'ai dit au taxi de m'attendre. C'était une pension – très stricte. Pas de visiteurs masculins, pas de bruit après dix heures du soir, ce genre-là. C'est rigolo, quand on y pense. Personne n'avait jamais dû dire à ma propriétaire qu'on peut s'attirer des tas d'ennuis avant dix heures du soir, n'est-ce pas ? C'était une Irlandaise. Une veuve. Dieu seul sait ce qu'elle a pu penser ce jour-là. Je me suis ruée dans l'escalier, j'ai fourré tout ce que je pouvais dans une valise, et je suis ressortie en courant. Elle a tenté de m'arrêter – elle a dû croire que j'essayais de truander le loyer, je suppose. Je lui ai dit que j'avais laissé un mois de pension dans la chambre, en me disant qu'elle allait monter, mais comme elle ne voulait pas s'écarter de mon chemin, je l'ai poussée et elle est tombée. Elle est tombée par terre, fort. Et je n'ai pas… Je ne me suis pas arrêtée. Le taxi attendait, et je lui ai crié de rouler n'importe où.

Elle regarda Pete.

— Pendant des semaines, j'ai eu peur de l'avoir blessée. Elle était âgée. C'est bizarre, avec tout ce qui se passait, c'était la seule chose qui m'inquiétait. Je me disais… J'avais peur d'être devenue comme *lui*.

Pete lui sourit gentiment et demanda :

— Où êtes-vous allée ?

— Dans le New Jersey. J'avais une amie là-bas, que Lou ne connaissait pas. Je savais qu'elle me laisserait rester, le temps que je puisse me retourner. J'ai dormi sur le canapé, et elle m'a trouvé un boulot de serveuse. Et puis, elle m'a emmené au mont-de-piété acheter une alliance. On a décidé de prétendre que j'étais veuve.

« Quelquefois, quand mes yeux tombaient sur l'alliance – quand je servais le café ou ramassais les assiettes –, j'oubliais que je n'étais pas mariée. J'inventais des histoires à son propos : son nom, d'où il venait. L'accident dans lequel il avait trouvé la mort. Au début, c'était juste pour fournir des réponses aux questions, mais plus tard… eh bien, je voulais donner un père à ce bébé. Même les mensonges étaient mieux que la réalité : un type marié, une gamine naïve, et une bonne femme aux yeux mauvais avec de l'éther et une aiguille à tricoter.

— Quelles étaient vos intentions ? Vous aviez un plan ? Pour le bébé ?

Elle secoua la tête.

— J'avais dix-neuf ans, j'étais godiche. Pas d'argent de côté. Aucun avenir. Mais vous savez quoi ? J'étais vraiment heureuse. Sans doute plus heureuse que je ne l'avais jamais été. Je rentrais du boulot et je m'asseyais près de la fenêtre dans la chambre. Je mettais les pieds sur un tabouret pour empêcher mes chevilles d'enfler et je caressais mon ventre. Je lui racontais des histoires. J'étais tellement sûre que ce serait une fille. J'avais fait une liste de noms et je lui avais confectionné de petites robes. J'étais… J'étais OK, vous voyez ?

Ses yeux débordaient de larmes, et Pete fit la seule chose qui lui vint à l'esprit : il fit signe à Sam d'apporter un nouveau verre.

Bette but une gorgée et renifla.

— C'est ça que vous voulez ? J'ai l'impression de parler davantage de moi que de Lou.

Il la regarda, s'efforça de l'imaginer sous les traits d'une jeune fille enceinte à la peau lisse, avec un tiroir plein de vêtements pour bébés.

— Ce n'est pas grave. C'est… C'est bon.

Il but une gorgée de sa bière et lui demanda :

— Alors, que s'est-il passé ?

Elle soupira :

— J'ai eu de la chance. Ma grossesse ne s'est pas vue avant les trois derniers mois, j'ai donc pu continuer à travailler. Je n'avais pas de plan, mais je savais que, quoi que je fasse, j'aurais besoin d'argent. Aussi, je continuais à travailler, à mettre autant que possible de côté.

« Et puis le bébé est arrivé. Tout s'est produit au milieu de la nuit, au mois de décembre. Je me suis réveillée, il faisait tellement froid. Et le lit était trempé, alors j'ai su. J'avais peur, mais j'étais aussi excitée. Je suis allée au téléphone dans le couloir, j'ai appelé mon amie, elle a pris un taxi, elle est venue, et a patienté avec moi jusqu'à ce qu'il soit temps d'aller à l'hôpital. Elle a appelé un autre taxi, m'a emmenée et m'a aidée à entrer. Elle ne pouvait pas rester – son mari était à la maison, et elle devait travailler le lendemain. J'étais toute seule, mais ça n'était pas grave. On m'a donné un lit, et les infirmières se sont occupées de moi, m'ont aidé à me déshabiller. L'espace de quelques heures, tout s'est bien passé. Et puis, quelque chose a changé. Les douleurs ont cessé. Je me souviens que j'étais allongée sur le dos, les yeux au plafond, sur l'éclairage, ce gros ventre au-dessus de moi, et ils ont appelé un médecin. Il avait les mains glacées. Il a dit à une des infirmières qu'il devait me donner quelque chose – je n'ai pas compris le mot. J'ai essayé de demander ce qui n'allait pas, mais ils étaient tellement affairés, et tout s'est passé si vite. On m'a mis une aiguille dans le bras, et puis j'ai eu comme l'impression d'être ivre. Ensuite, je me souviens d'avoir entendu des cris, et je me souviens de la douleur – comme si on me déchirait.

Les yeux perdus dans le vague, dans ses souvenirs, elle dodelinait de la tête.

— Je me souviens des pleurs d'un bébé – d'un geste vif, elle planta ses ongles dans la peau de Pete, si proche de lui qu'il sentait son haleine fétide, et elle répéta : Il y avait *bien* un bébé. J'ai entendu pleurer mon bébé.

Les larmes lui montèrent aux yeux, elle relâcha sa prise, s'adossa à son siège, et poursuivit d'une voix morne :

— Et quand je me suis réveillée, Lou était assis au pied de mon lit avec des fleurs.

— Comment vous avait-il retrouvée ?

— Oh, il avait probablement demandé à un de ses hommes d'appeler tous les hôpitaux de l'État. Il savait quand je devais arriver à mon terme. Ou bien il a payé quelqu'un dans chaque hôpital pour le prévenir. Quand on a de l'argent, tout est possible. Quelle que soit la façon dont il a procédé, il m'a retrouvée.

« Vous savez, quand je l'ai vu là, je n'avais même plus peur. Je ne pensais qu'à une chose, le bébé.

« Il me souriait, et je lui ai dit : “Tu l'as vue ? Où est-elle ?” Vous comprenez, j'étais tellement sûre que j'avais eu une fille !

« Alors, il m'a pris la main, il m'a regardée, j'ai su que quelque chose n'allait pas, et j'ai fondu en larmes. Avant même qu'il ait prononcé un mot, je pleurais. Et puis, il m'a dit ce qu'il avait fait. "Chérie, on n'a pas besoin d'un bébé pour gâcher ce qu'il y a entre nous. Ne t'en inquiète pas. Je lui ai trouvé une gentille famille pour s'occuper d'elle."

« Il m'a fallu une minute pour comprendre ce qu'il était en train de dire. Alors, je me suis jetée sur lui en hurlant, je l'ai frappé, égratigné. Il m'a maîtrisée par les poignets jusqu'à l'arrivée de l'infirmière. J'essayais de sauter sur Lou, et elle me repoussait sans arrêt, me maintenait sur le lit. Puis elle a appelé un médecin, ils m'ont fait une piqûre, et quand je me suis réveillée, j'étais toute seule.

Pete laissa le silence s'installer un moment puis interrogea doucement :

— Que vous est-il arrivé ensuite ? Après ça ?

— Je suis restée des jours sur ce lit d'hôpital, répondit-elle en secouant la tête. À pleurer. À attendre que Lou vienne me rendre visite, qu'il m'appelle. Qu'il me dise que ce n'était pas vrai. Qu'il me dise où était le bébé. Rien.

« J'ai demandé de l'aide aux infirmières. Je les ai suppliées de découvrir où était mon bébé. La plupart m'ont ignorée. L'une d'elles, une jolie petite Mexicaine, m'a chuchoté qu'il valait mieux que j'oublie que j'avais eu un enfant. Qu'il n'existait aucun dossier. Je lui ai demandé ce qu'elle voulait dire, elle s'est contentée de secouer la tête, et c'est la seule chose que quiconque m'ait jamais dit.

« Après ça, j'ai cessé de manger. J'en étais incapable. Ils m'ont dit que si je ne mangeais pas ils seraient obligés de m'interner dans le service psychiatrique. Je m'en fichais. Ils auraient tout aussi bien pu me balancer du pont de Brooklyn, cela m'était égal.

« Pour finir, j'ai cessé de parler, et ils m'ont emmenée à l'asile de fous. J'y suis restée cinq mois.

Elle acquiesça devant l'expression stupéfaite de Pete.

— Eh oui, une fois à l'intérieur, c'est plus facile de laisser toute la folie vous glisser dessus plutôt que de vous battre pour sortir. J'avais baissé les bras, je suppose, c'est tout. Je restais assise sur une chaise en fixant le mur. Ils m'ont bourrée de médicaments. Ils ont été obligés de m'intuber pour me nourrir. J'avais perdu toute notion de l'espace, du temps. Je voulais simplement oublier.

— Que s'est-il passé ? Je veux dire, comment êtes-vous sortie ?

— Une des infirmières… Elle a été gentille avec moi. Un jour, à la radio, ils ont passé une chanson. *Love letters in the sand*. Vous la connaissez ? Ah, vous êtes trop jeune. C'était Pat Boone qui la chantait. Il avait une très belle voix. Autrefois, c'était ma chanson favorite pour danser le slow. Je l'ai entendue ce jour-là, j'ai fermé les yeux, et je me suis retrouvée au *Roseland*, à fredonner sans même m'en apercevoir. Quand la chanson s'est achevée, l'infirmière est venue et s'est assise à côté de moi. J'ai ouvert les yeux. Je pleurais. Je n'avais même pas réalisé que je pleurais. L'infirmière m'a regardée droit dans les yeux. Je n'oublierai jamais son visage. « Vous n'avez rien à faire ici », m'a-t-elle dit.

« J'étais tellement stupéfaite – c'était la première fois depuis des semaines et des semaines que qui que ce soit m'adressait la parole, je veux dire directement. Je lui ai rendu son regard, elle a souri, en ajoutant : "Oui, vous êtes toujours là, et vous n'êtes pas plus folle que moi. Vous êtes déprimée, c'est tout."

« Alors, la situation s'est améliorée. Elle venait, me parlait, et quand elle était là, je pouvais manger. Elle a discuté avec le médecin, ils ont réduit les médicaments, et j'ai commencé à me sentir… eh bien, de nouveau moi-même. Je pleurais davantage, mais je n'étais plus complètement engourdie. C'était bon simplement de ressentir à nouveau quelque chose, vous voyez ?

« En fin de compte, j'ai recommencé à manger, me laver, me coiffer, et je suppose qu'ils n'avaient plus de raison de me garder là-bas. Alors, ils m'ont laissée sortir.

« Seulement, j'avais perdu mon appartement, mon boulot, et ma famille ne voulait plus rien avoir à faire avec moi. Ma mère était venue me voir à l'hôpital, et on lui avait appris pour le bébé. Elle a décrété que j'étais une pécheresse, que je n'étais plus sa fille.

« J'ai pris un autre boulot et un appartement, mais… eh bien je buvais beaucoup, je dormais peu, et je me suis fait virer. La même chose s'est reproduite avec le boulot suivant. Et je me suis retrouvée sans un sou. J'étais désespérée, il faut croire. Je suis allée observer les putes à Times Square, je me suis entraînée à parler et à marcher comme elles. Puis je me suis enfilé une demi-pinte de rhum, je suis sortie et j'ai pris mon premier micheton. Et me voilà.

« Vous savez, quelquefois je pense à ma mère. J'ai envie de l'appeler et de lui dire : tu crois vraiment que j'étais une pécheresse à l'époque ? Tu devrais me voir aujourd'hui. Tu devrais voir ce qui arrive aux filles comme moi. Seulement, elle est morte. Un accident de voiture en 1962. Il n'y a plus personne, maintenant.

— Avez-vous essayé de retrouver l'enfant ? lui demanda Pete. De savoir s'il existait un dossier de son adoption ?

Elle soupira :

— Il n'y en a pas.

— Mais…

— Ce qui s'est passé dans cet hôpital, quoi que ça puisse être, ce n'était pas officiel. Je n'ai jamais rien signé. Ou bien ils m'ont enregistrée comme inapte à signer, ou bien ils ont prétendu que j'étais morte en accouchant, les papiers ont été remplis avec de faux noms. Mon bébé n'existe plus. Ce que j'en pense, moi, c'est que Lou l'a vendu à un couple de richards qui ne pouvait pas avoir d'enfants. Je pense que c'est ce que la petite Mexicaine a essayé de me dire.

Elle avala d'un trait le reste de son verre.

— Quoi qu'il ait pu se passer, c'était un mensonge, et je ne sais pas comment le démêler. C'était il y a presque vingt ans. Elle pourrait être n'importe où. Je ne peux pas passer toutes les familles de New York en revue à sa recherche.

« Et puis, vous savez quoi ? Après tout, c'est peut-être pour le meilleur. Regardez-moi. Qu'est-ce que je peux offrir à un enfant ?

— Alors… quoi ? Pourquoi me racontez-vous tout cela ?

— Parce que Lou ne s'est pas contenté de me retirer mon enfant. Il m'a retiré le choix. Je crois que nous aurions pu nous débrouiller, moi et mon bébé, mais il a décrété que la décision ne m'appartenait pas.

La colère montait dans sa voix, alors que ses joues ruisselaient de larmes.

— Je sais ce que vous pensez de moi. Ce que les hommes comme vous pensent de moi. Je suis une ivrogne. Une pute.

Elle lui enfonça l'index dans la poitrine :

— Mais ne me jugez pas, monsieur ! C'est fini, ça. Vous êtes journaliste ? Vous écrivez mon histoire.

Ce que je vous ai raconté. Il faut que les gens sachent. Ils doivent savoir à propos de cet homme. Ce dont il est capable.

Elle se détourna et fit signe à Sam de lui servir un autre verre. Incapable d'articuler quoi que ce soit qui lui paraisse approprié, Pete posa ses trente dollars sur la table éraflée et collante, puis ajouta un autre billet de dix. Ensuite, il quitta les lieux, le visage et les larmes de la femme inscrits dans sa mémoire, songeant à ce que Lou lui avait infligé.

Et puis, il pensa à Ruth, qui avait été serveuse lorsqu'elle avait rencontré Lou. Exactement comme Bette.

Il pensa aux bars où il avait lui-même bu. Aux femmes qui l'avaient servi, et aux hommes qui les mataient.

L'affluence de sortie de bureau était à son comble aux alentours de sept heures du soir. Dans la mêlée humaine brûlante, un homme comme Lou Gallagher, avec des affaires à faire et de l'argent à gagner, ne remarquerait pas une femme comme Ruth Malone. Son regard glisserait sur elle comme sur n'importe quelle serveuse. Il commanderait d'une voix forte par-dessus le brouhaha, elle hocherait la tête en écrivant sur son bloc, et il ne prêterait même pas attention à son départ.

Une fois la foule plus clairsemée, il la remarquerait peut-être. Peut-être son regard s'attarderait-il : les nichons sous le chemisier blanc fatigué, le cul sous la jupe noire ajustée, les jambes musclées et les chaussures de mauvaise qualité. Ensuite, il chercherait quelqu'un qui pourrait lui payer un verre au lieu de lui en servir un.

Vers neuf heures, le bar une fois calme, ayant bu plus que de raison pour un soir de semaine, il reviendrait peut-être à elle. Ses yeux s'attarderaient alors sur ses cheveux blond vénitien, sa façon de rire ou de bouger, sa voix rauque.

Il lui laisserait peut-être un pourboire plus conséquent que d'habitude. Il lui sourirait. Proposerait de lui payer un verre dont il savait qu'elle n'avait pas le droit de l'accepter.

Et vers dix heures et demie, la salle réduite à un flou de couleurs et de lumière, il glisserait le numéro de la fille dans son portefeuille. Lentement, en lui laissant apercevoir à l'intérieur le paquet de billets. Il se lèverait pour partir et prendrait sa main dans la sienne. La laisserait voir la chevalière à son petit doigt, porterait sa main à ses lèvres pour l'embrasser. Avec douceur. En lui laissant comprendre qu'il aimerait l'embrasser ailleurs. Il la traiterait comme une dame, comme si elle sortait de l'ordinaire.

Au revoir, bébé. Je t'appellerai.

Il lui lancerait un clin d'œil entendu, s'éloignerait en sachant qu'elle le regardait.

Un homme comme ça, un homme comme Gallagher, savait que les types de son espèce représentaient le seul espoir de s'en sortir, pour Ruth.

Certains soirs, Ruth restait assise avec Frank et buvait jusqu'à l'inconscience : quatre doigts de bourbon pour chacune de ses bouteilles de Bud. La voix de Johnny Carson ou d'Ed Sullivan tonitruait par-dessus les rires et les applaudissements, l'image à l'écran se réduisait à un brouillard de rouge et de vert, elle s'affaissait sur le canapé et laissait le désordre de couleurs lui frotter les yeux. Lorsqu'elle se réveillait plusieurs heures plus tard, la gorge endolorie et les larmes à demi séchées sur ses joues, il ronflait quelquefois à côté d'elle. Malgré elle, elle se sentait bizarrement émue, comme s'il s'agissait là de loyauté. Elle se recouchait, laissait errer son regard sur son lourd visage familier, se penchait sur son odeur tiède et y trouvait une sorte de réconfort.

D'autres nuits, cela lui était insupportable, et il lui fallait quitter l'appartement après le dîner, sortir. Elle prétendait aller acheter des cigarettes, sachant qu'elle ne reviendrait pas avant des heures. Frank se contentait d'un hochement de tête par-dessus son verre et retournait à la télévision. Il ne s'inquiétait plus de ce qu'elle aille retrouver d'autres hommes. Elle l'avait laissé revenir à la maison : il pensait qu'elle lui appartenait, maintenant.

Quelquefois, elle remarquait les flics qui la suivaient. D'autres fois, elle n'y prêtait même pas attention et faisait semblant d'être seule, tout comme elle prétendait que tout cela arrivait à quelqu'un d'autre : les questions incessantes, l'insistance, les interrogatoires, les mêmes questions encore et toujours, jusqu'à ce qu'elle ait l'impression de devenir folle. Les insinuations, les allusions sournoises, sa peur constante : *aujourd'hui*, ce serait aujourd'hui qu'ils se manifesteraient et qu'ils l'accuseraient d'avoir tué ses enfants.

Une fois dehors, elle ne marchait pas, elle se faufilait. Le long des murs, dans l'ombre, se serrant contre des portes sombres, ratatinée sur elle-même, contenant en son sein la conscience de qui elle était et de ce qu'elle était : mère. Plus une mère. Épouse. Non-épouse.

Elle passait furtivement devant des bars dont les néons répandaient sur les trottoirs humides des flaques de lumière et de bruit qu'elle devait contourner pour les éviter. C'étaient les bars dans lesquels elle avait travaillé, où elle s'était assise pour boire avec Gina, où elles avaient ri toutes les deux à gorge déployée, pendant que ses enfants dormaient enfermés dans une chambre avec une assiette de biscuits rassis, un lapin en peluche pour les réconforter.

Elle serrait contre elle sa honte et son chagrin, rampait dans le noir pour que les gens normaux, les gens propres, ne les voient pas.

Elle voyait des pièces éclairées, surprenait depuis le trottoir comme les détails d'un film. La silhouette d'un homme penché sur une table dans la pénombre. Deux femmes côte à côte jouant du piano, bouche ouverte, visage luisant. Une fille au téléphone, appuyée contre le mur, le fil enroulé entre ses doigts écartés, les traits graves.

Chaque instantané d'une existence : les cuisines chaleureuses de parfaits inconnus, le fil de téléphone entortillé dans le drame de quelqu'un d'autre. Son cœur les reconnaissait comme des histoires différentes, des pièces différentes, et mourait d'envie de déposer son propre fardeau alors qu'elle regardait se dérouler ces histoires. Juste pour un petit moment.

Lorsqu'elle était fatiguée de marcher, elle cherchait les recoins obscurs des bars, où elle scrutait des hommes semblables à ceux qu'elle avait eu l'habitude de servir : des hommes voûtés sur un verre solitaire, qui commandaient une nouvelle tournée en se contentant de lever un doigt. Les hommes qui connaissaient les noms de tous les autres hommes semblables dans le bar, mais qui parlaient rarement. À présent, elle était comme eux.

Une fois, quand elle allait vraiment très mal, elle s'était rendue à un endroit précis. Une galerie sombre, humide et froide sous un pont de chemin de fer, un lieu sinistre où des hommes vivaient et mouraient. Vêtus de manteaux sales noués par une ficelle et de gants dépareillés, ils étaient blottis autour d'une poubelle métallique où brûlait un feu. Elle avait couvert ses cheveux lumineux d'une écharpe et était demeurée dans le noir, ayant besoin de la proximité d'individus aussi malheureux qu'elle.

Quelque part sur un morceau de bois cloué sur une plaque de métal rouillé, quelqu'un avait peint une fille. Ruth avait d'abord cru qu'elle était jeune, à cause de ses lèvres rouges et de ses cheveux décoiffés et ternes, mais en se rapprochant, elle avait distingué les cernes noirs autour des yeux. Le regard abritait quelque chose qui ressemblait à de la pitié, et Ruth avait tourné les talons et s'était enfuie.

Le lendemain de sa rencontre avec Bette, Pete se rendit chez *McGuire's*, où il trouva Devlin et Horowitz installés dans un box d'angle. Il repensa à ce qu'il avait appris à la bibliothèque municipale de New York. Il regarda de loin Horowitz, songeant aux mensonges que celui-ci avait dû proférer. Se demanda comment le journaliste s'était accommodé d'être ce genre d'homme.

À son approche, ils interrompirent leur conversation.

— Tu veux quelque chose ? demanda Devlin.

— J'ai besoin de vous parler. Je vous paie un verre ?

Les deux hommes échangèrent un regard, puis Horowitz se pencha.

— Ça ne va pas, ça, Wonicke. Tu ne travailles plus. Tu ne peux pas rappliquer ici et…

— Je ne cherche pas d'infos. J'ai quelque chose à vous dire.

S'adressant à Devlin :

— J'ai parlé de Lou Gallagher avec quelqu'un.

Puis, à Horowitz :

— C'est un des petits copains de Mme Malone.

Devlin saisit une poignée de cacahuètes dans une soucoupe sur la table, qu'il balança dans sa bouche.

— Et ?

Pete se glissa dans le box opposé.

— Cette femme m'a raconté qu'il s'était débarrassé de leur nouveau-né. Il a prétendu que l'enfant avait été adopté, mais elle n'a jamais rien signé et on lui a dit qu'il n'y avait pas de dossier. Le bébé s'est volatilisé.

Il se pencha.

— Écoutez, il s'est débarrassé de son bébé qui le gênait. S'il a fait ça à une femme, se débarrasser d'un enfant, vous ne croyez pas qu'il pourrait recommencer ? Vous ne croyez pas qu'il serait capable de se débarrasser de deux enfants ? Peut-être les enfants Malone le gênaient-ils dans sa relation avec la mère ? Peut-être étaient-ils…

— Peut-être, peut-être, peut-être, fit Devlin en inclinant la tête. Tu as des preuves de tout ça ? Comment s'appelle cette femme ? Où puis-je la trouver ? Elle n'est jamais venue raconter son histoire à l'époque – ou alors, ça n'a rien donné. Gallagher est blanc comme neige.

— Elle… Elle n'a pas de domicile fixe.

— C'est une clocharde ?

— Non, c'est une… eh bien, elle est…

— Une *pute* ? Bon Dieu, Wonicke, tu te fous de moi ! On me rirait au nez, au bureau du procureur !

Il but une gorgée de soda et poursuivit :

— Écoute, petit, je sais que tu es passionné par cette histoire. Tu y as passé beaucoup de temps, tu es investi. Je comprends ça. Mais il n'y a rien de bien compliqué là-dedans. Je sais que la Malone l'a fait. Elle est à 100 % coupable. Oui, on sait qu'elle a eu un complice. Quelqu'un l'a aidée à faire sortir les gamins de l'appartement, à les garder tranquilles. Quelqu'un l'a aidée à dissimuler les corps. Et peut-être que c'est ce Gallagher.

« Mais on ne pourra jamais le traîner en justice. Il a tout le monde dans la poche. Il joue au golf avec le chef de la police, et sa femme appartient à plusieurs associations caritatives avec celle du juge Ames. Mais lui n'a pas d'importance. On doit se concentrer sur Mme Malone. Elle était là. Et même si elle ne les a pas tués, elle était impliquée. C'était leur mère ; le travail d'une mère consiste à prendre soin de ses enfants. C'est elle qui est responsable.

Il se pencha, le visage tout près de celui de Pete :

— Et ne t'y trompe pas, c'est elle qui va payer pour ça. On a eu aujourd'hui une lettre qui pourrait constituer le dernier maillon de la chaîne. Encore une ou deux semaines, et on aura tout ce qu'il faut pour l'inculper.

15

Ruth se réveilla dans le fauteuil près de la fenêtre. Le silence régnait dans la rue, mais une aube blafarde filtrait déjà à travers les lattes des stores. Elle se leva, étira sa nuque et ses épaules endolories, se frotta la mâchoire là où elle avait grincé des dents, décida de prendre un bain chaud. Elle longea le couloir, devant des portes closes, devant Minnie, qui geignait dans son sommeil. Elle prépara du café, y ajouta deux doigts de vodka.

Le bruit réveilla la chienne, qui arriva en trottinant dans la cuisine, tournicota autour de sa gamelle vide, gémit doucement. Ruth l'ignora, emporta sa tasse dans la salle de bains et ferma la porte à clé derrière elle. Elle posa le café par terre et s'assit sur les toilettes. Elle expira longuement plusieurs fois.

Frank était reparti. Le silence et la distance entre eux deux avaient grandi, s'étaient amplifiés, mais elle ne s'en souciait pas suffisamment pour s'efforcer de les combler.

Lorsqu'il rentrait, il la trouvait assise dans l'obscurité, les yeux dans le vide, une cigarette consumée entre les doigts. Il lui chuchotait à l'oreille mais elle l'ignorait, puis il la laissait seule, ce dont elle le remerciait.

Jusqu'à ce qu'un soir, il allume la lumière, lui demande comment elle allait, sans qu'elle réponde, comme toujours. Il tenta de l'étreindre, et elle demeura toute molle contre lui. Il se mit en colère et la secoua. Sans obtenir aucune réaction.

Il se mit à pleurer – à ce moment-là, elle le regarda, parce qu'elle ne l'avait jamais vu pleurer auparavant. Elle fixa son visage rouge et ses joues humides, il se rapprocha vivement, lui assena une gifle, fort, et tandis qu'il criait, elle regardait la salive au coin de ses lèvres.

— *Il n'y a pas que toi que cela concerne !*

Ne sachant pas quoi dire, elle ne dit rien, et il continua de la regarder fixement, et bon Dieu, pourquoi le regardait-elle comme ça, demanda-t-il, et il la frappa encore et encore, jusqu'à ce qu'elle sente le goût du sang dans sa bouche. Au bout d'un moment, il cessa de la frapper, il cessa de pleurer, et partit dans la chambre. Elle entendit les tiroirs s'ouvrir et se fermer, des jurons étouffés, une série de coups sourds. Puis il se dressa sur le seuil de la porte, une valise à la main, et tandis que les traits de son visage remuaient, qu'il lui parlait, elle contemplait son front, ne souhaitant qu'une chose, plus qu'elle ne l'avait jamais souhaité de sa part, qu'il quitte l'appartement. Elle ferma les yeux, la voix de Frank finit par disparaître, et le silence tomba. Elle retint son souffle jusqu'à ce que la porte se referme derrière lui. Elle se leva alors du canapé et se rendit dans la cuisine. Elle ouvrit le placard, trouva son mug aux rebords ébréchés qu'il avait oublié d'emporter. Elle le balança contre le mur et le regarda voler en éclats.

Frank était donc parti, de nouveau, mais sa mère était de retour. Sa mère qui ne pouvait pas comprendre pourquoi Ruth gâchait son mariage. Qui n'avait jamais compris comment Ruth pouvait vouloir davantage qu'un beau mari et deux enfants. Et Frank appelait tous les jours parce qu'ils étaient tous les deux *horriblement inquiets* et qu'*elle ne devrait pas rester seule*. Et maintenant, elle se trouvait derrière une porte close, les mains dans les cheveux, des larmes coulant en silence sur son visage, et elle était tellement soulagée d'être seule qu'elle en était presque malade. Elle fit pipi, pleura, se sentit se vider jusqu'à ce que la boule dans sa gorge ait disparu. Elle se leva, ouvrit le robinet en grand, se moucha, et tira la chasse sur le pipi, le mouchoir et le chagrin. En attendant que la baignoire se remplisse, la tension l'envahit de nouveau à l'idée que la chienne se remette à gémir, parce qu'elle avait besoin de manger, d'être sortie, besoin, besoin, besoin. À l'idée que le bruit de l'eau ne réveille sa mère, dans l'attente qu'on frappe à la porte, et que cette voix insistante lui demande ce qu'elle fabriquait – prendre un bain en un moment pareil, avec tellement de choses à faire, qu'est-ce que les gens allaient penser –, les épaules tombantes, elle exhala doucement.

— Allez vous faire foutre, chuchota-t-elle à l'adresse de la porte, les mâchoires crispées de fureur, crachant les syllabes. Allez vous faire foutre, laissez-moi toute seule, laissez-moi surmonter ça *à ma façon*.

Elle ferma les yeux, serra les poings en enfonçant ses ongles dans sa peau, jusqu'à être consciente de la douleur, et que la vague de colère soit passée. Elle ramassa la bouteille de bain moussant Avon que Gina lui avait donnée pour son anniversaire, et en renversa la moitié sous le jet du robinet. Respira les senteurs de rose et de géranium, imagina sa mère aspirer entre ses dents et cracher des commentaires outrés sur le gâchis.

Tandis que la baignoire se remplissait, elle contempla dans le miroir son visage blafard. Elle plissa les yeux jusqu'à ce que ses traits s'estompent. Fit de nouveau le point. L'éclairage impitoyable de la salle de bains n'offrait aucun recoin où se cacher. La peau huileuse encore gonflée de sommeil, les pores noirs. Chaque bouton, chaque bosse, chaque cicatrice : ils étaient tous là.

Elle avait un jour connu un type qui était successivement passé de la bière au bourbon, puis à quelque chose d'encore pire, et qui éprouvait le besoin, la nécessité de se gratter et se pincer la peau des heures durant. Avachi sur une chaise, inconscient des conversations autour de lui, il se grattait le crâne, les bras, le cou, les lèvres, jusqu'à se faire saigner. Elle savait qu'elle éprouvait la même démangeaison.

Juste sous sa lèvre inférieure se dessinait un minuscule point noir. Presque invisible. Elle pressa celui-ci sans qu'il se passe rien. Plus fort encore, et son ongle entama la peau. Une bulle de sang, suivie d'une goutte de liquide clair. Elle inspira sous la piqûre. Puis exhala lentement, longuement.

Elle tourna la tête pour éclairer l'autre côté de son visage, tira sur sa peau jusqu'à son oreille. Contempla les vieilles cicatrices d'acné sur sa pommette. Quelquefois, elle trouvait la laideur bizarrement réconfortante.

Une demi-heure plus tard, toujours allongée dans l'eau tiède, sirotant toujours son café mêlé de vodka, elle entendit s'ouvrir la porte de la chambre, et sa mère trottiner dans le couloir. Elle avala une longue gorgée, se prépara.

Puis on frappa à la porte d'entrée : les aboiements de Minnie, le pas de sa mère qui changeait de direction, le battant qui s'ouvrait, et Devlin qui parlait à mi-voix. Perçut sa mère, troublée d'ouvrir en chemise de nuit : « Je crois qu'elle est dans la salle de bains. Je vais la chercher. Je vous en prie, entrez » – comme s'il s'agissait là d'un invité, bon sang – sa voix qui se rapprochait tandis qu'elle marchait vers la salle de bains, puis le coup attendu et un nerveux : « Ruthie, c'est la police. »

Ruth demeura silencieuse, s'accrochant à cette sensation de pouvoir. Qu'elle attende donc. Qu'elle se sente impuissante, peu sûre d'elle. Sans maîtrise des événements.

Mais le coup se répéta, et le chuchotement se fit plus fort :

— Ruth ! La police est là. Ils veulent te parler.

Ruth plongea dans la mousse et ferma les yeux.

— Je suis dans mon bain.

Sachant quelle serait la réponse. Se cramponnant au pouvoir de cette porte fermée à clé.

— Eh bien, sors de ce bain ! Tout de suite ! Qu'est-ce que tu fais à te prélasser dans un bain dans la journée, pendant que tes enfants… quand il se passe tout ça ?

Ruth reposa la tête en arrière et leva sa tasse.

— Et quand il y a des hommes à la maison qui attendent de te parler !

Ah, voilà où résidait le cœur du problème.

Elle avala une nouvelle gorgée, sentit la chaleur s'enrouler autour d'elle.

— Dis-leur qu'ils vont devoir attendre. Ou bien de s'en aller et de revenir plus tard. Je suis occupée.

Un silence choqué, puis :

— Pour rien au monde, je ne leur dirais une chose pareille ! Sors tout de suite de ce bain ! Tu ne peux pas les faire attendre, ils…

— Je peux, et c'est ce que je vais faire. Je suis dans mon appartement. Je ne les ai pas invités. Ils sont là sans arrêt, à poser leurs questions, leurs foutues questions, encore et encore, et je ne peux pas… je veux qu'on me laisse tranquille.

Elle tendit la main vers l'étagère au-dessus de la baignoire, tourna le bouton de la radio et la voix chaude et sirupeuse d'Elvis résonna à fond, masquant le filet de voix dégoûté de sa mère.

Elle sentit quelque chose s'engouffrer en elle. Sut qu'il s'agissait de la force.

Elle ne comprit pas qu'ils lui feraient payer ça plus tard. Que c'était là le jour où tout allait de nouveau changer.

Ruth mettait la dernière main à sa coiffure dans sa chambre lorsqu'ils revinrent. Elle demanda à sa mère de les faire entrer. Alluma une cigarette et longea lentement le couloir, s'efforçant de faire durer le sentiment qu'elle avait éprouvé plus tôt.

Elle pénétra dans le salon et la peur lui picota les aisselles, la naissance des cheveux. Planté devant la fenêtre, les mains jointes derrière le dos, Devlin regardait dehors. Peut-être était-ce l'appartement de Ruth, mais ceci était l'interrogatoire de Devlin.

Il se retourna à son entrée, la salua de la tête – « Madame Malone » –, elle, puis un autre homme sur le canapé. Gros. Souriant. Suant dans son costume et sa cravate.

— Voici le sergent Mackay.

— Messieurs.

Elle s'assit avec élégance, se pencha pour tapoter sa cendre dans le cendrier. Lorsqu'elle leva les yeux, les deux hommes l'observaient. Elle se concentra sur Devlin.

— Si nous vous avons dérangée plus tôt, madame Malone, je m'en excuse. Si nous avons dérangé vos habitudes matinales. Il semble que vous ayez eu largement le temps de vous préparer, ajouta-t-il tandis qu'il la détaillait du regard.

Elle dut se forcer à ne pas croiser les bras sur son corps, ne pas dissimuler son visage dans ses mains. Au lieu de cela, elle inspira puis souffla une longue volute de fumée dans sa direction. Un minuscule geste de défi désespéré.

— Que puis-je pour vous ?

Davantage de questions, bien entendu. Ils continuèrent pendant des heures, tournant autour des détails de cette nuit-là comme des chiens. Peut-être n'avait-elle pas mis le crochet à la porte, après tout. Peut-être s'était-elle trompée dans les heures qu'elle leur avait données. Ils fouaillaient, titillaient, s'efforçant de la provoquer, de la mettre en colère. La peur monta dans son ventre comme une faim. Puis ils changèrent de tactique.

— Ruth – je peux vous appeler Ruth ? dit Mackay sans attendre de réponse. Y a-t-il quelque chose que vous vouliez nous dire ? Que vous ayez en tête ?

Elle le fixa. Secoua la tête.

— Vous êtes sûre ? Voyez-vous, nous avons de nouveaux indices, qui jettent quelques… doutes sur votre version. Êtes-vous certaine de ne rien vouloir nous confier ?

Un nouveau hochement de tête. Elle se força à le regarder en face.

La voix de Mackay était douce, persuasive. Devlin battit en retraite vers la fenêtre, sortit ses cigarettes et laissa l'autre homme continuer de parler.

— Nous savons qu'un accident est vite arrivé. Les enfants n'écoutent pas, se tiennent mal. Vous voulez juste leur donner une fessée. La situation vous échappe. Accidentellement. Cela peut arriver à n'importe qui.

Une nouvelle vague de peur, semblable à de l'eau glacée, se brisa sur sa nuque. Mais avec elle, un léger soulagement.

Enfin. Ça y était. L'accusation était ce dont elle avait eu peur, et maintenant qu'elle était là, elle trouvait en elle la force de combattre.

— Vous pensez que j'ai fait du mal à mes enfants ? Vous pensez que je les ai tués ?

Il y eut une pause, et elle les sentit échanger un regard. Puis, de nouveau, cette voix douce.

— Ruth, cette chose… quoi qu'il ait pu se passer, vous pouvez nous le dire. Nous avons déjà tout vu, vous savez. Nous savons comment ces choses peuvent se produire.

Elle ne répondit rien.

— Si vous nous dites tout maintenant, cela sera préférable pour vous. Qu'en dites-vous ? Ruth ?

Il s'était écoulé quatre jours depuis sa conversation chez *McGuire's* avec Devlin, et Pete éprouvait la nécessité de parler de nouveau à Ruth. Il ne pouvait penser à Salcito, Gallagher, Devlin – sans se heurter au regard magnétique de Ruth, à sa bouche soyeuse. Il devait lui parler car il ne supportait plus de ne pas lui parler.

Il connaissait maintenant ses habitudes. Elle serait chez *Gloria's* parce qu'on était jeudi. Seule en compagnie de son bourbon Jim Beam – mais il y aurait en arrière-plan quelques ombres en train de l'observer, et il lui faudrait agir avant.

Il se représenta la scène. Lui, se glissant le long du bar, Ruth obéissant au signal de cette silhouette informe qui ressemblait à toutes les autres, sortant ses cigarettes pour qu'il puisse lui offrir du feu.

Peut-être ne le reconnaîtrait-elle pas. Peut-être se contenteraient-ils d'une conversation à bâtons rompus. Le bar. Le temps. Les Giants.

Tout aussi naturellement que si rien n'avait été planifié. Peut-être alors se sentirait-il un peu moins comme un chien guettant l'étal du boucher de l'autre côté d'une rue animée, se demandant si la faim et la chance suffisaient pour lui permettre de traverser la circulation sans dommage. À ce moment-là, elle plisserait les yeux et écraserait sa Lucky à demi fumée.

— Je me souviens de vous.

Le ton glacial, mal assurée sur son tabouret de bar.

— Qu'est-ce que vous voulez ?

Il ne saurait pas comment lui répondre. Elle lui faisait peur et elle le sentirait, tout comme il sentirait le moment où elle prendrait conscience de ce pouvoir, lèverait le menton pour le fixer, et où il s'efforcerait de garder son calme, de penser à son mari. À Devlin.

Mais il était entièrement perdu dans son rayonnement noyé de fumée, et elle le saurait également.

Alors, elle viderait son verre, le reposerait avec bruit sur le bar et se redresserait comme un patineur évoluant sur la glace mince.

— Allons, venez, Mystérieux inconnu.
— Quoi ?
— Allons-y. L'alcool est moins cher chez moi (un sale regard en direction de Hud, qui se contenterait de se gratter la joue en souriant et de continuer à essuyer tranquillement ses verres) et vous pourrez me raconter tout ça.

Elle aurait un rire. Il ne l'avait jamais vue rire auparavant.

— Si vous arrivez à retrouver votre langue.

Mais une fois chez elle, enveloppée dans la voix rauque et âpre d'un chanteur de jazz, dans une mélodie basse pleine de nostalgie, étourdie par le tourbillon coloré de cinq whiskys, Ruth mettrait fin aux railleries légères. Elle leur servirait un verre en silence, et avalerait le sien cul sec d'un air de défi. Puis elle se tairait, et il resterait désarmé pendant qu'elle marchait sur lui, et il serait obligé de fermer les yeux pour ne plus voir son reflet dans ses pupilles noires affamées.

Il imaginait sa chaleur, l'odeur de sa poudre, ses cheveux, puis ses lèvres sur les siennes.

Il l'embrasserait doucement, de la façon dont il avait toujours embrassé les filles, mais sa bouche à elle le presserait avec force, brûlante, en manque, et il ne saurait pas comment répondre. Il se sentirait rougir et tenterait de lui déposer dans le cou de petits baisers doux.

Mais elle prendrait son visage dans ses mains, prendrait de nouveau sa bouche et chuchoterait contre ses lèvres :

— Ne pense pas.
— Hein ? Je…

Surpris, il s'écarterait peut-être, mais elle le poursuivrait, d'une voix cette fois-ci plus dure :

— Cesse de penser. Contente-toi de ressentir.

Avant même qu'il ait pu lui demander ce qu'elle voulait dire, qu'il admette qu'il ne savait pas comment faire, sa bouche serait contre la sienne, sa langue contre la sienne, il éprouverait contre ses lèvres son souffle chaud et ses dents pointues, et il ressentirait de la peur mêlée à un désir grandissant. Qu'ils viennent, qu'ils montent en lui comme un grand souffle pour qu'il puisse ressentir. Il ne fut plus que sensation.

À cet instant, son imagination franchit la barrière de la pensée consciente, réduite à une série d'images et de perceptions pures. La douce aspiration des lèvres de Ruth. Le murmure soyeux de sa voix, de sa chevelure. L'étendue de sa gorge blanche. La longue courbe de ses paupières fermées. Sa chaleur. La douleur irrégulière alors qu'elle l'agrippait de ses doigts surmontés de rouge. Ses gémissements. Son goût salé. Puis, le sommet d'une immense vague, et le sentiment d'un impossible retour en arrière.

Et après. Comment cela serait-il, après ?

Se réveillerait-il avec elle dans des draps emmêlés, moites de leurs sueurs mélangées, son odeur dans la tête et ses yeux posés sur lui ? Ou bien se réveillerait-il tout seul, les muscles endoloris, un bruit d'eau en arrière-plan, et puis Ruth sur le seuil de la porte, en contre-jour, une silhouette tout habillée, qui ne cadrait pas.

— Tes vêtements sont là. Tu peux prendre un taxi sur Main Street.

Son cerveau chercherait la mémoire de sa chaleur, l'odeur de sa peau sous la poudre et les crèmes. Mais le maquillage aurait été reconstitué, et la femme qu'il avait touchée serait dissimulée sous des sourcils arqués et une longue bouffée de cigarette. Et lorsqu'il essaierait de l'embrasser, ses lèvres ne rencontreraient qu'une joue froide.

Comment cela se passerait-il ?

La nuit était froide, la rue silencieuse, habitée de ce calme qui précède l'aube. Il marcha plus d'une heure en pensant à elle. En repoussant de son esprit l'image de son mari, celle du visage de sa mère, des enfants de Ruth. Repoussant sa propre honte, sa propre culpabilité.

Il s'efforça de se concentrer uniquement sur elle. Sur son beau visage fatigué. Sur le goût qu'elle aurait. Les bruits qu'elle ferait. La douceur de sa peau sous ses doigts. Il s'aperçut qu'il lui était facile de ne penser qu'à elle.

Il sentait son cœur battre et il l'imaginait battre en chœur avec celui de Ruth. Il pensa au lien entre eux qui s'étendait à travers toute la ville : élastique, chargé de possibilités. De promesses.

Il pensa à sa voix. À son physique, à la texture de ses cheveux, de sa peau et de sa bouche. Il pensa aux choses qu'il voulait lui dire, aux lettres qu'il voulait écrire tout en sachant qu'il ne les enverrait jamais.

Il sentait au creux de l'estomac, au fond de la gorge, la douleur du désir. Il sentait l'espace où elle aurait dû se trouver.

Frank passa, en déclarant qu'il avait besoin de lui parler.

La mère de Ruth lui sourit, lui tendit sa joue à embrasser, annonça qu'elle allait les laisser seuls, que de toute façon, elle avait prévu d'aller à l'église ce matin.

Ils se rendirent dans le salon et Ruth s'installa près de la fenêtre pour fumer. Elle vit sa mère descendre l'allée, dos voûté, jambes raides. Elle laissa les paroles de Frank glisser sur elle, la chaleur du soleil hivernal la détendre à travers la vitre.

Puis il dit quelque chose qui la fit sortir de sa rêverie. Elle se retourna.

— Devlin a dit quoi ?

— Il m'a dit que le passage au détecteur de mensonges ferait cesser toutes les questions. Que si nous passions tous les deux le test, ils nous laisseraient tranquilles.

Ruth alluma une autre cigarette, souffla une bouffée et plissa les yeux en le regardant :

— Et tu l'as cru ?

Frank écarta les bras en un geste qu'elle connaissait bien. C'était sa réaction de j'ai-pas-vu-passer-l'heure. Sa posture de ils-ne-m'ont-pas-dit-que-tu-avais-appelé, je-n'ai-pas-pu-avoir-l'argent-aujourd'hui.

— Ruth, c'est un flic. Il veut simplement trouver le coupable. C'est son boulot.

Elle inspira une nouvelle bouffée, fixa le sol. Pensa à Devlin et à l'autre flic – Mackay. Sa voix qui lui disait qu'il comprenait. Qu'il savait comment la situation pouvait dégénérer. Cette voix basse, insinuant qu'il savait qu'elle avait tué ses enfants. Il y avait des mois qu'ils insistaient, insistaient. Elle devait trouver un moyen de les faire cesser.

Deux jours plus tard, Ruth était installée sur le siège dans la pièce sombre.

Elle avait dit à Devlin qu'elle se soumettrait au polygraphe, mais voulait que Frank y soit également soumis. Et elle voulait être certaine d'être seule dans la pièce avec les techniciens, sans que personne ne l'observe. Elle en avait assez d'être surveillée.

— Parfait. C'est parfait, madame Malone. Bien sûr, si c'est ce que vous voulez.

— Et Frank le passera au même moment ?

— C'est ça. Tous les deux. Il sera dans la pièce voisine.

Elle fuma cigarette sur cigarette pendant que le technicien vérifiait les branchements et le fonctionnement de la machine.

— Ce n'est pas légal, vous savez. J'ai lu que ça n'était pas reconnu devant les tribunaux.

L'homme garda la tête baissée, tourna des cadrans et manœuvra des interrupteurs.

— Il doit y avoir quelque chose qui ne va pas avec ce truc. Sinon, on l'accepterait au tribunal.

L'homme demeura silencieux, mais jeta un coup d'œil en direction de la porte.

Ensuite, ils débutèrent :

— Votre nom est bien Ruth Marie Malone ?

— Oui.

— Quel âge avez-vous ?

— Vingt-six ans.

— Êtes-vous mariée ?

— Je ne le suis plus.

— La nuit du 13 juillet 1965, vous trouviez-vous seule dans votre appartement avec vos enfants ?

— Oui.

— Avez-vous jamais fait du mal à vos enfants ?

— Non.

— Quand avez-vous vu vos enfants en vie pour la dernière fois ?

— J'ai déjà répondu à tout cela. Une multitude de fois.

— Quand avez-vous vu vos enfants en vie pour la dernière fois ?

— Vous posez les mêmes questions à Frank ?

Le technicien coula un regard en direction du miroir le long du mur.

— Vous lui posez les mêmes questions ?

— Je suis désolée, madame, je ne…

— Frank Malone. Mon ex-mari. Il est en train de passer l'examen en ce moment dans la pièce voisine.

— Il n'y a… Nous n'avons qu'une machine.

Ruth arracha les câbles de son bras et les balança à la figure du technicien ahuri comme s'ils étaient radioactifs. Puis elle marcha sur le miroir et s'adressa directement à celui-ci.

— Espèce de salopard. Vous m'avez menti !

Et puis :

— Je vous entends vous foutre de moi, espèce de saleté ! Ça n'est pas juste. *Ça n'est pas juste !*

Elle crachait ses paroles aux hommes derrière le miroir.

— La vérité sur mes enfants ne vous intéresse pas – vous voulez simplement tout retourner contre moi !

LA MÈRE DES ENFANTS MALONE
REFUSE DE PASSER AU DÉTECTEUR
DE MENSONGES

par Tom O'Connor, correspondant permanent

QUEENS, **9 novembre** – Nous avons appris hier que la mère de deux enfants assassinés a refusé de se soumettre à l'examen du détecteur de mensonges pour répondre à des questions sur le mystère qui entoure leur décès.

Frank Malone junior, cinq ans, et sa sœur Cindy, quatre ans, ont disparu de leur appartement du rez-de-chaussée à Kew Gardens Hills dans la nuit du 13 juillet 1965, et ont été retrouvés morts par la suite dans les alentours. Ils vivaient avec leur mère, Ruth Malone, âgée de vingt-six ans, séparée de leur père, Frank Malone senior. La tragédie a brièvement réuni M. et Mme Malone.

En dépit d'une enquête poussée, la police n'a pas encore été capable de réunir suffisamment d'éléments pour procéder à une arrestation.

Mme Malone avait dans un premier temps accepté d'aider les enquêteurs en se soumettant à un examen polygraphique. Nous avons maintenant appris qu'elle a refusé de passer ce test car les résultats ne sont pas recevables devant un tribunal.

Un porte-parole de la police a confié à notre journal : « Mme Malone a affirmé qu'elle se soumettrait au détecteur de mensonges pour prouver son innocence, mais en réalité elle n'avait aucune intention de le faire. Elle savait depuis le début que les résultats du polygraphe ne peuvent pas être validés dans un procès. »

Les détecteurs de mensonges opèrent en mesurant les réponses physiologiques, telles que la pression sanguine, le pouls et l'activité des glandes sudoripares au cours de l'interrogatoire. Toute variation significative de ces paramètres peut indiquer que le sujet ment.

> Mme Malone a quitté son appartement ce matin, et refusé de commenter son défaut de se soumettre à l'examen, ainsi que les rumeurs sur l'imminence d'une arrestation.

Un nouveau coup de téléphone. Cette fois-ci, ils voulaient que Ruth vienne au poste de police.

— Juste pour quelques questions.

Elle entra la tête haute, demanda à contacter un avocat. Devlin lui rétorqua qu'elle n'en avait pas besoin. Elle demanda une nouvelle fois, il lui répliqua qu'elle devait avoir quelque chose à cacher. Elle réitéra sa demande, il l'amena à un téléphone, et elle appela Arnold Green.

Celui-ci répondit d'un ton distrait, et quand il reconnut son interlocutrice, il se fit circonspect.

— Madame Malone. Que puis-je pour vous ?

— Je suis au poste de police. Je crois… J'ai besoin d'un avocat.

Il y eut un moment de silence, puis il répondit :

— Je suis spécialisé dans les affaires de divorce, madame Malone. En droit de la famille. Les affaires civiles.

— Je ne… Je ne sais pas quoi faire.

— Je suis désolé. Je ne peux vous aider dans ces circonstances particulières.

Elle ouvrit la bouche pour répliquer, mais il avait déjà raccroché.

Elle se retourna vers Devlin, et sans le regarder, lui dit qu'elle avait besoin d'un avocat.

— Vous voulez dire que vous avez besoin que nous désignions quelqu'un pour vous ?

Elle fixa un point sur le mur quelque part à gauche de sa tête.

— Oui. C'est ce que je veux dire.

— Je vais voir ce que je peux faire. Gardez bien présent à l'esprit – et elle perçut le sourire dans sa voix – que cela peut prendre un moment. Je ne vois pas quel avocat pourrait se charger de cette affaire.

Ils l'enfermèrent dans une pièce aveugle avec le chauffage monté au maximum, et une porte qui ne s'ouvrait que de l'extérieur. Quinn vint lui apprendre qu'ils essayaient de mettre la main sur quelqu'un au bureau des avocats commis d'office. Elle ne releva pas les yeux, se contenta d'attendre que la porte se referme.

Des heures plus tard, celle-ci s'ouvrit de nouveau et elle entendit Quinn annoncer :

— Elle est là.

Elle leva les yeux et découvrit un inconnu. Un homme âgé d'une cinquantaine d'années à la chevelure argentée et aux yeux bleu vif. Il portait un beau costume, une pince à cravate et une chemise blanche immaculée. Elle prit brusquement conscience de la chaleur qui régnait dans la pièce, de l'image qu'elle devait présenter. Elle repoussa ses cheveux en arrière, esquissa un geste pour se lever, et il l'invita à s'asseoir en lui tendant la main.

— Henry Scott. Je suis votre avocat.

Sa peau était sèche, et il sentait l'eau de Cologne : un parfum boisé. Frais.

Elle laissa échapper :

— Vous ne venez pas du bureau des avocats commis d'office.

Il lui sourit, d'un sourire qui lui évoqua quelqu'un d'autre.

— Non, effectivement.

Il se retourna alors vers Quinn, et lança d'un ton tranchant :

— La chaleur dans cette pièce est étouffante. Débrouillez-vous pour régler la température, ou bien trouvez-nous un autre endroit. Apportez-nous de l'eau. Du café et des sandwiches – et assurez-vous que mon cabinet dispose des copies de toutes les bandes des interrogatoires de ma cliente ainsi que des transcriptions d'ici demain matin.

Quinn rougit et acquiesça. Une fois qu'il fut parti, Scott se retourna vers Ruth.

— M. Gallagher a engagé mes services. Je crois que c'est un ami à vous.

Elle comprit alors qu'il lui rappelait Lou. Elle éprouvait la même sensation avec les deux hommes : c'était là un type qui savait ce qu'il faisait. Qui pouvait prendre soin d'elle.

Scott posa sa serviette, secoua la tête.

— Pathétique.

Elle le regarda. Il sourit de nouveau, avec un signe de tête en direction de la porte.

— Il est clair qu'ils n'ont rien contre vous. Ils vous soumettent à ce genre de traitement pour tenter de vous briser. S'ils disposaient de véritables preuves, ils les montreraient. Tout ceci (il eut un geste pour englober la petite pièce), tout ceci me dit qu'ils n'ont rien, et qu'ils essaient de vous mettre la pression pour obtenir des aveux.

Elle éprouva brusquement la sensation vertigineuse de pouvoir reporter la responsabilité sur quelqu'un dont le travail consistait à prendre soin d'elle. Elle éprouva prudemment ce sentiment. Se redressa, le regarda dans les yeux, et attendit qu'il commence.

Scott était assis à côté d'elle. Elle distinguait à peine l'odeur de ses cigares de prix sous celle des cigarettes que tous les autres fumaient à la chaîne. Devlin se trouvait en face d'elle, et à côté de lui, un type au visage mince qu'elle n'avait jamais vu auparavant. Carey, Caruso – quelque chose comme ça. Il avait une expression furtive, tel un rat.

Ils étaient quatre dans la pièce, mais pour ce qui la concernait, il n'y avait que Devlin et elle.

Le flic se pencha, la transperçant de son regard, vrillant toujours plus profond, jusqu'à ce qu'elle ait la sensation qu'il se trouvait dans sa tête. Elle lutta pour le repousser, pour l'éjecter. Pour que ses pensées demeurent les siennes propres.

Sans la quitter des yeux, il tendit la main pour que l'homme à la tête de rat puisse lui donner un dossier kraft. Il posa le dossier sur la table entre eux et ouvrit celui-ci. Étala les photos entassées à l'intérieur comme s'il distribuait des cartes à une table de jeu. Tout cela sans la quitter des yeux.

— Regardez-les, madame Malone.

Elle était incapable de détourner les yeux de son visage. Sinon, il y verrait un signe de faiblesse.

— Regardez-les, s'il vous plaît.

La voix de Scott s'éleva, comme de très loin :

— Je dois vraiment émettre une objection. Ma cliente…

Elle l'ignora, garda les yeux rivés à ceux de Devlin.

— REGARDEZ-LES !

Sa voix, son poing sur la table la firent sursauter : elle recula sous le choc, baissa les yeux.

Son esprit demeura tout d'abord incapable de comprendre ce qu'elle voyait. Il y avait des feuilles, des ombres, des brindilles. Puis elle distingua une chaussure. Et un pied à l'intérieur de celle-ci. Ce qu'elle avait pris pour une petite branche était une jambe. Ce qu'elle avait pris pour un nœud dans le bois était une contusion.

Elle tendit la main et la caressa doucement. Elle avait vu cette contusion alors que celle-ci était encore une égratignure qui saignait. Elle l'avait baignée d'eau salée chaude, l'avait badigeonnée de teinture d'iode. Elle l'avait maintenue tandis qu'elle se tortillait pour échapper à la douleur. Elle avait déposé un baiser dessus pour l'apaiser.

Alors, elle embrassa le bout de ses doigts, pressa sa bouche sur la peau tiède et rose, sentit sa propre chaleur et le sang qui pulsait en dessous, puis pressa son baiser sur cette jambe froide et sans relief.

Elle ferma les yeux un bref instant avant de passer à la photo suivante. Un bras dont la couleur sombre n'était pas due à une ombre. Une mèche de cheveux, blanche contre les gris de l'herbe sur laquelle elle était étalée. Le tissu déchiré d'un maillot gris pâle qui n'aurait dû être ni gris ni pâle, mais du bleu vif d'un ciel d'été.

Son regard ricocha plus rapidement par-dessus les clichés, sur le rythme de la voix de Devlin en fond sonore, qui enflait lorsque son regard flottait de photo en photo, et s'affaiblissait tandis que ses yeux tombaient sur une autre chaussure. Sur des marques de feuilles. Sur un gros plan de quelque chose de blanc et doux. Sur l'image floue de doigts repliés.

La tête penchée, elle atteignit la fin de la rangée de clichés, sentit la main de Scott sur son bras, perçut sa voix douce qui coupait la dureté de Devlin. Elle n'entendait pas leurs paroles. Était incapable d'articuler.

Elle serra les lèvres, secoua la tête pour éliminer le bruit. Les voix s'interrompirent, puis, dans l'intervalle qui suivit, elle entendit très clairement Scott annoncer :

— Ma cliente a besoin d'une pause.

De nouveau, elle fit non de la tête, parce qu'une pause signifiait être obligée de se lever. Quitter cette pièce pour une autre qui lui ressemblerait beaucoup. Décider si elle voulait ou pas du café, si elle avait besoin de se rendre dans des toilettes carrelées glacées sous le regard dur d'un agent de police féminin.

Alors que rester signifiait qu'elle pouvait continuer à serrer ses bras contre elle. Demeurer à l'intérieur d'elle-même. Au calme. En sécurité.

Jusqu'à ce que Devlin se penche, que l'insistance de ses paroles finisse par transpercer sa carapace – que sa voix s'acharne, s'acharne, et qu'il n'y ait plus d'endroit où se cacher.

— Ce qui est arrivé à vos enfants était une tragédie, madame Malone. Nous sommes tout près d'effectuer une arrestation. Tout près.

Son souffle sur sa peau comme celui d'un amant.

— Nous savons que vous n'avez pas agi sans aide. Personne n'a entendu de voiture devant chez vous cette nuit-là, donc, qui que cela ait pu être, nous savons qu'il s'est garé un peu plus loin. Il fallait deux personnes, ou bien un homme fort, pour sortir les enfants de l'appartement et les porter sur cette distance. Nous voulons mettre la main sur cet homme, madame Malone. Et nous avons besoin que vous nous aidiez à l'arrêter. Si vous nous aidez, nous pouvons vous offrir l'immunité.

Une pause.

— À moins que vous ne préfériez aller en prison à sa place ? Réfléchissez, madame Malone. Réfléchissez au fait d'être enfermée pendant des années pour un crime commis par quelqu'un d'autre.

Elle écouta le rythme des respirations dans la pièce, le rythme de la bande magnétique qui cliquetait, et songea à l'enfermement. Au fait de ne plus être capable d'aller marcher dehors. De danser. De boire. De rire. De ne plus pouvoir respirer.

— Vous ne voulez vraiment pas nous aider, madame Malone ? Si vous ne dites rien, nous serons obligés de conclure qu'il ne vous intéresse pas de rendre justice à vos enfants.

La saveur de ce mot était amère. La justice ne ramènerait pas Cindy et Frankie. Une condamnation pour meurtre ne pouvait pas ramener les morts. Alors, quelle importance que tout cela ?

La voix de Devlin brisa ses réflexions, tandis qu'il continuait de raconter l'histoire de cet homme.

— Peut-être êtes-vous restée dans l'autre pièce pendant qu'il agissait ? Pendant qu'il les réduisait au silence. Qu'il les emportait dehors. Vous n'êtes peut-être pas coupable de davantage que d'avoir bu un nouveau verre et d'avoir monté la radio. Est-ce ainsi que les choses se sont passées, madame Malone ?

Elle courba la tête. Il ne savait rien de la culpabilité.

Laisser ses enfants seuls à la maison ou avec une baby-sitter adolescente, pendant qu'on partait travailler huit heures debout sur des talons aiguilles blessants, à servir des verres à des connards qui pensaient acheter en même temps à chaque tournée le droit de vous tripoter, il n'en avait aucune idée. Laisser ses enfants endormis pendant qu'on partait rejoindre un homme qui paierait pour votre compagnie parce que votre fille avait besoin de chaussures, il n'en avait aucune idée. Expédier ses enfants au lit sur des estomacs à moitié vides, qu'on essayait de remplir avec de l'eau, et une goutte de whisky pour les faire dormir – parce que si on les laissait manger, il ne resterait rien pour le petit déjeuner, et que les chèques de votre bon à rien de mari étaient toujours sans provision, il n'en avait aucune idée.

Il ne savait rien du fait de rentrer d'un service de douze heures d'affilée, la vision de leur visage devant vous en permanence, à se cramponner à leur douce odeur pendant que vous essuyiez du vomi de vos chaussures, que vous ramassiez des mégots dans des verres à moitié vides. Et puis, franchir la porte, être assaillie par leurs bruits : les cris, les hurlements, les exigences incessantes, en nourriture, en attention, la sensation que leur simple existence – leurs chutes, leurs récriminations, leurs demandes, leurs *besoins* – vous donnait envie de filer à la baby-sitter tout l'argent qu'il y avait dans votre sac pour la supplier de rester. Ou bien, s'il n'y avait ni argent, ni baby-sitter, l'envie simplement de partir parce que vous étiez tellement fatiguée, et qu'il vous fallait juste un peu de temps toute seule. Un peu de paix.

Cet homme n'avait aucune idée de tout cela. Aucun de tous ces hommes. Ils recevaient des salaires d'hommes, et avaient des femmes pour s'occuper du bruit et du désordre, des problèmes de Jimmy à l'école, de la petite Susie qui ne voulait pas manger ses légumes, du bébé qui ne cessait de pleurer.

Ils ne savaient rien de la culpabilité. Ils n'étaient pas des mères.

16

Le cliquetis des talons de Ruth résonnait sur le trottoir. Elle se dirigeait vers sa voiture. Elle s'était douchée, habillée, maquillée. Elle avait appliqué de la lotion sur ses mains, mis ses boucles d'oreilles. Elle avait bu son café, sorti la chienne, glissé dans son sac à main une serviette périodique de rechange.

On était une semaine avant Thanksgiving. La journée était froide mais éclatante. Elle leva la tête pour sentir le soleil sur sa peau. Elle n'avait pas eu de nouvelles des flics depuis trois jours. Aucun coup de téléphone, pas de visite.

Elle entendit claquer une portière de voiture, des pas derrière elle. Alors qu'elle démarrait le moteur et tendait le bras pour fermer sa propre portière, une voiture surgit de nulle part pour la bloquer. Une main apparut au-dessus de sa porte. Elle leva les yeux, mais le soleil avait transformé la silhouette en une ombre dépourvue de visage. Elle fixa la main. Les ongles soigneusement coupés, un pouce court, une cicatrice blanche sur l'index. C'était une main très ordinaire, qui aurait pu appartenir à n'importe qui.

— Qu'est-ce que vous voulez ?

— Vous devez venir avec nous, annonça Devlin.

— Je ne *dois* rien faire du tout !

— Vous devez venir avec nous, madame Malone. Un grand jury vous a inculpée. Nous vous arrêtons pour le meurtre de votre fils et pour homicide involontaire sur votre fille.

— Je n'y crois pas. Je ne peux pas y croire.

— Madame Malone…

— Je ne vais nulle part avec vous.

Les mains sur le volant. Serrées.

— Je vous suggère de ne pas faire d'histoires, madame Malone. Les gens nous regardent.

Elle relâcha sa respiration puis sortit de la voiture, on lui demanda de donner ses clés à Quinn, qui se tenait impassible comme un mannequin à côté de Devlin. Elle les laissa tomber, et le regarda les ramasser à tâtons sur la chaussée. C'était tout ce qui lui restait.

Ruth s'assit à l'arrière de la voiture de Devlin, et fixa droit devant la matinée qui se déroulait sans elle.

Devlin se glissa sur son siège, faisant tanguer la voiture. Elle regarda dans le rétroviseur, vit qu'il l'observait.

— Quoi ?

— Vous savez, les choses auraient été beaucoup plus faciles pour vous si seulement vous aviez dit la vérité depuis le début.

Elle leva la tête. Le regarda dans les yeux puis laissa son regard dériver au-delà. Elle ne lui donnerait rien.

Ils ne prononcèrent plus une parole jusqu'au poste de police. Ruth descendit du véhicule, et à travers les portes vitrées devant elle, vit que l'entrée était bondée. Flics en uniforme, hommes en costume, secrétaires : ils étaient tous venus assister à son arrivée. Ils attendaient tous.

Elle s'arrêta. Inspira profondément. Se retourna vers Devlin.

— Je veux mon coup de téléphone.

Il haussa les épaules.

— Bien sûr. Personne ne peut vous aider, mais pourquoi pas ?

— Frank, c'est moi.

— Hein ? Ruth ? Quelle heure est-il ?

— J'ai… Je suis au poste de police. Ils m'ont arrêtée.

Un silence.

— Quoi ? Pour quelle raison ? Putain, qu'est-ce qui se passe ?

— Oui, je sais. Bon Dieu, Frank ! Ce salopard m'attendait devant l'immeuble ce matin. Il m'a embarquée sous les yeux de tout le monde.

— Seigneur… Ruthie. Je ne… Tu vas bien ?

— Écoute, je n'ai pas beaucoup de temps. Il faut que tu appelles Scott pour moi. Raconte-lui ce qui s'est passé.

— Bien sûr. Scott. OK.

— Tu as son numéro ? Tu l'as, Frank ?

— Ouais, je l'ai. OK, je l'appelle tout de suite. Je le retrouverai devant le poste de police.

— OK.

— Tu as besoin de quoi que ce soit ?

— Non. Juste de Scott.

— OK. Tiens bon. Je t'aime, bébé. Je suis là dans peu de temps.

— OK.

Pete faisait la queue chez *Mario's* pour commander son petit déjeuner avant d'aller travailler. La radio diffusa un bulletin d'informations. *Ruth Malone a été inculpée et arrêtée pour le meurtre de son fils et pour homicide involontaire sur sa fille.*

Il laissa retomber son journal et fixa la radio, jusqu'à ce que le type derrière lui file un coup de coude avec un signe de tête en direction de la serveuse au bar, qui le dévisageait, le sourcil levé, tapotant son bloc de son crayon.

— Désolé ! lança-t-il. J'ai changé d'avis.

Il se fraya un chemin vers la sortie. Incrédule. Il lui avait fallu quatre mois, mais Devlin avait probablement fini par trouver ce qu'il cherchait. Il avait fait allusion à une lettre. Quoi qu'elle puisse contenir, cela suffisait pour inculper Ruth.

Il prit sa voiture pour se rendre au poste de police. Les journalistes s'entassaient dans le hall d'entrée. Deux prostituées étaient appuyées contre le comptoir tandis qu'un sergent leur dressait un procès-verbal. Elles braillaient aux photographes, « Comment tu me veux, chéri ? » ou « Dix dollars pour un gros plan ! », écroulées de rire.

Il scruta désespérément la foule à la recherche d'un visage familier, de la conduite à suivre. Le sergent derrière le comptoir hurlait, s'efforçant de mettre un peu d'ordre dans ce chaos, mais Pete l'entendait à peine par-dessus les clameurs.

Une porte s'ouvrit et la silhouette trapue de Devlin apparut. Il leva la main et le silence se fit dans la pièce. Comme ça.

— Messieurs. Je connais la raison de votre présence ici, mais nous n'avons rien de plus à vous dire aujourd'hui. Elle a été arrêtée, elle sera probablement libérée sous caution. Et nous n'avons pas encore de date pour l'audience. C'est tout.

Il tourna les talons et repartit. Le vacarme reprit, encore plus fort. Les journalistes se précipitèrent vers la porte.

Pete erra à l'extérieur, hébété de perplexité. Que s'était-il passé ? Qu'y avait-il de changé entre hier et aujourd'hui pour que les flics se sentent suffisamment sûrs d'eux pour l'arrêter ?

Le parking était désert : tout le monde avait une piste à suivre. Les conseils de Friedmann résonnaient à ses oreilles : « File le train aux flics, observe les réactions dans le quartier de Ruth Malone. »

Il s'arrêta pour allumer une cigarette, remarqua un homme qui quittait le poste, une mallette de cuir à la main. Chevelure argentée, un costume bien taillé, respirant l'aisance. Il ressemblait à l'idée que se faisait Pete d'un avocat, et à en juger par son costume et ses chaussures, ce devait être un bon. Il ne pouvait y avoir aujourd'hui qu'une seule personne au poste de police à avoir besoin d'un avocat haut de gamme.

Pete laissa tomber sa cigarette et se mit à courir pour s'arrêter en dérapant devant le type avec une mallette. Celui-ci se contenta de hausser un sourcil curieux, comme si Pete était un élément intéressant sur lequel il venait de tomber dans un livre.

— Pardon, monsieur. Je ne voulais pas vous faire peur. Je suis… Je m'appelle Peter Wonicke. Représentez-vous Mme Malone ?

L'homme répondit, non sans amabilité :

— Ma foi, jeune homme, j'ai peur de ne pas disposer de la latitude de discuter de mes clients.

— Non, bien entendu.

— Alors…

— C'est juste que… je la connais. J'ai peut-être des informations qui pourraient l'aider.

L'homme leva de nouveau le sourcil et étudia Pete un long moment.

— Je n'ai pas non plus l'habitude de converser dans la rue à propos de mes clients. Mais j'ai l'habitude de savoir rapidement juger les gens. Une nécessité, dans mon travail.

Il se remit à examiner Pete en silence.

— Je suis un peu occupé aujourd'hui, comme vous pouvez l'imaginer. Pourquoi ne pas nous retrouver demain ? Dans un endroit tranquille ? Nous pouvons prendre un café ensemble, et vous me raconterez… eh bien, ce que vous voulez me raconter. À ce propos, je m'appelle Henry Scott.

Il communiqua une adresse à Pete, et ils s'entendirent sur l'heure du rendez-vous le lendemain après-midi.

L'adresse se révéla être un café un peu désuet, le genre de lieu fréquenté par des femmes qui savouraient un café matinal ou bien y invitaient leurs petits-enfants.

Scott était arrivé avant lui. Il se leva et serra la main de Pete. Ils commandèrent, et Scott demanda à la serveuse s'il y avait du cake aux noix. Lorsqu'elle lui confirma que oui, il eut un sourire aussi rayonnant que celui du petit garçon à la table voisine à qui l'on venait de servir une part de tarte surmontée de crème Chantilly.

Lorsqu'elle s'éloigna, il la suivit du regard, toujours souriant.

— Il y avait ici autrefois un merveilleux cake aux noix. Ma mère m'amenait lorsque nous venions en ville m'acheter une nouvelle paire de chaussures pour l'école. Évidemment, la fréquence de nos visites ainsi que ce rituel ont diminué au fur et à mesure que la taille de mes pieds augmentait. Un lien étrange, vous ne trouvez pas, monsieur Wonicke ?

Son sourire s'élargit encore, et Pete le lui rendit avec hésitation.

— Nous ne sommes cependant pas là pour parler de cake aux noix ni, d'ailleurs, de mes pieds. Vous vouliez me confier quelque chose ? À propos de Mme Malone ?

— Oui, monsieur. Ce n'est pas… Je ne sais pas vraiment par où commencer.

— Pourquoi pas en me racontant depuis quand vous connaissez Mme Malone ?

— Je l'ai rencontrée après que ses enfants ont été assassinés.

— Et comment définiriez-vous la relation que vous entretenez avec elle ?

— Je la connais plutôt bien. Nous sommes… proches.

— Très bien. Dans quelles circonstances l'avez-vous connue ?

— Eh bien, je suis journaliste.

Scott esquissa une grimace, et ses manières se firent plus formelles.

— Je vois. Dans ce cas, monsieur Wonicke, je vais devoir vous demander…

— Non ! Non, je vous en prie. Je ne suis plus journaliste. Et je ne suis pas là à cause de ça. Je vous raconte simplement comment je l'ai connue.

Scott hocha la tête, mais demeura sur ses gardes.

— Vous l'avez donc rencontrée. Vous l'avez interviewée ?

— Oui. Elle et certains de ses voisins. Ainsi que sa mère.

Leur café arriva, accompagné d'une tranche de cake aux noix dont la taille aurait eu raison même d'un écolier affamé. Scott prit sa tasse et regarda Pete par-dessus le rebord.

— Jusqu'à présent, vous ne m'avez pas raconté grand-chose qui vous distingue du reste de vos confrères, monsieur Wonicke.

— Je suppose… eh bien, je la crois. Je crois qu'elle est innocente.

Scott reposa sa tasse et croisa les mains sur la table.

— Pourquoi ?

— Parce que je ne crois pas qu'elle soit capable de tuer. Particulièrement de tuer ses enfants.

— En vous basant sur quoi ?

— Je vous demande pardon ?

— Avez-vous rencontré beaucoup de meurtriers ? Il y a quelques années, j'ai connu une femme qui avait noyé son petit-fils parce qu'elle était convaincue qu'il était possédé par le démon. Je vous assure qu'elle était beaucoup plus plaisante et charmante que la plupart des gens dans cette salle.

Scott ne s'était pas départi de son sourire, et son regard pétillait toujours autant au-dessus de sa tasse de café.

— Qu'est-ce qui vous rend donc tellement certain que Mme Malone soit innocente ?

Pete rougit, s'aperçut qu'il serrait les mâchoires. Peut-être Scott avait-il l'intention de l'asticoter, de lui faire sortir quelque chose. Dans ce cas, c'était réussi. Il s'efforça de rester calme. De se concentrer sur Ruth.

— D'accord, je comprends votre argument, monsieur Scott. Il serait peut-être plus exact de dire que ma conviction se base sur les éléments dont la police semble disposer à son propos.

Scott posa sa tasse en hochant la tête.

— Vous avez maintenant toute mon attention, monsieur Wonicke. Car vous m'offrez peut-être là quelque chose dont je ne suis pas au courant. Je suppose que vous avez obtenu ces informations d'une façon parfaitement légale et honnête ?

— Certaines par l'intermédiaire des interviews. D'autres entendues par hasard.

— Donc, que des rumeurs, j'en ai peur. Mais potentiellement utiles, selon leur contenu.

Pete lui communiqua l'essentiel des conversations qu'il avait eues avec Quinn et Devlin, leur opinion de Ruth. Scott engloutit une fourchetée de cake et l'écouta en silence.

— Monsieur Scott, je pense qu'ils vont l'attaquer à la barre sur sa moralité. La dépeindre comme une… le genre de femme capable de tuer ses enfants.

— C'est ce que je présume, acquiesça Scott.

Pete rougit en baissant les yeux. Cercla du doigt le rebord de sa soucoupe en se demandant ce qu'il fabriquait là. Pourquoi il perdait son temps avec un type qui paraissait prendre plaisir à le traiter avec condescendance.

Pourtant, Scott déclara alors simplement :

— Mais vous avez confirmé ce que j'avais besoin de savoir. Vous avez rencontré Devlin dans un cadre amical. Et vous en savez davantage sur ma cliente que moi à cet instant. Tout ceci est utile.

Pete le regarda : l'avocat souriait de nouveau, mais cette fois-ci d'un véritable sourire chaleureux. Pete éprouva brusquement l'envie de l'aider, et pas seulement pour le bien de Ruth.

— Monsieur Scott, je crois… ce n'est pas la seule personne sur laquelle la police devrait enquêter.

Il lui parla de Lou Gallagher. De ce qu'il avait appris de Bette. De ce qu'il soupçonnait.

— Il a déjà fait ça – obliger une femme avec laquelle il avait une relation à se débarrasser d'un enfant. Il a des antécédents de violence. Les flics devraient au moins l'interroger.

Scott fronça les sourcils. Se caressa le menton comme s'il réfléchissait. Il y eut un long silence, puis il répondit :

— C'est intéressant, monsieur Wonicke, mais l'inculpation du parquet ne concerne que Mme Malone. La police pense qu'elle est coupable. Je dois donc me concentrer sur Mme Malone.

Il se leva, s'excusa pour aller passer un coup de fil. Pete s'adossa à son siège, jeta distraitement un regard dans la salle et remarqua un exemplaire du *Herald* abandonné sur une table voisine.

LA MÈRE DES ENFANTS MALONE S'ACHÈTE DES ROBES PENDANT QUE SES ENFANTS GISENT SANS VIE

par Tom O'Connor, correspondant permanent

QUEENS, **17 novembre** – Nous avons appris aujourd'hui que Mme Ruth Malone, arrêtée hier et inculpée pour avoir étranglé son fils Frank junior et sa fille Cindy, était allée faire du shopping quelques heures après que ses enfants avaient été assassinés.

Le lendemain de la disparition de ses enfants, et moins de vingt-quatre heures après que le corps de la petite Cindy eut été emporté du terrain vague où elle avait été retrouvée, des témoins ont vu la mère dans un magasin de vêtements du quartier.

Une source policière a déclaré : « Nous pensions que Mme Malone était allée faire des courses à l'épicerie ou bien se procurer des denrées personnelles – encore que cela n'ait pas été nécessaire, étant donné la présence de sa famille et de voisins. Mais nous avons été choqués lorsque nous avons appris qu'on l'avait vue pénétrer dans un magasin de vêtements féminins. »

La source précisait que la séduisante serveuse de bar s'était rendue chez Debonair Doll, une petite boutique sur Main Street qui a ouvert il y a trois ans.

La propriétaire du magasin a confié à notre journaliste que Mme Malone avait acheté deux robes, des collants et un nouveau chapeau.

« Elle paraissait absolument dans son état normal. Je me souviens qu'elle était très maquillée, avec du rouge à lèvres. Elle était parfaitement coiffée. Elle n'avait pas l'air d'avoir pleuré. »

Un témoin qui préfère demeurer anonyme a vu la flamboyante rousse traverser la rue pour rejoindre une voiture dont le conducteur semble être le mari dont elle était séparée. Alors qu'elle approchait de la voiture, il s'est penché en lui disant de se presser. Le témoin l'a clairement entendue répondre : « Si on est en retard, on est en retard. Ça, c'est important. Je dois avoir l'air bien. »

Mme Malone était certainement bien plus préoccupée de sa tenue que de sa fille, gisant

> froide et seule à la morgue sur une table d'autopsie. Et elle se concentrait apparemment davantage sur son apparence que sur la disparition de son fils, âgé de cinq ans.
>
> La police et des volontaires ont passé le quartier au peigne fin pendant des heures à la recherche du petit garçon au cours d'une longue et difficile semaine. La plupart d'entre eux étaient eux-mêmes des parents, et le moment où le corps de l'enfant a été découvert a constitué pour tous un « coup terrible », selon les termes d'un agent de police.
>
> La police a soupçonné depuis le début Mme Malone, qui devrait être libérée sous caution dans les jours qui viennent.

L'article était accompagné d'une photo de Ruth en robe courte et talons hauts. Elle baissait la tête, mais ses yeux maquillés charbonneux se détachaient aussi distinctement que l'encre sur la page.

Scott revint, s'assit et reprit sa tasse. Pete jeta le journal sur la table d'un air dégoûté.

— Vous avez vu ça ?

L'avocat acquiesça, impassible.

— Ce sont des conneries. Je ne connais pas la réalité, mais c'est simplement…

Alors même qu'ils parlaient, Pete avait conscience d'avoir fait partie de tout cela jusqu'à une date récente. Il avait écrit ce qu'on lui avait dit d'écrire, il avait peint en noir et blanc des nuances de gris.

Une vague de honte l'envahit, puis quelque part, un léger soulagement à l'idée que sa vie était à présent différente.

Scott avait pris le journal et parcourait l'article.

— Je l'espère, monsieur Wonicke. Parce que voilà le genre de choses que le jury va lire tous les jours jusqu'au procès. Voilà ce que je dois affronter.

— Mais elle est… Elle ne l'a pas fait. Ces gens ne la connaissent pas. Ils ne la connaissent pas du tout.

Scott le regarda, et Pete éprouva le sentiment étrange que l'autre homme le voyait pour la première fois.

— Cette affaire va être difficile, monsieur Wonicke. Répugnante. Je ne sous-estime pas l'ampleur de la tâche qui m'attend. Et ma première adversaire est Mme Malone elle-même.

Il hocha la tête devant le froncement de sourcils de Pete :

— Oh, oui ! L'apparence et les manières de Mme Malone constituent les premiers obstacles. La façon dont elle choisit de s'habiller et l'image qu'elle choisit de projeter ne sont pas celles d'une mère en deuil. Elle est l'image même de la femme scandaleuse.

— Seigneur… vous parlez comme…

Scott leva la main :

— Attendez ! Je suis de son côté. Mon travail consiste à penser de la façon dont un jury type va réagir. Douze hommes et femmes ordinaires qui n'auront jamais rencontré quelqu'un comme Ruth Malone. Qui seront incapables d'imaginer l'état d'esprit requis pour tuer deux enfants. Qui la condamneront d'emblée uniquement parce qu'elle se retrouve dans cette position.

« J'ai déposé une requête selon laquelle Mme Malone ne devrait pas être interrogée à la barre sur ses relations extraconjugales. Mais il est probable que ma requête soit rejetée, ce qui signifie que Mme Malone ne pourra pas témoigner.

— Pourquoi la requête serait-elle rejetée ?

— Parce qu'ils pensent que c'est pertinent, monsieur Wonicke. Ils pensent que ces liaisons ont un rapport avec ce crime. (Il soupira.) Et c'est l'idée sous-tendue par la couverture de la presse. Cela dit, bien que vos ex-collègues ne soient pas tendres avec elle, ce que dit l'opinion publique est bien pire.

— Que voulez-vous dire ?

Scott reprit son souffle.

— J'ai dîné hier soir avec un vieil ami dans un restaurant non loin d'ici. Un endroit agréable. Des gens agréables. J'ai entendu deux femmes derrière moi parler de l'affaire et de Mme Malone. L'une d'entre elles a dit – pardonnez-moi, je cite : « J'irai au procès. Je veux voir cette salope écoper de ce qu'elle mérite. » Et l'autre a répondu : « Je te comprends tout à fait. Je n'aime pas faire preuve de préjugés, mais dans le cas présent, le contraire serait difficile. Une traînée comme ça est capable de n'importe quoi. »

Scott posa sa fourchette et fronça les narines.

— Ce cake est rassis.

Scott informa Ruth que l'audience était une formalité, et qu'elle serait libérée sous caution l'après-midi même. Il lui demanda qui déposerait la caution, et elle répondit : « Ma mère. »

Elle pensa au visage ridé et rougi de sa mère, à ses mains rougies et rêches. Aux prières de sa mère au chevet de son père. À sa colère. À sa honte.

— Ma mère déposera la caution.

Puis ils discutèrent du procès dans son ensemble : qui serait présent, qui aurait le droit de parler. Il lui apprit qu'elle ne serait pas appelée à témoigner, n'aurait pas à venir à la barre. Que sa voix ne serait pas représentée.

Lorsqu'elle demanda pourquoi, il se contenta de répondre :

— Cela vaut mieux, croyez-moi.

Elle s'efforçait de lui faire confiance, mais percevait sa réticence à lui faire confiance, à elle. Il n'était pas convaincu qu'elle puisse demeurer calme. Qu'elle soit capable de ne pas se mettre en colère, ne pas se laisser emporter par ses émotions, ne pas montrer sa méfiance à la cour. Il n'était pas certain qu'on ne la fasse pas tomber dans le piège de révéler la véracité des histoires à son propos – les hommes, l'alcool, le sexe.

Aussi pensait-il qu'il valait mieux qu'elle demeure assise tranquillement, yeux baissés, lèvres serrées derrière un mouchoir de dentelle blanc.

Lorsqu'ils eurent terminé, il se mit à ranger ses documents. Mais il s'attarda tellement à les classer, les empiler avec soin qu'elle saisit qu'il avait quelque chose à ajouter. Elle croisa alors les mains et patienta. Le regard de l'avocat finit par rencontrer le sien, il ferma sa mallette et se racla la gorge.

— Madame Malone ? Nous devons parler de votre apparence.

Il s'exprimait d'un ton doux, s'efforçant d'être gentil.

Ruth contempla son beau costume, sa chemise parfaitement repassée. Respira son eau de Cologne boisée, se demanda si sa femme lui en offrait un flacon pour Noël tous les ans. Elle imagina son épouse : en train de repasser ses chemises, d'amidonner ses cols, de nettoyer sa cravate. Elle imagina une femme aux cheveux gris impeccables, très légèrement poudrée, avec des chemisiers roses soignés, un discret rang de perles. L'odeur du linge propre, de la crème pour la peau à la lavande.

— Pardonnez-moi de me montrer si personnel, mais c'est important. Plus vous apparaîtrez classique, plus vous aurez de chances de plaire au jury. L'accusation va chercher à obtenir des jurés aussi conventionnels que possible.

Elle pensa : *Il fait son travail du mieux qu'il sache.*

Mais le moindre mot de l'avocat portait un jugement sur son physique. Sur chaque pore, chaque bouton, chaque ride.

— Peut-être suffirait-il d'atténuer un peu la couleur de vos cheveux ? Ou bien de porter une coiffure plus sobre ? Et peut-être de vous habiller plus pudiquement ?

Ces mots étaient comme des hameçons qui lui déchiraient la peau, qui révélaient son intimité vulnérable. Cette partie d'elle-même faible. Laide. Mauvaise.

Elle chercha désespérément le parfum de lavande, mais ne sentit plus rien que la sueur, l'eau de Javel, la vieille nourriture. La puanteur de la peur et du désespoir.

Un mois plus tard, Scott organisa un rendez-vous à son cabinet pour Ruth et Salcito. Elle choisit soigneusement sa tenue, un tailleur rose, des talons plats, les cheveux tout juste lavés et apprêtés, et se rendit dans le centre en voiture, livide du manque de sommeil.

Elle ne savait toujours pas si c'était la bonne conduite à tenir. Scott lui avait dit qu'elle devait être vue avec Frank, que leur mariage devait paraître solide – mais elle ne pouvait s'empêcher d'éprouver de la pitié devant ce qu'elle s'apprêtait à faire, qui lui paraissait dur.

Bien qu'elle soit en avance, Johnny était déjà là, en train de discuter avec Scott dans le hall. La voix traînante, il s'appuyait en chancelant contre le mur. Il paraissait n'avoir pas dormi de la nuit.

Scott leur offrit du café, et lorsqu'ils déclinèrent, leur désigna d'un geste son bureau en indiquant qu'il les laissait se débrouiller tout seuls.

Ruth alla s'asseoir sur une des chaises à haut dossier qui faisaient face au bureau. Elle croisa les jambes, les mains, inspira. Inutile : dès que l'avocat eut refermé la porte sur eux, Johnny s'était jeté par terre à ses pieds, lui embrassait les jambes, sanglotait, lui disait qu'il l'aimait, à quel point elle lui avait manqué. Elle lutta contre l'irritation, la frustration, la pitié, le fit relever et s'asseoir, le laissa lui tenir la main. Adopta un ton vif mais sérieux :

— Je suis désolée, Johnny, mais je ne pourrai pas te voir pendant un moment. M. Scott dit que cela ferait mauvais effet avant le procès.

— Et après le procès ?

— Eh bien, on verra.

— Une fois que tu seras libre, on pourra reprendre comme avant, n'est-ce pas, bébé ? Peut-être aller faire un voyage, qu'est-ce que tu en dis ?

— Je ne sais pas, Johnny. Je ne peux pas penser à ces choses-là maintenant.

Elle lui pressait la main en parlant, percevait le désespoir dans sa voix. Les yeux de Johnny se remplirent de larmes.

— Ruth. Ruthie. Je t'en prie… Je t'aime. Tu sais que je t'aime. Je veux t'épouser, bébé. On pourrait avoir d'autres enfants, ensemble. Je pourrais te donner d'autres enfants. Je t'aime, bébé. Je t'en prie.

Elle se cramponnait à sa main, observait ses pleurs, n'en revenait pas du dégoût qui montait en elle : c'était là un homme qu'elle avait un jour admiré. Elle s'efforça de le faire taire, de lui dire que tout irait bien, mais il secouait continuellement la tête.

— Pas sans toi, bébé. Il n'y a rien de bien sans toi. J'ai besoin de toi, bébé… je t'en supplie. Dis que tu as besoin de moi aussi. Comme tu le faisais avant. Tu m'as dit que tu avais besoin de moi pour te sentir bien… que personne d'autre ne pouvait te procurer cette sensation, que moi. On peut de nouveau avoir ça, bébé…

Il se laissa retomber sur le sol en suppliant, ses mains remontant le long de ses jambes, de ses cuisses. Elle le repoussa, rabattit sa jupe, tenta de s'emparer de ses mains, mais il ne cessait de les glisser toujours plus haut.

— Ce n'est pas… ce n'est pas toi, Ruthie. Je te connais. C'est Frank, ou bien cet avocat, ce Scott, qui t'oblige à faire ça. Mais tu me veux, moi, tu me désires autant que je te désire…

— Johnny, cela ne nous sert ni l'un ni l'autre. Je t'en prie, essaie de comprendre. C'est pour le mieux. Le procès arrive bientôt et…

— On se fout du procès ! On parle de toi et moi. Quand le procès sera terminé, qu'est-ce qui se passera alors ? Quoi ?

Elle leva les mains, ouvrit la bouche, aperçut Scott sur le seuil et se laissa aller de soulagement. Elle lissa de nouveau sa jupe, se redressa.

Scott prit son temps pour refermer la porte et aller s'installer derrière son bureau, laissant à Johnny quelques instants pour se relever et s'asseoir en sanglotant, la tête dans les mains. Ruth lança à l'avocat un regard impuissant.

— Monsieur Salcito ? Nous devons vraiment discuter du procès. Je vais demander à Louise de nous apporter une tasse de café bien fort, d'accord ?

Scott contourna son bureau, sortit de sa poche de poitrine un mouchoir blanc apprêté qu'il lui tendit.

Johnny finit par le prendre. Ses sanglots se calmèrent ; il se moucha.

Scott regagna son fauteuil, décrocha le téléphone.

— Du café pour trois, Louise. Et pourriez-vous apporter un peu du gâteau au citron que ma femme a préparé ? Merci, mon petit.

Il patienta, le temps que Johnny ait fini d'essuyer ses larmes et de se moucher, puis déclara d'un ton ferme :

— Monsieur Salcito, l'accusation va vous appeler à témoigner. J'ai besoin de savoir ce que vous allez dire. Nous avons besoin d'un plan.

Johnny détourna à grand-peine son regard brouillé de Ruth.

— Que direz-vous lorsqu'on vous interrogera sur les événements de cette nuit-là ? Celle où les enfants ont disparu ?

Il renifla.

— Ben, juste ce que j'ai toujours dit.

— Bien. Récapitulons donc : vous avez appelé Ruth le soir où les enfants ont disparu, et tout paraissait normal, n'est-ce pas ?

— Oui, bien sûr.

Il regarda Ruth, qui lui tendit la main. Il embrassa celle-ci, la frotta contre sa joue. Un frisson de nausée parcourut la poitrine de Ruth. Elle crispa son autre main avec une telle force que ses ongles se plantèrent dans sa paume. Elle lui sourit.

— Et depuis cette nuit-là, Ruth ne vous a jamais rien confié à propos des enfants ?

— Simplement qu'ils lui manquaient. Que la police ne faisait rien pour trouver le coupable.

— C'est bien. C'est très bien, monsieur Salcito.

17

Ruth se tenait dans le couloir, encadrée par deux gardes. Elle s'efforça de respirer profondément, de se maîtriser.

Elle était la personne qu'elle avait toujours été. Rien de ce qu'ils lui feraient dans cette salle d'audience ne pourrait changer cela.

Les lourdes portes de bois s'ouvrirent. Elle inspira. Se mordit l'intérieur de la joue. Devant elle : une volée de marches usées. Une odeur d'encaustique et le relent de poussière sèche des vieux papiers. Puis une brusque sensation d'espace et de lumière au sommet. Une salle pleine de regards durs et du bourdonnement de voix innombrables.

Elle se retrouva assise à une table entre Scott et son assistant aux lunettes cerclées d'écaille, dont elle oubliait toujours le nom. Le brouhaha avait enflé au point qu'elle distinguait des voix en particulier. Elle sentait le poids de ces regards.

Elle hasarda un coup d'œil derrière elle et découvrit que les bancs du public étaient pleins à craquer. Des rangées d'inconnus. Surtout des femmes. Leurs lèvres remuaient tout en scrutant Ruth.

Sur le côté, la première personne qu'elle aperçut fut Devlin. Le flic qui ressemblait à un acteur répétait ses déclarations à partir d'un calepin. De temps en temps, il levait la tête, et son regard fixe et sévère balayait la salle d'audience. Elle croisa celui-ci et faillit lui sourire – elle le connaissait tellement bien, et ils se retrouvaient là ensemble, à jouer l'un contre l'autre – mais se reprit à temps, baissa les yeux et serra les lèvres en une ligne sombre.

Au deuxième rang : les seconds rôles. Ce journaliste que Gina avait amené à la maison – il était là, repoussant ses cheveux en arrière, penché comme pour ne pas perdre une seule miette des événements. Et Johnny Salcito, avec son costume minable, les mains tremblantes et ses joues couperosées d'alcoolique.

Et puis Frank, le front plissé, qui jetait des regards autour de lui, l'air de se demander comment il avait atterri là, qui lui adressa un signe de tête triste lorsque leurs regards se croisèrent.

Il y a trois ans, songea-t-elle. *Il y a trois ans de cela, nous n'étions qu'un couple marié banal avec deux enfants. Comment en sommes-nous arrivés là ?*

Cette idée lui fit monter les larmes aux yeux, aussi les détourna-t-elle, à la recherche d'une distraction. Hélas, à l'extrémité d'une rangée, il y avait Lou. Les battements de son cœur s'accélérèrent lorsqu'elle le vit assis là, le coude sur le dossier de son siège, aussi calme et sûr de lui que s'il s'était trouvé dans son bureau. Elle pensa à ce qu'il devait lui en coûter de se trouver là pour elle, d'afficher sa confiance en elle, et elle éprouva une immense vague de gratitude.

Une série de bruits sourds retentit, et le public se leva dans un bruissement d'étoffes. La main de Scott glissa sous son bras et la souleva pour la maintenir alors que le juge faisait son apparition. Tout ce qui l'entourait s'évanouit en arrière-plan et elle agrippa le rebord de la table, se concentra sur la haute silhouette au centre de la salle. Sur la robe noire. Les cheveux blancs, le visage solennel. Il déclara le procès ouvert d'une voix basse et mesurée.

Elle crispa les poings et se força à demeurer silencieuse alors que la peur la submergeait. Tout ceci était réel.

Un mouvement sur sa droite, et elle se retourna, alors qu'un des hommes à la table voisine se levait pour prendre la parole. Un costume de prix. D'épais cheveux gominés. Un diamant tape-à-l'œil au petit doigt.

Il se mit à parler, marchant jusqu'au banc du jury, sur lequel il s'appuya nonchalamment en la déshabillant du regard. Ruth éprouva l'envie de serrer les bras contre son torse, de lui dissimuler son corps.

Il débuta par un bref compte rendu de la disparition des enfants. La porte fermée, la pièce vide. La découverte de Cindy dans le terrain vague. Les recherches de Frankie. Ruth refoula ses larmes, garda la tête haute et les yeux fixés sur les siens.

— Messieurs du jury, l'accusation démontrera que l'accusée dans cette affaire, une séduisante serveuse de bar rousse, a trouvé son rôle de mère incompatible avec le mode de vie qu'elle s'était choisi. Ce qui l'a en fin de compte conduite à assassiner ses propres enfants, et à s'enfoncer dans une succession de mensonges destinés à dissimuler son crime.

La salive lui envahit la bouche et elle dressa brusquement la tête. Elle se tourna vers Scott, désireuse de voir sa fureur se refléter en lui, désireuse qu'il se lève et mette un terme à tout cela, mais il se contenta de lui tapoter la main et de la faire taire.

Elle inspira, s'accrocha à la table, se remit à écouter. L'homme au diamant continua à dérouler des affirmations : elle était provocatrice, elle avait refusé de se soumettre au détecteur de mensonges ; elle avait entretenu des liaisons avec plusieurs hommes.

Ruth ne voyait pas le rapport avec sa culpabilité ou son innocence. Elle sentait la colère monter, menaçant de l'engloutir. Elle se mit à prendre des notes sur le bloc jaune en face d'elle, s'efforçant de la maîtriser, de la contenir avec des mots. Elle y renonça au bout de quelques instants et inscrivit : *SEXE ???* Elle souligna le mot avec force, enfonçant le crayon, déchirant presque le papier.

Puis un huissier punaisa sur un tableau deux photos de ses enfants, et l'atmosphère du tribunal changea. L'homme au diamant ralentit le débit de sa voix, qui devint encore plus grave, et il se tourna de façon que son corps soit orienté vers les clichés.

— L'existence de ces petits anges a été interrompue cruellement et prématurément par la seule personne qui aurait dû les protéger et prendre soin d'eux. C'est pour cette raison qu'au cours des siècles, les infanticides ont toujours été considérés comme le crime le plus haineux qui soit : non seulement ils enfreignent les lois de toutes les sociétés civilisées, mais également la loi naturelle suivie par l'humanité.

« L'accusation vous demandera par conséquent de décréter l'accusée coupable.

Les murs lambrissés de la salle d'audience réverbérèrent l'écho du silence qui suivit ses paroles, puis un bruissement de voix étouffées s'éleva pour remplir celui-ci.

Lorsque Scott se leva pour prendre la parole, Ruth baissa les yeux et pensa à Frankie et Cindy. À leur douceur tendre et rosée. À leur vigueur : leurs rires, leurs cris, leurs hurlements pour attirer l'attention.

Leurs genoux joufflus et écorchés, leurs mains qui s'agrippaient à elle. Leurs doigts potelés. Leurs baisers au goût de miel.

Tête penchée, elle riva ses yeux sur un nœud dans le bois du plateau de la table, jusqu'au moment où elle entendit un nom qui lui fit ressentir quelque chose. Devlin se tenait à la barre, et la fixait. Elle soutint son regard jusqu'à ce qu'il se détourne.

Le procureur se leva de nouveau. Poli, déférent. Il posa à Devlin une série de questions sur son expérience, les affaires remarquables sur lesquelles il avait travaillé au cours de sa carrière. Et puis :

— Pouvez-vous s'il vous plaît nous raconter, sergent Devlin, ce que vous avez trouvé dans l'appartement des Malone le matin du 14 juillet 1965 ? Dans vos propres termes.

Devlin retranscrit les détails de cette première journée. Ses impressions de Ruth.

— Elle était calme. Très calme. Elle ne pleurait pas du tout. Elle était maquillée. Très maquillée. Et puis… des vêtements… un décolleté. Et une coiffure parfaite.

— Vos hommes ont-ils fouillé l'appartement ?

— Tout à fait.

— Et avez-vous trouvé des éléments significatifs ?

— Nous avons trouvé une boîte de pâtes vides dans la poubelle, et…

Scott bondit sur ses pieds.

— Objection, Votre Honneur ! Les pâtes ne sont pas mentionnées dans la liste des éléments découverts dans l'appartement.

L'air surpris, le juge se tourna vers le procureur, qui fronça les sourcils. Il y eut un instant de silence où personne ne parut savoir quoi dire.

— Pouvez-vous vous rapprocher de la cour, messieurs ?

Ruth vit les hommes discuter, Scott gesticuler en direction de Devlin, qui n'avait pas bougé de la barre des témoins. De toute évidence, quelque chose avait déraillé pour l'accusation. Peut-être les preuves de Devlin seraient-elles discréditées. Peut-être cela signifiait-il même un non-lieu.

Mais le juge se pencha alors, dit quelque chose, et les deux hommes hochèrent la tête, Scott impassible, l'autre avec réticence. Ils regagnèrent leurs tables respectives tandis que le juge s'adressait au jury.

— Je vous prie de ne pas tenir compte de la dernière question de l'accusation. La liste des indices relevés dans l'appartement est… semble incomplète.

Ruth percevait l'intensité du malaise de Devlin, et dut se forcer à ne pas le regarder.

— Poursuivez, monsieur Hirsch.

— Merci, Votre Honneur. Pour en revenir à ma question précédente, sergent, avez-vous trouvé quoi que ce soit de significatif dans l'appartement le matin du 14 juillet ?

— Nous avons découvert un certain nombre de bouteilles d'alcool vides dans les ordures.

Scott bondit de nouveau.

— Objection ! Il n'y a aucun rapport avec cette affaire.

— Objection rejetée. Membres du jury, veuillez ne pas tenir compte de cette interruption. Le témoin va répondre. Cependant, assurez-vous de la pertinence de votre interrogatoire, monsieur Hirsch.

— Bien entendu. Merci, Votre Honneur. À l'exception des bouteilles vides, dans quel état se trouvait l'appartement, sergent ? Était-il propre ?

— Celui-ci était en désordre. Il y avait de la poussière sur les meubles.

— J'aimerais attirer votre attention sur la page 4 de votre déposition, où vous mentionnez explicitement la poussière sur la commode dans la chambre des enfants.

— Oui, nous avons trouvé une couche de poussière sur la commode.

Ruth griffonna furieusement puis poussa le papier vers Scott. *J'ai nettoyé l'appartement et* LA COMMODE *la veille !*

Il lui tapota le bras, les yeux rivés sur Devlin.

— Messieurs du jury, il y avait une couche de poussière sur la commode. Je vous prie d'examiner la pièce à conviction 18, le plan de la chambre des enfants, et de noter que la commode était poussée contre la fenêtre. Quelle était la signification de ceci, sergent ? À votre avis ?

Le souvenir du silence et de l'homme mince à l'air fatigué, au costume froissé et à l'appareil photo lui revint. Elle se souvint du saupoudrage de la poudre blanche sur la commode et de l'expression concentrée de Devlin.

La voix de Devlin ce jour-là. Grave. Dure.

« Assurez-vous de bien tout prendre. »

À présent, il disait :

— La poussière éliminait l'hypothèse que les enfants soient sortis par la fenêtre. Ils n'auraient pu faire autrement que de toucher la commode et de laisser des traces dans la poussière.

— Objection ! Pure spéculation de la part du témoin, intervint de nouveau Scott.

Le juge retira ses lunettes et se frotta l'arête du nez.

— Objection rejetée. M. Hirsch a demandé au témoin son opinion, et le témoin la donnait.

— Merci, Votre Honneur.

Ruth perçut la suffisance dans le ton du procureur.

— Et à votre avis, sergent, qu'est-ce que cela impliquait ?

— Que les enfants avaient dû être sortis de leur chambre par la porte. Par quelqu'un qui se trouvait à l'intérieur de l'appartement. Ils n'ont pas pu quitter leur chambre tout seuls, étant donné que la porte était fermée de l'extérieur au crochet.

Ruth vit danser la poudre blanche, les yeux de Devlin semblables à des braises dans la fumée. Elle revit l'obturateur de l'appareil photo cliqueter, encore et encore.

Brusquement, l'air lui manqua pour respirer. Comme si on venait de lui glisser une corde autour du cou.

Lorsqu'elle pénétra dans le tribunal le deuxième jour, les photographies lui parurent encore plus grandes. Elle ne put s'empêcher de les regarder, même lorsque le juge arriva et que les hommes autour d'elle se mirent à parler de ses enfants. D'elle.

Les vrais Frankie et Cindy n'existaient plus ; il ne restait que ces chérubins en noir et blanc au sourire éclatant et figé. Et même eux ne lui appartenaient plus – ils appartenaient au tribunal, aux journaux, à quiconque avait un avis. Ils n'étaient plus Frankie et Cindy, mais « les défunts », ceux dont « la mort était survenue ». Comme si la mort n'était qu'une idée qui leur était arrivée.

Elle ferma un moment les yeux pour lutter contre les larmes, puis les rouvrit et regarda Frank, qui l'observait. Elle imagina qu'à cet instant, quelque chose était passé entre eux. Un souvenir partagé de leurs bébés.

Juste avant le déjeuner, un certain Dr Dunn prêta serment. Cheveux gris, lunettes en demi-lune, il avait un regard gentil. Hirsch lui fit réciter ses références et expériences, puis l'amena aux résultats de l'autopsie qu'il avait pratiquée sur Cindy. Le médecin jeta un coup d'œil à Ruth, qui s'efforça de déglutir.

— De la température relevée sur les lieux, il est possible de déterminer qu'elle a été tuée approximativement entre six et douze heures avant la découverte du corps.

Une brusque douleur déchira les tempes de Ruth. Il faisait trop chaud dans la salle.

— Elle était vêtue d'un maillot de coton, d'une culotte jaune…

Elle perçut un gémissement funèbre, un halètement.

— La cause du décès est la strangulation…

Elle vit une longueur de corde. Une bande de tissu. Deux mains, des doigts qui serraient.

Elle vit Cindy, le visage violacé, terrifiée, luttant pour respirer.

— Docteur Dunn, pouvez-vous communiquer à la cour vos découvertes concernant le dernier repas de l'enfant ?

— Nous avons trouvé dans son estomac des pâtes, des fruits et des légumes. Des légumes verts. Et des oranges.

Hirsch lança à Scott un regard triomphant, puis se tourna vers le jury.

— Ainsi que vous l'entendrez, messieurs, ceci contredit le témoignage de Mme Malone elle-même, qui prétend qu'elle a donné à manger aux enfants du veau le soir de leur mort. Docteur Dunn, combien de temps après la digestion de la nourriture l'enfant a-t-elle été assassinée ?

— Nos résultats dans cette affaire sont cohérents avec une période consécutive à l'ingestion de deux heures maximum.

Hirsch faisait toujours face au jury.

— Deux heures, messieurs. *Au maximum.*

Il laissa ses paroles s'imprimer dans les esprits un moment, puis se retourna pour s'adresser au tribunal :

— Et pourtant, l'accusée a affirmé dans sa déposition qu'elle avait nourri Frank junior et Cindy à sept heures du soir, que leur repas était terminé vers sept heures et demie, et qu'elle était allée les voir aux alentours de minuit. Aux dires de Mme Malone, les enfants étaient en vie et bien portants presque cinq heures après avoir achevé leur dîner.

Il y eut une nouvelle pause, et Ruth eut l'impression que toute l'assistance retenait sa respiration, dans l'attente de sa réplique suivante.

— Si Mme Malone a menti sur l'heure à laquelle elle prétend avoir donné à manger aux enfants et sur l'heure à laquelle elle dit les avoir vus – et le témoignage ici du Dr Dunn montre qu'elle a *effectivement* menti à propos de l'un de ces deux faits – nous devons nous demander : quels autres mensonges a-t-elle proférés ?

Ruth sentit la corde autour de son propre cou. Qui se resserrait.

Devlin fut rappelé à la barre après le Dr Dunn. Hirsch brandit une liasse de feuilles agrafées et se tourna vers le juge.

— Qu'il soit bien noté dans le procès-verbal que je tends au sergent Devlin une copie de la pièce à conviction 34b. Sergent, merci d'identifier ceci pour la cour.

Devlin feuilleta les papiers, se pencha vers le micro.

— Il s'agit d'un rapport rédigé par l'agent George Bresnick, daté du 15 juillet 1965.

— Et pourquoi a-t-on demandé à l'agent Bresnick de rédiger ce rapport ?

— Il était en service ce jour-là avec son partenaire, l'agent Johnson. Ils avaient pour instructions de suivre M. et Mme Malone et de faire part de leurs observations.

— Merci. Veuillez s'il vous plaît lire à voix haute les passages indiqués en page 3 et 4 de ce rapport.

— 13 h 51 – M. et Mme Malone ont quitté leur appartement. Mme Malone portait une robe blanche et des chaussures, des lunettes de soleil, un sac à main. Trois journalistes ont tenté d'attirer son attention (*Daily News*, *Tribune*, le troisième inconnu). Ni M. ni Mme Malone ne leur ont parlé ou ne leur ont prêté attention. M. et Mme Malone sont montés dans un véhicule garé juste devant l'immeuble, identifié comme la voiture de M. Malone. M. Malone au volant. Ils sont partis en direction de l'est sur 72nd Drive, puis vers le nord sur 150th Street, puis ont continué vers l'ouest le long de 72nd Road, et ont tourné sur Main Street.

« 14 h 09 – véhicule garé sur Main Street. Mme Malone est descendue du véhicule et a pénétré dans un magasin. M. Malone est resté dans la voiture et a allumé une cigarette.

Scott :

— Objection ! Ces détails sont hors de propos.

— J'en arrive au cœur du propos, Votre Honneur, rétorqua vivement le procureur d'un ton suave.

Le juge invita Devlin à poursuivre.

— Les agents ont pris la décision de ne pas suivre Mme Malone. La présence de M. Malone patientant dans la voiture indiquait son intention de revenir.

« À 14 h 41, Mme Malone est sortie du magasin vêtue d'une robe noire et portant un sac sur lequel était inscrit DEBONAIR DOLL en lettres argentées.

Devlin s'interrompit et leva les yeux.

— Il y a ici une note – dois-je la lire ?

— Je vous en prie, sergent.

— Après vérification, l'agent Bresnick a déterminé que Debonair Doll est une boutique de vêtements féminins située au 61 Main Street, Queens, New York, 11367. La propriétaire est Mlle Dorothea Lister.

Devlin releva les yeux, et Hirsch lui fit signe de continuer.

— L'agent Johnson est sorti du véhicule de patrouille et s'est dirigé vers la voiture de M. Malone. Sa déposition est jointe.

Hirsch l'interrompit :

— La déposition de l'agent Johnson est la pièce à conviction 34c. Veuillez lire celle-ci à la cour.

Un léger bruissement de papier s'éleva tandis que le jury s'efforçait de retrouver la suite sur ses propres copies.

— Mme Malone s'est approchée de la voiture de son mari vers 14 h 42 dans l'après-midi du 15 juillet. Alors qu'elle se rapprochait, il s'est penché par la vitre et lui a lancé : « Viens, chérie, il faut nous dépêcher maintenant. »

« Je me trouvais suffisamment près pour entendre sa réponse, faite à voix plus basse.

« “Je sais, Frank. Tu crois que je ne sais pas ? Si on est en retard, on est en retard. Ça, c’était important. Je dois avoir l’air bien, je dois…”

« La suspecte s’est interrompue à cet instant en baissant la tête. Je n’ai pas pu voir distinctement son visage à cause de ses lunettes de soleil.

« M. Malone a ouvert sa portière, mais elle l’a rembarré d’un geste et est montée côté passager. M. Malone a démarré, la voiture est sortie du parking et s’est dirigée vers le nord. La voiture est arrivée à l’église St Michael vers 14 h 54, heure à laquelle la surveillance des agents Bresnick et Johnson a pris fin, remplacée par celle des agents Schwartz et Goldstein aux pompes funèbres.

— Merci, sergent Devlin. Pour confirmation, ce rapport détaille les activités observées de Mme Malone le 15 juillet – c’est-à-dire, le lendemain de la disparition de ses enfants et le lendemain de la découverte du corps étranglé de sa fille ?

— Oui, monsieur. C’est exact.

— Pas d’autres questions, Votre Honneur.

Mais rien de tout cela ne raconte comment ça s’est passé.

Elle se tenait dans l’entrée, scrutant sa robe blanche dans le miroir. Elle lissait sa jupe sans interruption, focalisée sur sa propreté, son uniformité immaculée. Elle faisait ainsi disparaître le souvenir de la veille : la terre sur le visage de sa fille. La puanteur. La terreur.

Frank l’observait sur le pas de la porte du salon.

— Allons, chérie. Tu es parfaite. On devrait partir pour l’église. Ça nous fera du bien.

Un aperçu de son visage effrayé dans la glace alors qu'elle se détournait. Elle retourna alors d'un pas délibéré dans le couloir, s'éloignant de la porte d'entrée, passa devant Frank, devant la porte fermée de la chambre des enfants, pour entrer dans sa propre chambre. Les mains en sueur, le cœur battant tandis qu'elle fouillait dans son placard, écartant robe après robe, réalisant qu'elle n'avait rien de noir à se mettre. Elle n'aurait pas l'air approprié. Elle se sentait aussi inappropriée extérieurement qu'intérieurement.

Elle détestait le noir, avait toujours détesté le noir – qui lui donnait l'air fatiguée, épuisée – mais elle devait présenter bien pour Cindy. Elle devait montrer son chagrin de la façon convenue.

Pete avait pris un congé sans solde pour assister au procès. Installé à l'avant des bancs du public, il observait Ruth observant le jury. Elle était très pâle, les yeux cernés. Elle portait une veste et une robe jaune, mais la robe était ajustée avec un décolleté prononcé. Sa sensualité était toujours là – maîtrisée, atténuée, mais visible.

Le jury était entièrement masculin, que des hommes d'une cinquantaine d'années, probablement des ouvriers. Ruth les regardait et ils la regardaient en retour. Une rangée de visages sévères. Elle écrivit quelque chose sur son bloc, qu'elle poussa en direction de Scott.

Pete se demanda si elle lui posait la même question que lui s'était posée.

Pourquoi n'y a-t-il pas de femmes dans le jury ?

Scott lui avait appris que toutes les femmes qui auraient pu siéger dans le jury avaient été dispensées. Pour une multitude de raisons possibles : peut-être étaient-elles trop occupées. Peut-être ne voulaient-elles pas se retrouver mêlées à cela. Peut-être étaient-elles accaparées par des enfants, des maisons, pendant que leurs maris étaient assis là à juger Ruth.

Scott griffonna une réponse, les yeux posés sur Hirsch, qui s'adressait au jury. Son débit était maintenant féroce, saccadé, apparenté aux aboiements d'un bouledogue.

— Dans une affaire comme celle-ci, il n'y a pas de place pour la compassion.

Ruth se pressa contre Scott et lui chuchota quelque chose. Il se pencha pour écouter, toujours concentré sur le procureur, et la petitesse de Ruth à ses côtés lui donna l'air encore plus fragile.

Pete espéra qu'elle ne devinerait pas la véritable raison, ni ne l'extorquerait à l'avocat. Toutes les femmes de la liste des jurés potentiels avaient été dispensées après qu'elles avaient fait part de leur conviction que Ruth était coupable.

Il ne voulait pas qu'elle sache ce qui s'était passé ce matin-là dans les couloirs bondés du tribunal. Les têtes tournées, les regards curieux, les doigts pointés. Il ne voulait pas qu'elle sache les voix dures, vibrantes d'une colère vertueuse, de condamnation.

« On a dit qu'elle s'était maquillée avant même d'appeler les flics. »

« Elle n'a jamais versé une larme sur ces pauvres enfants. Pas une seule, c'est un fait. »

« Mon beau-frère, sa cousine les connaissait, elle a dit que c'étaient les plus beaux enfants qu'elle ait jamais vus. »

Il y avait dans le public des femmes obsédées par l'affaire, par Ruth. Des femmes qui avaient pris trois autobus pour venir jusqu'ici, qui avaient dormi dans le couloir pour s'assurer d'obtenir une place dans la queue. Des femmes toutes disposées à sauter des repas, à rester assises des heures sur des bancs de bois dur et à écouter des discussions juridiques, prêtes à abandonner leurs propres enfants à des voisins et des amis – pour témoigner de l'existence de Ruth.

Ainsi que Scott l'avait raconté à Pete, Ruth avait déjà été jugée et condamnée dans les salons de coiffure, les arrière-cours et les cuisines du Queens. Restait à savoir si le jury allait agir de la même manière.

Les jours suivants furent consacrés au contre-interrogatoire des experts médicaux. À la fin de la deuxième après-midi, tenter de comprendre de longs mots scientifiques qu'il n'avait jamais entendus auparavant avait fichu la migraine à Pete. Lorsque le procès fut ajourné au lendemain, il sortit du bâtiment et inspira une longue bouffée d'air frais. Au lieu de rentrer directement, il balaya le parking du regard en s'abritant les yeux du soleil, à la recherche de quelqu'un à qui il pourrait payer un soda ou un sandwich.

C'est alors qu'il les remarqua : quatre hommes qui marchaient en rang serré en direction d'une voiture banale. Le procureur Hirsch, son assistant, un autre type petit et bedonnant qu'il avait aperçu au tribunal – et entre eux, trébuchant comme un homme ivre trop fatigué pour se tenir droit : Johnny Salcito.

Il les observa pendant que Salcito grimpait d'un pas mal assuré à l'arrière de la voiture, accompagné de l'assistant de Hirsch. Celui-ci referma la portière derrière eux puis retourna discuter avec le type petit. Ils échangèrent une poignée de main, l'homme monta au volant, et la voiture démarra. Hirsch alluma une cigarette puis repartit en direction du tribunal.

Pete regarda s'éloigner le véhicule, pinça les lèvres avec un haussement d'épaules et se détourna. Il allait s'écouler vingt-quatre heures avant qu'il ne comprenne la signification de cette scène : l'équipe du procureur emmenant Salcito.

Johnny était assis à cinquante pas de la barre des témoins, plus bas dans l'allée centrale, derrière la table de la défense, à gauche après le juge.

Il gardait les yeux fixés droit devant lui. Un sourire figé sur les lèvres, Ruth ne cessait de le regarder, espérant qu'il se tournerait pour lui lancer un clin d'œil.

Scott lui avait affirmé que le témoignage de Johnny pouvait la sauver. Elle avait donc besoin qu'il agisse en conséquence. Elle avait besoin qu'il la regarde et lui assure que tout allait bien se passer.

Il atteignit la barre des témoins, prêta serment. Il répondit aux questions de Scott ainsi qu'il l'avait dit. Il avait parlé à Ruth la nuit du 13 juillet. Elle avait paru normale. Tout était comme d'habitude.

Elle avait pensé ressentir du soulagement à ses paroles, mais son ton était trop calme, son comportement trop contenu. On aurait dit un condamné. Le procureur se leva pour procéder à son contre-interrogatoire, elle vit son petit sourire satisfait et agrippa le bras de Scott en chuchotant :

— Qu'est-ce qui ne va pas ? Qu'y a-t-il ?

Scott ne répondit rien, se contenta de hocher la tête. Sa paupière fut prise d'un tic.

Tout va bien se passer. Johnny m'aime. Il a besoin de moi.

Hirsch sourit à Johnny comme s'ils étaient de vieux amis et entreprit de l'interroger sur sa relation avec Ruth.

— Combien de nuits diriez-vous que vous avez passées avec l'accusée ? Au total ?

— Eh bien, c'est difficile à dire.

— Cinquante ? Une centaine ?

— Plus de cinquante.

— Et où la rencontriez-vous ?

— Je ne suis pas sûr de…

— Vous l'emmeniez dîner ? Vous alliez ensemble au spectacle ?

— Oui.

— Et vous descendiez dans des motels ?

— Oui.

— Monsieur Salcito, l'accusée est-elle jamais venue chez vous ?

— Elle… Oui.

— Et où se trouvait votre épouse à ces occasions, monsieur Salcito ? Quand Mme Malone est venue chez vous ?

Johnny demanda un verre d'eau. Un huissier lui en servit un, le lui tendit. Johnny prit une gorgée, s'essuya la bouche, puis le front.

— Ma femme était… elle n'était pas là.

— Et l'accusée, vivait-elle encore avec son mari à l'époque ?

— Oui. Au début.

Des murmures derrière elle, qui enflaient puis retombaient. Son visage empourpré. La douleur de ses mains, là où ses ongles s'étaient incrustés dans la peau.

Elle eut brusquement conscience de Frank de l'autre côté de la salle. Il n'avait pas besoin d'entendre cela.

Le procureur fit raconter à Johnny les semaines qui avaient précédé la disparition des enfants.

— Un soir, peut-être deux mois auparavant, nous sommes allés dîner dans un grill sur Main Street et Jewel. Ce soir-là, elle était furieuse. Vraiment furieuse.

— L'accusée était en colère ?

— Oui. Très en colère. Frank voulait la garde des enfants. Elle n'arrêtait pas de répéter qu'elle ne le laisserait pas faire. Elle ne laisserait personne lui prendre ses enfants.

Johnny avala une nouvelle gorgée d'eau.

— L'accusée a-t-elle dit autre chose, monsieur Salcito ?

— Hum… elle a dit…

— Pouvez-vous parler plus fort, s'il vous plaît ? Pour le jury.

— Pardon. Elle – Ruth – a dit qu'elle ne voulait pas que Frank ait les enfants. Qu'elle préférerait les voir morts plutôt que Frank n'en obtienne la garde.

Ruth se redressa, les yeux écarquillés. Secoua la tête avec violence.

Marmonna :

— Non. Je ne voulais pas dire… *Non !*

Scott lui tapota le bras, chuchota :

— Tout va bien, tout va bien, nous pouvons gérer ça.

Mais le procureur n'en avait pas terminé.

— Passons maintenant à la nuit où les enfants ont disparu. Vous avez parlé à l'accusée cette nuit-là, c'est exact ?

— Oui, monsieur.

— Vous avez témoigné que vous lui aviez parlé aux alentours de minuit. Que vous lui aviez demandé de vous rejoindre au bar dans lequel vous vous trouviez.

— C'est exact.

— Est-ce la seule fois que vous ayez appelé l'accusée cette nuit-là ?

— Non. Je l'ai rappelée deux heures plus tard.

— Donc, vers quelle heure ?

— Euh… aux alentours de deux heures du matin.

— Et que lui avez-vous dit alors ?

— Eh bien, rien du tout. Je ne lui ai pas parlé. J'ai appelé et il n'y a pas eu de réponse.

— Vous l'avez appelée à deux heures du matin (à cet instant, Hirsch fixa le jury du regard), et elle n'a pas répondu.

Ruth griffonna furieusement. *J'ai sorti la chienne, je me suis endormie. C'est dans ma déposition !* Scott hocha la tête et lui tapota de nouveau le bras.

Le procureur poursuivit :

— Passons maintenant à la nuit du 5 avril 1966. Où vous trouviez-vous cette nuit-là, monsieur Salcito ?

Johnny baissa la tête.

— J'étais au *Kings Motel*. Sur le Van Wyck Expressway.

Une douleur comprima la poitrine de Ruth. Ce moment avait été intime. Il avait eu une signification pour eux, à l'époque. Il leur avait été réservé à tous les deux, pas destiné à être entendu par tout un tribunal.

— À voix haute, s'il vous plaît. Étiez-vous seul ?

— Non, monsieur.

— Pouvez-vous dire à la cour en compagnie de qui vous étiez ?

Il releva la tête et Ruth eut un moment d'espoir – si seulement il la regardait ! Mais ses yeux se posèrent sur le procureur.

— Je me trouvais avec l'accusée, Mme Malone.

— Et pouvez-vous rapporter à la cour, en vos propres termes, ce qui s'est passé ce soir-là ?

Johnny inspira profondément, baissa de nouveau les yeux.

— Nous avons dîné. Nous avions bu. Et puis elle – Ruth – s'est mise à pleurer. Elle n'arrêtait pas de pleurer. Ensuite, elle a dit qu'il n'y avait pas de raison pour que les enfants soient morts. Il n'y avait pas de raison pour qu'ils aient été tués.

« Je lui ai demandé ce qu'elle voulait dire, et elle n'arrêtait pas de pleurer. Puis elle a dit : "Ils doivent comprendre. Ils savent que c'est pour le mieux."

Les mots mêmes dont elle s'était servie lorsqu'il avait été dans le bureau de Scott, humilié et en pleurs. Lorsqu'elle lui avait dit qu'elle ne pourrait pas le voir avant un moment. Pourquoi racontait-il ça, pourquoi retournait-il contre elle ses propres paroles ? La punissait-il pour l'avoir repoussé ?

— Un peu plus fort, monsieur Salcito, s'il vous plaît.

— Oui, monsieur.

— L'accusée a déclaré : « Ils doivent comprendre. Ils savent que c'est pour le mieux. » Et vous en avez déduit qu'elle faisait allusion aux enfants.

— Oui, monsieur.

— Que lui avez-vous répondu ?

— Euh… eh bien, j'ai dit : « Frankie et Cindy sont morts. Tout ce qu'on peut faire maintenant pour eux, c'est aider les flics à trouver le coupable. »

— Et qu'a-t-elle dit ?

— Elle n'arrêtait pas de répéter : « Ils vont comprendre, ils sauront que c'était pour le mieux. » Plusieurs fois de suite.

Sa voix gagna en assurance, comme si la signification de ses paroles lui conférait du courage. Ruth se redressa, les épaules tendues et douloureuses, la bouche sèche.

— Et puis… et puis elle m'a dit : « Johnny, pardonne-moi. Je les ai tués. »

Des hoquets de surprise et des cris éclatèrent dans la salle, le juge abattit son marteau sans relâche.

Et puis, enfin, Johnny la regarda, juste un instant, la mâchoire crispée, d'un regard mort.

Ruth se dressa, les poings serrés, les yeux rivés sur l'homme à la barre des témoins, et elle hurla comme s'ils étaient tout seuls dans la salle :

— Johnny ! Comment peux-tu ? Ce n'est pas vrai ! Tu sais que ce n'est pas vrai ! Johnny – toi ! Tu disais m'aimer ! Comment as-tu pu ?

18

Le juge suspendit l'audience, et Pete se fraya un chemin d'un pas mal assuré dans le couloir. Fit les cent pas. Se rongea les ongles. Se demanda ce qu'il pourrait bien faire pour elle.

Il avait la bouche sèche, et il y avait la queue à la fontaine à eau, aussi se débrouilla-t-il pour en trouver une plus loin. Alors qu'il buvait, il prit conscience que deux hommes déambulaient près de lui, tête baissée, échangeant à voix basse. L'un d'entre eux avait la lente démarche de parade du sergent Devlin.

Pete ferma le robinet et porta son mouchoir à son visage, demeurant voûté comme s'il s'essuyait la bouche.

— … presque fini. Et demain matin, ce sera le coup de grâce pour elle.

— Demain, monsieur ? répondit la voix nerveuse de Quinn.

— Demain, Lena Gobek viendra témoigner.

Pete attendit qu'ils aient tourné le coin, se redressa et tenta de se souvenir où il avait déjà entendu ce nom. Il lui fallut dix minutes de marche autour du pâté de maisons, mais il réussit. Il laissa un mot à l'huissier à l'attention de Scott, lui demandant de l'appeler ce soir-là, puis il regagna sa voiture.

Une fois chez lui, il ressortit ses vieux dossiers, qu'il éplucha jusqu'à la retrouver. Il relut ses notes, puis lança le début de l'interview qu'il avait enregistrée avec elle. Lena Gobek était simplement une voisine. Personne.

Puis la mémoire lui revint petit à petit, et il laissa la bande se dérouler entièrement.

Il se souvint d'un petit appartement, aux rideaux tirés contre le soleil. Des nappes en dentelle, une vitrine avec de la porcelaine, une poupée aux vêtements démodés sur une chaise dans un coin.

Il se souvint d'une femme charpentée à l'accent polonais prononcé. Des cheveux teints en roux, une robe informe, des pieds gonflés dans des chaussons. Elle lui avait offert du thé et fourgué des tranches de gâteau aux graines de pavot, qui lui étaient restées collées au palais.

Elle avait beaucoup parlé de son mari. De leur rencontre juste après la guerre lorsqu'il était entré dans le restaurant de son père.

« Ses cheveux bruns ondulés, son regard sérieux. On aurait dit Gregory Peck. »

Elle avait décrit la cour que lui avait faite son mari, à quel point il était romantique. Elle avait souri en racontant tout cela. Caressé sa gorge, effleuré toute sa clavicule de ses doigts.

« Le mariage était merveilleux, monsieur Wonicke. Voilà mon album – vous voyez ? Ma robe. Le gâteau. Voilà maman avec ma sœur. Et le repas au restaurant de mon père après l'église était magnifique. Peut-être pas autant qu'avant la guerre, mais de toute façon plus rien n'était pareil. Tout le monde tirait le meilleur parti des choses : c'est ce qu'ils disaient à la radio. Paul et moi n'étions pas très différents de Joan

Fontaine et William Dozier, pas vraiment. Et nous avions du champagne – oh, ça, c'était excitant ! Papa s'était débrouillé pour ça. Je n'avais jamais bu de champagne auparavant – je l'avais seulement vu dans les films. J'avais l'impression d'être Myrna Loy.

« Et puis nous avons déménagé ici, dans cet appartement. C'était en septembre, septembre 1946. Paul avait son travail, et je nous ai créé un foyer. Et nous avons attendu les enfants, mais Dieu a décidé de ne pas nous donner de petits, et nous avons dû nous réconcilier avec Sa décision. Cela n'a pas été une chose facile. Pas facile du tout.

« Mais nous avons tiré le meilleur parti des choses. On est bien obligés. Je suis partie chercher un emploi. Une place de vendeuse chez Saks. Vous connaissez Saks ? Sur Fifth Avenue ? Oh, c'était un travail merveilleux. Des gens élégants, riches. Des dames qui achetaient de magnifiques vêtements, des bijoux. Des bagages en cuir aussi doux que la peau. Elles portaient des petits chiens, des petits chiens aux poils frisés avec des colliers ornés de pierres précieuses, des sacs à main et des chaussures de prix magnifiques. Elles faisaient mettre sur le compte de leurs maris des centaines de dollars aussi facilement que moi j'allais acheter du lait. Personne ne me croyait quand je racontais ça. Paul riait et plaisantait en disant qu'il allait ouvrir un compte à l'épicerie du coin, mais personne ne me croyait quand je leur disais combien ces femmes dépensaient.

« Moi, j'étais derrière le comptoir, et elles me donnaient ce qu'elles voulaient acheter : rouge à lèvres, bracelets, maroquinerie. Les objets les plus volumineux étaient livrés, ou bien elles envoyaient une voiture les chercher. J'emballais les cosmétiques et les bijoux dans du beau papier de soie, elles tendaient la main pour prendre les paquets, et je pensais – je m'en souviens très bien – que même leurs bras étaient beaux. Montres-bracelets en or et chemisiers de soie. La laine – épaisse. Comme de la soie. J'ai oublié… ah oui, le cachemire. Les manteaux de cachemire. Tellement doux. Tout était tellement doux. Elles avaient des ongles longs vernis, des bagues de diamants, des émeraudes, des rubis. Magnifiques. Leurs mains étaient… oh, leur peau ressemblait à du satin. Elles utilisaient de la crème pour les mains, et lorsque je prenais le stylo avec lequel elles avaient signé les reçus, le parfum de celle-ci me venait aux narines. À la rose ou la violette. Au lys. Pouvez-vous imaginer une existence qui sente la rose et le lys, monsieur Wonicke ?

« Et c'était drôle parce que tout le temps que j'ai travaillé là et aidé ces femmes, je savais que ma place n'était pas derrière ce comptoir. Je suis arrivée dans ce pays à quatorze ans, je sais comment ça se passe ici. Ici, c'est le pays de la liberté. Des opportunités. Quand on travaille dur, on réussit. J'ai travaillé dur, et je sais que j'aurais pu devenir exactement comme ces femmes. Mais je n'ai pas eu de chance. J'ai eu tellement de malheurs. Dieu a rappelé à Lui nos bébés avant même qu'ils n'ouvrent les yeux. Cinq bébés en neuf ans. Alors, bien sûr, j'ai perdu ma silhouette. Si je l'avais gardée, j'aurais pu être exactement comme ces femmes. On a toujours dit que j'aurais pu être jolie.

« Mais j'ai dû renoncer à mon emploi. Toutes ces grossesses m'ont rendue malade. Et puis, j'avais des migraines terribles. Effroyables. Alors, en 1960, j'ai quitté mon poste. Et maintenant, je passe mes après-midi avec la famille – ma nièce a eu des jumeaux l'année dernière, deux garçons, et il y en a un autre en route – et puis au cinéma. Ce que je préfère, ce sont les vieux films – Clark Gable et Lana Turner, ou bien… la semaine dernière, j'ai vu Gene Tierney et George Sanders. C'était magnifique. Magique. Et tellement triste.

« Et comme je vis à New York, quelquefois, je vois les stars de cinéma en vrai. Quand nous sommes arrivés ici, ce n'était pas comme ça – les gens du cinéma vivaient tous en Californie. À Los Angeles. Mais maintenant, ils ont commencé à venir s'installer ici, à New York. Le mois dernier, j'ai vu un homme dans le métro – il avait l'air familier, alors je me suis rapprochée – Gary Cooper ! Gary Cooper, qui montait à la station de Canal Street un mardi matin. Mais ma sœur n'a pas voulu me croire quand je lui ai raconté !

« Oh, New York… il se passe toujours quelque chose à New York. J'écris à ma cousine Sonja à Frombork – une petite ville, toute petite – et je lui raconte toutes les nouvelles. Le mois dernier, j'étais à la boulangerie, un homme est entré et a demandé tout l'argent de la caisse ! J'ai eu tellement peur, j'ai dû m'asseoir avec mon amie Mme Roberts qui vit tout près avant de pouvoir rentrer à la maison. Les bons voisins, c'est tellement important, n'est-ce pas ?

« Oui, je connais Mme Malone. Bien sûr. Je connais tous mes voisins. Mais elle, je la connais bien. Nous avons fait connaissance alors que j'étais derrière elle dans la queue à la caisse. Je me souviens de Mme Malone à cause de ses cheveux. Elle a une chevelure magnifique – rousse avec cet éclat doré. J'en ai parlé à mon amie après, elle m'a dit que ça s'appelait blond vénitien. Vous vous rendez compte ! Quel rapport avec Venise ? Je crois qu'Edith s'est moquée de moi.

« Donc, oui, elle avait des cheveux roux doré. Elle était très petite. Menue. Aucune rondeur ! Les hommes préfèrent toujours une femme avec une vraie silhouette, n'est-ce pas ?

« Je me souviens que le jour où je l'ai vue pour la première fois, elle portait un chemisier et un pantalon avec des escarpins blancs. Des pantalons serrés. Elle fredonnait toute seule en tapant du pied.

« La semaine d'après, je l'ai vue dans la rue, bien entendu, je l'ai saluée lorsque je l'ai reconnue, mais elle a continué son chemin. J'ai d'abord été un peu choquée – les gens peuvent être grossiers –, mais j'ai vu qu'elle allait au salon de beauté de Dolly, je me suis dit qu'elle devait penser à son rendez-vous et qu'elle ne m'avait pas vue. Et puis je me suis souvenue que j'avais besoin d'une coupe de cheveux, alors je suis rentrée. Elle était là, la main à plat sur la table, elle se faisait faire les ongles. Elle riait et discutait avec une grosse dame assise à côté d'elle.

« Donc, c'était très facile de demander à Dolly, la patronne, de me faire les cheveux de la même couleur. Je crois qu'elle a dû se tromper de teinture, parce que ça ne donne pas tout à fait la même chose, mais c'est joli, n'est-ce pas ? C'est gai.

« Après, j'ai souvent remarqué Mme Malone. On se croisait dans la rue, je lui souriais avec un signe de tête, mais elle ne m'a jamais adressé la parole. Quelquefois nous allions au même supermarché.

« Ça m'ennuie de dire ça, mais j'ai commencé à remarquer d'autres choses. Des choses pas convenables. Ses chemisiers étaient toujours un peu trop décolletés. Ses pantalons très serrés. Beaucoup de maquillage. Et pas d'alliance. Pas de mari.

« Un matin, j'ai vu les enfants, ses enfants, en train de jouer dans l'herbe devant mon immeuble. J'ai demandé au petit garçon où était sa mère, et il m'a répondu qu'elle était au lit. Au lit ! À neuf heures du matin ! Ça n'est pas bien. Pas bien ! J'ai pris les enfants par la main, je les ai fait entrer chez moi, je leur ai donné du lait. Puis je les ai ramenés chez eux, et Mme Malone, elle ne m'a pas dit un mot de remerciement. Pas un.

« J'étais tellement polie, je souriais toujours, j'ai toujours dit bonjour. Et cette femme, rien. Jamais rien. À dire vrai, monsieur Wonicke, à chaque fois, c'était comme une gifle. »

Scott lui téléphona, et Pete lui raconta la conversation qu'il avait surprise : Devlin affirmant que le témoignage de Lena Gobek achèverait Ruth. Puis il lui communiqua ce dont lui-même se souvenait à propos de Mme Gobek.

Il y eut une pause, et Pete lui demanda :

— C'est un problème ? Cette Mme Gobek constitue un problème ?

Scott soupira, et lorsqu'il reprit la parole, ce fut d'une voix fatiguée. Un peu rauque.

— Peut-être. Mais attendons de voir ce qu'elle va raconter demain. Et l'impression qu'elle projette. Qu'en avez-vous pensé lorsque vous l'avez interviewée ?

— C'était… une voisine, rien de plus. Une vieille dame. Un peu solitaire. Qui aimait bavarder. Raconter des histoires.

— Une petite vieille dame qui raconte des histoires, grommela Scott. Espérons que ce soit tout.

Pete suivit des yeux Mme Gobek qui se déplaçait de son siège vers la barre des témoins. Le trajet parut durer une éternité. Enfin, elle grimpa les marches et prêta serment, puis s'installa dans le petit fauteuil, sa rondeur potelée faisant ressortir les angles aigus du décor de boiseries.

Elle avait posé son sac à main sur ses larges genoux fleuris, semblable à un rempart contre les hommes qui l'observaient. Elle crispait sur l'anse des mains à la peau tendue, comme prête à se battre.

Pete jeta un regard à Ruth, qui ne manifestait qu'un intérêt neutre. Peut-être un peu de curiosité. Elle se concentrait davantage sur Lou Gallagher. Elle ne cessait de lui lancer des coups d'œil, jusqu'à ce qu'il finisse par lever les yeux. Elle lui sourit avec inquiétude et ne parut se détendre que lorsqu'il lui sourit en retour.

Son expression dans le *diner*, lorsque Beckham lui avait annoncé qu'il la quittait, revint à Pete. Il pensa à ses gémissements de désespoir lorsque Salcito l'avait trahie dans ce tribunal. Lou Gallagher était tout ce qui lui restait.

Le procureur rectifia sa cravate, se leva et se racla la gorge. Il laissa son regard flotter sur la salle avant de se retourner pour faire face au jury. Il prenait plaisir à cela, comprit Pete. Il avait attendu le moment présent.

Dos à la barre des témoins, il débuta :

— Pouvez-vous énoncer votre nom et votre adresse pour le procès-verbal ?

Mme Gobek fronça les sourcils, pointa les doigts sur sa large poitrine et jeta un coup d'œil aux alentours.

— Moi ?

Hirsch se retourna pour lui faire face, dissimulant à moitié son impatience sous un sourire doucereux.

Il acquiesça, et son inquiétude s'évanouit. Elle lui rendit son sourire.

— Je m'appelle Helena Elzbieta Gobek. Mon nom de jeune fille est Wachowiak. Je suis née à Elbląg, en Pologne, le 9 janvier 1917. Mon adresse est le 44, 72nd Road, Queens, New York.

Elle s'exprimait sur un petit rythme nerveux, se tapotait inconsciemment le genou. Tandis qu'elle énonçait les détails de sa vie, une vague de rires ondula à travers la salle d'audience. Pete remarqua qu'elle levait alors la tête, prenant plaisir à son public, et souriait à la ronde. Puis elle se pencha sur son sac à main, dans l'attente de la question suivante.

— Depuis quand vivez-vous à cette adresse, madame Gobek ?

— Mon mari et moi nous sommes installés là en septembre 1946. Depuis notre mariage. Ce qui fera vingt et un ans cette année.

— Il serait donc correct de dire que vous connaissez bien le quartier ?

Elle inclina la tête et répondit d'un ton sérieux :

— J'ignore si ce serait correct, monsieur Hirsch. Mais c'est vrai. Il est vrai que je connais le quartier.

Une nouvelle vague de rires, un peu plus forte cette fois-ci. Mme Gobek leva les yeux sur les bancs du public. Elle rayonnait, les joues rouges.

— Et l'accusée ? Depuis combien de temps connaissez-vous Mme Malone ?

Pour la première fois ce jour-là, Lena Gobek regarda Ruth, et son visage se fit sévère.

— Je connais Mme Malone depuis trois ou quatre ans.

Le chuchotement de Ruth résonna suffisamment fort pour que le juge lui lance un regard réprobateur.

— Je ne connais pas cette femme !

Scott la fit taire, posa sa main sur son poignet.

Hirsch se retourna pour faire face au jury et s'exprima lentement, avec emphase :

— Trois ou quatre ans. Donc bien avant que les enfants ne soient assassinés.

D'un mouvement vif, il s'adressa de nouveau à Mme Gobek :

— Comment avez-vous rencontré Mme Malone ?

— Dans un salon de beauté au coin de Ascan et Queens Boulevard. Mme Malone y va toutes les semaines se faire coiffer et se faire faire une manucure. Je me suis mise à y aller aussi.

Pete regarda Ruth, qui fixait Lena Gobek.

— Il s'agit du *Dolly's Parlor*, au 368, Queens Boulevard ?

Mme Gobek acquiesça.

— Veuillez formaliser votre réponse pour le greffier, madame Gobek.

Celle-ci regarda la jeune fille blonde mince sur le côté de la barre des témoins, dont les doigts voltigeaient au-dessus des touches de sa sténotype. Elle se pencha en avant et articula soigneusement :

— Oui, *Dolly's Parlor*.

— À quelle date était-ce ? Quand avez-vous commencé à vous rendre chez *Dolly's* ?

— En 1963. À la fin octobre.

— Comment pouvez-vous être aussi certaine de la date, madame Gobek ?

— J'y vais chaque semaine. Et j'y étais pour la troisième ou peut-être la quatrième fois quand M. Kennedy a été assassiné. Tout le monde se souvient de l'endroit où il se trouvait ce jour-là. Tout le salon ne parlait que de cette pauvre Mme Kennedy.

Du sang sur sa robe, de l'homme qui avait tiré sur le Président depuis la fenêtre.

— Avez-vous jamais rencontré Mme Malone ailleurs qu'au salon de beauté ?

— Oui, à l'épicerie. Nous faisions toutes les deux nos courses le mardi et le vendredi après-midi. Je l'ai souvent vue là et je lui disais bonjour.

Ruth, l'air surpris, plissa le front et secoua la tête.

— Ailleurs, encore ?

— Oh, oui. Partout dans le quartier. Dans la rue, ou bien quelquefois au parc. Surtout avec ses enfants. De très jolis enfants. Polis.

— Vous reconnaissez les enfants ?

Mme Gobek leva les yeux sur les agrandissements des enfants sur le tableau, et le jury suivit son regard.

— Oui. Je connais le petit Frankie et sa sœur. Mme Malone l'appelait toujours Cin.

Pete aperçut le visage livide de Ruth.

Hirsch se retourna vers le jury.

— Vous connaissiez donc bien Mme Malone, madame Gobek ? Vous l'avez connue pendant plusieurs années ?

— Oh, oui, certainement. Tout à fait.

— Bien. Merci. Intéressons-nous à présent à la nuit du 13 juillet 1965. Veuillez raconter à la cour ce dont vous vous souvenez à propos de cette nuit. Dans vos propres termes.

Pete la vit se carrer confortablement sur son siège. Elle avait sans aucun doute lu tellement de choses à propos de cette affaire dans les journaux, entendu tant de choses de la bouche de sa famille ou des voisins, de parfaits inconnus. Comment pouvait-elle trouver ses propres mots ?

Le regard de Mme Gobek oscilla de Hirsch au jury. Puis au juge, et de nouveau au procureur.

Celui-ci hocha la tête, et elle entama son récit, d'abord hésitante :

— Il faisait chaud cette nuit-là. Très chaud. Comme je n'arrivais pas à dormir, je me suis levée pour… pour aller aux toilettes. Et me chercher de l'eau.

— Que s'est-il passé alors ?

Hirsch la guidait discrètement, mais Pete percevait l'impatience dans sa voix. Il voulait qu'elle en arrive au cœur des choses. Il le sentait presque saliver.

— J'ai emporté mon verre dans le salon, et je me suis assise près de la fenêtre. Je n'étais pas fatiguée. Je me suis dit que j'allais lire jusqu'à ce que je sois prête à dormir. Puis je me suis souvenue que j'avais laissé mon livre dans ma chambre, et je ne voulais pas risquer de réveiller Paul. Il avait un rhume, il était fatigué.

C'était le détail qui rendait les choses réelles. Pete scruta les traits des jurés, les vit avec elle dans cet appartement plongé dans l'obscurité.

— Qu'avez-vous fait alors, madame Gobek ?

— J'étais dans mon fauteuil près de la fenêtre. Celle-ci était ouverte, et il y avait un courant d'air.

— De quel côté est orientée votre fenêtre ?

— Elle donne sur Main Street.

— Quelle heure était-il ?

— J'ai regardé la pendule en me levant, il était presque deux heures. Le silence régnait au début, puis j'ai entendu des voix. Peut-être quinze ou vingt minutes après.

— Combien de voix avez-vous entendues, madame Gobek ?

— Impossible de le savoir, au début. Puis elles se sont rapprochées. Il y en avait deux. Un homme et une femme.

— Pouviez-vous entendre ce qu'ils disaient ?

— Non. Pas à ce moment-là. Ils marchaient dans ma direction sous le lampadaire. Je ne comprenais pas ce qu'ils disaient, mais j'ai entendu ses talons aiguilles.

Son regard se porta sur Ruth.

— Elle portait toujours des talons aiguilles.

Scott bondit.

— Objection !

Le juge avait hoché la tête avant même que Scott ait parlé.

— Objection admise. Le jury doit ignorer la dernière remarque de Mme Gobek. Madame Gobek, merci de vous en tenir au déroulement des faits de cette nuit spécifique.

Elle rougit. Baissa la tête.

— Oui, monsieur.

Elle regarda le procureur.

— J'ai entendu ses talons cette nuit-là. Et j'ai entendu des voix.

— Vous avez donc entendu les voix de deux personnes. Étaient-elles visibles ? Les avez-vous distinguées ?

Elle acquiesça avec vigueur.

— Oh, oui ! Je les ai vues de l'autre côté de la rue, sous le réverbère. Très clairement.

— Pouvez-vous nous décrire ce que vous avez vu ?

— Une femme. En pantalon. Sa chevelure brillait sous le lampadaire. Et elle portait les enfants.

— Tous les deux ?

Mme Gobek regarda Ruth. Sa silhouette menue.

— Elle portait la petite fille qui était… peut-être était-elle endormie. Et elle tirait le petit garçon par la main. L'homme marchait devant elle.

Pete repensa aux articles de journaux qu'il avait lus. À ce qu'il avait lui-même écrit. Tous ces détails qui avaient été rapportés dans la presse.

Hirsch fit face au jury.

— La nuit du 13 au 14 juillet, vous avez vu une femme dans la rue avec un homme et deux enfants ? Est-ce là ce que vous nous dites, madame Gobek ?

— Oui. Oui, c'est ce que je dis. C'est ce que j'ai vu.

— Qu'ont-ils fait alors ?

— Elle s'est arrêtée et elle a… (Elle leva les bras en enserrant le vide.) Elle a remonté l'enfant sur son épaule. Comme si la petite fille était lourde. Elle a lâché le petit garçon, qui a couru vers l'homme. Puis, l'homme est retourné sur ses pas et a pris l'enfant des bras de la femme. Il a marché jusqu'à une voiture mal garée dans la rue. Il a ouvert la portière arrière et jeté l'enfant sur la banquette.

« La femme s'est précipitée en disant : "Ne lui fais pas ça." Il l'a regardée et a répondu : "Tu regrettes, maintenant ?" Et il a ajouté quelque chose que je n'ai pas entendu. "Ne dis pas ça, ne dis pas ça", a-t-elle dit. Comme ça. Deux fois, comme ça.

Le visage de Ruth était pétrifié. Ses yeux écarquillés, désespérés. Pete jeta un regard à Frank Malone, voûté, les yeux fixés sur ses mains.

— Le petit garçon est monté à l'arrière de la voiture. J'ai essayé de fermer la fenêtre, qui a grincé, et elle a dit quelque chose à l'homme. Ils ont tous les deux levé les yeux, alors je me suis cachée derrière le rideau. J'ai entendu démarrer le moteur, et quand j'ai de nouveau regardé, j'ai vu la voiture faire demi-tour et s'éloigner.

— Madame Gobek, je veux que vous réfléchissiez soigneusement avant de répondre à ma question suivante.

Il s'interrompit et toute la salle d'audience patienta. Le silence était complet.

— Je suis bien certain de ne pas avoir besoin de vous expliquer que tout l'équilibre de ce procès dépend peut-être de votre réponse.

Pete s'aperçut qu'il retenait sa respiration.

— Reconnaissez-vous une des personnes que vous avez vues cette nuit-là – soit l'homme, soit la femme – dans cette salle ?

Cette fois-ci, il n'y eut ni pause, ni silence tendu. Avant même que le procureur ait fini de poser sa question, elle opinait de la tête :

— C'était cette femme, là. Elle. Elle.

La main blanche rondelette lâcha l'anse de son sac et pointa Ruth.

Celle-ci réagit par un hurlement :

— Menteuse ! Menteuse ! Vous avez juré de dire la vérité ! *Vous ne savez pas ce qu'est la vérité !*

Écarlate, furieuse, à moitié levée, Scott la retenait par le bras, la forçait à se rasseoir.

Un murmure s'éleva dans la salle, et le juge assena deux, puis trois coups de marteau. Le calme revint progressivement, et Hirsch répéta :

— Était-ce Mme Malone que vous avez distinguée cette nuit-là ?

— Oui. Tout à fait.

Ruth bondit une nouvelle fois en criant :

— Ce n'était pas moi ! Ce n'était pas moi !

Cette fois-ci, Pete perçut la terreur derrière sa colère, surmontant les appels au calme de Scott, le brouhaha grandissant, et même le marteau du juge qui rappelait la salle à l'ordre.

— Je n'ai jamais rencontré cette femme ! Je ne la connais pas ! Elle ne me connaît pas. *Elle ne me connaît pas !*

Scott parvint à obliger Ruth à s'asseoir, et la voix du juge s'éleva :

— Madame Malone, encore un éclat de la sorte, et je vous ferai évacuer de la salle d'audience. Maître, contenez votre cliente.

Scott se retourna, entoura Ruth de son bras. Pete lut la stupéfaction sur son visage.

Le procureur sourit au juge et poursuivit :

— Plus que quelques questions, Votre Honneur.

Il attendit un peu, faisant face à l'accusée comme s'il l'étudiait. Les membres du jury suivirent son regard.

Les pommettes de Ruth brillaient de deux taches rouges. Hirsch voulait que le jury soit témoin de sa colère, comprit Pete. Il voulait que ceux-ci la visualisent en rage et hors de contrôle.

— Madame Gobek, les événements que vous avez décrits se sont produits la nuit du 13 juillet 1965, c'est exact ?

Elle hocha la tête, perplexe, puis se souvint et se pencha vers la sténotypiste.

— C'est exact.

— Je crois que la police vous a interrogée le 6 août, trois semaines après la disparition des enfants. Est-ce également correct ?

— Oui, monsieur.

— Et pourtant, lors de ce premier interrogatoire, vous n'avez rien mentionné de tout cela. Ni de vous être réveillée dans la nuit, ni de vous être assise à la fenêtre, ni ce que vous avez vu dans la rue.

Elle perdit contenance.

— Pouvez-vous expliquer cela à la cour ? Pourquoi n'avez-vous rien mentionné avant la lettre que vous avez écrite à la police quatre mois après le crime ?

Pete fixa Mme Gobek. Sa robe informe, ses cheveux teints. Il comprit : elle était la dernière pièce du puzzle. C'était sa déposition qui avait finalement offert à Devlin ce dont il avait besoin pour arrêter Ruth.

Celle-ci se penchait sur sa chaise, le front plissé, mais Scott paraissait presque résigné, tandis qu'il écoutait le procureur anticiper les arguments de la défense avant même que celle-ci ne puisse les énoncer.

Mme Gobek tripota la chaîne de la croix qu'elle portait autour du cou et baissa les yeux.

— Eh bien, c'est à cause de mon mari.

— Votre mari vous a conseillé de ne pas parler à la police ?

— Oui. Je voulais tout raconter, mais il m'a dit de ne pas m'en mêler. Que la police connaissait son boulot, et qu'ils n'avaient pas besoin de moi. Et que si ce que j'avais dit était vrai, alors quelqu'un d'autre l'aurait vu aussi. « Laisse les autres le raconter », il m'a dit.

Hirsch s'appuya contre la barre des témoins, presque négligemment, et sourit au jury. Quelques jurés lui rendirent son sourire.

— Votre mari hésitait à vous laisser vous manifester. C'est compréhensible. Mais que s'est-il passé pour que vous changiez d'avis, madame Gobek ?

— J'ai lu les journaux à propos de l'affaire. À propos de la police, et comment ils n'avaient pas fait d'arrestation. J'ai compris qu'ils ne savaient pas. Que personne d'autre n'avait vu ce que moi, j'avais vu.

Elle leva le menton.

— J'ai compris, et j'ai dit à mon mari : « Je suis la seule qui ait vu cette dame, Mme Malone, avec ses enfants la nuit où ils ont été assassinés. »

Son regard balaya le jury, les bancs du public, puis se posa sur Ruth, et sa bouche esquissa un rictus.

Le procureur la laissa émettre sa dernière réplique sans l'interrompre :

— J'ai compris que j'étais la seule à pouvoir les aider à attraper cet assassin.

Hirsch lui sourit.

— Merci, madame Gobek. Restez assise, je vous prie.

Il s'éloigna et lança un clin d'œil à Scott en articulant distinctement :

— Le témoin est à vous, maître.

Scott se leva. Il avait l'air épuisé.

— Madame Gobek, les gens que vous avez vus depuis votre fenêtre cette nuit-là parlaient-ils fort ? Criaient-ils ?

— Non, ils s'exprimaient normalement.

— Et à quelle distance se trouvaient-ils de votre fenêtre ? Par exemple, lorsqu'ils se tenaient sous le lampadaire ?

Elle fronça les sourcils.

— Eh bien, je ne sais pas exactement.

Il eut un geste de la main :

— Se trouvaient-ils par exemple plus loin que je ne le suis de vous ? Plus loin que vous ne vous trouvez du jury ? De cette fenêtre ?

Elle examina la salle autour d'elle un bon moment, puis désigna la porte d'accès du public de la salle d'audience.

— Je dirais qu'ils étaient à cette distance.

Scott suivit son regard.

— Merci, madame Gobek. À environ douze mètres, donc.

Elle haussa les épaules.

— J'aimerais maintenant vous montrer la pièce à conviction 16a, un plan du pâté de maisons où est situé l'immeuble de Mme Malone.

L'huissier lui tendit une feuille sur laquelle était imprimé un schéma, pendant que les jurés cherchaient leur propre copie dans les documents dont ils disposaient.

— L'appartement de Mme Malone est marqué d'une croix. Pouvez-vous le voir sur votre copie, madame Gobek ?

Elle étudia la feuille et hocha la tête :

— Oui. Je le vois.

— Et votre propre appartement est marqué d'une croix bleue. Pouvez-vous nous confirmer qu'il s'agit bien de votre appartement ?

Elle hocha de nouveau la tête.

— Oui. Oui, c'est notre appartement.

Scott chercha quelque chose dans sa poche de poitrine puis marcha vers elle le bras tendu.

— J'aimerais maintenant que vous preniez ce stylo et que vous notiez l'endroit où vous pensez que se trouvaient ces gens la nuit du 13 au 14 juillet.

Il lui offrit le stylo et attendit. Elle regarda le procureur, qui lui fit signe de la tête.

Sans doute encouragée, elle dévissa le capuchon du stylo et traça une croix sur la fiche. Scott lui prit le stylo et le papier des mains, puis brandit ce dernier.

— Que la cour veuille bien noter que Mme Gobek a inscrit une marque qui se trouve à peu près à soixante mètres de sa fenêtre, si on se fie à l'échelle indiquée sur la fiche.

Il confia le papier au membre du jury le plus proche, et la feuille passa de main en main.

Scott se retourna vers le témoin.

— Soixante mètres, madame Gobek.

Pete s'adossa à son siège. Voilà qui allait certainement la déstabiliser.

Mais elle se contenta de regarder l'avocat sans rien dire.

— C'est une distance conséquente pour reconnaître quelqu'un et saisir une conversation.

Elle demeura muette.

— Vous avez déclaré que ces deux personnes s'exprimaient normalement. Vous prétendez qu'à soixante mètres de distance vous les avez entendues parler sur un ton normal ?

Elle rougit.

— Je ne prétends pas. J'ai bien entendu. Et c'est normal : quand mon amie Mme Ciszek m'appelle de son appartement et me demande si je veux quelque chose à l'épicerie, je l'entends de chez moi.

Des rires discrets s'élevèrent, et la tension retomba un peu.

— Où habite votre amie Mme Ciszek ? interrogea Scott.

L'huissier lui repassa le papier et le crayon, et Mme Gobek traça une nouvelle marque.

— Qu'il soit noté au procès-verbal que Mme Gobek a indiqué un appartement situé à environ cinquante-cinq mètres du sien.

Le papier passa de nouveau entre les mains du jury, qui cette fois-ci ne parut guère s'y intéresser : tous les regards étaient fixés sur Mme Gobek.

— Si votre amie s'adresse à vous – d'une voix normale…

Mme Gobek acquiesça :

— Oui, oui, une voix normale.

— Si votre amie s'adresse à vous d'une voix normale, et que vous êtes dans votre appartement, vous êtes capable de l'entendre à cinquante-cinq mètres de distance ?

Il réussit à insuffler de l'incrédulité dans sa voix, ce qui ne parut qu'exaspérer Mme Gobek. Elle se pencha vers le micro, les yeux rivés sur l'avocat.

— Bien sûr je peux l'entendre ! Mon ouïe est parfaite. Ma vue, parfaite.

Scott la contempla un long moment pendant que Pete se penchait, le suppliant en silence de continuer. Il devait exister un autre angle sous lequel il pouvait insister, il y avait bien quelque chose à faire.

Mais Scott se contenta de regagner son siège en annonçant simplement :

— Pas d'autres questions, Votre Honneur.

Le procureur était debout avant que Scott n'ait atteint la table de la défense. Alors que Mme Gobek se débattait avec le battant de la barre des témoins, il l'aida à descendre.

— Comment j'étais ? Comment je me suis débrouillée ?

Il la prit par le bras :

— Magnifique. C'était magnifique.

Et l'espace d'un instant, son visage écarlate et triomphant fut véritablement magnifique. Tandis que le juge suspendait la séance pour la journée et qu'on emmenait Ruth, le sourire de Mme Gobek répandit comme un rayon de soleil dans la morne salle d'audience.

19

Ce soir-là, Pete s'assit par terre dans son appartement, entouré de piles de notes et de transcriptions d'interviews. Était-ce ainsi que venait la défaite : sous la forme d'une femme bien en chair à la vilaine teinture, dans le souvenir d'une pièce plongée dans la pénombre, les rideaux tirés pour se protéger du soleil ?

Pete se prit la tête dans les mains. Il devait bien y avoir quelque chose à faire. Si seulement il pouvait trouver un autre témoin, quelqu'un qui contredirait le témoignage de Mme Gobek.

Il ne dormit pas pendant vingt-neuf heures d'affilée. Il réécouta toutes ses bandes d'interviews. Fouilla dans ses notes, relut les transcriptions. Il sortit, alla frapper aux portes. Ratissa les bars du quartier, les *diners*, les laveries automatiques, à la recherche de quelqu'un qu'il aurait raté deux ans auparavant. Il posa des questions, se fit insulter, continua obstinément.

Mais les quelques personnes qui acceptèrent de lui parler ne lui apprirent rien de neuf. Personne n'était debout cette nuit-là. Personne n'avait rien vu, personne n'avait rien entendu pour contrer le récit de Mme Gobek.

Il retourna chez lui, repassa ses notes en revue. Vers quatre heures du matin, ses mains relâchèrent leur pression sur ce qu'il lisait et il perdit conscience. Il se réveilla cinq heures plus tard, encore fatigué et déshydraté, passa une main sur son menton. Il avait sacrément besoin de se raser.

Puis il comprit. *Personne n'était debout cette nuit-là. Personne n'avait rien vu, personne n'avait rien entendu.* Il sut ce qu'il devait faire.

Il appela Horowitz au journal.

— Wonicke ? Seigneur ! Ça fait un bail. Comment vas-tu ?

— Dis-moi, on peut se voir ? J'ai besoin de te parler. J'ai besoin de ton aide.

Il y eut un silence, puis Horowitz répondit :

— D'accord. Chez *Tony's* ?

— Non. Pas *Tony's*. Un endroit discret, quelque part où personne ne puisse nous entendre.

Un autre silence, plus long cette fois-ci.

— Tu connais le vieux *Regal Cinema*, sur Park Drive East ? L'endroit qu'ils sont en train de démolir ? Je te retrouve sur le parking dans une heure.

Pete se lava rapidement, se rasa, enfila une chemise avec un col un peu propre. Lorsqu'il arriva, Horowitz était déjà là, appuyé contre le capot de sa voiture, avec deux gobelets de café en carton.

Pete en prit un dont il avala la moitié d'un coup. Frissonna.

— Merci. J'en avais besoin.

Horowitz l'examina.

— Tu as une sale gueule. Qu'est-ce que tu fabriques ?

Pete soupira, lissa ses cheveux encore mouillés.

— J'étais au tribunal la semaine dernière. L'affaire Malone… ça ne se passe pas bien.

— Qu'est-ce que tu veux dire, tu étais au tribunal ? Tu n'es plus journaliste – qu'est-ce que tu fabriquais là-bas ?

Horowitz força Pete à rencontrer son regard.

— Ça ne se passe pas bien pour qui ? Putain, qu'est-ce que tu fais ? Qu'est-ce qui se passe ?

Pete s'efforça de ne pas détourner les yeux.

— Je suis allé voir l'avocat de Mme Malone.

Écarlate, Horowitz cracha :

— Putain ! Bon Dieu, Wonicke…

— Je sais, je sais. Épargne-moi le sermon. Je voulais aider.

— Tu voulais aider ? Aider qui ? Tu m'as pratiquement supplié de rencontrer Devlin. Il était entendu qu'en échange tu faisais un bon compte rendu sur lui. D'un seul coup, tu es viré du journal, et maintenant tu… Qu'est-ce que tu fous ?

Il s'interrompit et son expression changea :

— Oh, je comprends ! Tu penses avec ta queue.

— Je ne… Ça n'est pas comme ça.

— Ça n'est jamais le cas. À chaque fois, c'est différent. Quand ça t'arrive, c'est toujours Roméo et cette fichue Juliette.

Il soupira, détourna le regard.

Puis :

— Alors, qu'est-ce que tu lui as dit, à cet avocat ?

— Pas grand-chose qu'il ne sache déjà.

Une mouette emplit le silence de ses criailleries.

— Alors, qu'est-ce qu'on fabrique ici ? Pourquoi m'as-tu appelé ?

Pete lui expliqua alors. Il lui expliqua ce dont il avait besoin, vit l'expression de Horowitz changer de nouveau et sa main se crisper autour de son gobelet de café.

Jusqu'au moment où Horowitz fit mine de s'en aller, Pete se demanda s'il était capable d'aller jusqu'au bout.

Puis il pensa à Ruth.

— J'ai lu ce qui concernait l'affaire Kaufman.

Horowitz écarquilla les yeux de stupéfaction. Pete déglutit, puis sortit les photocopies des articles de journaux qu'il avait trouvés à la bibliothèque municipale de New York, un mois après l'assassinat des enfants Malone. Il les étala sur le capot de sa voiture, observa Horowitz, qui baissa les yeux, s'en imprégna, puis haussa les épaules, l'air de ne pas les prendre au sérieux.

— Et alors ? C'était quoi, il y a dix ans ? Quel rapport avec le reste ?

— Presque dix ans. À l'automne 57.

— C'est de l'histoire ancienne. Pourquoi est-ce que tu ressors ça maintenant ? L'affaire Kaufman était claire et nette. Deux morts. Entièrement transparent. Rien à voir avec cette affaire.

Horowitz parlait trop.

Pete inspira profondément :

— Oui, c'est ce que j'ai d'abord pensé. Un type soupçonné d'avoir assassiné son associé. Ça ne fait pas vraiment les gros titres. Il n'y a même pas de preuves que ce soit bien un meurtre – le mort a pu se flanquer un coup de feu. Mais un joli suicide bien carré, ça ne fait pas une bonne histoire.

Pete prenait son temps, étirait son récit, espérant qu'il n'aurait pas à continuer, espérant que Horowitz l'interromprait en lui disant que, OK, il l'aiderait, et Pete n'aurait pas besoin d'aller jusqu'au bout.

Mais Horowitz gardait le silence.

— Après ça, je n'ai trouvé aucune trace de papiers signés de toi sur des enquêtes menées par Devlin. Je me suis dit que c'était bizarre. Alors, j'ai un peu fouillé.

Un silence. Pete distinguait l'écho lointain de la circulation. Une mouette cria.

Horowitz se racla la gorge :

— Ce sont des conneries, Wonicke. Tu es…

— J'ai lu ton témoignage au procès.

Pete baissa les yeux sur les coupures de journaux et humecta ses lèvres desséchées. Il fallait que ça marche. Il était au bout du rouleau – après ça, il était à court d'idées pour venir en aide à Ruth.

— Tu as affirmé que Kaufman avait avoué le meurtre lorsque tu l'avais interviewé la veille de son arrestation. Deux mois avant qu'il ne soit poignardé en prison au cours d'une émeute, alors qu'il attendait la date de son procès. Voilà qui était malheureux pour M. Kaufman. Mais pas pour toi, n'est-ce pas ? Parce qu'à présent, c'était une vraie histoire. Un putain de sujet : deux meurtres. Des aveux. Deux victimes blanches, bourgeoises, riches. Un gros truc, qui a dû t'ouvrir pas mal de portes.

Il parlait précipitamment, espérant que Horowitz ne percevrait pas le tremblement de sa voix.

— À la barre, tu as témoigné que tu avais donné les bandes magnétiques de l'interview à Devlin. Seulement, celles-ci avaient disparu quelque part entre le casier à pièces à conviction et le tribunal.

Horowitz détourna le regard.

— Devlin a annoncé à la barre que les bandes avaient été perdues. Un élément manquant dans l'ensemble des preuves impliquait une mauvaise note dans son dossier. Peut-être même une absence de promotion cette année-là. Mais je suis convaincu que ces bandes n'ont même jamais existé. Il n'y avait que des transcriptions, que *tu* avais rédigées. Et si cela avait été révélé, c'était la fin de ta carrière. Tout était fini pour toi.

Pete mourait d'envie d'une cigarette, mais n'osait pas en allumer une de peur que Horowitz ne voie ses mains tremblantes.

— Devlin a pris la responsabilité à son compte. Voilà ce qu'il a contre toi. Voilà ce que tu lui dois. Il ne peut en être autrement – vous n'avez plus jamais retravaillé ensemble. C'était de ton choix ? Ou bien le sien ?

Horowitz releva la tête :

— Tout ça, c'est dans ton imagination, petit. Tu n'as aucune preuve. *Nada.*

Pete se força à regarder l'autre droit dans les yeux. Il fallait qu'il sorte la suite à toute vitesse.

— La veille du jour où Kaufman a été arrêté, le jour où tu prétends l'avoir interviewé, était le 27 septembre 1957. La date… la date est ma preuve, insista-t-il.

Il sortit de sa poche une dernière coupure qu'il déplia. Une notice nécrologique datée du 28 septembre 1957.

— J'ai aussi découvert ça dans les archives de la bibliothèque.

Horowitz fixa le papier, puis détourna les yeux :

— Je n'ai pas besoin de le regarder. C'est moi qui ai écrit ce fichu truc.

Il sortit ses cigarettes. Il dut s'y reprendre à quatre fois pour parvenir à en allumer une.

— Tu sais, cette notice nécrologique est la chose la plus difficile que j'aie jamais eue à écrire. Je l'ai rédigée au chevet de Claire la nuit où elle est décédée.

Pete se racla la gorge :

— Le 27.

— Oui. Les infirmières revenaient sans cesse, et je n'arrêtais pas de leur demander de ne pas l'emmener. Pas encore.

— Horowitz… je suis… je suis désolé.

L'autre le regarda et déclara :

— Tu sais quoi ? Je crois vraiment que tu es sincère.

Puis il poussa un soupir :

— Si ça sortait, je serais fini. Devlin aussi, peut-être, après tout ce temps.

Pete repensa à la soirée chez *McGuire's*, lorsqu'il s'était demandé comment Horowitz, après son mensonge, avait pu se réconcilier avec lui-même.

Il comprenait aujourd'hui qu'en définitive ce genre de choix moral se résumait à déterminer ce qui était le plus important, et à bien le garder en mémoire. Il ne s'agissait pas du tout d'un choix.

Alors, il ravala sa compassion et se contenta d'acquiescer de la tête. Puis il réitéra sa demande.

Horowitz se passa une main sur le visage.

— OK. Seigneur. OK, je vais t'aider. Et ensuite, ce sera terminé. On sera quitte, et tu ne me demanderas plus rien, plus jamais. Et tu ne parles de ça à personne. Cette conversation n'a jamais eu lieu.

Il se détourna, flanqua un coup de pied mauvais au sol accidenté du chantier, faisant lever un nuage de poussière blanche.

— Seigneur, grinça-t-il entre ses dents. Ce putain de boulot…

Il froissa son gobelet entre ses mains et l'expédia au loin. Fixa un moment le sol, puis se retourna.

— Je connais un type – il a été acteur pendant un moment. Il a besoin d'argent. Il le fera.

— Comment le connais-tu ? Tu lui fais confiance ?

— Il est… C'était le neveu de ma femme. De la mauvaise graine.

Il secoua la tête, souffla entre ses joues.

— Ça va te coûter bonbon. Tu sais ça ?

Pete s'efforça de ne pas penser à sa mère, se concentra sur le chèque qu'elle lui avait envoyé pour son avenir.

— J'ai de l'argent.

Horowitz le dévisagea.

— Je ne peux pas y croire. Tu es certain de vouloir faire ça ?

— Je dois le faire. Je dois l'aider.

Horowitz secoua lentement la tête.

— Espèce de pauvre crétin.

Puis il soupira.

— Comment peux-tu même être certain qu'elle soit innocente ?

Pete se força à croiser le regard de Horowitz.

— Je ne le suis pas.

Horowitz ouvrit la bouche, mais Pete s'empressa :

— Je crois qu'elle l'est. J'espère qu'elle l'est. Mais elle est… Je ne veux pas qu'elle aille en prison.

Et il baissa les yeux pour ne pas voir l'expression qui se peignait sur les traits de l'autre homme.

— Bon Dieu, Wonicke… J'espère que tu sais ce que tu fais.

Un silence s'éternisa, puis Horowitz assura :

— Tu peux me croire, si tu fais ça, il n'y aura pas de retour en arrière. Tu ne seras plus la même personne. Les mensonges changent tout.

Il le scruta.

— Mais je suppose que tu as déjà changé.

Un silence tendu.

— Encore une chose, ajouta Horowitz. J'ai suivi beaucoup de procès. Les jurys sont imprévisibles. Même en faisant ça, tu peux perdre. Tu m'as dit que Charlie Devlin avait passé son temps à la barre à peindre Mme Malone comme la grande prostituée de Babylone[1]. La boisson, le maquillage, les hommes.

— Et ?

— Tout ce que je dis c'est : réfléchis. Si tu fais ça, tu mets en jeu tout ce que tu as, tout ce que tu es – il n'empêche que tu affrontes des gens convaincus qu'il est de leur devoir divin de faire le bien. Pendant des heures, Devlin leur a rebattu les oreilles à propos de cette femme sans moralité, puis ils ont eu des heures de Mme Gobek qui leur racontait qu'elle avait quasiment vu Mme Malone tuer ses enfants. Tu crois vraiment qu'ils vont penser que relâcher la mauvaise femme est la bonne chose à faire ?

Pete le détesta. Il le détesta pour ses paroles.

— Ils n'auront pas le choix. Devant la preuve.

— C'est ça, c'est ça, la preuve… tout ne se résume pas aux preuves et aux dépositions des témoins. Réfléchis, simplement.

Mais il n'avait pas le temps d'y réfléchir. Ruth avait besoin de lui.

Pete nota le numéro de téléphone que lui donna Horowitz. Il passa quelques coups de fil. Et le lundi matin, Scott appela un nouveau témoin à la barre.

Ruth était assise, la tête appuyée sur sa main, laissant glisser sur elle les paroles des hommes alentour.

---

1. Figure de l'Apocalypse de Jean.

Elle regardait les photos de Frankie et Cindy punaisées sur le tableau, se souvenait du Dr Dunn effectuant sa déposition devant eux.

Elle jeta un regard à Frank, qui lui aussi contemplait les photos. Pour tous les autres dans la salle d'audience, ces enfants n'étaient que des cadavres. Leur peau, leurs dents, leurs vêtements, leurs mèches de cheveux et le contenu de leur estomac – tout cela n'était qu'accessoires destinés à démontrer quelque chose.

Mais avant cela, ils avaient été ses bébés. Leurs bébés. Peu importe à quel point la situation s'était détériorée entre eux, Frank et elle avaient au moins cela en commun.

Les yeux sur ces sourires édentés, elle éprouva le désir de sentir leur douceur, leur tiédeur, leurs tortillements, juste encore une fois. Elle les revit jouer dans le parc comme le dernier jour. Ils avaient crié, gloussé, s'étaient chamaillés, avaient mangé des céréales, des oranges et des sandwiches aux boulettes de viande. Ils avaient laissé tomber des miettes et des épluchures, taché leurs vêtements, leurs mains.

Tous ses souvenirs étaient maintenant réduits à des échantillons de plats froids, à des rapports tapés à la machine, à des témoignages monotones pleins de mots à rallonge. À cette salle.

Elle ferma les yeux, s'efforçant de repousser ses pensées de la salle d'audience. Elle se refusait à ce que cette salle devienne son dernier souvenir en lien avec les enfants.

Pete regarda la haute silhouette se diriger sans se presser vers la barre des témoins, s'asseoir, prêter serment. Il ravala sa nausée, se concentra.

— Veuillez épeler votre nom pour le procès-verbal.

— Clyde Harrison.

— Monsieur Harrison, veuillez raconter à la cour où vous vous trouviez la nuit du 13 juillet 1965.

— Je me trouvais dans le Queens. Je résidais dans l'appartement d'un ami sur 72nd Road, juste à hauteur de Main Street. Avec ma femme et mes enfants.

Il désigna d'un signe de tête une femme aux courts cheveux auburn assise au second rang du public, qui rougit de façon charmante.

— Quel âge avaient vos enfants à l'époque ?

— Ma foi… Robert venait d'avoir cinq ans – son anniversaire est en avril. Et Mary trois ans au mois de mars.

La chevelure blonde lisse de Harrison brillait sous la lumière vive de la salle d'audience, et il souriait avec affabilité à Scott. De la même façon qu'il avait souri à Pete lorsqu'ils s'étaient rencontrés deux jours auparavant à Kissena Park. Le même sourire lorsque Pete lui avait tendu plus de mille dollars de l'assurance vie de son père en billets de vingt.

— Que faisiez-vous ce soir-là à l'appartement de votre ami, monsieur Harrison ?

— Eh bien, monsieur, voilà. Cet été-là, ma femme et moi, on avait des ennuis. On vivait à Garden City et je travaillais à l'usine Ford. Pour vous la faire courte, ils ont fait des compressions de personnel et j'ai perdu mon boulot en avril. À ce moment-là, il y avait beaucoup d'hommes au chômage, je n'arrivais pas à trouver du travail, et au mois de juillet, on commençait vraiment à manquer d'argent. J'ai contacté tous les gens imaginables, mais rien à faire.

Il but une gorgée d'eau. Ajusta sa cravate.

— À ce moment-là, j'ai eu un appel d'un ami d'ami qui m'a dit qu'il avait peut-être quelque chose pour moi. De toute façon, on ne pouvait plus payer notre appartement, alors on a fait nos bagages et on est allés chez lui à Kew Garden Hills. C'était le 12 juillet. On s'est dit qu'on allait passer quelques jours avec lui, que je verrais pour ce boulot, et qu'ensuite on trouverait un nouveau logement. La situation avait l'air de s'éclaircir pour nous.

Le procureur se leva, affichant l'air d'un homme qui ne devrait même pas prendre la peine d'attirer l'attention sur ce genre de choses.

— Objection, Votre Honneur. Tout ceci n'a aucun rapport avec l'affaire.

Scott répliqua avec suavité :

— Votre Honneur, tout ceci mène à quelque chose. J'établis le contexte pour expliquer ce que M. Harrison et sa famille faisaient dans le quartier la nuit du 13 juillet 1965.

Le juge hésita, puis opina du chef :

— Très bien. Mais venez-en au fait, monsieur Scott.

— Merci. Poursuivez, monsieur Harrison.

— Eh bien, ça n'a pas marché comme on voulait. Le boulot a capoté, et le type ne voulait plus qu'on reste chez lui. Kathy et moi, on se disputait – nous n'avions pas d'argent, pas d'endroit où vivre, on ne savait pas quoi faire. Elle voulait qu'on emmène les enfants chez ses parents dans le Wayne County le temps de se remettre sur pied, et je le prenais très mal. Un homme tient à éprouver le sentiment qu'il est capable de subvenir aux besoins de sa famille sans recourir à la charité.

Pete jeta un coup d'œil à la barre du jury. La plupart des jurés avaient l'air de compatir, un ou deux acquiesçaient même de la tête.

— Enfin, bref, le lendemain soir, les choses… les choses sont devenues critiques.

— Donc, le soir du 13 juillet ?

— Oui, monsieur. Ron – le type chez qui on séjournait – nous a dit au dîner qu'on devait avoir déguerpi le lendemain matin. Il a raconté qu'il partait en voyage. Moi, je ne l'ai pas cru – je me suis dit que c'était un bobard pour se débarrasser de nous. Je lui ai dit que c'était nul, de flanquer dehors un type qui avait besoin d'aide. De mettre à la rue un type et sa famille.

Il soupira, se passa la main dans les cheveux.

— Les choses se sont un peu envenimées, et j'ai fini par lui dire qu'on allait s'en aller tout de suite, qu'on ne dormirait pas une nuit de plus sous son toit. J'ai ma fierté !

Pete regarda de nouveau le jury. Maintenant, les hommes hochaient presque tous la tête.

Ça va marcher, pensa-t-il. Il regarda Ruth, se concentrant pour l'obliger à le regarder. Il voulait voir son visage lorsqu'elle comprendrait que la situation commençait à évoluer en sa faveur.

Ça va marcher et tout cela en vaudra la peine.

— Ma femme pleurait. Elle est allée dans la chambre d'amis où on dormait tous, et s'est couchée sur le lit. Elle voulait que je retourne me rabibocher avec lui. Je lui ai dit que c'était trop tard, et que… eh bien, on s'est disputés. Avec tout ce bruit, les enfants se sont réveillés, Mary s'est mise à pleurer aussi, et j'ai… Il fallait que je sorte. Alors, j'ai marché un bon moment pour me calmer. Puis je suis rentré et j'ai dit à Kathy d'appeler ses parents. Qu'on allait partir là-bas, en fin de compte. Qu'on avait de toute façon apparemment épuisé toutes nos options.

« À ce moment-là, Ron était parti. Kathy et moi, on a bu un café, discuté encore un peu. J'ai pris une douche, puis on a fait nos bagages. J'ai chargé la voiture pendant qu'elle préparait les enfants, je suis revenu pour l'aider, et on est partis.

— La voiture était-elle garée devant l'appartement ?

— On n'avait pas trouvé de place là-bas. Je m'étais garé sur Main Street, juste au coin.

Pete vit Devlin se pencher sur son siège, les traits tendus.

— Quelle heure était-il lorsque vous avez quitté l'appartement de Ron, monsieur Harrison ?

— Eh bien, nous n'avons pas dîné avant neuf heures, et avec tout ce qui s'est passé… je suis sorti une heure, peut-être un peu plus, et il était un peu après deux heures quand on est partis. J'ai rapidement examiné la chambre pour être sûr qu'on n'avait rien laissé derrière nous, et j'ai remarqué l'heure au réveil. Je me souviens d'avoir pensé que c'était drôlement tard pour réveiller les parents de Cathy.

— Votre femme et vous avez donc emmené les enfants : les portiez-vous ?

— Ma femme portait Mary, qui dormait à poings fermés. J'ai commencé à porter Robert, mais il voulait rester avec sa maman. Toutes les disputes un peu plus tôt avaient dû le perturber. Je l'ai mis par terre, il a couru vers sa mère pour lui tenir la main jusqu'à ce qu'on arrive presque à la voiture, puis, il m'a rattrapé.

Pete écoutait attentivement, redoutant que Harrison ne fasse une bourde, ne se trompe quelque part. Il avait fallu des heures à Pete pour accoucher de tous ces détails, pour les taper à la machine. L'homme qui s'était baptisé Clyde Harrison avait hoché la tête en parcourant les feuilles tapées serré :

— Il va me falloir un moment pour apprendre tout ça. Je n'aurai pas volé cet argent.

Scott se retourna à présent pour faire face au jury.

— Vous avez entendu le témoin précédent, Mme Gobek, affirmer qu'elle avait vu un couple avec deux enfants sur Main Street aux premières heures du 14 juillet 1965. Elle a identifié cette femme comme l'accusée.

Il retourna à Harrison :

— Monsieur Harrison, pouvez-vous confirmer au jury qu'à ce moment-là, peu de temps après deux heures le matin du 14 juillet, vous vous trouviez sur Main Street avec votre femme et deux jeunes enfants ?

— Oui, monsieur, j'étais là.

Scott lui adressa un signe de tête, prit son temps, puis se retourna vers le juge.

— Pas d'autres questions, Votre Honneur.

Pete jeta un coup d'œil à Frank, le front plissé comme s'il n'avait pas compris la signification de la déclaration de Harrison, puis regarda Ruth. Elle était penchée, les mains jointes comme en prière. Il contempla son profil, la façon dont ses pommettes brillaient.

Le procureur bondit, et se jeta droit dans la bataille.

— Monsieur Harrison, les événements que vous avez décrits se sont déroulés il y a presque deux ans, et pourtant, vous nous avez offert un récit singulièrement détaillé de cette nuit. Vous devez avoir une excellente mémoire. Et même, une mémoire exceptionnelle.

Harrison baissa la tête et répondit :

— Merci, monsieur.

Pete l'aurait bien applaudi. Mais Hirsch n'en avait pas fini.

— Comment se fait-il que vous soyez capable de vous souvenir des événements d'une nuit de l'été 1965 avec un tel luxe de détails ?

— Eh bien, monsieur, c'était pour nous un moment désespéré. Ce n'est pas le genre de période qu'on oublie facilement, et cette nuit-là a été la pire. Quand Ron nous a dit qu'on devait partir… ben, je ne suis jamais senti aussi mal, ni avant ni après. Kathy pourrait vous le dire, on ne se dispute quasiment jamais.

— Je vois.

Hirsch laissa planer un léger silence puis poursuivit :

— Et comment se fait-il que vous ne vous soyez manifesté que maintenant, à point nommé ?

— Eh bien, cette nuit-là, on a conduit tout droit jusque chez ses parents, et je suppose que… euh… l'affaire n'est pas arrivée jusqu'aux journaux là-bas. Et puis de toute façon, on n'avait pas beaucoup de temps pour lire les nouvelles – Kathy avait les enfants, et moi j'étais à la chasse au moindre boulot. Quelquefois, je partais avant l'aube pour faire la queue à l'embauche. Et quand je ne cherchais pas de travail, je donnais un coup de main au père de Kathy dans la maison pour payer notre écot. Et puis, à peu près cinq semaines plus tard, j'ai eu un coup de fil d'un copain – son frère travaillait dans une usine à Cleveland, il m'a dit qu'ils s'agrandissaient, qu'ils embauchaient. Je suis monté tout de suite dans un Greyhound, je me suis trouvé un boulot, puis un appartement, et ensuite, ma femme est arrivée avec les enfants. Et depuis… ma foi, il n'y a pas eu grand-chose dans les journaux en Ohio à propos de meurtres dans le Queens.

— Dans ce cas, comment en avez-vous entendu parler, monsieur Harrison ?

— Nous sommes revenus rendre visite quelques jours à mes beaux-parents, et j'ai lu un article sur le procès dans le journal vendredi. Sur le témoignage de la dame, ce qu'elle avait vu de la fenêtre cette nuit-là. Dès que j'ai vu les dates, j'ai compris ce qui avait dû se passer.

— Quelle heureuse coïncidence, répliqua le procureur d'un ton aigre, tout en se contentant d'ajouter avec un signe de tête à l'adresse du juge : Pas d'autres questions.

Harrison quitta la barre des témoins, et le soulagement étourdit Pete, qui étudia les membres du jury. Ils paraissaient pensifs, et quelques-uns prenaient des notes.

Ruth se pencha pour s'adresser à Scott à voix basse. Elle désigna quelque chose sur le bloc devant elle, puis se tourna vers l'assistant de Scott en parlant avec animation, le regard brillant. Pete lança un regard à Frank, qui observait Ruth, l'air inquiet.

Le procureur Hirsch, l'air fermé, conférait avec son équipe, feuilletait ses papiers et pointait du doigt certains passages.

Et de l'autre côté de la salle d'audience, Devlin paraissait furibond.

La plaidoirie de Scott dura un peu moins de deux heures. Comme à son habitude, il se montra raisonnable. Pondéré.

Il écarta le témoignage de Salcito, qu'il dépeignit comme un homme qui se vengeait ; et Lena Gobek comme une mythomane qui voulait attirer l'attention sur elle.

— Ses prétentions ahurissantes quant à son ouïe surhumaine nous démontrent qu'elle préfère créer le drame, divertir, plutôt que dire la vérité.

Il se concentra sur les arguments de l'accusation et sur le témoignage de Clyde Harrison, mais s'étendit très peu sur Ruth elle-même. Pete se demanda en regardant le jury s'il ne s'agissait pas là d'une erreur. Et lorsque le procureur en arriva au bout du résumé de l'accusation, il en fut tout à fait certain.

Hirsch se leva, alla se planter devant la barre du jury, et patienta un instant pour laisser monter la tension.

— Messieurs du jury, l'accusation a établi les faits suivants au-delà d'un doute raisonnable : premièrement, que le soir du 13 juillet 1965, l'accusée a bien étranglé son fils, Frank junior, et sa fille, Cindy Marie ; deuxièmement, que l'accusée a ensuite tenté de dissimuler ses actions en abandonnant le corps de ses enfants à une certaine distance de son immeuble ; et troisièmement, que l'accusée a peut-être eu un complice qui l'a aidée à déplacer les corps, mais qu'elle est entièrement et uniquement responsable de leur mort.

« Vous avez entendu Mme Lena Gobek affirmer qu'elle avait vu Mme Malone avec les deux enfants la nuit en question. Ce témoignage contredit directement la déposition de Mme Malone. Lena Gobek n'a rien à gagner d'un mensonge. Elle s'est présentée devant nous alors que sa réticence naturelle l'aurait poussée à préférer l'anonymat, tout comme n'importe quelle ménagère ordinaire du Queens. Elle s'est présentée parce qu'elle pensait que son devoir lui intimait de venir dire la vérité dans cette salle d'audience.

« Vous avez entendu le témoignage de M. Salcito sur la personnalité de Mme Malone, sur son attitude envers ses enfants et envers la maternité. Vous avez entendu son témoignage sous serment, affirmant qu'elle lui avait avoué qu'elle avait assassiné ses enfants parce qu'elle préférait les voir morts plutôt que d'en perdre la garde au profit de leur père.

Hirsch éleva encore la voix.

— M. Salcito ne prétend pas être un héros. Il n'a jamais prétendu être ce qu'il n'était pas. Mais ce qu'il a fait, c'est monter à la barre des témoins et dire la vérité. Il n'avait rien à y gagner et tout à y perdre – mais il a dit la vérité sur sa relation avec Mme Malone : non seulement à vous, messieurs, et à tout le monde dans cette salle, mais également à sa femme et au reste du monde. Exprimer ainsi la vérité, ouvertement et sincèrement, a pu faire du tort à son mariage. Mais nous, dans cette salle d'audience, nous ne pouvons faire autrement que d'admirer son honnêteté et son respect pour la vérité.

Il en vint ensuite à Ruth.

Il ressortit encore une fois toutes les saletés : les bouteilles d'alcool, le nombre de relations masculines qu'elle avait entretenues, l'achat d'une nouvelle robe le lendemain de la disparition de ses enfants. Le lendemain de la découverte du corps de Cindy.

Pete se sentit rougir en écoutant la version du procureur de l'histoire de Ruth, sentit ses mâchoires crispées. Il lui jeta un coup d'œil, la vit tête baissée, comme suppliante. Sa gorge se serra et il déglutit, se concentra de nouveau sur Hirsch, qui abordait la fin de son discours :

— Messieurs du jury, je vous affirme maintenant que vous devez décréter l'accusée coupable de ce dont elle est accusée. Le meurtre de deux enfants, par la seule personne en qui ils auraient dû avoir une absolue confiance, est le crime le plus monstrueux qui soit. Frankie et la petite Cindy (il se tourna alors vers les agrandissements photographiques qui avaient présidé au-dessus de la salle d'audience depuis le premier jour, et leva le bras dans leur direction) demandent justice.

Il laissa lentement retomber son bras et afficha une expression grave, presque noble, alors qu'il faisait face au jury.

— Messieurs, je vous en prie. Ne fermez pas les yeux sur les cris de ces pauvres enfants.

Une fois que le juge eut remis l'affaire entre les mains des jurés, et que ceux-ci furent sortis à la file pour aller délibérer, Pete s'attarda dans la salle d'audience pendant encore deux heures. L'huissier finit par revenir en annonçant que le jury ne se mettrait pas d'accord sur un verdict avant un moment et se retirait jusqu'au lendemain. Pete sortit et s'étira, s'efforçant de se dénouer les épaules, savourant l'air frais de la soirée.

Il monta dans sa voiture, mais n'avait guère envie de rentrer chez lui. Il baissa les vitres et conduisit un petit moment en pensant à Ruth. En se demandant ce qu'elle ressentait. En pensant à Scott et à son expression défaite.

Il se retrouva dans la direction de l'ancien quartier des Malone, et décida qu'après tout autant pousser jusqu'à 72nd Drive. Il se gara et remarqua alors une lumière dans l'appartement des Malone. Une ombre se déplaçait derrière le store.

Un flux d'adrénaline déferla en lui comme une vague d'eau glacée, et son cœur battit à se rompre. Il inspira en tremblant.

Imbécile.

C'était juste une voisine, qui vérifiait que tout allait bien. Ou bien Frank avait sous-loué.

Les fantômes n'existaient pas.

Pourtant, lorsqu'il sortit de la voiture et s'obligea à remonter l'allée, la peur lui donnait la chair de poule et lui asséchait la gorge.

Il inspira de nouveau, tenta de maîtriser les battements de son cœur, se redressa et fourra ses mains dans ses poches pour sentir le réconfort brûlant de ses poings, sachant que si des regards le suivaient, ils seraient incapables de voir ses mains trembler.

La porte de l'immeuble n'était pas verrouillée, et celle de l'appartement entrebâillée. Comme si la personne à l'intérieur l'attendait.

Il frappa au battant, et celui-ci s'écarta lentement en un long bâillement sombre. L'effroyable rire mécanique d'un jouet d'enfant à remontoir s'éleva alors.

Il se faufila en direction du bruit. Lorsqu'il atteignit le seuil de la chambre et aperçut une forme voûtée contre le mur, le sang battit à ses oreilles, et il crut qu'il allait s'évanouir.

Puis son regard s'habitua à l'obscurité, et il réalisa qui était assis là. Par terre entre les deux lits jumeaux, penché contre le mur, remontant encore et encore la clé dans le dos d'une poupée qui riait, la lueur du réverbère extérieur donnait à ses cheveux et sa peau un éclat surnaturel.

— Monsieur Malone ?

Frank tourna la tête aussi calmement que s'ils s'étaient croisés dans un bar. Plissa les yeux.

— Oh, salut. Vous êtes le journaliste. Womack, c'est ça ?

— Wonicke. Pete Wonicke.

Il tendit la main, que Frank lui serra sans se lever.

— Je passais par là et j'ai vu la lumière.

Pete sortit ses cigarettes, lui en offrit une et s'assit par terre.

— Monsieur Malone, je sais que ça ne me regarde pas, mais qu'est-ce que vous faites là ? Vous allez bien ?

Frank se retourna et lui sourit, mais un sourire dépourvu de chaleur ou d'humour.

— Wonicke, mes enfants sont morts et ma femme risque la perpétuité pour les avoir assassinés. Est-ce que j'ai vraiment l'air d'aller bien ?

— Pardonnez-moi, je…

— C'est OK. Je sais ce que vous vouliez dire.

Il soupira.

— Ça doit paraître bizarre, que je sois là.

— Eh bien… un petit peu.

— C'est un endroit comme un autre pour attendre, non ? Je suis trop stressé pour dormir, et quoi qu'il se passe demain au tribunal, il faut bien que j'attende quelque part, n'est-ce pas ?

— Bien sûr.

Frank contempla la chambre vide, tripotant la moquette.

— De toute façon, je savais que ce serait vide. Ils ne peuvent pas le louer. Les gens vont signer un bail – des familles avec des enfants – puis ils découvrent ce qui s'est passé ici, et ils s'en vont. Même si la police a dit qu'il ne s'était rien passé ici, à l'intérieur de l'appartement.

« Mais, vous savez… ils disent qu'il y a une atmosphère. Des fantômes. Une mauvaise ambiance. Tout ça. Tout ça c'est la même chose, n'est-ce pas ?

— Je suppose, acquiesça Pete.

Frank haussa les épaules.

— Apparemment, les fantômes ne me gênent pas.

À sept heures le lendemain matin, Pete était de retour au tribunal. À boire le café serré qu'ils servaient dans le hall. À arpenter les couloirs. À enchaîner cigarette sur cigarette. Il vit l'entrée se remplir : de flics, de journalistes, de curieux. Scott lui adressa un signe de tête puis regarda Hirsch, qui parlait à voix basse et intense à son assistant.

Il était onze heures passées lorsque l'annonce arriva enfin. L'huissier s'exprima de façon posée, mais la nouvelle se propagea à travers la foule comme le souffle d'une explosion.

— Le jury est de retour ! Ils sont de retour !

Pendant que tout le monde s'asseyait, Pete regarda autour de lui. Le jury avait délibéré pendant un total de seize heures. Il était incapable de déterminer s'il s'agissait d'un bon signe, et à en juger par leurs expressions, Scott et Hirsch non plus.

Ruth s'assit à sa place. Les photos des enfants avaient été descendues et mises à l'écart, et elle semblait ne pas savoir où poser les yeux. Elle gardait les mains jointes sur ses genoux, le visage pâle et les yeux cernés. Elle se tourna vers Scott pour lui parler avec une tentative de sourire.

Puis les jurés pénétrèrent à la file. Scott posa la main sur le bras de Ruth, se baissa et lui chuchota quelque chose. Elle acquiesça en se mordant la lèvre, les yeux fixés sur les jurés.

Le juge ouvrit la séance, puis :

— Vous êtes-vous entendus sur un verdict unanime concernant l'accusation de meurtre ?

Le président du jury se leva. Il était petit, rondouillard, la cinquantaine avec une calvitie et des lunettes à double foyer à la monture métallique. Le genre d'homme que personne ne remarque en le croisant dans la rue.

— Oui, Votre Honneur.

— Quelle est votre décision concernant l'accusée ?

Pete serra les mains, sans détacher son regard de Ruth.

— Coupable de meurtre avec préméditation.

Ce doit être une erreur.

C'était une erreur effroyable.

Mais Pete en éprouva la réalité dans son propre corps. Son estomac se noua, il eut le souffle coupé comme après un coup. Il retomba sur son siège, assommé, pendant qu'un faible gémissement s'élevait de la table de la défense. Il vit Ruth plonger le visage dans ses mains.

— Oh, mon Dieu. Oh, mon Dieu, non.

— Et quant à l'accusation d'homicide involontaire, vous êtes-vous entendus sur un verdict unanime ?

— Oui, Votre Honneur.

— Quelle est votre décision concernant l'accusée ?

— Coupable d'homicide involontaire.

Le temps parut demeurer suspendu. Puis un hurlement suraigu retentit, enflant en volume et en intensité.

Ruth se leva et fit face au juge :

— Vous vous fichez pas mal de savoir qui a tué mes enfants ! Tout le monde s'en fiche !

Le juge abaissa son marteau et Ruth s'effondra en pleurant dans les bras de Scott. Pete ne put que la contempler, impuissant, tandis que son visage se dissolvait en une masse rouge trempée de pleurs, tandis que la silhouette soignée s'effondrait, et qu'elle se laissait complètement submerger par son chagrin.

Une bulle de conversations s'éleva dans la salle d'audience. Des portes s'ouvrirent à la volée, se fracassèrent contre les murs. Les journalistes se précipitèrent à l'extérieur pour rejoindre les téléphones.

Pete regarda Frank écroulé sur son siège, la tête dans les mains.

Le juge assena de nouveau son marteau et éleva la voix pour se faire entendre :

— L'audience est suspendue jusqu'à l'énoncé de la peine. Le jury est libre de partir. La séance est levée.

Deux gardes s'approchèrent de Ruth. Ils la saisirent par les bras et l'écartèrent de Scott, l'entraînèrent vers la porte.

Pete se leva en chancelant, se précipita.

— Ruth. Je suis là.

Un bras tendu comme s'il pouvait la toucher.

Elle oscilla sous la poigne des gardiens, le regard perdu.

— Je suis là, Ruth. Je vous ferai sortir. Je trouverai un moyen, je vous le jure.

La porte se referma derrière eux sans qu'il sache le moins du monde si elle l'avait même entendu.

Maintenant que le spectacle était terminé, la salle se vidait rapidement. Pete se fraya un chemin jusqu'au-devant des bancs du public, à contre-courant de la marée humaine, et se laissa tomber sur un siège, sous le choc.

Puis il perçut des rires, leva les yeux et aperçut Hirsch en compagnie d'un groupe de flics, qui flanquaient des claques sur l'épaule de Devlin. Le procureur rayonnait de satisfaction. À contrecœur, Pete tourna son regard vers Devlin, s'attendant à y trouver la même expression de triomphe. Au lieu de cela, Devlin regardait à l'écart les clichés des enfants qui avaient dominé la salle d'audience pendant tout le procès.

Pete le vit se retourner vers le procureur, puis baisser les yeux sur la main de l'autre posée sur son bras avec quelque chose qui ressemblait à du dégoût.

Impassible, il s'exprima d'une voix morne :

— J'ai du mal à éprouver du plaisir à tout ceci, monsieur Hirsch. Deux enfants sont morts, et beaucoup d'existences ont été détruites.

Il hocha alors la tête.

— Mais au moins, la justice a été rendue. Nous avons eu cette salope. Nous l'avons eue.

Et il se dirigea vers la sortie, Quinn se précipitant sur ses talons.

20

Pete a évolué sur beaucoup de plans, les plus évidents.

Deux mois après le procès, il s'est inscrit en maîtrise d'histoire, puis a pris un emploi d'enseignant dans une école privée. La librairie ne lui suffisait pas – il avait besoin de faire davantage que de gagner simplement sa vie. Et quelquefois, lorsqu'il enseigne aux enfants les erreurs du passé, il a l'impression de servir un peu à quelque chose.

Les jours de congé, il va au cinéma. La nuit, il marche longtemps, a besoin de trois ou quatre doigts de whisky avant de pouvoir s'endormir.

Cependant, chaque matin, lorsqu'il ouvre les yeux, la première personne à laquelle il pense est toujours Ruth Malone. Il a essayé de sortir avec quelques filles, mais il a arrêté, éprouvant à chaque fois le sentiment d'être infidèle à tout le monde. Parfois, il aperçoit un certain type de femme dans un bar, à l'allure particulière, et bien qu'il sache que cela ne peut pas être elle, il faut toujours qu'il aille s'en assurer.

La date de l'audience de libération conditionnelle de Ruth est cerclée sur le calendrier de sa cuisine, et lui fait de l'œil lorsqu'il prépare le dîner. Deux semaines auparavant, il craque et lui écrit une lettre. Il lui dit qu'il sera là après.

La date de son audience de libération conditionnelle est cerclée sur son calendrier, suspendu au-dessus de son lit de telle façon que c'est la première chose qu'elle aperçoit lorsqu'elle ouvre les yeux. Elle s'est efforcée de ne pas trop espérer, mais elle n'a rien d'autre que l'espoir. De l'espoir et du temps pour réfléchir.

Elle s'est efforcée de ne pas imaginer le monde extérieur qui tourne sans elle. Pendant presque quatre ans, elle a essayé de ne penser qu'aux journées ici, les unes derrière les autres : la bibliothèque, le tableau de service du nettoyage, la queue pour la salle de bains. La sensation du matelas sous son dos la nuit, et chaque jour barré d'un trait de crayon sur son calendrier avant de s'endormir.

Une fois de temps en temps seulement, elle s'autorise à laisser remonter le passé. Les enfants : les Noëls qu'ils ont eus ; la sensation des cheveux de Cindy sous ses doigts lorsqu'elle les tressait ; la façon dont Frankie tirait la langue entre ses dents de devant lorsqu'il s'exerçait à écrire son nom en lettres maladroites.

Plus récemment, provoqués par la perspective de l'audience de libération conditionnelle, des bribes du procès s'immiscent dans son esprit. Penser au procès la fait penser à Devlin : à la façon dont il l'a regardée ce premier matin dans son appartement. Sa silhouette trapue à la barre des témoins, cette voix de basse mesurée qui se réverbérait dans la salle d'audience. Et surtout, elle pense à ces paupières lourdes qui la fixaient de l'autre côté d'innombrables tables dans d'innombrables pièces vides et moches.

Un interrogatoire en particulier lui revient avec précision. Et à présent qu'elle dispose de temps pour retourner le problème dans tous les sens, elle en revient sans cesse à une accusation. À un détail en particulier qui ne cadre pas.

Elle ne cesse de se tourmenter à propos de ces petits détails non élucidés – elle tire sur les fils, tire dans l'espoir que toute la pelote se dénoue. Jusqu'à ce qu'un matin, elle s'éveille – et brusquement, ça y est, c'est clair comme le jour. Brusquement, elle sait.

Alors, elle écrit un mot, y joint un ordre de visite, et attend.

Elle s'est déjà trouvée des centaines de fois dans cette pièce, ou une autre tout aussi semblable. Elle s'est assise sur les mêmes chaises rigides, a fait face aux mêmes visiteurs de l'autre côté des mêmes tables. Ses avocats. Sa mère. Gina.

Lou n'est venu la voir qu'une fois, une semaine après la clôture du procès.

« Je dois penser à mes affaires, bébé, il lui a dit. Tu le sais. Je dois penser à l'image vis-à-vis de mes clients. »

Elle est restée muette.

« Tout doit être impeccable. Tu comprends ? »

Elle est restée muette, s'est contentée de le regarder lorsqu'il s'est tu. Lorsqu'il s'est levé. Lorsqu'il s'est tenu à la porte pour appeler le gardien et est parti sans se retourner, emportant avec lui son argent pour la provision à Scott.

Gina a été la seule à pouvoir faire comme si la prison n'existait pas, à ramener Ruth dans le monde par moments. Elle ne parlait pas beaucoup d'appel, de tribunal ou de sentence, mais la faisait rire à propos du passé.

Ce que Ruth déteste le plus, c'est l'odeur de cet endroit. Au début, elle s'est portée volontaire pour le nettoyage, sachant qu'elle préférerait l'odeur de l'eau de Javel et du savon plutôt que de rester à la cuisine toute la journée. Et la bibliothèque est encore mieux : le silence, l'odeur du vieux papier. Mais en dépit de tous ses efforts, elle ne parvient pas à se sortir de la tête la senteur d'oignon dégagée par la promiscuité.

Gina l'aidait à bloquer tout ça. Et puis un jour, elle lui a annoncé qu'elle non plus ne pourrait plus venir.

— Mick a trouvé un boulot. Un bon boulot.

— Ah oui ? C'est génial, Gina.

— Dans l'Orange County. C'est une super bonne opportunité.

Ses mots ricochaient comme des cailloux dans le lit d'une rivière : son excitation, son empressement à annoncer les nouvelles. À se délivrer.

— Eh bien, ce n'est pas si loin, l'Orange County.

Gina avait eu un sourire triste.

— C'est l'Orange County de Californie, ma chérie. Je ne savais même pas qu'il en existait plus d'un. Bizarre, hein ? Il a trouvé un boulot tout là-bas, et il m'a demandé de l'accompagner. Il parle même mariage.

Elle avait saisi la main inerte de Ruth dans la sienne, forte.

— J'ai l'impression que c'est ma dernière chance. Si je ne pars pas… eh bien, qu'est-ce que je vais devenir ?

Son regard la suppliait de faire preuve de compréhension. Ruth avait essayé de lui rendre son sourire.

Lui avait dit d'y aller. C'est ce qu'elle aurait fait si elle l'avait pu : s'enfuir très loin, là où personne ne la connaissait.

Alors, à présent, il n'y a plus que son nouvel avocat, commis d'office, et sa mère, et la bouche de sa mère réduite à un trait mince, les mains de sa mère rougies par la pénitence et les prières.

Tous les mois, Ruth contemple derrière ses visiteurs les mêmes murs carrelés de blanc, couverts de graffitis, des initiales, des imprécations, des promesses. Mais Frank, aujourd'hui assis en face d'elle, paraît aspirer tout ce qui se trouve dans la pièce. Il emplit de sa taille l'espace réduit, et d'une manière ou d'une autre, elle ne voit plus le carrelage, la table, le garde – juste sa silhouette familière et solide. Et alors qu'elle va s'installer, les souvenirs remontent comme des bulles : chacune d'elles contient une anecdote complète de leur passé. Elle se souvient de Frank en train de chanter sur du Buddy Holly à la radio dans la voiture. Elle ne sait plus quand, ni où ils se rendaient, mais elle sait que la pluie fouettait les vitres, que ses doigts battaient en rythme sur le volant et qu'il chantait d'une voix de fausset juste pour la faire rire.

Elle se souvient de la façon dont il s'étalait sur son siège en classe, les jambes étirées, les mains dans les poches. Elle a été assise derrière lui en salle d'étude pendant deux ans, et est toujours capable d'évoquer son image à quinze ans. La ligne de son menton. La façon dont ses cheveux bouclaient sur sa tempe. Le grain de beauté sur sa nuque, le premier détail qu'elle ait remarqué.

Et elle se souvient de leur nuit de noces, du sérieux de Frank, à quel point il était décidé à ce que ça se passe bien. L'odeur de Frank lorsqu'elle s'était réveillée à côté de lui pour la première fois. Sa chaleur et sa solidité, vers laquelle elle tend toujours la main instinctivement au moment où elle se réveille. Après toutes ces années.

Elle rectifie sa chaise et se laisse un moment pour se familiariser de nouveau avec lui. Elle peut maintenant se le permettre. Elle s'est habituée à ne pas prêter attention à ce que les autres pensent ou sentent, parce qu'il n'y a plus rien à perdre. Elle ne lève donc les yeux sur lui que lorsqu'elle est prête.

— Frank.

Il lui sourit. Le même sourire lent qui faisait battre son cœur quand elle avait dix-sept ans et l'exaspérait lorsqu'elle en a eu vingt-quatre.

— Ruthie. Comment vas-tu ?

— Oh, tu sais…

Il acquiesce comme si elle venait de dire quelque chose d'intéressant.

— Tu as l'air en forme.

À présent, elle lui rend son sourire, parce qu'elle sait qu'elle n'a pas l'air en forme, même pour ses trente-deux ans. Elle est maigre, fatiguée, épuisée. Lorsqu'elle s'autorise à jeter un coup d'œil dans un miroir, elle distingue les cheveux gris, les rides autour de ses yeux. Elle ressemble à quelqu'un qui n'a pas eu le loisir de prendre un bon bain ni de choisir ses propres draps pendant presque quatre ans.

— Toi aussi.

Et elle constate qu'en vérité il semble se porter comme un charme. Il a perdu la bedaine qu'il avait pendant le procès. Il a le teint rose et brillant : elle peut presque sentir l'air frais sur lui.

— Ça fait un moment, n'est-ce pas ?

Il y a plus de trois ans qu'il a cessé de lui rendre visite. Dehors, ce n'est pas si long, mais ici, où chaque nuit d'insomnie dure treize heures et où il n'y a pas grand-chose pour faire passer plus vite les après-midi, trois ans sont une vie entière.

Elle ne lui répond pas parce qu'il ne comprendra jamais ce que le temps signifie pour elle. Elle se contente de hausser les épaules, qu'il l'interprète comme il veut.

— Tu crois que l'audience se passera bien ?

Elle se demande s'il a répondu à sa lettre et est venu aujourd'hui uniquement parce qu'il veut savoir ce qu'elle va faire si elle sort. Il veut s'assurer qu'elle ne vienne pas lui demander quoi que ce soit.

Il n'a à s'inquiéter de rien.

Elle lève la tête et se force à sourire.

— Mon avocat affirme que j'ai une très bonne chance d'obtenir la libération conditionnelle. Il faut remercier le Seigneur de la surpopulation des prisons, n'est-ce pas ?

Il hoche la tête, mais il n'a pas compris sa dernière remarque, elle le voit à l'ombre qui traverse son visage.

Elle allume une cigarette en songeant à la bizarrerie de tout ça ; pas seulement le fait qu'il se trouve ici avec elle, mais cette conversation. La mention de la prison et de la liberté conditionnelle entre eux, comme si ces mots n'avaient rien à voir avec leurs enfants. Le ton banal de cet étrange échange.

Mais tout en réfléchissant, elle sent la peur monter en elle. Elle sait qu'elle doit parler. Elle doit lui donner la raison pour laquelle elle lui a demandé de venir aujourd'hui. Elle doit lui poser une question, elle doit entendre sa réponse, et ensuite, elle pourra refermer la porte.

En fin de compte, c'est simple. Elle le regarde dans les yeux, inspire, et laisse sortir les mots à toute vitesse avant de pouvoir s'en empêcher.

— C'était toi. Tout ce temps, c'était toi.

Il lui rend alors son regard et acquiesce, comme s'il s'y attendait. Il rapproche sa tête de la sienne pour que le garde ne puisse entendre, et s'exprime à voix basse, comme s'il y avait bien longtemps qu'il retenait tout cela.

Il est étendu sur un vieux canapé dans la cave sous son appartement, une bouteille de bière tiède à la main. Il a posé la tête sur une pile de vieux journaux, et ses chaussures sont soigneusement posées par terre à côté de lui.

De temps en temps, il feuillette une des revues pour passer le temps, mais il fait trop chaud ce soir pour relire les mêmes histoires. Alors, il a les yeux fixés sur le plafond. Il s'est aperçu que s'il laissait errer son regard sur les taches d'humidité, à la recherche de motifs, les heures s'écoulaient plus vite.

Il remue un peu, décolle sa chemise de sa peau trempée de sueur, s'essuie le front, tapote en rythme sur la bouteille. Il n'y a rien d'autre que le silence. Celui-ci dure depuis – il regarde sa montre – une heure et vingt-sept minutes.

Il vide sa bière et pose sa bouteille vide par terre à côté de ses chaussures. Il regarde de nouveau le plafond en joignant les mains derrière la tête. Étire les jambes aussi loin que possible sur le canapé et respire : l'odeur de lessive, de Marlboro et de poussière, et derrière, l'odeur d'humidité qui ne disparaît jamais complètement, même lorsqu'il règne une chaleur écrasante à l'extérieur.

Bon Dieu. Cette putain d'humidité va lui bouffer les poumons et le rendre malade – la faute à qui ? Ce n'est pas pour lui qu'il est là en bas nuit après nuit. Il est là à cause de cette salope là-haut.

Cette pute là-haut, qui baise d'autres hommes, qui leur donne ce qui lui appartient à lui. Sa putain de femme.

Il n'a pas le droit de la toucher. Il n'a plus le droit de la toucher du tout. Tout le monde, jusqu'à ce putain d'éboueur, a le droit de la toucher – et pas seulement la toucher, mais la toucher là, *la faire gémir et crier avec sa bouche rouge poisseuse, suffisamment fort pour qu'on l'entende même jusqu'ici au sous-sol.*

Elle doit savoir qu'il est là. Elle sait ce que cela lui fait, de l'imaginer avec d'autres hommes. C'est pour ça qu'elle crie plus fort, gémit autant. Toutes ces années, elle a été une épouse, une mère, et maintenant, elle lui rappelle que c'est toujours une pute. Elle réveille cette partie de lui-même, cette partie de lui-même qui réagit comme ça à sa présence.

Il faut lui montrer à qui elle appartient. Il faut lui rappeler ce qu'elle lui a fait. Et il faut la frapper là où cela lui fera le plus de mal.

Seigneur.

Regardez ce qu'elle l'oblige à faire.

Regardez ce qu'il doit faire par amour.

— Quand j'ai pensé que tu devais être endormie, je suis allé jusqu'à la cabine téléphonique la plus proche. Je savais que si tu entendais la sonnerie, tu décrocherais, tu penserais que c'était un de tes michetons.

Gallagher. Ce flic – Salcito. Si tu ne répondais pas, ça voulait dire que tu dormais trop profondément pour entendre. Je me suis dit qu'alors, je pourrais peut-être passer par la porte d'entrée. Pour rentrer chez moi. Dans la chambre de mes enfants. Comme un père normal.

Sa respiration s'accélère, et sa voix s'enroue.

Elle a toujours pensé qu'il était stupide. Ce pauvre Frank lent et stupide.

— Alors oui, j'ai appelé, et quand tu as répondu, j'ai déclenché une dispute pour que tu raccroches. Puis je suis revenu sans bruit à l'intérieur, je t'ai entendue bouger, j'ai entendu la chienne gémir et la porte claquer, et j'ai su que je pouvais entrer.

Il se racla la gorge.

— Je suis juste entré dans l'appartement. Aussi facilement que ça.

Elle s'était convaincue qu'elle était prête à entendre tout cela. Comment avait-elle pu penser qu'elle était capable de le supporter ?

— J'ai ôté le crochet de leur porte et je suis entré. Ils dormaient tous les deux, couchés sur le côté, face à face. Cin marmonnait et soupirait, et Frankie avait la bouche ouverte. Avec de petits ronflements de chiots.

« J'ai ouvert la fenêtre, en me disant que je pouvais les faire sortir par là si jamais tu revenais. J'ai ôté la moustiquaire, que j'ai laissée tomber par terre. Puis j'ai compris que c'était trop difficile. J'ai décidé finalement de les emporter en traversant l'appartement.

« Frankie s'est à moitié réveillé, mais je lui ai juste dit qu'on allait se promener, et quand il a compris que c'était son papa, il s'est rendormi en un clin d'œil.

Un grondement résonne aux oreilles de Ruth. C'est le sang qui bat à ses tympans. Son propre sang.

Elle a les yeux rivés sur lui, se concentre sur les poils sombres de sa mâchoire que le rasoir a manqués. Le faux pli sur son col. Le carreau cassé au-dessus de sa tête. Elle s'accroche désespérément à l'ordinaire, au prosaïque.

— Cin ne s'est pas réveillée. En les emmenant, j'ai remis le crochet à la porte. J'ai pensé que si tu le vérifiais, ça prouverait que tu les aimais suffisamment. Que tu les méritais. À ce moment-là, je les aurais ramenés, je t'aurais dit qu'il ne s'agissait que d'une plaisanterie, qu'on avait juste fait le tour du pâté de maisons.

« Mais tu n'as jamais vérifié, n'est-ce pas ? Quand tu es revenue avec la chienne, tu n'es pas allée voir. Assis dans la voiture, je t'ai surveillée, installée sur les marches avec un verre et une cigarette, comme dénuée du moindre souci. Alors j'ai su que tu n'avais pas pris la peine de vérifier que tout allait bien, et j'ai été obligé de les prendre.

Elle s'aperçoit qu'elle a la bouche sèche et ouverte. Elle s'efforce de déglutir.

— En partant, j'ai remarqué une poussette près de l'immeuble voisin. Comme ça, sur l'herbe, avec un carton juste à côté. Alors j'ai posé le carton sur la poussette, j'ai déplacé le tout sous la fenêtre. Je me suis dit que ça pourrait donner l'impression qu'ils étaient descendus tout seuls par la fenêtre. Qu'ils avaient peut-être utilisé la poussette pour s'échapper.

Elle se concentre sur le détail de ses paroles. Comme si cela permettait de supporter plus facilement l'horreur.

— Tu n'as pas pensé qu'on se demanderait comment ils avaient déplacé la poussette ? Comment ils avaient pu ôter la moustiquaire ? Deux petits enfants n'auraient jamais pu faire ça.

Elle s'émerveille de son calme. Elle aurait pu jurer qu'elle hurlait, mais sa voix sort égale et faible.

Il hausse les épaules.

— Je n'ai pas réfléchi à ce point-là. Je voulais juste embrouiller un peu les choses.

Dans son récit, les enfants sont toujours vivants, et elle voudrait tellement qu'il écrive une autre fin.

— Que voulais-tu faire ? Avec… avec les enfants ?

Il hausse de nouveau les épaules.

— Je les aurais ramenés le lendemain matin, je suppose. Je ne sais pas, je n'avais pas de plan. J'aurais peut-être dit que je me trouvais dans le quartier et que je les avais trouvés en train d'errer dehors. Que je les avais ramenés à la maison.

— Mais ils auraient dit… Ils m'auraient raconté. Frankie m'aurait dit que ce n'était pas vrai.

Alors même qu'elle parle, elle sait que c'est faux. Frankie adorait son papa, il aurait raconté ce que voulait Frank. Peut-être même ne s'en serait-il pas correctement souvenu, ils auraient cru à un rêve – s'endormir chez eux, et se réveiller chez Frank.

Tous ces interrogatoires. Ces dépositions. La police, à la recherche d'un plan soigneusement mis au point. Elle-même, prête à croire à un inconnu malin et prudent, quelqu'un qui les aurait préalablement surveillés pendant des jours.

Et tout ce temps, il ne s'était agi que de Frank.

— Après que tu… les as mis… dans la voiture, que s'est-il passé ?

— J'ai couché les enfants à l'arrière, et je suis reparti de la même façon que j'étais arrivé – j'ai ôté le frein à main, poussé la voiture au bout de la rue, je suis monté et je suis rentré à la maison. Ce n'était pas plus difficile que ça. Je les ai emmenés dans ma chambre. Je leur ai donné des albums. Du jus de raisin.

Elle doit maintenant détourner les yeux. Elle ne peut pas le regarder et écouter le reste.

Mais il se contente de déclarer :

— Je n'ai jamais voulu leur faire de mal.

Et puis :

— Comment as-tu deviné ?

Voilà : le détail qu'elle a retourné dans tous les sens pendant si longtemps, la question qu'elle a triturée comme une plaie, refusant de la laisser cicatriser. Et maintenant, le poison sort. La vérité obscène.

— Quelqu'un leur a donné à manger après moi. Ce ne pouvait être que quelqu'un qui… (Elle ne parvient pas à prononcer le mot.) Quelqu'un les a nourris et a pris soin d'eux. Qui d'autre aurait pris la peine de les nourrir ?

Il hoche la tête, le souffle plus détendu.

— C'est drôle, personne n'a même remarqué ce que j'avais fait avec la poussette. Mais la nourriture, ça ne m'a même pas traversé l'esprit.

« Les gens remarquent toujours autre chose que ce qu'on pense. J'ai dit au flic que je m'étais couché à minuit et réveillé seulement quand tu m'avais appelé le matin. Mais tu leur as dit que je t'avais téléphoné à trois heures du matin. J'ai réalisé que j'avais fait une connerie. J'ai eu peur. Peur qu'ils ne vérifient les appels téléphoniques. Mais tu sais quoi, ils n'ont jamais relevé ça. Ou bien, ils n'y ont pas prêté attention. Ils étaient tellement convaincus de ta culpabilité, surtout quand tu as refusé de passer au détecteur de mensonges.

Elle cligne des yeux et répond presque automatiquement :

— Mais tu ne l'as pas passé non plus ?

Il acquiesce, rétorque :

— Non, mais ils ne me l'ont jamais demandé. Et après que tu les as laissés tomber en plein milieu, les flics se sont à peine intéressés à moi.

Il se racle la gorge.

— Enfin, donc, je les ai nourris. Je suis monté leur chercher du jus de fruits, et quand je suis revenu, Frankie s'était réveillé. Il avait besoin d'aller faire pipi, et puis il a dit qu'il avait faim. Je lui ai demandé ce qu'ils avaient eu à dîner – tu sais ce qu'il a répondu ? « On a rien eu, papa. »

— Je leur ai donné à manger ! Du veau. Du veau, des haricots verts et du lait. Exactement ce que j'ai dit aux flics. Seulement… seulement ils n'ont pas voulu manger. La viande était difficile à mâcher, et Frankie a dit qu'il n'aimait pas ça.

Pourquoi lui paraît-il si important de lui faire comprendre ça, elle n'en a pas la moindre idée.

— Je leur ai dit qu'il n'y avait rien d'autre et que s'ils ne mangeaient pas, ils auraient faim. Frankie a jeté son assiette par terre et je… j'étais tellement fatiguée…

Les traits butés de Frankie, la lèvre boudeuse, la joue rougie sous la main de Ruth. Cindy qui pleurait mais refusait de manger si son frère ne voulait pas. Qui voulait se conduire exactement comme lui.

— Ils avaient faim, Ruth. Et comme je ne voulais pas qu'ils rouspètent et se plaignent, je leur ai préparé des macaronis au fromage. Ils en ont mangé un peu puis se sont rendormis un moment. Mais quand ils se sont réveillés, Cin s'est mise à pleurer.

« Elle voulait sa maman. Elle voulait rentrer chez elle. Je n'arrêtais pas d'essayer de la faire taire, de la calmer, mais plus je lui parlais, plus c'était pire. Elle s'est mise à brailler, puis Frank junior s'y est mis, en me criant qu'il allait le dire à sa maman, qu'elle serait en colère contre moi.

Ruth a la sensation que sa gorge s'est complètement nouée. Elle ne peut plus respirer.

— Je paniquais, j'avais peur que les autres types dans le couloir ne les entendent. J'ai giflé Frankie, soulevé Cin, et je l'ai secouée. Ça n'a fait qu'envenimer les choses, elle a hurlé de plus belle. Elle était toute rouge, trempée, elle braillait – je ne savais pas quoi faire. J'ai posé une main sur sa bouche et l'autre sur son cou. Et puis, je ne me souviens pas de grand-chose d'autre, sauf qu'elle était là, toute molle, et il y avait comme une sorte de… d'écume qui sortait de ses lèvres. Je l'ai secouée de nouveau, mais il n'y avait… il n'y avait plus rien.

« Et quand je me suis retourné, Frankie était recroquevillé sur le canapé, et il me regardait. J'ai tendu la main, mais il s'est tortillé en reculant encore plus contre le mur, et ça, ça m'a mis vraiment en colère.

Son regard fixé sur elle. Brûlant.

— À cause de toi, il avait peur de moi. Mon propre fils.

« "Tout va bien, Frankie, tout va bien", je lui ai dit. Il a secoué la tête et il s'est mis à se balancer sur lui-même. "Tu as fait du mal à Cin, tu as fait du mal à ma Cin", il disait sans arrêt, encore et encore, je ne pouvais plus le supporter, alors j'ai dû lui aussi le réduire au silence.

Il hésite un peu, et pour la première fois, il détourne les yeux.

— J'ai dû le réduire au silence.

Elle le fixe, cherche chez lui une étincelle de l'homme qu'elle a connu plus de la moitié de sa vie. Elle cherche l'humour, la tendresse dont elle sait qu'il les abrite en lui. Et ils ne sont pas là.

Elle a aimé cet homme, autrefois. Elle a porté ses enfants.

Elle a envie de vomir.

Leur père.

Leur propre père.

C'est aussi réel que les battements de son propre cœur. Son propre sang, qui pulse de cette horreur.

Elle tremble.

— Pourquoi ? Pourquoi as-tu… pourquoi ?

Elle insiste :

— Frank ?

Il lève la tête, et par-delà le choc, elle s'aperçoit qu'il lui sourit. Comme s'il venait de lui tendre un beignet de saucisse par une après-midi ensoleillée à Coney Island. Mais il y a quelque chose dans son sourire… quelque chose qui rampe derrière son regard.

Et même s'il baisse la tête, qu'il respire de façon régulière et égale, il crache ses paroles dans un crépitement.

— Ruth, chérie, tu te conduisais comme une chienne en chaleur. À sortir avec tous ces hommes. Tu écartais les jambes pour n'importe quel type au portefeuille bien rempli et à la montre de luxe. Tu étais une mère, mais tu ne te conduisais pas comme une mère. Il fallait te donner une leçon. J'étais prêt à te pardonner, mais il fallait que tu me le demandes. Et je savais que si les enfants n'étaient plus là, tu aurais à nouveau besoin de moi. Tu aurais besoin de mon aide. Je savais que tu voudrais que je revienne.

Son regard la transperce jusqu'aux entrailles, et sa bouche se contracte.

— Et c'est ce qui s'est passé, n'est-ce pas, bébé ? J'ai été la première personne que tu as appelée. Tu avais à nouveau besoin de moi.

Son sourire est une tache rouge à travers les larmes de Ruth.

— Tu m'es revenue.

D'une façon ou d'une autre, l'arrogance dans sa voix brise le charme, et elle expulse le long souffle qu'elle retenait. Elle comprend que derrière l'horreur et le dégoût, elle est nouée de rage. Elle crispe les poings, sent ses ongles s'incruster dans sa peau, et l'espace d'un instant chauffé à blanc, elle ressent la profondeur de sa haine.

Elle lève la tête.

— Mais nous avons de nouveau rompu, Frank. Nous avons rompu. J'ai été avec d'autres hommes après toi.

Frank s'humecte les lèvres.

— Des tas d'hommes.

Il sourit de nouveau.

— Oui. Oui, je sais ça, Ruthie. Je savais que tu repartirais.

Il soupire, recule sa chaise et la scrute, la tête penchée.

— Et je savais que quand tu sortirais d'ici, tu disparaîtrais. Tu t'en irais avec Gallagher ou quelqu'un d'autre, en pensant pouvoir mettre tout ça derrière toi. Sans moi.

Brusquement, sa chaise plonge en avant, les pieds heurtent le sol bruyamment, elle bondit, il jette un regard au garde avec un signe de tête indiquant que tout va bien, puis il se penche vers elle. Elle ne veut pas céder d'un pouce, mais ne peut pas s'en empêcher, et en dépit de son mouvement de recul, il est suffisamment près pour qu'elle puisse sentir son haleine aigre tandis qu'il crache ses paroles :

— Où que tu ailles, avec qui que ce soit, qu'importe avec qui tu te prostitues, quel que soit le richard que tu trouveras pour s'occuper de toi, tu sauras ce que j'ai fait et pourquoi je l'ai fait. Tous les jours, je serai dans ta tête. Tu auras ce que tu mérites.

Il se radosse à son siège, croise les bras, le sourire de nouveau en place.

— Quand on attendait le verdict, j'ai eu tellement peur que tu t'en sortes. Ces quatre dernières années, pour une fois, je savais où tu étais. Je savais que tu n'étais pas avec un autre type. Et maintenant, peu importe ce qui arrive. Tu peux sortir demain matin, cela n'aura aucune importance. À partir d'aujourd'hui, je serai toujours là – il se penche, et lui enfonce le doigt dans la tempe. Deux fois.

Voilà l'image qui reste à Ruth : son doigt pointé ; son regard étincelant ; ce large sourire.

Elle ne se souvient plus de grand-chose après cela : ni du départ de Frank, ni de son retour en cellule. Elle ne se souvient pas de la cloche du dîner, ni d'avoir pris la décision de ne pas se lever et manger, mais lorsqu'elle revient à elle, il fait sombre, et elle est blottie sur son lit. La lumière est éteinte dans sa cellule, il n'y a plus que la lueur pâle en provenance du couloir, et le brouhaha de centaines de femmes en train de s'endormir : des voix étouffées, des toussotements, quelqu'un qui sanglote doucement.

Elle ferme les yeux, incapable de voir autre chose que le sourire de Frank, et elle pense : *Voilà comment vont être les choses maintenant.*

Et voilà comment elles sont les jours qui suivent.

Elle mange, elle se douche et se couche quand on le lui demande. Elle lessive les sols, récure les toilettes, pousse le chariot de la bibliothèque, et Frank est là en permanence, comme il le lui a promis.

Le jour de l'audience de libération conditionnelle arrive, son avocat contemple son visage nu, ses yeux rougis, et il hoche la tête.

Elle est assise dans une petite pièce étouffante face à une nouvelle rangée de visages de l'autre côté de la table. Elle parle doucement. Elle entend les mots « remords » et « culpabilité », elle incline la tête en signe d'aveux et pleure.

Elle a envie de dire :

— Oui, je suis coupable. Je ne les ai pas protégés. Je ne l'ai pas arrêté. Je ne l'ai pas reconnu pour ce qu'il était.

« Je l'avoue. Je suis coupable.

Elle laisse leurs voix glisser sur elle, et envisage un instant de leur dire. Elle imagine les mots dans sa bouche. Leur résonance. Elle imagine la vérité toute nue dans l'atmosphère raréfiée de cette pièce. Le goût de celle-ci. Et elle les imagine regarder au travers, ne distinguer que sa fureur et son chagrin. Elle imagine leurs expressions incrédules, le regard glissé en direction de leurs notes, les hochements de tête accompagnés de murmures.

Elle imagine être réexpédiée dans sa cellule, sachant que les paroles de Frank lui ont coûté encore davantage d'années derrière les barreaux. Elle imagine son sourire triomphant.

Mais, au lieu de cela, elle tire un Kleenex de la boîte qu'ils poussent dans sa direction, et le presse sur son visage trempé. Le presse contre sa bouche pour empêcher la vérité de sortir.

Ils ne voient et n'entendent rien d'autre que ses larmes, et ils approuvent d'un signe de tête, parce que enfin, elle est brisée.

Pete la voit émerger du cocon obscur de la porte de la prison dans la lumière du soleil, dans la douce ondulation d'une écharpe rose vaporeuse. Le garde lui adresse la parole – Pete pense qu'il s'agit de Baker, même s'il n'en est pas sûr. Il y a bientôt trois ans qu'elle lui a demandé de ne plus venir.

Alors qu'elle se tourne pour écouter le garde, le regard de Pete s'attarde sur sa jupe ajustée, son chemisier éclatant et son sourire luisant soigneusement dessiné. Les années soixante ne sont pas terminées pour elle. Jim et Janis et Jimi et Altamont – rien de tout cela ne l'a effleurée.

Pete sort de l'ombre où lui-même se tenait, un pas après l'autre, plein d'espoir, la bouche sèche, la gorge nouée et les mains moites. Il pense au temps qu'il leur a fallu pour en arriver ici, aux mensonges qu'il a racontés, aux vœux qu'il a brisés, à l'argent qu'il a dépensé. Il pense à Clyde Harrison, à sa mère et son père, et aux choses qu'il a accomplies par amour.

Elle reste immobile un moment au soleil et ferme les yeux, lève le visage vers la lumière. Le pas de Pete s'accélère, il se rapproche, elle ouvre les paupières, et il s'arrête.

Il y a peu de distance entre eux, et elle lui jette un regard incertain, se protège les yeux de la main.

— Ruth. Je suis venu… je me suis dit que nous pourrions déjeuner.

Elle regarde toujours, les yeux plongés dans l'ombre.

Il insiste.

— Et… je ne sais pas si vous avez un endroit où aller, mais je…

Devant son silence, il n'achève pas sa phrase.

— Je me suis dit que vous auriez envie de célébrer.

Sa main retombe et elle plisse le front, et il voit maintenant ce que les années lui ont fait. Les cernes sous ses yeux, les rides autour de sa bouche. Elle paraît vieille, fatiguée et effrayée.

— Célébrer ?

— Bien sûr, pourquoi pas ? Vous êtes libre, maintenant. Vous êtes une femme libre.

Mais elle secoue la tête, lentement d'abord, puis de plus en plus vite, comme incapable de s'arrêter.

Elle a l'impression d'entendre sa voix comme s'il se trouvait à des kilomètres.

— Ruth !

— Comment puis-je être libre ?

— Je ne comprends pas. Je veux… Je voulais prendre soin de vous.

Elle le dévisage puis secoue de nouveau la tête, et le bruit d'un klaxon déchire le silence. Une traînée jaune, un taxi s'engouffre dans l'espace entre eux, et elle est partie.

Jusqu'à la grande route, elle sent le regard de Pete sur elle, mais demeure assise bien droite sur la banquette de vinyle usé, sans jeter un regard en arrière.

Elle a très longtemps imaginé ce moment : s'éloigner en voiture avec un inconnu, une route vide devant elle. L'anonymat. Elle se demandait ce qu'elle ressentirait, à affronter une vie sans Frankie et Cindy, sans Lou, sans la promesse d'interminables nuits tapageuses.

Frank a changé tout cela. Depuis qu'il l'a abandonnée avec la vérité, elle a souvent pensé qu'elle serait incapable de porter le poids de son chagrin et de sa culpabilité. Elle est restée allongée à imaginer des comprimés et de la vodka dans une chambre de motel miteuse. Elle a fantasmé sur le néant absolu.

Mais à présent, elle regarde devant elle la ville qui se rapproche, sent sur son corps le rythme effréné à demi oublié de la pause de l'après-midi à New York, et comprend qu'elle ne peut pas renoncer. Pour leur bien, pour Frankie et Cindy, elle ne laissera pas Frank l'emporter.

Elle se redresse un peu plus, inspire l'odeur de l'essence et du chewing-gum, celle des *doughnuts* chauds en provenance d'un étal au bord de la route, celle lourde et entêtante du cuir du chauffeur. La route s'élève devant eux, et la voiture grimpe dans l'infini bleuté du ciel estival.

Remerciements

La Face cachée de Ruth Malone est une œuvre de fiction. Les lecteurs intéressés par l'affaire qui l'a inspiré trouveront davantage de détails dans *The Alice Crimmins Case*, de Kenneth Gross, et *Ordeal by Trial*, de George Carpozi Jr.

Beaucoup de gens ont aidé ce livre à prendre forme et ont rendu possible son écriture, et j'exerce ma prérogative d'auteur débutant en les remerciant tous.

Merci à ma famille. À maman et papa, pour avoir instillé en moi l'amour de l'histoire ; pour vos sacrifices, qui m'ont permis d'aller à l'université et d'y étudier quatre ans ; pour être aussi fiers de moi. À mon frère Martin, pour avoir élargi mes goûts en matière de fiction criminelle, et pour m'avoir montré que des gens comme nous pouvaient écrire des romans. J'attends avec impatience de lire les tiens. Et à ma grand-mère, Mary Cuthbert, pour tout, avec beaucoup d'amour.

À mon merveilleux agent, Jo Unwin. Merci pour vos encouragements et votre soutien sans réserve et indéfectible, votre enthousiasme perpétuel pour Ruth et moi. Merci d'avoir repéré notre potentiel et de vous être accrochée, d'avoir toujours su dire ce qu'il fallait, merci pour votre honnêteté, votre gentillesse et vos précieux conseils.

Je suis très chanceuse d'avoir derrière moi dans le monde de l'édition une merveilleuse équipe. À tout le monde chez Jo Unwin Literary Agency, chez Rogers, Coleridge & White, chez Picador et chez Gelfman Schneider, qui ont tant travaillé à la venue au monde de *La Face cachée de Ruth Malone*, pour lui offrir les meilleures chances de succès : particulièrement Deborah Schneider, Saba Ahmed, Isabel Adomakoh Young, et la très talentueuse Francesca Main. Et chez Hachette, un énorme merci à Paul Whitlatch et Lauren Hummel, Michelle Aielli et Emily Caldwell, Mauro di Petra, Betsy Hulsebosch, à Amanda Kain pour mon incroyable et fantastique couverture américaine, Diana Drew, Odette Fleming, Grace Hernandez, Marina Lowry, Mike Olivo, Anna Maria Piluso et Erin Vandeveer.

À tous ceux qui ont lu et commenté les premières versions de cet ouvrage, particulièrement Francesca Pagnacco, Carrie Plitt, Karen Campbell, Andrew Wylie et L.E. Yates. Vos remarques et suggestions l'ont rendu bien meilleur.

À Clare Palmer, pour ta générosité et ton aide matérielle. Sans toi et ta retraite, ta table de cuisine et tes Squeaks, l'écriture de ce livre aurait été une expérience beaucoup plus difficile et beaucoup plus solitaire.

À tous les autres auteurs de Kings Place, qui continuent de m'offrir amitié, soutien, et critiques sévères : Andrea Terroni, Geraldine Terry, Harriet Sawyer et Sydnee Blake.

À mon groupe des North London Writers, qui a si généreusement lu le premier jet complet de ce roman, et offert dans un délai très court une réaction extrêmement valable et constructive à un auteur exigeant et stressé :

Adi Bloom, Alix Christie, Cathy de Freitas, Zoe Gilbert, Eva Holland, Adam Marek, Anna Mazzola et Evie Miller. (Neil Blackmore, Lily Dunn et Yojana Sharma – vos contributions m'ont manqué !)

À mes autres amis auteurs : Rae Stoltenkamp, Raf Torrubia, Claire McTague, Deb Jess Kermode, Katja Sass, Sarah Steele et Frances Pearce. Merci pour votre soutien et votre camaraderie au cours des ans, pour avoir été si désireux de partager les hauts et les bas du processus pour devenir écrivain. Et à Nichole Beauchamp, merci de m'avoir présentée au groupe d'auteurs original, ainsi que pour ton amitié constante et précieuse.

À mes plus vieux amis, particulièrement Nicola Hill, Yvonne Rhodes-James, Helen Parr, Veronica Teall, Matthew Redhead et Libby Summers et James Eve, et Candi Bloxham : ce livre est en préparation depuis longtemps, et vous l'avez tous influencé. À Faye Emery et Bernardo Rodriguez-Gonzalez : merci pour m'avoir offert un merveilleux site pour travailler sur la (presque) dernière version. Hilton Farm a évité à Cinq Auteurs de devenir cinglés à Bude, en Cornouailles, en leur offrant un refuge dans un délai très bref.

À mes fabuleux étudiants camarades de la Faber Academy : merci pour votre chaleur, votre honnêteté et vos encouragements. Ce fut un voyage incroyable, que je suis fière de partager avec vous.

À mes professeurs, particulièrement Sarah Fearon et Robin Hodnett, pour m'avoir enseigné l'esprit critique et à m'intéresser au monde autour de moi. À Adrian Beard : merci de ne pas avoir renoncé, en dépit de débuts désastreux, à l'examen A-Level en anglais, et pour m'avoir appris à lire d'un œil critique. Sans vous, je ne serais pas tombée amoureuse de la langue, et je n'aurais pas entamé une licence d'anglais.

À Marie Larkin, qui m'a appris que j'en étais capable.

À Julia Bell, le premier véritable écrivain que j'aie rencontré, et qui m'a dit que j'étais également écrivain. Merci de m'avoir prise au sérieux.

À tous les gens avec lesquels j'ai travaillé et qui sont devenus des amis au lieu d'être des collègues : merci de m'avoir permis de rester saine d'esprit au cours des vingt dernières années, et pour toutes ces soirées au pub. Je vous dois une pinte. Un merci tout particulier à Christian Reichert et Laura Cloclough, qui m'ont donné la possibilité de passer du temps sur les dernières versions en 2016.

Et finalement, à tous les managers et employeurs que j'ai eus : merci d'avoir rendu tellement effroyable mon travail de jour, que je me précipitais pour m'évader dans le monde de Ruth tous les soirs et tous les week-ends. Vous m'avez donné la **détermination**.

Mise en pages PCA
44400 Rezé

MIXTE
Papier issu de
sources responsables
FSC® C003309
FSC
www.fsc.org

10/18, une marque d'Univers Poche,
est un éditeur qui s'engage pour
la préservation de son environnement
et qui utilise du papier fabriqué à partir
de bois provenant de forêts gérées
de manière responsable.

Imprimé en France par CPI

N° d'impression : 3029409
X07323/01